심
자
의

주인

심장의 주인

초판 1쇄 찍은 날 | 2016년 5월 16일
초판 1쇄 펴낸 날 | 2016년 5월 23일

지은이 | 훈
펴낸이 | 예경원

편집 | 유경화 · 안유진

펴낸곳 | 예원북스
등록번호 | 제396-2012-000132호
등록일자 | 2012. 7. 25
YRN | 제1-0145호

주소 | 경기도 고양시 일산동구 호수로 646-24 위너스21 Ⅱ 206A호 (우) 10401
전화 | 031-819-9431 팩스 | 031-817-9432
http://cafe.naver.com/yewonromance
E-mail | yewonbooks@naver.com

ⓒ 훈, 2016

ISBN 979-11-5845-157-8 03810

홍 장편 소설

심장의 주인

YEWONBOOKS ROMANCE STORY

여원

프롤로그

뉴욕발 국적기가 방금 인천공항에 도착했다는 표시가 전광판에 떴다. 그리고 조금 뒤 자동문이 열리며 한 남자가 걸어나왔다.

"유진하 부사장님! 여깁니다!"

미리 대기하고 있던 정 기사가 '유진하' 라는 남자의 이름을 불렀다. 남자는 제 이름을 부른 사람을 바라보고 그대로 걸어왔다. 한 걸음, 한 걸음 걸음걸이만으로도 존재감을 드러내는 기품과 말끔히 올린 머리 아래로 선 굵은 이목구비의 얼굴이 자리했다. 주변을 압도하는 외모와 체격이 주위의 시선을 당연하다는 듯 끌었다. 뭐에 홀린다는 말이 지금인 듯 지나는 사람들은 그를 그냥 지나치지 못했다. 홀리듯 돌아보고 발을 떼지 못했다.

차가운 무표정에도 감출 수 없는 외모를 가진 남자인데 웃는 모습은 얼마나 황홀할까. 이 짧은 순간에도 공항의 사람들은 저 남자의 웃는 모습이 보고 싶어졌다. 그만큼 남자의 얼굴은 감정이라 고는 찾아볼 수도 없이 메마른 도자기 같았다. 다가갈 수 없는 고 독의 꽃처럼, 절대적인 아름다움을 지닌 독을 품은 신처럼 남자는 시리도록 냉기가 흘렀다. 감히 범접할 수 없는 영역의 남자였다.

"오래 기다리셨습니까."

진하는 정 기사를 보며 가볍게 고개를 숙였다. 정 기사는 진하 뒤의 수행원을 보며 주름진 얼굴로 웃었다.

"얼마 안 기다렸습니다. 한 2시간쯤 된 것 같습니다."

"회사로 가죠."

진하는 뒤편에 서 있는 수행원에게 따로 지시하고 정 기사의 차 로 갔다.

"진짜 간만에 오신 것 같습니다."

"그런가요."

진하는 가져온 서류를 펼쳐 들며 간단히 대답했다.

"이제 아주 오신 겁니까?"

"그럴 것 같습니다."

"그렇군요. 이제야 제가 할 일이 생겨서 기쁩니다."

정 기사의 말에 진하가 고개를 들어 그의 뒤통수를 바라보았다.

"도련님 한국 떠나시고 나서는 거의 놀고먹는 백수였죠. 이제 야 16년 동안 쉬던 몸을 쓰게 되었습니다. 선대 회장님 뵐 면목도 생기고요."

정 기사는 진하의 아버지를 모셨던 사람으로서 오랜 시간 진하 의 집안에 소속되었다. 아버지가 돌아가시고 나서는 진하의 운전 기사를 하고 있지만 젊은 시절엔 아버지의 비서 역할을 하면서,

막강한 정보력으로 아버지를 곁에서 보좌하던 사람이었다. 진하는 정 기사의 마지막 말에 다시 눈을 서류로 내렸다.

"기사님, 앞으로 없는 사람 얘기는 하고 싶지 않습니다."

"아, 죄송합니다."

차가 회사 건물 앞에 서자 미리 대기하고 있던 많은 임원진들이 머리 숙여 인사했다. 진하가 내려서 걸어가자 임원들은 당연하게 그의 뒤를 따랐다.

"어머! 부사장님 오셨나 봐!"

"세상에나! 저 후광 비치는 것 좀 봐."

"저 나이에 부사장이라니. 이제 정식으로 유서그룹 주인인 건가. 한번 가까이서 봤으면 좋겠다."

"야, 말도 마. 저 냉기 안 보여? 저런 남자는 이렇게 멀찍이서 관상용으로 보는 게 최고야. 가까이 가면 괜히 피 볼 일만 생겨."

"그래도 난 말이라도 걸어봤으면 좋겠다. 곧 회장님 되면 말할 기회도 없을 거 아냐."

"지금이라고 아무나 말을 거는 줄 알아. 부사장님하고 대화한 인간이 손에 꼽을 정도래. 웬만한 건 얼굴 보지 않고 지시하고, 대화를 시도할 기회 자체를 주지 않는다잖아."

"그런데 정말…… 녹는다, 저 기럭지하며 외모."

젊은 여직원들은 로비를 지나가는 진하를 멀찍이서 본 후 입맛을 다시며 제 갈 길을 갔다.

"그럼 이후 일정에 대해서는 김 전무님이 총괄하여 내일까지 보고해 주십시오."

"내…… 일까지요?"

"네. 힘드십니까?"

진하의 시선이 김 전무에게 향했다. 그의 얼음 같은 눈에 김 전무는 급히 고개를 저었다.

"아니요. 아닙니다. 내일 오후까지 보고하겠습니다."

"내일 제가 출근하기 전까지 결재 서류 올려주십시오."

진하는 더는 말하지 않겠다는 듯 의자에서 일어섰다. 그가 일어서자 나머지 사람들도 자동적으로 따라 일어섰다. 그리고 일제히 고개를 깊이 숙였다.

부사장실로 들어온 진하는 곧바로 책상으로 와 업무를 시작했다. 노크 소리가 들렸다.

"부사장님, 회장님께서 오셨습니다."

진하는 비서의 안내에 고개를 들었다. 주신이 안으로 들어오자 진하는 마지못해 자리에서 일어섰다. 환갑이 넘은 나이임에도 아름다움과 우아함을 숨길 수 없는 용모를 지닌 주신은 유서그룹의 총수로서 아름다운 미모와 대비되는 날카로운 눈매가 인상적인 사람이었다.

"오셨습니까, 회장님."

주신은 진하의 사무적인 말투에 서운해지려는 감정을 숨기고 소파로 가 앉았다. 진하는 그대로 서서 대화의 의사를 거부했다.

"그래. 네가 말하기 싫어하니 나도 용건만 말하고 나가마."

주신이 진하의 모습을 눈으로 훑었다. 16년 동안 얼굴 본 건 손에 꼽기도 민망할 횟수였다. 진하는 주신의 말을 절대적으로 따랐지만 그건 그저 의무일 뿐이었다. 16년 전에 일어났던 사건 뒤 해외로 떠난 진하는 지금까지 해외에 거주하며 회사의 업무를 진행했다. 그렇게 부사장의 자리까지 올라왔다. 지난 시절 주신은 그런 독한 방법이 아들을 위한 일이라고 생각했다. 지금도 그 생각은 변함없다. 너를 최고로 만들기 위해 죽을힘을 다해서 이 자리를 지키고 있었으니까.

"다음 주에 있을 회장 취임식을 예정대로 진행하려고 한다."

진하는 그대로 서서 주신의 말을 들었다.

"젊은 나이라는 게 걸리지만 지금이 회장 취임에 적기라는 생각이 든다. 더 늦으면 또 네 사촌들이 들고 일어날 게 뻔하니까 그……."

"회장님 뜻대로 하십시오."

"내가 가지고 있는 주식에 행복 보육원 분들 것까지 합치면 아무리 유진성 사장이라도 넘보지 못할 거다."

'행복 보육원' 이란 말에 진하의 눈썹이 미세하게 꿈틀거렸지만 얼굴 근육에는 전혀 변화가 없었다. 유진성은 진하의 사촌 형으로 호시탐탐 유서그룹 회장 자리를 노리고 있었다. 아버지 대의 숙원을 자신이 이루고자 하는 열망과 욕심으로 계열사를 단합하고 회사 내 주주들을 자신의 편으로 만들기도 했다. 그리하여 진하와 진성의 주식은 비슷한 수준이었다.

"말씀 다 하셨으면 나가주세요. 업무 봐야 합니다."

어머니에게 하는 말이라곤 감정이 하나도 실리지 않은 무미한 목소리가 진하의 입에서 나왔다. 주신은 등을 떠미는 아들 때문에 소파에서 금방 일어서야 했다. 문 근처로 가다가 다시 몸을 돌렸다.

"그래. 어차피 사무적으로 대하기로 한 거 한 가지 더 말하마.

회장 취임 후 곧바로 연화그룹 딸과 약혼식 올릴 거야. 여기까진 내 권한이다."

이번엔 진하도 고개를 제대로 들어 주신의 눈을 똑바로 보았다. 그래. 뭐라도 말해봐라. 나에게 반항을 하던 화를 내든 네 감정을 한 번은 털어놔 보란 말이다. 진하는 주신을 무심히 바라보다 시선을 약간 올려 허공을 바라보았다.

"회장 되기 전까지는 뭐든 시키는 대로 하기로 했으니 약혼식도 상관없습니다."

주신은 실망스러우면서 한편으로는 감정에 휘둘렸던 어린 진하가 아니라 마음이 놓였다.

"하지만 취임 이후에는 제 일에 일절 간섭하지 마시기 바랍니다. 약혼은 회장님 뜻이지만 결혼은 제 뜻입니다."

진하의 말에 주신은 노여운 마음을 누르고 수긍했다.

"너와 오래전부터 약속한 것 아니냐. 회장 취임 이후에는 일절 관여하지 않겠다고. 이후의 일은 네 문제다. 난 이날까지 유서를 너에게 물려주기 위해 살아왔고 온전한 자리를 만들어주기 위해 방해가 되는 것들을 다 쳐냈다. 네가, 그런 어미를 조금은 알아주길 바랄 뿐이다."

진하는 또다시 말이 없었다.

"결혼은 하게 될 거다. 결국엔 그 집안의 힘이 필요하다는 걸 너도 알 거야."

그리고 문을 열고 나갔다. 나간 문을 뚫어지게 바라보던 진하는 다시 앉기를 포기하고 머리를 양손으로 쓸어 올렸다. 그래. 적응할 때도 되지 않았는가. 어머니의 막무가내식 행동을. 핸드폰 진동이 울려 진하는 다시 의자에 앉았다.

「진하 씨 저 송민서예요. 오늘 귀국했다면서요? 약혼 전에 얼굴 한번 보고 싶네요. 아무리 내키지 않는 자리라도 제겐 의미가 있으니까요. 오늘 저녁 6시 아모르예요.」

약혼? 아, 좀 전에 어머니가 말했던 그 약혼을 말하는가 보다. 민서의 집안과는 주신의 계획하에 어릴 때부터 알고 지낸 사이였지만 진하가 그녀를 본 건 몇 번 되지 않았다. 그런데도 민서는 자신과 약혼을 하려고 했다. 진하에게 대놓고 관심을 표현했고 주신에게 여러 번 찾아가 약혼을 부탁했다는 걸 그도 알고 있었다. 누군지 알지도 못하면서, 내가 어떤 남자인지도 모르면서 말이다.

그래. 니들 마음대로 해라. 언제 남의 의사를 신경 썼던 사람들인가. 상대가 누구건 이들의 목적은 애초부터 정략결혼 따위였다. 진하는 가겠다고 문자를 남긴 후 폰을 던지듯이 내려놓았다.

민서가 잡은 장소는 고급 프랑스 음식점이었다. 어디서 소식을 듣고 몰려왔는지 홀 안에는 그룹 자제들이 전부 와 있는 듯했다. 대부분 진하의 눈에 들고 싶어서 발이라도 담그고 싶은 심리로 참석했다.

"어서 와요. 유진하 씨."

화려한 원피스를 차려입은 민서가 진하의 앞에 다가와 손을 내밀었다. 민서가 내민 손을 무심한 눈으로 본 진하는 고개를 살짝 숙이는 것으로 대신했다.

"진하야. 회장 취임 축하한다!"

"진하 씨, 축하해요!"

진하와 조금이라도 친분이 있는 사람들은 아는 척을 하며 반가워하였다. 진하는 악수를 청하며 다가오는 사람들을 한결같은 표정으로 받아주었다.

이 프랑스 음식점은 애초에 있는 집 자제들을 위한 곳이었고 소수 정예제로 받아 운영하기 때문에 오늘 이곳엔 그들 이외의 손님들은 없었다.

"호텔을 잡을 수도 있었지만 전 여기 음식이 맛있더라고요."

민서가 진하가 앉은 자리 옆에 앉아 말을 걸어왔다. 또렷한 이목구비와 굴곡진 몸매, 화려한 화장을 한 민서는 남자들의 시선을 끄는 매혹적인 외모를 지닌 여자였다. 앞에 앉은 이 무뚝뚝한 남자 빼고는.

음식이 나오고 화기애애한 분위기로 대화하는 사람들 틈에서 진하는 마치 그곳에 없는 사람처럼 행동했다. 말을 걸어도 간단한 단어만 뱉어낼 뿐 온몸으로 '나 여기 있기 싫어'를 내뿜고 있었다.

피아노 선율에 흘러나오는 목소리가 소란스러운 소음을 잠재우듯 감쌌다. 시종일관 무심하게 있던 진하의 눈썹이 움찔거렸다. 그리고 목소리에 끌리듯 소리가 나는 곳으로 시선을 옮겼다. 피아노에 가려져 목소리의 주인을 보지는 못했지만, 이 목소리는 분명 진하가 알고 있는 목소리였다. 아무리 오래전에 들었던 소리라도 그는 단번에 알아차릴 수 있는 그리운, 너무나 아픈 목소리.

슈베르트의 아베마리아를 부른 목소리는 연달아 넬라 판타지아를 불렀다. 진하는 홀리듯 흔들리는 시선을 떼지 못하고 심장을 움켜쥐었다. 갑자기 심장이 아파오기 시작했다. 잊었던 감정이,

아니, 영원히 잊지 못해 무의식 깊은 곳에 꾹꾹 눌러놓았던 아픔이 솟아올랐다.

"진하 씨, 괜찮으세요?"

민서는 진하의 안색이 급격히 창백해지자 그의 어깨를 잡으며 물었다. 손을 들어 괜찮다는 표시를 했지만 그의 얼굴은 절대 괜찮지 않았다. 이제까지 아무런 표정 없이 앉아 있던 진하가 다른 사람도 전부 알아챌 만큼 얼굴에 고통스러운 표정을 드러냈다.

"일어나겠습니다."

진하는 아직도 흘러나오는 목소리를 더 듣기가 힘들어 홀을 나와 버렸다. 먹먹한 소리가 끝났는지 더는 들리지 않았다.

그럴 리가 없잖아. 살아 있을 리가 없잖아. 비슷한 목소리를 지닌 사람일 뿐이잖아. 우연일 뿐이다. 슈베르트의 아베마리아를 부른 것도.

소리를 듣지 않자 욱신거리던 진하의 심장이 차츰 제자리로 돌아왔다. 이대로 집으로 가서 쉬고 싶지만 인사는 하고 가야 귀찮을 일이 없어질 것 같아서 문으로 발을 옮겼다. 그때 안에서 열고 나오는 사람을 보며 진하는 심장에 강한 충격을 받은 것처럼 다시 찌르르 울리는 아픔에 가슴 부위의 옷자락을 움켜쥐었다.

"괜찮으세요?"

목소리가 진하의 바로 옆에서 들려왔다. 당장 눈을 들어 여자의 얼굴을 보고 싶은데 눈이 뜻대로 움직여지지 않았다.

"상관 말고 가."

"지배인님 불러 드릴까요?"

"됐다니까!"

진하가 고개를 들어 버럭 소리를 질렀다. 그 덕에 여자의 얼굴을 정면으로 보게 되었다. 진하의 눈은 더욱 고통스럽게 일그러졌다. 자신을 똑바로 바라보는 여자의 눈을 보자 진하는 미처 생각할 틈도 없이 여자의 손목을 움켜잡았다. 진하가 잡은 손목이 아픈지 여자의 미간이 살짝 찌푸려졌다. 그것까지 똑같다. 그를 똑바로 바라보는 것까지 똑같다. 이 눈매가 똑같다. 입술이, 얼굴이 똑같다.

"괜찮으시면 이 손 좀 놔주세요. 아픕니다."

여자의 입술 사이로 목소리가 나올 때마다 진하의 손은 반대로 더욱 힘을 주게 되었다. 입안에서 무수히 맴돌던 이름이 입 밖으로 흘러나왔다.

"……연우야."

여자는 진하의 절절한 목소리에 잡힌 손목을 빼내려고 나머지 손으로 그의 손을 밀었다.

"연우야. 연우야. 연우야."

여자는 진하의 목소리에 다시금 진하의 눈을 바라봤다. 진하의 고통스럽게 아픈 눈을 바라보는 그녀의 눈동자가 흔들렸다. 여자의 손목을 잡은 진하가 대답을 갈구하듯 목소리를 높였다. 이 목소리, 이 눈. 절대 잊을 수 없는 네 얼굴.

"너 연우 맞지? 연우지?"

여자는 한동안 진하의 눈을 보더니 고개를 저었다.

"제 이름은 선미입니다. 연우가 아니라. 헷갈리셨나 봅니다."

"연우야!"

"이 손 놔주세요."

여자의 단정한 목소리에 진하는 잡은 손목을 놓았다. 여자의 손목에 빨간 손자국이 났다.

"행복 보육원. 오인수 원장님. 알잖아."

여자의 눈동자는 정직했다.

"모른다니까요."

그래. 모르는 게 확실하다. 이 눈동자는 거짓말을 하고 있지 않다. 하지만 너인데. 분명 너인데. 진하가 다급한 마음에 다시 입을 열려는데 홀 문을 열고 나오는 민서가 진하에게 다가왔다.

"진하 씨, 여기 있었어요?"

민서가 다가오자 여자는 둘을 위해 고개를 숙이고 로비를 걸어 나갔다. 그곳을 넋 놓고 바라보는 진하가 이상해 민서의 시선도 따라갔다.

"아는 사람이에요?"

민서의 목소리에 진하는 그제야 힘겹게 시선을 거뒀다. 그리고 민서를 보았다.

"이만 가보겠습니다."

제 할 말만 하고 진하는 로비를 걸어나갔다. 민서는 그가 가는 모습을 보며 입술을 깨물었다. 노래가 흘러나올 때부터 눈에 띄게 힘들어하던 진하가 홀 밖에서 그 여자를 보고 감정을 숨기지 않았다.

민서도 알고 있다. 어린 시절 진하의 첫사랑이 죽었고 그 때문에 마음의 문을 닫은 채 감정을 잃어버렸다는 걸. 진하의 첫사랑은 어릴 때 그의 생일 파티 날 처음 볼 수 있었다. 진하의 눈이 계속 그 여자에게 가 있는 걸 민서도 알아챘다. 그 눈은 정말이지 다른 사람에게는, 하물며 가족에게도 보이지 않는 눈빛이었다. 진하가 그토록 사랑한 여자를 민서는 시기했다.

그런데 그 여자가 화재로 죽었다고 했다. 그러니 이제 진하의 마음속 여자는 이 세상에 존재하지 않는 것이다. 어차피 의미 없는 결혼 상대라면 민서는 자신이 그 배우자 자리에 서고 싶었다. 그렇게라도 진하를 갖고 싶었다. 그렇게라도 그를 가질 수만 있다면 껍데기일 뿐인 유진하라도 좋았다. 어느 누구에게도 빼앗기지 않을 것이다.

황급히 로비를 나온 진하가 두리번거렸지만 여자의 모습은 이미 보이지 않았다. 환영을 본 것인가. 도플갱어인가. 그냥 불쌍한 날 보러 잠시 인간의 몸에 내려왔던 것인가. 홀연히 사라졌다.

하지만 너는 분명…….

제1장 MEMORY

잔잔한 강물이 가을 햇살을 받아 반짝이고, 아늑한 기운은, 강을 내다보고 있는 작은 집을 감싸며 휘돌아 나갔다. 집 앞의 아담한 마당에는 4~5명의 다양한 연령층의 아이들이 공을 굴리며 잡기놀이를 하고 있었다.

한참 동안 공놀이를 하던 중 한 아이가 발을 잘못 굴려 공이 엄한 곳으로 또르르 굴러갔다. '끼익' 그리고 그 앞으로 햇살을 받아 더욱 빛이 나는 검정색 세단이 섰다. 아이들은 잠시 공을 주워오는 것도 잊어버리고 차에서 내리는 남자 둘을 바라보았다. 정확히는 키 큰 중년 남자와 열 살 정도로 보이는 남자아이. 그러던 중 몇 명의 아이들은 금세 얼굴이 밝아지며 소리를 질렀다.

"명이 아저씨!"

명이 아저씨라고 불린 남자는 달려오는 아이들을 보며 무릎을

굽히고 앉아 팔을 뻗었다.

"요 녀석들. 잘 있었니?"

"아저씨! 보고 싶었어요!"

"오냐. 아저씨도 보고 싶었다."

"그런데 이 애는 누구예요? 우리랑 같은……."

머뭇거리며 아이들이 하는 말을 듣던 남자는 다시 빙긋 웃으며 고개를 저었다.

"이 아이는 내 아들이야."

아이들의 시선은 이내 남자아이에게로 쏠렸다. 한 번도 누구랑 같이 온 적이 없던 아저씨가 아이를 데려왔는데 아들이었다. 남자의 뒤에 있던 아이는 아이들의 눈길에 슬쩍 앞으로 나와 인사했다.

"안녕. 난 유진하라고 해. 반가워."

처음 보는 사람들을 낯설어할 만도 한데 이쪽 아이들이나 저쪽 아이나 부끄러워하는 기색이 없었다. 하지만 묘하게 경계하는 눈빛도 읽을 수 있었다. 아이들은 쭈뼛쭈뼛 고개를 끄덕이더니 다시 남자에게로 고개를 돌렸다. 몇몇 아이들은 집 안에 어른을 부르러 달려갔다.

"아저씨! 이번에는 어떤 선물 가지고 오셨어요?"

아이들은 다시 반짝이는 눈망울로 아저씨를 바라보았다. 아이들의 재촉에 남자는 뒤편에 함께 서 있던 정 기사에게 고개를 끄덕였다. 잠시 뒤에 트렁크가 열리자 아이들은 언제나 그랬던 것처럼 트렁크를 향해 달려갔다. 그리고 저마다 장난감을 하나씩 들며 환호했다. 당장 풀어볼 기세인지 아이들은 너도나도 할 것 없이 집 안으로 뛰어갔다.

"고맙습니다!"

그 와중에 인사는 잊지 않고.

아이들이 들어가는 현관 틈에서 중년의 부부가 잰걸음으로 나왔다.

"회장님 오셨어요? 연락하고 오시죠."

"연락했으면 사모님 또 이것저것 준비하느라 고생하셨을 것 아니에요."

남자는 껄껄 웃으며 고개를 숙였다.

"지난달에도 선물 주시고 가셨으면서 뭘 또 사오셨어요."

"그냥 제 마음입니다."

부부의 눈길은 진하에게로 내려갔다.

"안녕하세요. 유진하입니다."

진하가 고개를 숙이자 부부의 눈매가 더욱 깊게 휘어졌다. 남자는 진하를 슬쩍 내려다보며 어깨에 손을 얹었다.

"제 아들놈인데 따라와 보겠다고 하도 고집을 부려서 데려왔습니다. 이젠 스스로 판단할 나이가 되었으니 슬슬 데리고 다녀볼까 합니다."

부부는 고개를 끄덕이며 살며시 미소를 지었다. 두 부부의 미소가 닮아 있었다.

"안으로 들어가세요."

안으로 들어가려는 사람들에게 진하가 슬쩍 목소리를 높였다.

"전 바깥 구경 좀 하겠습니다."

아이답지 않은 말투와 새어 나오는 기품은 그가 어떤 가정환경에서 자랐는지 단번에 보여줄 만큼 단정했다.

"그래요. 우리 딸이 있으면 집 구경 좀 시켜달라고 했을 텐데 지금 잠깐 심부름 갔네. 천천히 보고 있어요."

어른들이 들어가고 진하는 현관문 위에 붙어 있는 작은 현판을 보았다.

"행복 보육원."

나직한 음성이 진하의 입에서 흘러나왔다. 진하는 발걸음을 돌렸다. 사실 그는 아버지가 매달 보육원에 후원해 주는 것이 마음에 들지 않았다. 자신들의 힘으로 살지 못하고 남의 도움으로 연명하는 인간들은 쓸모가 없단 생각이었다. 도대체 어떻게 생겨먹은 사람들인지 얼굴을 보고 싶어 따라가겠다고 한 것이었다.

어머니도 아버지의 후원을 매번 못마땅해했고 그만하라며 자주 언성을 높이셨다. 그만큼 투자하고 후원했으면 됐다고. 진하도 같은 생각이었다. 이미 자신이 태어나기도 전부터 해왔던 아버지의 후원. 이젠 끊을 때도 되었다.

유재명. 유서그룹 회장. 대한민국 재계 1위의 회사를 이끌고 있는 아버지는 일을 할 때만큼은 부모, 형제 누구에게도 자비를 베푸는 법이 없이 냉철했으나 오직 보육원을 생각할 때면 한없이 부드러워졌다. 그의 유일한 약점이자 살가운 부분이었다. 진하는 아버지를 동경하고 존경했다.

하지만 다른 모든 것은 인정하겠는데 이딴 후원은 이해가 되지 않았다. 대체 아무런 이득도 없는 후원을 왜 매번 하고 있는 것인지. 밑 빠진 독의 물 붓기, 그 이상도 이하도 아니었다. 오늘 자신의 눈으로 본 다음 아버지를 제대로 설득할 생각이다. 이 정신 나간 짓 그만하시라고.

"당연하지. 쓸데없는 짓이야."

중얼거리던 진하는 시선을 강가로 돌리며 느리게 걸었다. 풍경만큼은 예술이었다. 남한강이 흐르는, 산과 들로 둘러싸인 행복보육원은 갈 곳 없는 아이들에게는 천국이나 마찬가지였다. 서쪽산으로 살며시 기울어진 태양을 슬쩍 보다가 대문 밖에서 진돗개처럼 생긴 커다란 개와 함께 뛰어오는 여자아이에게로 시선이 갔다. 개랑 달리기 시합이라도 하는지 있는 힘껏 뛰던 여자아이는 가쁜 숨을 내쉬며 허리를 숙였다.

"하아, 하아, 희망아. 언니가 졌다. 넌 정말 달리기 선수라니까."

저만치 달려가던 개는 여자아이가 외치는 소리를 듣기라도 한 것처럼 다시 되돌아와 아이의 바짓가랑이를 얼굴로 쓸었다. 아이는 씩씩 숨을 내쉬다 주저앉아 개 얼굴을 양손으로 잡았다.

"요 녀석! 언젠가 기필코 이기고 말 거야."

뭐가 그리도 좋은지 아이의 얼굴에서는 미소가 사라지지 않았다. 서로 사랑의 밀어라도 나누는지 둘은 한참을 붙어 있었다. 개랑 서로 뽀뽀를 하다니. 제정신인 여자란 말인가. 절대로 제정신이 아니다. 진하는 고개를 저으며 혀를 끌끌 찼다. 아이는 개와 함께 울타리 안으로 들어와 개집 안에 있는 목줄을 꺼냈다.

"귀찮겠지만 집에서는 이러고 있자. 안 그럼 여기저기 휘젓고 다녀서 언니가 고생한단 말이야."

여자아이는 대문 안으로 들어오는 동안 뻔히 눈앞에 보이는 진하에게는 눈곱만큼의 시선도 주지 않았다.

'아니, 어떻게 날 못 볼 수가 있지? 내가 어디 가서 그냥 지나칠 외모야?'

모두들 떠받들고 쫓아다니기 바쁜 몸이 바로 유진하였다. 그런데 저 생소한 반응은 뭐란 말인가. 여자아이는 목줄을 개의 목에 걸려고 여러 번 시도하는데 잘 안 되는 모양이었다.

"어, 잘 안 되네. 선호 오빠가 있었으면 벌써 묶었을 텐데."

알게 뭐야. 진하는 시선을 거두고 걸음을 옮겼다.

"애!"

누구, 나? 진하는 무시하고 지나가려고 했다.

"애! 잠깐만 기다려!"

애라니, 딱 봐도 자기보다 오빤데 애라니! 진하는 가던 걸음을 멈추고 여자를 향해 휙 몸을 돌려 노려보았다. 자기를 쳐다보는 것을 봤는지 아이의 얼굴에 웃음꽃이 피었다.

"애. 이것 좀 도와줘. 내가 하려고 하는데 잘 안 되네."

진하는 계속 애라고 하는 아이에게 화가 나서 다가갔다.

"너 자꾸 애라고 하는데……."

"잘 왔다. 이 목줄 좀 걸어줄래?"

줄 하나를 진하의 손에 턱 얹더니 싱긋 웃었다. 무섭게 노려보는 진하의 얼굴에도 아이는 말간 얼굴로 그의 눈을 똑바로 바라보았다. 어느 누구도 그의 눈을 바로 마주할 수 없었다. 그건 곧 진하와 싸우자는 의미였다. 뭐 하냐는 듯 바라보던 눈빛이 슬쩍 바뀌었다. 줄도 못 끼울 만큼 힘이 없냐는 뉘앙스. 이게 진짜.

"있어봐."

진하는 줄을 손쉽게 힘주어 끼웠다. 아이의 눈이 금세 커지며 휘어졌다.

"우와, 너 힘 진짜 세구나. 난 선호 오빠만 힘센 줄 알았는데!"

"너 말이야, 몇 살이야?"

진하의 정색한 말에도 아이는 변함없이 생글생글 웃었다. 어디가서 남들의 웃음을 살 유진하가 아니었다. 자신을 보면 동갑내기 친구라도 함부로 말을 할 수 없었는데 생경한 반응에 진하는 도리어 기가 찼다.

"8살이야. 넌 몇 살이니? 처음 보는 얼굴인데. 혹시 오늘 처음 입양 온 아이니? 이상하네. 엄마한테 아무 얘기도 못 들었는데."

한마디 물었는데 열 마디 한다. 진하의 표정이 점점 일그러졌다. 8살 주제에, 8살 주제에!

"아무튼 도와줘서 고마워. 놀러 온 거야? 우리 집에서 잠깐 놀다 갈래?"

"놀다 가긴 누가 놀다 가! 내가 너 같은 것 집에서 왜 놀다 가! 그리고 난 10살이야! 너보다 2살이나 더 많다고!"

진하가 고함을 지르자 살짝 놀란 듯 아이의 눈이 커졌다. 그 눈망울이 꼭 사슴 눈망울같이 선해서 계속 화를 낼 수가 없었다. 그깟 눈망울 하나 때문에 화를 낼 수가 없다니. 이상했다. 잠시 커졌던 아이의 눈은 다시 아래로 휘어졌다. 참 자주 움직이는 눈매다. 바쁘시겠어.

"선호 오빠랑 같은 나이구나. 미안해. 난 내 친구인 줄 알았어. 오빠보다 키가 작아서."

친구라니. 이렇게 큰 친구 봤어? 그리고 선호라는 놈보다 자신이 더 작다고? 인정할 수 없다.

"오빠, 안녕."

이젠 또 오빠란다. 대체 네가 왜 내 동생이냐고.

"난 너 같은 동생 둔 적 없……."

"오빠 이름은 뭐야? 내 이름은 오연우."

말끝마다 따박따박 대답하는 아이에게 머리끝까지 폭발하려던 진하는 갑자기 헛웃음이 나왔다. 이것도 10살 아이 입에서 나오는 웃음소리라고는 할 수 없다. 한숨 섞인 목소리가 진하의 입에서 나왔다.

"난 유진하다."

"유진하? 진하? 우와, 이름 정말 예쁘다!"

또 좋아한다. 자기랑 무슨 상관이라고. 자기 이름도 아니면서.

"도와줬는데 이거 먹어."

연우는 까만 비닐봉지에서 꺼내 든 알사탕을 진하의 앞에 내밀었다.

"됐어. 내가 그걸 왜 먹어."

"나 도와줬으니까 그렇지. 도와준 사람에게는 무조건 답례를 해야 하는 거라고 했어. 우리 아빠가. 그러니까 받아."

그러더니 진하의 손을 가져가 사탕을 얹어주었다. 진하의 손바닥 위에 있는 사탕이 마음에 들었는지 연우의 얼굴이 다시 환해졌다. 참 잘 웃는다. 그리고 잘 어울린다.

"진하 오빠. 어느 집으로 이사 온 거야?"

"난 이사 온 것이 아냐. 지금 이 집 안에 있는 거 보면 모르겠어? 아버지 따라 잠깐 온 거라고. 그러는 넌 누구야."

"응? 여기 우리 집이야. 행복 보육원."

연우의 말에 진하는 그제야 이 집 주인이 지나가며 했던 말이 머릿속에 지나갔다.

'우리 딸이 있으면 집 구경 좀 시켜달라고 했을 텐데 지금 잠깐 심부름 갔네.'

"네가 이 집 딸?"

연우는 작게 고개를 끄덕이더니 먼저 발걸음을 앞으로 옮겼다. 그러다 급히 고개를 돌리고 진지한 눈빛으로 진하를 향해 속삭였다.

"그 사탕 꼭 숨겨. 안 그러면 애들이 순식간에 가져가거든."

너무나도 진지한 얼굴로 진하의 눈을 보던 연우가 안으로 들어가자 진하의 입가에서 피식 웃음이 새어 나왔다. 이따위 작은 알사탕을 숨겨야 하는 상황이라니. 알사탕 100개를 줘도 안 먹을 자신이. 이 맹랑한 여자애를 생각하니 화가 나는데도 이상하게 웃음이 나왔다.

돌아오는 차 안. 재명과 나란히 앉은 진하는 차 밖에서 무한하게 손을 흔드는 행복 보육원 가족들을 불투명한 창문 너머로 바라보았다. 차 꽁무니가 안 보일 때까지 손을 흔드는 가족들을 뒤로하고 진하는 시선을 산 너머로 돌렸다. 어느새 밖은 짙은 어둠이 내려왔다.

"어떠냐. 따라와 본 소감이."

재명의 나지막한 말에 진하의 고개가 돌아갔다. 재명과 눈이 마주치자 재명은 인자한 웃음을 지으며 진하의 손을 잡았다.

"생각이 바뀌었지?"

마치 자신의 생각을 꿰뚫고 있었다는 듯 재명은 차분하게 말을 이었다.

"세상엔 말이다. 이치에 맞지 않는 일을 해야 할 때도 있고, 때로는 이치에 맞지 않는 일을 서슴없이 자행하는 사람도 있기 마련이다. 아비가 하는 일이 네 입장에서는 이치에 맞지 않더라도 그건 그대로 세상의 질서다."

진하의 놀란 눈을 보며 재명은 그를 집요하게 바라보았다. 아들의 눈동자가 흔들린다.

"직접 느껴보기 전엔 섣불리 사람을 판단하지 마라. 이건 어디에서나 마찬가지다. 지금 너에게 잘 보이려고 하는 사람들을 무조건 믿어서도 안 되고, 비판하는 사람들을 무조건 배척해서도 안 된다."

재명은 진하의 손을 힘주어 잡았다.

"정말 좋은 사람들이다. 행복 보육원 사람들. 거기 원장님은 네 할아버지랑 가장 친했던 벗의 아들이야. 내가 가장 신뢰하는 사람들이니 너도 믿고 따라도 좋아."

"네."

"딸내미도 너무 예쁘지 않더냐. 내 평생 그렇게 싹싹하고 어여쁜 아이는 처음 봤다. 여자애가 어린데도 생각하는 것이 깊고, 말도 어찌나 야무지게 잘하던지……. 정말 며느리 삼고 싶을 만큼 마음에 든다. 허허."

재명이 껄껄 웃으며 이내 자신의 주책을 탓했다. 아직 어린애들을 데리고 무슨.

진하는 보육원에서 내내 눈앞을 바쁘게 오가던 연우를 떠올렸다. 엄마 따라서 작은 손으로 음식을 내오고 다른 동생들 먹는 것도 일일이 챙겨주면서, 그 와중에 진하의 맛까지 신경을 썼다. 시종일관 웃는 얼굴로 다른 보육원 아이들과도 스스럼없이 지냈다. 부모가 자신보다 다른 아이들에게 더 손이 가는데도 개의치 않아했다. 따지고 보면 질투 나고 섭섭한 일일 텐데. 어쩌다 진하와 눈이 마주칠 때면 커다란 눈이 보이지 않을 정도로 눈웃음을 치며 웃어주었다.

무표정에 굳어 있는 진하의 얼굴이 서서히 풀린 건 연우가 가족들 앞에서 학교에서 배웠다는 노래를 부를 때부터였다. 맑고 청아한 목소리가 집 안을 떠다니자 모두 약속이나 한 듯 눈을 감고 귀를 기울였다. 그 시끄럽던 꼬마들도 순식간에 조용해졌다.

진하가 간다고 하자 연우는 커다란 눈망울로 펑펑 울었다. 처음 봤는데 뭐가 아쉽다고 저리 울까. 정든 사람이 떠나는 것도 아닌데 서럽게 운다. 그때 진하의 마음 한구석이 같이 아파왔다.

"다음번에도 따라갈 테냐."

진하는 한동안 말이 없다 작게 고개를 끄덕였다.

"네."

여자아이가 마음에 걸렸다. 연우가 마음에 걸렸다.

"네, 아버지."

10살 때 처음으로 재명을 따라간 뒤부터 진하는 한 번도 빠지지 않고 아버지를 따라다녔다. 한 달에 한 번. 어쩌다 재명이 바빠서 못 가게 되면 진하 혼자서라도 찾아갔다. 어머니 주신이 매번 못마땅한 눈으로 진하를 노려봤지만 진하는 행복 보육원을 찾는 것으로 자신의 사춘기를 넘겼다. 그렇게 수년을 다니며 진하는 행복 보육원을 사랑하게 되었다. 그리고 그곳에 있는 연우를 사랑하게 되었다.

유재명 회장이 갑작스럽게 사망한 건 진하가 17살이 되던 해였다. 그는 오랫동안 심장 질환 지병을 숨기면서 회사 일을 해오다가 결국 심장이 자신의 몸 구석구석에 제대로 피를 보내지 못하자 눕고 말았다. 재명이 쓰러지고 병원으로 긴급 이송되자 회사 주식은 요동치고, 벌써부터 후계 구도 이야기가 쏟아져 나왔다. 이주신 여사의 외가가 힘이 있는 만큼 차기 회장은 주신이 될 것이라는 의견이 대다수였다. 하지만 재명의 동생인 현 유서전기 유건명 부회장이 회장이 될 거란 말도 나왔다.

진하는 갑작스러운 아버지의 상태로 정신이 온전치 못했다. 가장 존경하던 분이 어느 누구에게도 사실을 알리지 않은 채 끙끙 앓았을 거라 생각하자 가슴이 미어졌다. 그 자리가 무엇이기에 가족에게도 비밀로 하고 병을 숨겼는지. 무엇 때문에 그렇게 끙끙 숨겨두었는지.

하루 종일 병실에서 재명을 간호하던 진하는 그날 밤 간신히 깨어난 아버지를 보자 벌떡 일어섰다.

"아버지! 정신이 드세요?"

산소호흡기를 낀 재명이 손짓을 하여 진하를 가까이 불렀다.

"해…… 해보…… 보…… 고…….”

재명의 말을 알아들은 진하가 목구멍까지 올라오는 눈물을 삼키며 말했다.

"올라오고 계세요. 제가 전화드렸어요. 거의 다 오셨을 거예요.”

"그…… 래…….."

"박사님 불러올게요."

급히 나가려던 진하의 손을 재명이 잡았다.

"네가…… 그 부…… 들 끄…… 까지…… 도와…….."

"걱정 마세요. 제가 항상 찾아뵐 거예요. 걱정 마세요, 아버지."

재명은 힘겹게 고개를 끄덕였다.

"네…… 엄마…… 너…… 무 믿지 마…….."

"아버지."

"무…… 서…… 다…….."

진하는 재명이 간신히 하는 말을 전부 제대로 들었다. 바깥이 소란스러운 것 같아 진하는 재명의 손을 잠깐 놓았다.

"무슨 일 있나 봐요. 아버지, 조금만 더 기운 내세요."

진하가 병실에서 나와 복도를 걷다 복도 끝에서 실랑이를 벌이고 있는 보육원 식구들을 보았다. 경호원들이 처음 보는 사람들을 막아섰다.

"제 지인들입니다. 들여보내세요."

진하의 단정한 말에 경호원은 이내 몸을 물렸다.

"오셨어요? 많이 놀라셨죠."

급히 달려온 인수의 걱정스러운 얼굴을 보며 진하는 더욱 가슴이 미어졌다.

"들어가 보세요. 아버지 깨어나셨어요."

인수가 고개를 끄덕이고 안으로 들어갔다. 뒤편에 서 있는 연우가 진하를 슬프게 바라보았다. 병실 안으로 들어오자 인수가 재명의 손을 잡고 울고 있었다. 재명은 사망하였다.

진하는 급히 다가와 재명의 병상 앞에 섰다. 견고하던 벽이 무너졌다. 하지만 눈물을 흘리지 않았다. 아버지의 일은 이제 자신의 몫이었다.

의사들과 가족들이 참관한 가운데 재명의 사망 시간이 알려지고 장례식이 거행되었다. 언론에서는 대대적으로 유서그룹 회장의 부고를 전했고 온 국민의 관심을 한 몸에 받았다. 재명이 이룩한 업적과 사회적 공헌도 높이 평가되었다. 그중에서도 단연 관심은 다음 후계자가 누가 될 것인가였다.

유재명 회장의 빈소는 대통령부터 정재계 인사들의 조화로 발디딜 틈이 없었다. 이름만 대면 아는 기업의 회장들이 줄이어 방문하였다. 연우는 접객실에 앉아 사람들을 바라보았다. 상주를 하는 진하는 한 번도 그 자리를 벗어나지 않았다. 그중에는 진하 또래의 문상객들도 있었다. 모두 재벌 자제들로 온몸에 귀티가 흘렀다. 연우는 다시 상으로 고개를 돌렸다. 유독 슬퍼하는 인수를 보며 연우는 아버지의 손을 꼭 잡았다.

"아저씨 좋은 곳으로 가셨을 거예요."

인수는 연우를 보며 따스하게 웃었다.

"연우 널 참 많이 아끼셨는데."

인수의 말에 연우도 가슴이 미어져 눈시울이 붉어졌다.

장례가 모두 끝나고 연우는 난생처음 진하의 집을 방문하였다. 유재명 회장이 유언장에 행복 보육원 사람들도 참석하라고 했기 때문이었다. 거실에는 재명의 형제들부터 그의 자식들, 이주신 여사, 진하, 행복 보육원 사람들이 엄숙하게 앉아 있었다. 변호사는 가방에서 유언장을 꺼내 발표하였다.

"회장님께서 생전에 작성해 놓으신 유언장입니다. 따라서 이 유언장은 금일부터 효력이 발생하며 반드시 지켜져야 하는 것이라고 당부하셨습니다."

사람들은 모두 변호사를 바라보았다.

"기존의 유서 전기, 식품 분야의 경영권을 유재명 회장의 동생이신 유건명 부회장께서 유지하시고, 삼남이신 유효명 부회장께서는 기획사와 방송 콘텐츠 분야를 유지하게 되셨습니다. 그리고 최고 경영자 자리는 이주신 여사님께서 맡게 되셨습니다."

변호사의 말이 끝나자 나머지 사촌들의 표정이 불만으로 변하였다. 동생들도 아니고 피도 섞이지 않은 형수에게 넘겨주다니, 말도 안 되었다. 아무리 주신의 외가가 힘이 있다고 하더라도 대대로 이어져 내려온 유씨 집안의 회사를 남의 손에 넘기다니. 제정신이 아닌 처사였다.

"유재명 회장님께서 보유하셨던 재산의 절반은 아들인 유진하 군이 받게 되었습니다. 이로써 유진하 군은 현재 보유하고 있는 주식 5퍼센트와 유재명 회장님께 받은 주식 15퍼센트를 합하여 20퍼센트의 주식을 갖게 되었습니다. 또한 주식 이외의 재산에 대해서는 만 18세가 되는 해부터 행사하실 수 있습니다."

이번엔 주신과 진하의 눈이 커졌다. 이렇게 되면 회사의 실질적인 주인은 진하가 되는 것이었다. 진하보다 많은 주식을 보유하고 있는 사람은 없었다. 주신은 사촌 형제들을 의식하여 표정으로 드러내지는 않았지만 진하의 승계 구도를 확정 지을 수 있게 되어 안심하였다.

"남은 재산 절반 중에 별장, 콘도 등 모든 문화시설은 부인인 이

주신 여사가 관리하고 소유하게 되었습니다. 재산 중 20퍼센트는 이주신 여사에게로 돌아갔습니다. 그리고 나머지 30퍼센트에 해당하는 재산 전액을 행복 보육원에 기부하셨습니다."

마지막 변호사의 말에 거실에 앉은 모든 사람들은 인수와 설원을 바라보았다. 그들도 너무 놀라 입을 다물지 못했다.

"재산 30퍼센트에 대한 건 회장님께서 생전에 미리 분리하시어 이미 오인수 님 앞으로 변경되었습니다. 유서그룹의 주식 5퍼센트와 삼성동 컨벤션 건물, 회장님이 후원하시는 재단 운영권 등 나머지 부분에 대한 모든 권한을 오인수 님에게로 넘겨주셨습니다. 이 부분에 대한 건 행복 보육원이 없어지기 전에는 절대 변경될 수도, 변해서도 안 되는 사항입니다. 그리고 오인수 님이 받게되는 재산은 오인수 님의 재량에 따라 다른 시설과 공동 협의해도 좋다고 하셨습니다."

주신은 어두워진 표정을 감추지 않고 인수를 노려보았다. 30퍼센트라니, 차라리 전부를 진하에게 주든가. 말이 30퍼센트지 그게 돈으로 가치를 따지자면 액수를 따질 수도 없는 천문학적인 금액이었다.

남에게 이런 정신 나간 짓을 한 남편이 끝까지 마음에 들지 않았다. 도대체 저들이 뭐라고 마지막까지 호구 노릇을 하고 있는건지. 주신은 그들에게 사무치도록 화가 나고 분노가 올라왔다. 냉철하고 다른 이에게는 시리도록 차가운 남편을 도대체 어떻게 구워삶아서는 저런 막대한 자산을 물려받을 수 있는지 모르겠다.

"저…… 변호사님. 저희는 그런 자산을 받을 이유가 없습니다. 받아서도 안 됩니다."

인수가 침착한 목소리로 말을 하였다.

"회장님의 유언이십니다. 오인수 님께서 거절하시면 따님인 오연우 양에게로 양도하라고 전하셨습니다."

연우는 자신의 이름이 거론되자 화들짝 놀랐다. 그 재산이 얼마만큼인지는 모르겠으나 이곳에 앉아 있는 사람들의 표정을 봐서 단순한 수치는 아닌 것 같았다. 싸늘하고 굳어진 사람들의 표정에서 부모님이 가시방석에 앉아 있다는 것쯤은 느낄 수 있었다.

"자, 변호사님. 이후의 사항에 대해서는 추후에 다시 논의하시지요."

가만히 앉아 있던 진하가 일어서며 사촌들을 보았다.

"작은아버지, 숙모님들도 나중에 뵙겠습니다."

깍듯하면서도 거부할 수 없는 진하의 말에 어른들은 어쩔 수 없이 일어섰다. 그리고 더는 보기도 싫은 듯 집을 나가 버렸다. 거실에 있던 주신은 싸늘해진 표정으로 인수와 설원을 노려보았다. 그러다 소파에서 일어서 자리를 벗어났다. 진하는 인수를 보며 다정하게 웃었다.

"진하 군, 이건 아닐세. 우리가 어떻게 그런 큰돈을 받나. 말도 안 되네. 내일 다시 변호사님께 변경하라고 하게."

"아버지께서 직접 유언장에 작성하신 것이니 전 어떻게 할 수 없습니다. 그리고 그 돈은 아버지께서 계속 생각했던 부분입니다. 아버지가 얼마나 원장님 내외분을 존경하시는지 알고 계시죠? 아버지의 절친한 벗이십니다. 그러니까 받으세요. 받을 자격 있습니다."

"하지만……."

"오갈 데 없는 아이들을 더 안전하게 받쳐 주는 곳이 되어주면 됩니다."

진하의 단정한 말에 인수는 숨을 깊이 내쉬면서도 고개를 끄덕였다.

"이 돈은 오직 아이들을 위해서만 쓰겠네."

진하는 힘주어 웃으며 인수와 설원을 배웅했다. 연우도 따라나서려 하자 진하가 살짝 손을 잡아끌었다.

"연우는 이따 제가 직접 데려다주겠습니다."

진하의 말에 잠시 고민하던 인수와 설원은 웃으며 고개를 끄덕였다.

"그래요."

고요해진 집 안에 두 사람의 숨소리만 들려왔다.

"올라가자. 내 방 안내할게."

진하가 손을 이끌자 연우는 그대로 따랐다. 널찍한 계단을 따라 올라가며 연우는 새삼 진하가 대단한 사람이라는 생각이 들었다. 집의 크기만 봐도 보육원 식구들이 사는 곳과는 차원이 달랐다. 2층에서도 안쪽으로 깊이 들어간 진하는 커다란 양문 앞에 서서 문을 열었다.

"내 방이야."

연우는 미소 지으며 안으로 발을 들였다.

"우와ㅡ"

연우의 입에서 무의식적인 탄성이 쏟아졌다. 연우는 조심스레 발을 옮기며 방 안 이곳저곳을 구경하였다.

"이렇게 큰 방에서 생활하면 어떤 생각이 들어?"

"글쎄, 별생각 안 드는데."

무심한 진하의 말에 연우는 웃음이 나왔다. 매사에 참으로 감흥이 없는 사람이다. 침대와 책상, 테이블, 피아노, 모든 것들이 깔끔한 상태로 정돈되어 있었다.

"피아노도 칠 줄 알았어?"

"그 정도는 기본이지."

"그러면서 나한테는 한 번도 안 쳐줬어?"

"피아노가 없었잖아."

태연하게 말하는 진하에게 입술을 삐죽 내밀고 다시 구경을 하였다. 한쪽 벽면에 가득 꽂힌 책들을 손으로 훑으며 감탄했다.

"이게 어느 나라 말이야. 영어만이 아닌 것 같은데?"

"중국어, 일본어, 불어, 노어."

"설마…… 다 할 줄 아는 건 아니지?"

연우가 그럴 리가 없다는 눈빛으로 진하를 돌아보았다. 진하는 어깨를 으쓱하곤 씨익 웃었다.

"사람이 아니야. 영어 하나만도 어렵던데 이 많은 언어를 다 어떻게 해?"

그 외에도 가득 꽂혀 있는 책들을 보며 또 새삼 진하의 지식 수준을 감탄하게 되었다. 그러지 않으려고 하는데 자꾸만 진하와 자신의 거리가 멀게 느껴졌다.

"이러니 내가 하는 일이 값져 보이겠어?"

방 구경을 웬만큼 끝낸 연우가 진하를 돌아보았다. 진하는 소파에 앉아 있었다. 자기 옆자리를 손으로 팡팡 쳤다. 연우가 눈웃음을 지었다. 그리고 진하의 옆에 냉큼 달려가 앉았다. 그러자 진하는 연우의 무릎에 머리를 베고 누워버렸다.

"오, 오빠!"

"잠시만. 나 너무 피곤해."

당황하던 연우가 손을 내려 그의 머리카락을 쓸어주었다.

"그래. 좀 쉬어. 한숨도 못 잤을 거 아냐."

"응."

머리카락을 쓸어주자 진하는 눈을 감았다. 연우의 손길을 느끼며 진하가 입을 열었다.

"아버지가 왜 나한테 그런 막대한 재산을 넘겨주셨을까."

연우는 손길을 거두지 않고 조용히 미소 지었다.

"날 믿으셨을까. 아직 고등학생밖에 되지 않은 미성년자 따위를."

"미성년자라고 하기에는 키가 너…… 무 커서 믿을 수가 있어야지."

"야."

"아저씨가 오빠를 믿지 않더라도 난 주셨을 거라고 생각해."

연우의 다정한 말에 진하가 눈을 떠 마주하고 있는 그녀의 얼굴을 올려다보았다.

"믿고 안 믿고의 문제가 아니라 누가 그 일을 해낼 수 있느냐가 먼저 아닐까. 오빠가 입버릇처럼 말했던 것 있잖아. 믿고 있어도 실력이 형편없으면 그 일을 맡길 수 있겠어?"

"연우야."

"아저씨는 보면 굉장히 다정한 분이지만 매우 냉철한 분이기도 한 것 같아. 그런 분인데 오빠가 할 수 있다고 생각했으니까 주셨을 거야.”

“넌 참······.”

“말하는 것도 어쩜 이렇게 예쁘게 하나 싶지.”

연우가 웃음을 흘리며 말했다.

“보면 나도 참 잘난 척 끝판왕인 것 같아.”

연우의 웃음에도 진하의 표정은 점점 어두워졌다.

“좀 더 다가가지 못했어. 항상 존경했지만 더 표현하지 못했어. 아버지가 설마, 내가 성인이 되기도 전에 안 계실 줄은······ 몰랐어.”

“오빠······.”

진하는 옆으로 누워 연우의 허리에 손을 두르고 그녀의 품에 고개를 묻었다.

“나 이제 누구에게 의지하지. 내 기둥이 사라져 버렸는데 누구에게 기대지.”

“나한테 기대. 힘들면 나한테 기대. 내가 기둥이 되어줄게. 아무런 말도 하지 않고 통나무처럼 우뚝 서 있어줄게.”

연우의 말에 진하가 낮게 웃었다. 그가 웃자 연우의 몸도 함께 떨려왔다. 하지만 옷이 점점 젖어드는 것을 느끼며 연우는 그가 울고 있음을 알았다.

“지금처럼.”

연우는 진하의 머리를 쓰다듬으며 어깨를 토닥여 주었다. 연우의 눈에서도 눈물이 떨어졌다.

진하가 19살이 되던 해에 주신은 진하를 위한 생일 파티를 계획했다. 이 파티는 여러 가지 의미를 지녔다. 유서그룹의 적통자로서 사회 무대로의 첫발을 의미했고, 진하의 세력과 힘을 과시하는 자리이기도 했다. 진하는 파티가 마음에 들지 않았지만 주신의 반강요에 의해 억지로 참석하게 되었다. 주신은 어떻게 해서든 아들을 사람들의 눈에 띄게 하여 인정받게 하고 싶었다. 재명의 동생인 유건명 부회장이 계속해서 미련을 떨치지 못하는 만큼 이런 자리는 반드시 필요했다.

연우는 진하의 생일 선물을 사느라 선물 가게를 돌았다. 행복 보육원에서 떨어져 지낸 지 6개월째. 연우는 진하의 부탁과 협박으로 서울로 상경하여 성악 공부를 하였다. 명목은 '유진하 장학재단'의 첫 번째 장학생으로 선정하여 성악을 공부할 수 있게 한다는 취지였다. 이건 측근 비리라고 정색하던 연우는 진지하게 꿈을 묻는 진하의 말에 생각을 바꿨다.

연우는 노래를 부를 때 가장 행복하단 걸 진하도 모르지 않았다. 그런 꿈을 그대로 묻어두고 살아간다면 실망할 것이라는 그의 말에 연우는 조심스럽게 꿈을 펼쳐 보기로 마음먹었다. 진하에게 받은 장학금은 언젠가 꼭 돌려주리라 마음먹으며. 그래서 서울로 올라와 작은 거처를 마련하였고 거기서 예고를 다니고 있었다.

서울로 올라왔다고 해서 진하를 자주 보는 건 아니었다. 고3이면서 유학 준비를 하는 진하는 몸이 두 개라도 힘들 지경이었다. 거기다 회사 경영 수업까지 받으니 하루가 모자랐다. 한 달에 한 번 행복 보육원을 갈 때 함께 가는 것을 빼고는 진하를 만나는 건 극히 드물었다.

연우의 폰에 진동이 울렸다. 진하의 어머니다. 연우는 고민을 하다 폰을 받았다.

"회장님, 안녕하세요."

[지금 시간 되니? 잠깐 나 좀 만나자.]

"네."

약속 장소 앞에서 연우는 마른침을 삼키며 자신의 매무새를 고쳤다. 고급 커피숍 안에서 직원의 안내를 받고 가자 룸이 나타났다. 문이 열리고 안으로 들어가자 주신이 연우를 바라보았다. 연우는 허리를 숙여 인사했다.

"왔구나. 앉아라."

연우는 앞에 앉아 손을 마주 잡았다. 주신은 정말 아름다웠지만 또한 무서웠다. 진하의 모습이 분명 보이는데도 낯설었다.

"내일 진하 생일 파티에 너도 올 거니?"

"아직 잘 모르겠습니다. 오빠가 오라고는 했습니다."

"그래. 오는 것도 좋겠지. 와서 직접 보면 생각이 바뀔 수도 있으니까."

연우가 고개를 들어 주신을 보자 주신은 날카로운 눈매로 그녀를 쏘아보았다.

"난 말이다. 너희 행복 보육원 사람들이 정말 싫어. 매번 말을 했는데도 어쩜 그렇게 못 알아듣는지. 진하 바짓가랑이 잡고 뭐 하는지 모르겠다."

알고 있는 말이지만 막상 면전에서 들으니 감정이 상하는 건 어쩔 수 없다.

"진하를 더 이상 그런 곳에 다니게 하고 싶지 않다. 주변에서 말들도 많고."

"회장님, 그런 곳이 아니라 보육원입니다."

"뭐?"

연우의 당돌한 말에 주신이 소리를 높였다.

"회장님께서 오빠를 극진히 아끼시는 만큼 저도 제 가족을 극진히 아낍니다. 그런 말을 들으면 기분이 좋지 않습니다."

"하!"

"오늘 저를 보자고 하신 이유를 여쭤봐도 될까요?"

"그래. 보통 애는 아니라고 생각했다. 아니면 진하가 그렇게 여자에게 빠질 수가 없지."

연우는 주신의 말에 슬픔이 몰려왔다.

"부탁을 하려고 보자고 했다. 내일 생일 파티를 시작으로 진하는 본격적인 후계자 수업을 받을 거야. 이전부터 받아온 후계자 수업과는 전혀 다른 이야기다. 이 말은 약혼녀가 생기고 경영 수업에 본격적으로 참여할 거라는 뜻이야."

연우는 주신의 말에 떨리는 손을 꼭 잡고 간신히 미소 지었다.

"네. 말씀하세요."

"이제 우리 진하와 그만 만났으면 좋겠구나. 아니, 사실 이전부터 그랬어야 하는 거지. 가능하면 보육원과도 발길을 끊었으면 좋겠고. 그걸 네가 진하에게 확실하게 말해줬으면 한다."

"회장님."

"물론 네 공부는 내가 소홀히 하지 않을 것이다. 아낌없이 지원할 것이고 해외의 저명한 교수에게 개인 레슨을 받도록 할 생각이다."

어마어마한 제안에 연우의 눈이 커졌다. 잠시 주신을 물끄러미 바라보던 연우는 옅은 미소를 지었다.

"저와 오빠를 만나지 않게 하면 오빠가 훨씬 더 잘할 거라고 생각하시나요?"

"당돌하기 이를 데 없구나."

"전 오빠와 아무 사이도 아닙니다. 그런데 저에게 약혼녀 이야기를 하시는 이유가 뭔지 궁금하고 후계자 이야기를 하시는 의도가 뭔지 모르겠습니다."

"너랑 진하가 아무 사이가 아니라고! 네가 다니는 학교에 찾아가 아는 척을 하고, 사람들 입에 오르내리는데!"

연우는 억울한 마음에 주신의 얼굴을 똑바로 바라보았다. 화가나면 연우는 더욱 당당해졌다.

"그럼 오빠에게 말씀하세요. 저희 학교에 찾아온 건 오빠고, 절후원하는 건 오빠니까요. 회장님과 오빠가 같은 의견이면 저도 따르겠습니다."

"뭐, 뭐라고!"

"회장님. 저 아직 17살이에요. 미성년자예요. 제가 무얼 할 수있겠어요. 회장님은 뭐가 무서우신 거죠."

"이 독한 계집애가!"

주신은 자리에서 벌떡 일어서 연우를 노려보았다.

"정말 처음부터 마음에 들지 않더니 하는 말마다 가관이구나. 알았다. 어디 한번 네 스스로 느껴봐라. 네가 얼마나 보잘것없고 쓸모없는 여자인지 직접 눈으로 봐."

주신은 자리를 박차고 나가 버렸다. 덜덜 떨리는 손을 꽉 잡은 연우는 후들거리는 다리를 겨우 일으켜 밖으로 나왔다. 큰일이네.

진하의 어머니 눈 밖에 제대로 났다. 그렇다고 이제 와서 좋은 모습 보여주는 건 그른 것 같은데 하고 싶은 말이라도 해야 시원하다고 생각했다. 하지만 걱정이 되는 건 어쩔 수 없다. 그래도 진하의 어머니인데.

진하의 생일 파티. 거대한 저택답게 생일 파티도 집에서 주최하였다. 대문 앞에서 여러 명의 경호원이 경비를 펼쳤다. 저택 안으로 들어가는 사람들은 죄다 미성년자면서 드레스를 갖춰 입었고 나이 든 사람들은 전부 진하에게 눈도장을 받고자 참석하였다. 아무나 오지도 못하였다. 초대장이 있어야 올 수 있었다.

연우는 진하가 보내준 초대장으로 어렵지 않게 저택 안으로 들어갈 수 있었다. 하지만 평범하게 입은 자신의 모습은 확실히 저들과는 비교가 되었다. 그저 블라우스에 플레어스커트를 입어서는 드레스를 이길 수 없었다.

정원에는 잔잔한 음악과 조명들이 은은하게 비쳤고, 테이블마다 화려한 꽃들이 놓여졌다. 연우는 안으로 들어와 테이블 앞에 섰다. 화려한 분위기 속에서 유독 다르게 느껴지는 한 사람. 그게 연우였다.

사람들의 흘끔거리는 시선을 모르지 않았다. 하지만 괜찮다. 이건 다 주신이 예상하고 건넨 말 속에 포함되어 있는 일이었다. 연우는 눈을 마주치는 사람들에게 눈웃음을 지으며 웃어주었다. 안에서 진하가 나왔다.

오, 멋진 턱시도에 머리를 말끔하게 올리니 진짜 어른 같네. 연우는 살짝 웃으며 그를 바라보았다. 그의 곁에 젊은 남녀들이 우르르 몰려들었다. 그중에서도 단연 돋보이는 여자가 진하의 정면에 마주 보고 섰다. 둘은 뭔가 말을 주고받더니 진하의 미소에 말을 끝맺었다. 이윽고 저택 안에서 나오는 이주신 여사가 여자에게 다가와 웃으며 악수를 했다. 연우에게 하던 것과는 정반대의 미소로 우아하게 대접해 주었다.

약혼녀? 예쁘네. 집도 부자겠지 뭐. 연우는 가슴을 알싸하게 관통하는 통증에 시선을 거두었다. 그래, 회장님이 노린 것도 이런 거잖아. 알면서 뭘 그래. 다시 고개를 돌리다 주신과 눈이 마주쳤다. 그녀는 보란 듯이 웃으며 시선을 거두었다.

오빠, 나 좀 봐. 나 한 번만 봐줘.

연우는 내내 진하에게 시선을 주었지만 그는 한 번도 눈길을 주지 않았다. 결국 파티가 본격적으로 시작되기도 전에 연우는 집 밖으로 나와 버렸다.

집으로 돌아와 한참 학교 숙제를 하고 있는데 현관 벨이 울렸다. 현관으로 나가 문을 열자 진하가 서 있었다.

"진하 오빠."

"안 잤어?"

"11시밖에 안 됐잖아. 들어와."

진하의 옷이 블랙 셔츠에 청바지로 바뀌어 있었다.

"생일 파티는 끝난 거야?"

"오늘 안 왔어?"

"응. 숙제도 많고 내일 레슨도 가야 해서 안 갔어."

연우가 살며시 미소 짓자 진하는 책상으로 가 연우가 숙제하던 것을 보았다.

"마실 거라도 줄까?"

"됐어."

"아, 선물 못 줬네. 아직 생일 안 지나서 다행이다. 기다려 봐."

연우가 옷걸이에 걸린 재킷 호주머니를 주섬주섬 찾는 사이 진하가 다가와서 끌어안았다.

"갑자기 왜 이런대."

"너 왔었잖아. 왜 거짓말해."

진하가 속삭이자 연우는 뜨끔하여 일부러 소리를 내어 웃었다.

"아……. 봤어?"

진하는 연우의 몸을 돌려 눈을 마주 보았다.

"왜 아는 척 안 했어?"

"어?"

"난 네가 아는 척해주길 기다리고 있었는데."

연우의 커다란 눈망울이 흔들렸다.

"보고 있었던 거야?"

"당연하지. 나오는 순간부터 널 봤는데. 다른 사람들이 다 찾아와서 생일 축하한다고 말하는데 넌 꿈쩍도 않더라."

"그야…… 사람도 많았고, 바빠 보여서……."

거짓말을 한다. 연우가 거짓말을 한다. 진하는 그녀의 눈을 보며 집요하게 이유를 찾았다. 그 마음을 들키기라도 한 것처럼 연우는 시선을 회피했다.

"무슨 일 있었어?"

"무슨 일?"

"무슨 일이든지."

"몰라. 무슨 일일까."

"말장난하지 말고."

"오빠가 하고 있잖아. 말장난."

"다음부턴 날 보면 무조건 다가와. 다가와서 아는 척해. 적극적으로 아는 척하라고."

연우는 진하의 집요한 눈매를 보며 고개를 끄덕였다.

"응, 그럴게."

"괘씸해. 왜 그냥 갔어."

"오빠……."

연우의 애원하는 말에 진하는 다시 그녀를 꼭 끌어안았다.

"파티는 잘 마무리한 거지?"

"몰라. 어머니가 알아서 하셨겠지. 너 안 보여서 나도 나와 버렸어."

"엥? 주인공이 파티를 나왔다고?"

"네가 없었으니까 그렇지!"

"그래도 그렇지. 주인공이잖아."

연우가 눈을 동그랗게 뜨고 진하를 꾸짖었다.

"앞으론 그러지 마. 어떤 자리든 최선을 다하란 말이야. 나 때문에 그런 모습 보이는 거 싫어."

"그러게 누가 먼저 가버리래?"

"오빠, 나 장난하는 거 아냐."

연우의 진지한 목소리에 진하는 연우의 눈을 피했다. 또 잔소리를 늘어지게 할 것 같다.

"이제 오빠는 유서그룹의 후계자나 마찬가지야. 회장님도 그것 때문에 파티 준비하신 거잖아. 난 오빠가 자신의 일에 무책임한 것 너무 싫어. 그런 모습, 고쳐."

"오연우."

"고칠 거야, 안 고칠 거야."

감히 유진하에게 명령을 내리다니, 훈계를 하다니.

"고칠게."

연우의 눈매가 언제 그랬냐는 듯 아래로 내려왔다. 눈웃음을 지었다.

"자, 선물."

연우가 진하의 손바닥 위에 작은 상자를 올려놓았다.

"뭔데?"

진하는 뚜껑을 열었다. 작은 상자 안에는 이미테이션 만년필이 들어 있었다.

"겨우 만년필?"

싱거운 반응에 연우는 힘이 빠졌다.

"겨우? 이거 그 매장에 있는 물건 중에 가장 비싼 거였다고!"

억울한 듯 연우의 얼굴이 빨개졌다.

"진짜 명품 만년필은 아직 못 사주지만 이거 굉장히 잘 나와. 내가 시험해 봤어."

여전히 무표정인 진하를 보자 연우는 더욱 애가 탔다.

"물론! 다른 사람들의 선물에 비하면 하찮겠지만 그건……."

진하는 연우의 반응이 재밌어 소리를 내어 웃었다. 뭐냐는 얼굴로 바라보는 연우에게 빙그레 웃었다.

"잘 쓸게. 공부 열심히 하라고 준 거냐?"

"그런 의미도 있고 뭐⋯⋯."

조금이라도 괜찮은 선물을 주고 싶었으니까. 싸구려 따위는 주고 싶지 않았으니까. 이미테이션이라도 흉내 내보고 싶었으니까. 아, 그런데 초라해진다. 연우는 시선을 내려 시린 마음을 감췄다.

"내가 받고 싶은 선물은 따로 있는데."

"그랬어? 그럼 진작 물어볼 걸 그랬다. 괜히 한 시간씩 돌면서 골랐네. 뭔데?"

연우는 괜한 고생을 했다는 생각에 힘이 빠졌다.

"그런데 선물 줄 거야?"

"받고 싶다는데 줘야지. 뭔데?"

연우의 동그란 눈을 보며 진하는 얼굴을 가까이 가져왔다. 연우의 어깨를 잡은 손끝이 떨려왔다. 그의 입술은 연우의 입술 가까이로 다가와 살짝 닿았다.

"이거."

사슴 같아진 눈망울을 보자 다시 충동이 일었다. 다시 맞닿았다. 좀 더 길게 연우의 따뜻한 입술에 닿았다. 여전히 멍한 상태인 연우를 보자 웃음이 나왔다.

"선물 잘 받았어. 갈게. 내일 레슨 끝나고 보자."

진하는 얼음처럼 굳어 있는 연우를 놔두고 집 밖으로 나와 버렸다. 두근대는 심장 소리를 연우에게 들키기 싫었다. 남자가 뽀뽀 하나에 설렌다고 하면 너무, 그렇잖아. 하지만 소원 성취했다. 진하는 유유히 사라졌다. 남겨진 연우는 그의 입술 감촉 때문에 그날 그렇게 뜬눈으로 밤을 지새웠다.

단체 레슨은 재능 있는 고등학생들을 위해 이 교수가 추진하고 있는 프로그램이었다. 사실 재능이라고는 했지만 가정 형편이 여유로운 명문가 집안의 자제들이 전부였다. 후원을 받아 연습하고 있는 사람은 연우가 유일했다.

단체 레슨이 끝나고 다른 아이들은 끼리끼리 무리 지어 나갔다. 연우에게 말을 거는 아이들은 없었다. 후원을 받아 연습을 하고, 자신들의 영역에 발을 들인 연우가 고깝게 보였을 것이다. 가방을 챙기는 연우를 이 교수가 불렀다.

"잠을 못 잤니? 오늘은 목소리에 힘이 없구나."

"아, 죄송해요. 어제 좀 갑작스러운 일을 당해서…….."

"노래하는 사람은 체력도 잘 관리해야 돼."

"네. 죄송합니다."

"연우야. 지금처럼 연습하면 음대 들어가고 합창단에서 소프라노 정도는 할 수 있어. 운이 좋으면 말이야. 그런데 너 그게 목표니?"

"네?"

이 교수는 연우의 말간 눈을 보자 자리를 잡고 앉았다. 교수가 연우의 어깨를 두드렸다.

"네 목소리는 매력 있어. 조수미 선생님처럼 뭔가를 끌어들이는 힘이 있거든. 하지만 좀 더 전문적인 교육을 받아볼 필요가 있어. 한국의 교육 시스템보단 미국이 여러모로 유리하지."

"전 유학 가는 건 생각도 해보지 않았어요. 갑자기 왜 그런 말씀을 하시는 거예요."

"이제 고1이잖아. 지금도 늦었어. 제대로 교육받으려면 전문적인 시스템이 필요해."

"전 교수님께서 해주시는 것이 좋아요."

"바보네."

교수는 의자에서 일어서 혀를 찼다.

"사람이 너무 순진해도 미련한 거야. 좀 더 자신에 대해 정직하게 돌아봐."

예쁜 연우의 얼굴을 보자 이 교수는 한숨이 나왔다.

"네 가정환경으로 대한민국에서 탑의 자리에 올라가는 건 무리야. 실력, 실력 하지만 아직까진 부모 배경을 더 우선으로 쳐주잖니. 부모 배경으로 노래하는 애들 중에도 잘하는 애들은 얼마든지 많아."

교수가 하는 말을 이해한 연우는 작게 고개를 끄덕였다.

"후원받아 하고 있는 거라면 좀 제대로 하라는 뜻이야. 재능이 아깝지 않게. 이대로는 힘들어."

"무슨 말씀인지 잘 알겠습니다."

"그래. 네가 말하기 힘들다면 내가 유진하 군을 만나볼까?"

"아, 아뇨. 제가 물어볼게요. 신경 써주셔서 감사합니다."

연우는 꾸벅 인사를 하고 웃어 보였다. 이 교수는 지난주에 찾아온 이주신 회장을 떠올렸다. 연우라는 아이에게 해외 유학을 권해보라고. 한국에서 멀리 떨어진 곳으로 추천 좀 해달라고 했다. 남의 말을 듣는 이 교수가 아니지만 연우의 재능은 사실 아까울 정도로 뛰어났다. 한국보다 좀 더 넓은 무대에 나가 교육을 받는 걸 이 교수도 추천하고 싶었다.

건물을 나오는 연우는 좀 전에 이 교수와 나눴던 대화가 머릿속을 맴돌아 혼란스러웠다. 유학은 생각도 해보지 않았다. 그렇다고 진하에게 또다시 손을 벌리는 것도 너무 우스웠다. 정도라는 게 있지 후원도 지나치면 민폐가 되었다.

건물 계단을 내려오다가 계단 끝에 서 있는 진하를 발견하였다. 그는 바지 주머니에 손을 넣은 채 신발코를 바닥에 쿡쿡 찍고 있었다.

"진하 오빠."

연우의 목소리에 진하가 고개를 들었다. 그리고 손을 흔들었다. 연우는 계단을 천천히 내려오며 생각했다. 아무렇지도 않나. 첫 뽀뽀를 기습으로 해놓고선 저리 태평할 수 있나. 나만 떨리는 거야.

"바쁘지 않아?"

"바빠, 엄청."

"그럼 왜 왔어."

"그냥 보고 싶으니까 왔지. 너 데려다주고 바로 가야지."

진하는 대기하고 있는 차 앞에 와서 문을 열어주었다. 정 기사는 재명이 보육원을 다닐 때부터 함께하던 사람으로 계속 진하를 에스코트하고 있어 연우에게도 친숙한 사람이었다.

"아저씨, 안녕하세요."

"잘 지내셨어요?"

"말 편하게 하시라니까 정말 고집 세시네요."

연우는 웃으며 안으로 들어왔다.

"그럴 순 없죠. 아가씨는 도련님 손님인데."

에휴, 그게 뭐라고. 연우는 깍듯하게 선을 긋는 정 기사를 보며 죄송한 마음이 들었다. 다른 곳에서 보면 평범한 아저씨와 고등학생이었을 텐데 어쩌다 이런 남자 운전기사를 해서는. 진하는 연우의 옆에 앉아 당연하게 그녀의 손을 잡았다.

어제부터 좀, 스킨십이 많아졌다? 연우는 자신의 손을 잡아간 진하의 손을 바라보았다.

"손잡는 것 좋아?"

당연한 걸 왜 묻냐는 얼굴로 진하가 바라보았다.

"변태 같아서."

연우의 입에서 나온 말에 진하는 충격을 받은 듯 입이 살짝 벌어졌다. 변태. 매번 새로운 어휘로 자신을 놀라게 한다. 신선한 충격이다. 매번 신선해.

"너 오빠한테 하는 말이 너무 건방지다?"

"그렇게 들렸어? 난 그냥 내 느낌을 말한 건데. 그렇게 들렸다면 미안."

난 몰랐어요, 라는 얼굴로 아무렇지도 않게 말한다.

"너 말이야."

연우는 혀를 쭉 내밀고 창문으로 고개를 돌려 버렸다. 나오려는 웃음을 참느라 입술을 앙다물었다.

"아얏!"

진하가 연우의 기다란 머리카락을 잡아당겼다. 이건 반칙이야. 감히 숙녀의 머리카락을. 연우가 고개를 획 돌리자 진하가 기습적으로 그녀의 입술에 입을 맞춰왔다. 앞에 기사님도 있는데! 연우는 진하의 어깨를 확 밀쳤다.

"오빠!"

"왜? 변태 같다고 해서 변태짓 한 거야."

"아, 정말 이러기야! 왜 자꾸 갑자기…… 그러는데!"

"그럼 예고하고 하랴. 뽀뽀한다, 이러고?"

진하는 능청스럽게 다리를 꼬고 앉아 한쪽 팔을 차창에 기대고 눈을 감았다. 한참 노려보던 연우는 자세를 고쳐 앉았다. 말을 말자. 저 인간이랑 더 말해봤자 입만 아프다.

"오늘 레슨도 잘했어?"

연우는 뽀뽀 생각에 진하의 말을 듣지 못했다.

"화났어?"

연우의 굳어 있는 얼굴을 보자 진하가 물었다. 연우의 시선이 그에게 향했다.

"아닌데?"

"그럼 나 노래 불러줘. 네가 매번 부르는 거."

진하가 연우의 무릎에 누워 눈을 감았다. 막무가내. 연우는 막무가내 진하가 한숨이 나오면서도 좋았다. 그 감정이 당연하게 느껴졌다. 연우는 무릎에 누운 진하의 얼굴을 내려다보다 작게 부르기 시작했다.

슈베르트의 아베마리아. 연우가 좋아하고 제일 잘 부르는 곡이었다. 맑고 청아한 연우의 목소리가 정말 잘 어울렸다. 이 노래를 듣고 있으면 마음이 편안해졌다. 연우가 좋아하는 아베마리아를 진하도 좋아하게 되었다. 진하가 눈을 떠 잔잔히 노래 부르는 연우를 올려다보았다. 연우는 지그시 눈을 감고 노래를 불렀다.

예쁘다. 내 연우 정말 예쁘다. 진하는 갑자기 일어나 연우를 대놓고 바라보았다. 진하의 움직임에 눈을 떴지만 연우는 노래를 멈추지 않았다. 연우가 다 부를 때까지 미소를 지으며 기다리던 진하가 끝나자마자 입을 열었다.

"나 뽀뽀한 거 너무 좋아."

그의 말에 연우의 눈이 급격히 커졌다. 갑자기 대놓고 고백을 하다니. 예열을 좀 하란 말이야.

"그동안 내내 하고 싶었지만 참았어. 음…… 나도 준비가 되지 않았으니까."

진하의 뜨거운 눈빛이 연우의 가슴을 파고들었다. 심장이 서서히 빠르게 뛰기 시작했다.

"나랑 사귈래?"

"농담?"

"나랑 사귈래?"

"뭐야. 장난하지 말고. 왜 그래?"

연우는 진하의 말에 의미를 두고 있지 않다. 진하는 연우의 어깨를 잡고 눈을 맞췄다.

"나 너랑 사귀고 싶어."

"오빠……."

"예전에 내가 했던 말 기억나? 내가 힘이 없어서 널 지켜주지 못한다고."

연우의 고개가 살짝 내려갔다.

"이젠 아냐. 널 지켜줄 수 있어. 아무도 날 어쩌지 못해."

"그래서?"

"응?"

"사귀면……."

연우는 다시 고개를 들어 진하의 눈을 똑바로 보았다.

"사귀면 우리 사이가 달라지는 거야?"

"뭐, 그렇다기보단……."

"난 사귀는 거 싫어."

예상하지 못한 반응에 진하는 말문이 막혔다. 좋아할 줄 알았는데.

"바보야. 고등학생 주제에 날 어떻게 지켜주겠다는 거야. 오빠 아직 미성년자잖아. 재산이 넘칠 만큼 있다고 해도."

"야."

"지켜주겠다는 말은 적어도 오빠 스스로 돈을 벌 수 있을 때 하세요."

연우는 어깨를 잡은 진하의 팔을 내렸다.

"일단 고등학교 졸업하고 성인이 되면…… 그때 다시 말해줘."

연우는 미소를 지으며 시선을 앞으로 돌렸다. 아, 창피해. 연우에게 까였다. 그런데 까인 이유가 부끄럽다. 난 힘이 있다고 생각해서 고백한 건데 연우는 개뿔 하나도 힘이 없다고 한다. 지켜줄 힘이 없다고 생각하나? 너 하나쯤은, 너는 충분히 지켜줄 수 있는데.

"나중에 딴소리하지 마라."

진하의 낮은 목소리에 그가 화났음을 알았다. 연우는 진하의 눈을 보며 쓸쓸한 웃음을 지었다.

"화내지 마."

"화났어."

"그럼 힘을 키워."

"뭐? 너 왜 이상한 말만 해. 내가 힘이 없어? 몰라서 그러는 것도 아닐 텐데."

"날 지켜줄 힘을 키워. 그래서 날…… 지켜줘."

자꾸 뜻 모를 말을 하는 연우가 이상했다. 연우는 무슨 생각을 하는 걸까. 왜 자신보고 힘을 키우라고 하는 걸까. 똑똑한 아이가 자꾸 같은 말을 반복한다.

그때, 진하는 알았어야 했다. 연우가 하는 말의 의미를. 힘을 키운다는 것이 어떤 건지를.

연우가 행복 보육원 현관문을 열 때였다. 안에서 나오는 사람을 본 순간 그녀의 표정이 굳어졌다.

"회장님."

주신은 밖을 나오다 연우를 보고 걸음을 멈췄다.

"안녕하세요."

허리를 숙이고 인사하는 연우를 무시하며 주신은 꼿꼿한 걸음으로 대기하고 있던 검정 세단으로 갔다. 아까 대문 밖에 있던 차가 주신의 것이었구나. 여긴 왜 왔을까. 절대 좋은 일로 오진 않았을 텐데. 생각하던 연우는 급히 차로 뛰어갔다. 하지만 차는 매끄럽게 빠져나갔다.

"설마……."

연우는 현관을 들어와 조용한 실내를 보았다. 다급해진 마음에 얼른 원장실 문을 열었다. 바글바글. 아이들이 원장실 안에서 인수가 들려주는 옛날이야기 동화를 듣고 있었다.

휴, 연우는 괜히 내려앉은 심장을 쓸었다. 쓸데없는 망상을 한 자신을 꾸짖었다. 연우는 아버지와 눈이 마주쳐 눈인사를 나누고 방으로 올라왔다. 주말마다 양평 집으로 내려오지만 이번 주는 굉장히 오랜만에 오는 느낌이었다.

"왔냐?"

방문을 열고 들어오는 선호를 보자 연우는 활짝 웃었다.

"선호 오빠, 오랜만이야."

"지난주에 왔는데 뭔 오랜만."

"아, 그랬던가?"

연우는 어색하게 웃으며 의자에 앉았다.

"공부는 잘하고 있냐?"

"당연하지. 내가 워낙 똑똑하잖아."

너스레를 떠는 연우의 머리를 쥐어박았다.

"까분다."

"오빠는 공부 잘돼가? 오빠야말로 고3이잖아."

연우의 말에 선호는 눈에 띄게 당황하였다.

"야, 공부라는 게 꼭 모두 잘할 필요 있냐. 다 사람에게 맞는 능력을 키우면 되는 거지. 네가 성악을 하는 것처럼."

"응."

열심히 하지 않는다는 소리지만 연우는 모르는 체 넘어가줬다. 선호는 공부에는 흥미가 없었다. 대신 운동신경이 뛰어나 태권도, 합기도, 유도 등 몸을 쓰는 건 못하는 게 없었다. 키도 진하만큼 크고 덩치도 진하보다 커서 보통 사람이 보면 위협을 느낄 정도였다.

"서울 가서 좋은 것만 먹을 줄 알았는데 어째 더 마르는 것 같다?"

선호의 굵직한 목소리에 연우는 고개를 저으며 웃었다.

"잘 먹어. 너무 먹어서 살쪄. 서울 가시나들은 어찌나 다들 몸매 관리를 하는지 퉁퉁한 애가 없다니깐."

"네가 뭐가 살쪘냐. 빼빼 마른 게."

"아닌데. 나 살쪘는데."

연우는 자신의 몸을 내려다보며 이리저리 재보았다.

"유서그룹 회장 왔다 갔더라."

"아……."

연우는 고개를 들어 선호를 보았다.

"무슨 대화 나눴는지 알아?"

선호는 어깨를 으쓱했다.

"원장실에서 아버지랑 어머니랑 대화해서 무슨 말 나눴는지는 몰라. 좋은 얘기는 아니겠지. 이 회장, 우리 보육원 엄청 싫어하잖아."

주신은 무슨 생각으로 보육원에 찾아왔을까. 연우는 더욱 불안해진 마음에 입술을 살짝 깨물었다.

"너 또 입술 깨문다. 그러지 말라니까. 핏줄 터져."

선호의 쓸데없는 걱정에 살포시 웃음이 나왔다.

"이 정도로 무슨 핏줄이 터져. 그냥 입술색이 붉어지는 거야."

그런가. 하지만 정말로 선호가 보기에는 입술에서 곧 피가 날 정도로 붉어졌다.

"나 여름방학부터 유도 국가대표 훈련 나간다."

"우와, 정말?"

연우가 기뻐하며 소리쳤다.

"지난 전국대회 시합에서 내가 1등 했잖냐. 바로 러브콜 오더라."

"우와, 멋지다. 오빠 정말 최고야!"

연우가 눈웃음을 짓는다. 자기 일처럼 기뻐하는 연우를 쓸쓸한 눈으로 보았다.

"잘됐지 뭐. 이제 여기서 나갈 때도 됐는데 거처를 마련했으니까."

연우는 활짝 웃던 입매를 서서히 거뒀다. 선호는 보육원이 생기고 가장 처음 들어온 아이로 만 18세가 되면 살길을 찾아 나가야 했다. 따라서 그전에 자신의 능력을 단단히 다져 둘 필요가 있었다.

원장님은 더 함께 지내도 된다고 하지만 아직도 계속 들어오는 어린아이들에게 들어갈 지원을 다 큰 자신이 받는 것이 쪽팔렸다. 제 힘으로 독립하면 더할 나위 없는 기쁨이었다. 행복 보육원에 들어온 아이들 모두 그 점을 항상 생각하고 있었다.

어두워진 밤. 연우는 계단에서 내려와 아직도 불 켜진 원장실을 노크했다.

"들어오렴."

안에는 인수와 설원이 앉아 대화를 나누고 있었다.

"우리 딸 왔네?"

설원이 웃으며 손짓을 했다. 오랜만에 세 가족이 함께 모여 앉았다. 연우는 밝게 웃으며 말했다.

"이렇게 있는 거 정말 오랜만이다. 매번 아이들 챙기느라 정작 우리끼리 앉아 있는 시간은 몇 번 없었잖아."

"그러게."

설원은 연우의 가느다란 손가락을 쓰다듬으며 다정하게 웃었다.

"서울 생활하는 거 힘들지 않아?"

"재밌어. 밥 해먹는 건 좀 귀찮지만."

따뜻한 코코아를 앞에 두고 연우는 마음에 담았던 말을 꺼냈다.

"아까 낮에 회장님 왜 다녀가셨어?"

인수는 연우의 얼굴을 물끄러미 보았다.

"진하 오빠 만나지 않게 하라고 하셨지?"

연우의 나직한 목소리에 인수와 설원은 동시에 고개를 들었다. 연우는 예상했던 반응에 살짝 웃음이 나왔다.

"나한테도 말씀하셨거든. 오빠 그만 만나라고."

"연우야."

"괜찮아. 회장님 뜻 모르는 것도 아닌데 뭐."

"너 하고 싶은 대로 해도 돼. 정말이야."

설원이 연우의 손을 잡으며 다독였다.

"네가 하고 싶은 대로 해. 그게 우리의 생각이야."

"엄마……."

연우는 갑자기 감정이 복받쳐 눈물이 흘렀다. 이 상황에 눈물을 흘리는 것은 정말 구차하다는 생각이 드는데도 눈물이 멈추어지지 않았다. 설원의 말은 사실 연우가 듣고 싶은 대답이었다. 너 하고 싶은 대로 해.

"나 진하 오빠가 좋아. 정말 좋아."

연우는 서럽게 울었다.

"그런데 좋아하면 안 되는 거잖아. 자꾸 만나면 안 되는 거지?"

"연우야…… 진하 군은 우리랑 사는 세계가 다른 사람이야."

연우는 고개를 끄덕이며 계속 울었다.

"네가 많이 힘들 거야. 회장님은 정말 힘겨운 분이고 진하 군 주변의 사람들 시선도 견뎌내야 하니까. 그런데 그걸 네가 다 감당할 수 있다면 계속 만나는 거야."

인수의 말에 연우는 더욱 서러워졌다.

"아빠……."

"회장님께서 너에게 유학을 권해보라고 하더라. 전부 지원하겠으니 연우를 유학 보내라고."

연우는 부모님에게도 그런 말을 꺼낸 주신이 너무 야속했다.

"예전엔 그런 생각을 했어. 유재명 회장님께서 우리에게 물려주신 재산은 절대로 가족에게는 쓰지 않고 아이들을 위해서만 쓰겠다고."

눈물을 닦은 연우가 아버지를 바라보았다.

"그런데 네 재능을 위해 쓰는 건 회장님도 좋아하실 거라고 생각해. 우리의 무사안일이 아니라 네 꿈을 위해서 쓰는 거라면. 너만 좋다면 난 유학도 괜찮다고 생각한다."

인수는 연우의 나머지 한 손을 잡고 손등을 두드렸다.

"한국에서 시기하는 눈을 피해 좋은 곳에서 공부하는 건 우리 딸에게 분명 좋은 일이니까."

"아빠."

"하지만 결정은 네가 하는 거야. 우린 조언만 할 뿐이야. 네가 계속 진하 군 옆에 있고 싶다면 그것도 말리지 않을 거다. 유학 가고 싶지 않다면 안 가도 돼. 선택은 네가 하는 거야."

연우는 다시 복받치는 감정에 눈물이 주르륵 흘렀다.

"알아. 이젠 진하 오빠 그만 만나야 하고, 내 현실을 직시하는 게 중요하다는 거. 엄마, 아빠는 내 마음대로 하라고 하지만 나 다 알아. 내 감정 멈춰야 하는 것."

연우는 흐느끼는 감정을 누르려 심장을 주먹으로 톡톡 두드렸다.

"유학은 나에게 분명 다시없을 기회라는 것도 알아. 교수님도 유학을 권하셨어."

"그럼. 당연히 우리 딸에게 좋은 기회야. 이렇게 할 수 있는 것도 사실은 그분들의 관심이 없었으면 불가능한 일이잖아."

연우는 고개를 끄덕였다.

"연우야."

눈물을 흘리면서도 웃어 보이는 연우가 부모로서 너무나 가슴 아팠다. 연우에게 아무런 힘이 되어주지 못하는 부모라서. 이렇게밖에 말할 수 없는 부모라서.

"엄마, 아빠가 걱정하는 거 뭔지 알아. 나 부모님 얼굴에 먹칠하는 짓 안 할 거야. 정말이야."

연우가 흐느껴 울어도 제대로 위로해 줄 수 없는 부모의 심정은 찢어질 듯 아려왔다. 문 밖에서 선호도 세 가족의 대화를 들으며 주먹을 꽉 쥐었다.

일요일 낮, 진하의 검정 세단이 행복 보육원 앞에 멈춰 섰다. 얘기도 없이 먼저 양평으로 내려간 연우도 데려올 겸 원장님 부부 얼굴도 볼 겸 겸사겸사 방문하였다.

"유진하!"

마당을 들어오는 진하를 선호가 대문 밖에서 불렀다. 그는 선호를 보고 미간을 찌푸렸다.

"나 먼저 봐."

제 할 말만 하고 밖으로 걸어나가는 선호를 무시하고 안으로 들어가려고 했지만 선호의 분위기가 만만치 않아 뒤따랐다. 보육원에서 유일하게 마음에 들지 않는 사람이다. 정선호. 연우에게 마음을 품고 있는 걸 안다. 그래서 이렇게 단둘이 있는 것도 달갑지 않았다. 강물을 보고 서 있는 선호의 옆으로 와서 그를 정면으로 바라봤다.

"왜 불렀는데."

"너 왜 자꾸 여기 오냐."

선호의 차가운 목소리에 애써 따라온 진하의 미간이 다시 찌푸려졌다.

"시비 거냐."

"묻는 말에 대답해. 너 왜 자꾸 여기 오냐고."

"내가 후원하는 곳이니까 오지. 설마 너 보고 싶어서 오겠냐."

진하의 말에 선호는 피식 비웃었다.

"말은 똑바로 해. 네가 후원하는 것이 아니라 명이 아저씨가 남기고 간 유산이 후원하는 거지."

"그래. 말 잘했네. 그런데 내가 여기 오면 안 되는 거야? 아버지가 남기고 간 유산 잘 운영되나 보러 오는 건데."

"너 이 자식!"

선호가 진하를 노려보며 주먹을 뻗었다. 날아오는 주먹에도 진하는 눈 하나 꿈적하지 않고 그대로 선호를 바라봤다. 얼굴 앞에서 멈춘 주먹을 한 손으로 치운 진하가 차가운 눈으로 선호를 바라봤다.

"내 귀중한 시간을 빼앗아 무슨 얘길 하려고 그러나 했더니 고작 이딴 말이야. 간다."

뒤돌아 걸어가는 진하에게 선호가 소리쳤다.

"우리 연우 그만 만나!"

우리 연우? 왜 너 따위 입에서 연우의 이름이 나와. 네가 연우 오빠야? 우리 연우? 진하는 화가 솟구쳐 뒤를 휙 돌았다.

"내가 싸움 못해서 가만히 있는 줄 아냐. 네 입에 연우 이름 올리지 마."

"너 따위가 뭔데 우리 연우를 울려!"

진하는 선호의 입에서 나오는 말에 눈을 크게 떴다.

"이 개자식. 자기 엄마 하나 제대로 건사하지 못해서 남의 부모 가슴에 대못을 박질 않나. 딸내미를 비참하게 만들지 않나. 네가 뭔데 우리 부모님을 아프게 해. 네가 뭔데 우리 연우를 아프게 해!"

선호가 퍼붓는 말에 진하는 말문이 막혔다. 목구멍 밖으로 말이 나오지 않았다.

"돈 많으면 다냐. 어디서 잘난 행세야. 한 번만 더 네 엄마 오게 하면 내가 가만 안 둬."

"너 지금 뭐라는 거야. 우리 어머니? 어머니가 오셨어?"

"넌 네 엄마가 무슨 생각을 하는지는 아냐. 어떤 사람인지는 아냐고."

선호의 차가운 눈매를 무시할 겨를도 없이 진하는 충격을 받은 듯 얼굴이 굳어졌다.

"너 이 자식. 무슨 헛소리야."

"네 잘난 엄마가 우리 연우에게 협박하고 부모님에게도 헛소리 했다고! 유학이나 가라고. 꺼져 버리라고. 네 눈앞에서 사라져 달라고!"

"정선호. 너 지금 뭐라고 지껄이는……."

"사실인지 아닌지 네 엄마한테 가서 물어봐! 그리고 우리 연우 그만 괴롭혀. 다신 여기 오지 마. 너 오는 거 반가워할 사람 아무도 없어. 알겠냐!"

선호는 먼저 걸어갔다. 진하는 한동안 얼음처럼 서 있다가 차로 갔다.

"도련님, 벌써 가십니까?"

"집으로 가요."

차가 진하의 집 앞에 서자 진하는 차 문을 벌컥 열고 나왔다. 오면서 내내 생각한 결론은 선호의 말이 헛소리는 아니라는 것이었다. 주신이 원장님 내외분을 찾아갔고 연우에게도 협박을 했다는 건 사실이라는 말이었다. 진하가 오기를 기다리고 있었는지 주신은 넓은 거실에 혼자 앉아 차를 마시고 있었다.

"왔니."

진하는 끓어오르는 분노를 애써 참고 주신의 앞으로 갔다.

"어머니, 보육원 원장님 만나서 연우 유학 가라고 하셨어요?"

"그랬다."

그런 말을 할 줄 알았는지 주신은 태평했다.

"왜요?"

"그러면 안 되니? 재능 있는 아이한테 더 넓은 곳에 가서 배우라는 건데."

"그걸 왜 어머니가 결정하세요!"

"결정이라니. 난 그저 조언했을 뿐이다. 결정은 그들이 하는 거지."

"설마…… 연우 만나서도 그렇게 말씀하셨어요?"

연우란 말에 주신이 소파에서 서서히 일어섰다.

"언제까지 네 입에서 그 아이 이름을 들어야 하니."

"어머니!"

"넌 연우와 다른 사람이야. 이제 제발 행복 보육원 사람들과 거리를 두라고 한 내 말은 듣지 않는 거냐."

"말씀드렸잖아요. 보육원 사람들과 연우는 건들지 말라고."

"말이 심하구나. 건들다니. 내가 누굴 건드렸다는 거냐."

"연우 만나서 무슨 말씀하신 거예요!"

"흠, 연우가 말 안 했니? 난 했는 줄 알았지. 워낙 당돌한 계집애라."

진하의 얼굴이 점점 굳어졌다.

"이제 너와 만나지 말라고 했다. 네가 감당할 사람이 아니라고. 네 주제를 알라고."

"하!"

진하는 주신의 말에 점점 숨이 몰려왔다.

"어머니가 무슨 자격으로 그런 말을 하세요. 연우한테 왜 그런 말을 하세요!"

"네 어머니 자격으로!"

주신의 목소리가 처음으로 커졌다. 주신의 얼굴도 차갑게 변해 갔다.

"언제까지 정신 차리지 못하고 그러고 다닐 거냐! 계집애 하나에게 정신 팔려 정작 중요한 일은 그르치고 있잖니!"

"어머니!"

"너 말 잘했다. 넌 지금 네가 아버지 재산 가지고 세상을 다 가진 줄 아는데 넌 아무것도 아니야. 너야말로 무슨 자격으로 내게 대드는 거니! 널 위해 눈엣가시들을 치우고 있는 어미한테 어떻게 그런 말을 할 수 있는 거냐!"

"어머니가 그렇게 애쓰지 않아도 전 잘할 수 있어요. 아무도 건들지 못한다고요. 그러니 제발!"

"철없는 소리 하지 마! 너 혼자 힘? 겨우 회사 주식 20퍼센트 가지고 있는 그거 말이야. 네 사촌들이 힘을 합치면 너 따위 끌어내리는 건 일도 아니다. 정신 바짝 차려!"

"그렇게 피 봐서 얻는 자리에 무슨 의미가 있습니까."

"네가 그런 말을 하면 난 정말 가슴 아프다. 널 위해 이날까지 회장 자리를 유지하는 게 쉬운 줄 아니? 살얼음판이야. 너에게 물려주기 위해 내 살 깎으면서 지키고 있는 자리다!"

"그런 희생 필요 없습니다!"

진하의 외침에 주신은 차가운 목소리로 낮게 일침 했다.

"어리석구나. 넌 지금 도를 넘고 있다. 아무리 네가 내 자식이라도 봐주는 건 여기까지야. 그만 까불어라."

"저도 제 힘으로 보여 드리겠습니다. 어디까지 할 수 있는지를."

"궁금하다. 나도 네가 어디까지 할 수 있는지."

"다신 보육원 식구들 만나지 마십시오. 경고입니다."

"어미한테 경고? 이 버르장머리없는 놈! 그딴 계집애랑 놀아나니 수준이 그것밖에 안 되지!"

"그만하시라고요! 저도 더는 참지 않습니다!"

"다음 주말에 연화그룹 딸과 약속 잡혀 있다. 네 약혼 상대가 될 거다."

주신은 진하의 말은 듣지도 않고 태연히 말을 꺼냈다.

"누가 약혼녀입니까!"

"알고 있었잖니. 순진한 생각을 하고 있었던 거냐."

"하! 혹시 이것도 연우에게 말씀하셨습니까?"

진하의 말에 주신은 날카롭게 진하를 노려보았다.

"말했으면. 말했으면 어쩔 거냐!"

진하는 머리끝까지 차오르는 분노로 고개가 숙여졌다. 부들부들 떨리는 주먹을 쥐었다.

"이 집에서 나가겠습니다. 저 찾지 마세요."

몸을 돌려 가는 진하를 주신이 다급히 불렀다.

"유진하! 너 지금!"

"그동안 어머니의 숨 막히는 행동에도 참아드린 건 아들의 도리도 있고, 아버지도 안 계신 상황에서 어머니를 혼자 두기 싫어섭니다. 하지만 더 이상은 숨이 막혀 살 수가 없습니다. 제게도 자유의지가 있습니다. 더 이상 어린 10살 아들이 아닙니다. 스스로 생각하고 행동할 줄 안다고요. 약혼이요? 저도 모르는 약혼을 누구랑 합니까. 전 싫습니다. 어머니 뜻대로 그렇게 살지는 않을 겁니다."

"네가 지금의 위치까지 올라간 게 누구 때문인데! 유진하!"

"말씀드렸잖아요. 그런 희생 필요 없다고. 어머니 희생 없이도 저 혼자 할 수 있어요. 그러니 제발! 제 일에 참견 마세요."

진하는 문을 열고 나가 버렸다. 주신은 부들부들 떨리는 손을 꽉 쥐었다. 어떻게 키웠는데, 내가 저를 어떻게 키웠는데 이렇게 배신을 할 수가. 감히 나에게 반기를 들다니. 주신의 꽉 쥔 주먹에서 피가 새어 나왔다. 손톱이 살갗으로 파고들었다.

"성인도 되지 않은 네가 무슨 힘으로 할 수 있단 건지 모르겠다. 지 사촌들이 주주들을 모으고 있는 걸 넌 알지도 못하면서. 지금도 네 자리를 위협하는 사람들을 막기 위해 이 어미가 얼마나 고군분투하고 있는지도 모르면서!"

주신의 주먹이 부들부들 떨렸다. 나에게 반항한 걸 반드시 후회할 것이다. 넌 돌아오게 되어 있어, 네가 얼마나 하찮은지 깨닫게 될 거다. 넌 아무런 힘도 없다는 걸 뼈저리게 깨닫게 될 거야. 행복 보육원, 행복 보육원! 이게 다 그 사람들 때문이다. 처음부터 끝까지 주신의 분노를 샀다. 진하를 저렇게 감정에 치우쳐서 행동하게 만든 건 모두 그 사람들 때문이다. 주신의 날카로운 눈매가 더욱 시리게 빛났다.

대문을 나온 진하는 곧바로 연우에게 전화를 걸었다.

"어디야?"

[나 집인데?]

"금방 갈게. 기다려."

[어? 지금? 늦었어.]

진하는 문득 하늘을 올려다보았다. 어두컴컴한 것이 어느새 시간이 이렇게 흘렀다.

"그래도 갈게."

전화를 끊은 진하는 연우의 집으로 향했다.

"기사님. 이제 제 기사 노릇 안 하셔도 됩니다. 내일부터는 나오지 마세요."

"무슨 일 있으십니까?"

"집 나왔어요."

진하의 무심한 말에 정 기사가 뒤를 돌아보았다.

"네?"

진하는 허탈하게 웃더니 창밖으로 고개를 돌렸다.

"이제 다시는 집으로 가지 않을 겁니다."

"도련님."

"진작 이럴걸. 왜 이 생각을 하지 못했을까요. 뭘 바라고 그렇게 아등바등……."

"돌아가신 회장님의 뜻입니다. 도련님이 유서의 주인이 되는 건."

"모르겠어요. 답답합니다. 이제부터는 어머니와도 싸워야 할지 모르겠습니다."

"도련님, 그래도 회장님은 든든한 지원군인데 적으로 등지시면……."

"지원군이 너무 벅차네요. 너무 숨 막힙니다."

정 기사도 더는 말을 할 수가 없었다. 가까이서 진하가 생활해 온 걸 지켜봤기 때문이다.

"필요하시면 다시 부르십시오."

연우의 집 앞에 내릴 때 정 기사가 말을 꺼냈다.

"전 도련님을 믿고 응원합니다. 마음 편히 가지십시오."

"감사합니다. 안녕히 가세요."

진하는 차에서 내려 연우의 집을 올려다보았다. 당장 달려가서 얼굴을 보고 싶다.

"오빠, 무슨 일 있었어?"

빌라 입구에 들어서자 연우는 벌써 내려와 기다리고 있었다. 진하는 성큼성큼 다가가 연우를 끌어안았다.

"진하 오빠."

"이제부터 네가 날 보살펴 줘."

황당한 진하의 말에 연우는 그의 얼굴을 보고자 했으나 그가 힘주어 안고 있어 볼 수가 없었다.

"오빠. 나 좀 봐봐. 오빠."

"싫어. 올라가자."

진하는 연우에게 눈을 보이기 싫어 그대로 그녀의 손을 끌어 집으로 올라갔다.

소파에 앉아 있는 진하를 보며 연우 역시 착잡한 심정이었다. 그의 앞에 라벤더차를 내려놓고 마주 앉았다. 선뜻 말이 나오지 않았다. 무슨 말을 꺼내야 할지, 연우도 몰랐다.

"너 거짓말 좀 하지 마."

뜬금없는 진하의 말에 연우가 고개를 들어 그를 바라봤다.

"이제부터 거짓말하면 혼내줄 거야."

"무슨 말이야."

"너 어머니 만났다고 왜 말 안 했어. 약혼녀 얘기까지 하셨다는데."

도리어 연우의 눈이 커졌다. 손이 떨려왔다. 타이밍 기가 막힌
다.

"아무 일도 없다고 거짓말했잖아. 무슨 일 있었으면서 감췄잖아!"

깊은 호수의 눈망울이 흔들린다.

"그리고 약혼 같은 거 안 할 거니까 혹시나 걱정했다면 그럴 필
요 없다고."

"응."

연우는 간신히 목소리를 내었다.

"그리고 나 집 나왔으니까 네가 날 거둬야 돼."

"뭐?"

갈수록 가관이다. 장난이야, 투정이야. 진하는 자세를 고쳐 몸
을 앞으로 기울였다.

"미안해."

"뭐가?"

"다. 다 미안해."

연우는 진하가 엄청 함축한 말도 다 이해하는 듯 고개를 끄덕이
며 미소 지었다.

"응."

"진작 이럴걸. 뭐가 무섭다고 몸 사렸는지 몰라. 이젠 내 마음대
로 할 거야."

"있잖아. 오빠, 나 유학 갈 거야."

나직한 연우의 목소리가 진하의 말을 끊었다. 연우는 그의 눈을
똑바로 바라보았다. 단정한 눈. 확고한 눈. 결정을 끝낸 눈.

"가서 더 열심히 공부할 거야."

"연우야."

"오빠가 뭘 하든 난 다 응원해. 그런데 난 지금 유학 가고 싶어. 다행히 오빠에게 손 벌리지 않아도 돼서 좋아. 부모님이 지원해 주신다고 하셨어."

"어머니 때문이라면 그러지 않아도 돼. 가고 싶지도 않은 유학 억지로 갈 필요 없어."

"아니야. 제대로 공부하려고 그래. 나 실력 무지 좋아. 오빠도 알잖아. 내 목소리 매력 있는 거. 나 최고가 되고 싶어."

진하는 연우를 물끄러미 바라보았다. 확신에 찬 연우는 강인한 향기를 내뿜고 있다.

"그럼 오빠 앞에서도 좀 부끄럽지 않은 여자가 되지 않을까?"

"뭐?"

연우는 수줍게 웃으며 고개를 숙였다.

"나 줄곧 생각했어. 지금의 내가 오빠 앞에서 당당할 수 있을까."

"넌 그럴 필요가……."

"난 그럴 필요가 있어. 지금의 난 아무것도 아니야. 회장님도 날 못마땅해하시잖아."

"어머닌 누굴 데려와도 다 그럴 거야."

"오빠에게 어울리는 여자가 되고 싶어. 유학을 갔다 온다고 해서 사정이 나아지는 건 아니겠지만…… 그래서 더 열심히 할 거야."

연우의 작은 목소리가 간지럽게 들려왔다.

"주말 동안 내내 생각한 결과 내 답은…… 오빠를 포기할 수 없다는 거였어. 이건 회장님께서 원하는 바는 아니겠지만."

진하는 연우의 맑은 눈동자를 바라보았다.

"이대로 오빠 곁에서 물러나는 건 나도 너무 자존심 상해. 그러면 내가 오빠 앞에서 당당해지려면 어떡해야 할까. 결론은 날 최대한으로 키우는 거더라고. 더 멋지고 당찬 여자가 되는 것이 당당해지는 거였어."

연우의 반짝이는 눈망울에 진하는 저도 모르게 그녀의 손을 잡았다.

"하지만 갑자기 가버리면 난 어떡하라고."

연우의 눈매가 내려갔다.

"오빠도 내년에 유학 올 거잖아. 내가 먼저 가서 기다리고 있을게. 내년에도, 내후년에도 오빠를 볼 수 있다고 생각하니까 너무 좋은 거 있지."

"그땐 그때고 지금은 내가 여기 있잖아. 넌 날 두고 떠날 수 있어?"

"바보. 떠나는 게 아니라 공부하러 가는 거라니까."

"야."

"내가 남들에게 인정받는 게 싫어? 내 꿈을 지지해 주지 않는 거야?"

"그런 뜻이 아니잖아."

연우의 눈은 이미 확신에 가득 차 있었다.

"우리 각자의 자리에서 최선을 다하자. 지금은 내가 오빠를 위해 할 수 있는 게 아무것도 없어. 고등학생일 뿐인 오연우는 유진하에게 아무런 힘을 주지 못한다고."

"오연우."

"이대로는 난 오빠에게 걸림돌이나 되는 존재란 말이야. 회장님이 날 싫어하시는 것도 뻔히 알고 있는데 이렇게 오빠만 바라보고 기다리는 바라기가 되고 싶지는 않아. 정말 작은 힘이라도 오빠에게 도움이 되고 싶어."

"후우, 넌 그냥 있으면 돼. 자꾸 그렇게 날 위해 뭘 한다고 하지 마."

진하가 연우의 손을 끌어당겨 안았다.

"하지만 네가 원하는 꿈을 위해서라면 그건 뭐라고 안 할게."

"응."

"하지만 그게 날 피하기 위한 거라면 내가 당장 가서 끌고 올 거야."

"응."

"날 피하지 마. 날 버리지 마."

"응. 내가 어떻게 버려. 오빠를."

"내 기둥 노릇 계속해 줘."

"응."

"내 색시가 되어줘."

"응."

"응? 너 대답했다."

진하가 연우를 떼어 얼굴을 보았다. 연우의 얼굴이 붉게 물들었다.

"오빠 색시 할게. 그러고 싶어. 그러기 위해 이런 결정을 한 거야."

연우의 얼굴을 오래도록 바라보던 진하가 다시 연우의 머리를 당겨 안았다.

"후, 그런데 왜 이렇게 불안하냐."

연우도 그의 등에 팔을 둘러 안았다.

"좋아해, 오빠."

연우의 목소리가 살랑살랑 날아가 그의 귀에 내려앉았다.

"난 오빠를 많이 좋아해. 넘볼 수 없는 사람인데도 오빠를 좋아
하게 됐어."

"연우야."

"내 심장이 반응하는 건 오빠뿐이니까 불안해하지 마."

"맹랑해. 너, 정말 맹랑한 여자야."

연우가 잔잔하게 웃어 진하의 심장에도 영향을 주었다.

"나도 마찬가지야. 내 심장이 반응하는 건 너뿐이야. 오연우뿐.
잊지 마."

"응. 잊지 않을게."

연우의 유학 준비는 빠르게 진행되었다. 하루라도 더 빨리 자리
를 잡을 수 있게 여름방학이 시작되자마자 떠나는 일정이었다. 막
상 연우가 간다고 하니 섭섭한 마음이 커져 진하는 계속 툴툴거렸
다. 연우의 집에서 보름간 생활하며 그녀의 일거수일투족을 따라
다녔다.

"왜 이렇게 따라다녀."

"내 마음이야."

"아 진짜! 화장실도 따라올래!"

연우가 화장실 문을 쾅 닫았다. 내일모레 떠나는 연우가 못내
아쉬웠다. 잠시라도 얼굴을 보지 않으면 불안했다. 진하는 연우가

나올 때까지 화장실 앞에 서서 기다리며 한숨을 내쉬었다.

"이러면 색시 안 한다!"

연우의 말에 진하가 눈을 부릅떴다.

"무르기 없잖아!"

"오빠 하는 거 보면 안 되겠어. 색시하면 뭐 해. 내가 고생할 게 뻔해."

"너 오빠한테 말이 심하다?"

"내 마음이 바뀌기 전에 행동 똑바로 하세요."

연우는 진하의 엉덩이를 톡톡 두드리고 유유히 책상으로 갔다.

"뭐 잊은 건 없나."

체크리스트를 보며 빠진 물건을 점검하였다.

"나도 미국 간다. 곧 따라서 갈 거야. 안 되겠어."

진하의 심통한 말에 연우는 한쪽 입꼬리를 올리며 고개를 끄덕였다.

"그래. 올 수 있으면 와. 환영할게."

"너 어째 말투가 무시하는 것 같다?"

"고3이 제일 중요한 시기에 공부는 안 하고 여자 뒤꽁무니만 졸졸 쫓아다니는데 의미를 둬야 해?"

혼자서 재잘재잘 입술을 종알거리는 연우가 얄밉다.

"아무리 놀아도 너보다는 잘할걸?"

"네네. 그러시겠죠."

연우는 고개를 끄덕여가며 성의 없게 대답했다.

"야!"

"아, 그러게 집을 왜 나와서는 통학 거리 한 시간을 대중교통으로 이동하냐고! 평생 대중교통이란 수단을 이용해 본 적도 없는 사람이. 기사님은 왜 물려서는. 덕분에 학교 갈 때마다 아주 전쟁이다."

연우는 진하가 버스로 학교를 가는 것이 못내 마음에 걸려 통학을 같이 가주곤 했다. 자신은 여자고 진하는 남자지만 왠지 돌발상황에서는 자신이 더 유리할 것 같았다. 아직 그런 걱정스러운 일은 벌어지지 않아 다행이지만 덕분에 연우는 평소보다 배는 일찍 일어나야 했다.

"너."

진하의 목소리가 차가워졌다. 앗, 화났나 보다. 연우는 급히 입을 다물고 멀리 달아났다.

"너 정말 내가 왜 이러는지 몰라서 그래?"

걸어가던 연우가 한숨을 푹 내쉬고 뒤를 돌아봤다.

"알아. 나도 아니까 이러잖아. 힘들어 보여서."

"천만에. 너랑 매일 이렇게 같이 생활하니까 행복해 미칠 지경이야."

저런 설레는 말을 무표정한 얼굴로 지르다니. 진하의 진심을 알지만 저런 무표정한 얼굴은 아직도 적응이 되지 않는다.

"나 내일모레 가는데? 그땐 어떡할래?"

"그땐…… 여기서 계속 생활하지 뭐. 어차피 집엔 안 들어갈 거니까."

"오빠……."

연우의 애원하는 말에도 진하는 끄떡없었다.

"더는 말하지 마."

연우는 얕은 숨을 내쉬며 살짝 고개를 끄덕였다.

"더는 말 안 할게. 화내지 마."

"화 안 내."

진하가 성큼성큼 다가와 연우를 와락 안았다. 따뜻한 진하의 품에서 연우도 그의 허리를 감쌌다. 이렇게 그의 품에 안겨 있으면 아무런 생각이 없어지며 품 안에 빠져들게 된다. 그가 좋다. 진하가 너무나 좋다. 이렇게 안고 있어도 품이 그립다. 그의 향기가 좋다. 그의 손이 좋다. 그의 눈이 좋다. 그의 코가 좋다. 그의 입술이 좋다.

"같이 가준다니까."

"됐네요. 가기 전에 마지막으로 부모님 얼굴 보고 오겠다는데 그것도 못 해줘?"

연우는 현관에서 신발을 신으며, 보채는 진하를 달랬다. 진하는 집 안에 서서 발을 동동 굴렸다. 뭐가 그렇게 불안한지 진하의 얼굴 표정이 고스란히 밖으로 드러났다. 얼굴에 걱정과 불안이 잔뜩 담겨 있었다.

"거참. 금방 올게. 내일 일어나자마자 달려올게. 됐지?"

진하는 겨우 허락한 사람처럼 볼멘 표정으로 고개를 끄덕였다. 그 모습이 어린아이 같아 웃음이 나왔다. 천하의 유진하가 여자 앞에서 앙탈이라니. 누가 보면 놀라 자빠질 일이다. 연우는 한동안 진하를 바라보았다. 입가에 미소가 맴돌았다.

"이렇게 나만 바라보고 있는 거 보니까 기분 이상하네. 내가 지아비고 오빠가 색시인 것 같아."

"아무리 그래도 성 전환은 하지 말자. 내가 지아비 할 거야."

"지아비의 의무사항 1번, 자기 일에 책임지고 임한다. 2번, 힘들어도 참는다. 3번, 칭얼대지 않는다."

"어떻게 그런 것밖에 없냐! 바람직한 의무사항은 없어?"

"4번, 항상 색시를 생각한다."

연우의 입에서 부드러운 목소리가 흘러나오자 진하는 민망한지 목소리를 다듬었다. 그리고 그녀의 머리 위에 손을 얹고 흐트러뜨렸다.

"당연하지."

연우가 팔을 뻗어 진하의 허리를 꼭 안았다.

"얌전히 기다리고 있어. 누나 갔다 올게."

"까분다."

"어? 오빠였어? 미안 미안. 난 동생인 줄 알았어."

진하도 연우의 몸을 힘주어 안았다. 연우가 현관문을 열다가 뒤돌았다.

"유진하 씨, 기다리고 있어요! 빨리 올게요."

연우는 눈웃음을 지으며 멀어졌다. 세상에서 가장 예쁜 모습으로, 세상에서 가장 밝은 모습으로, 세상에서 가장 사랑스러운 모습을 보이며 멀어졌다.

그리고 그게 마지막이었다. 연우는 그렇게 사라졌다. 진하가 소식을 들었을 때는 행복 보육원이 불에 타 안에 있던 사람들이 전부 사망했다는 말을 전해 들은 뒤였다. 원인 모를 불이 집을 순식간에 감쌌고 한밤중이라 빠져나올 수가 없었다고.

두 시간을 태운 불에 타버린 시신은 신원 확인도 불가능했다. 소식을 듣자마자 달려온 진하는 눈앞에 믿을 수 없는 광경에 정신이 혼미해졌다. 아늑하고 따뜻했던 행복 보육원은 화마가 남기고 간 잿더미에 까맣게 변했고, 흉측한 골격만 유지할 뿐이었다.

"여, 연우야……."

간신히 불러보았다.

"그럴 리 없어. 아니잖아……. 연우야. 아니잖아……. 원장님, 그럴 리가 없어……."

진하가 폴리스 라인이 둘러져 있는 선 안으로 들어가려 하자 경찰들이 막아섰다. 눈물이 가득 고인 진하가 경찰의 어깨를 붙들었다.

"시신 전부 확인하셨어요? 전부…… 맞습니까?"

"아직 정확한 결과가 나오지 않았습니다. 기다리세요."

"그래. 없겠지……. 집에 가면 연우가 와…… 있을 거야. 다른 사람들도 다 어디 간 거겠지."

진하는 흉측한 모습의 보육원 건물이 보기 싫어 등을 돌렸다. 그러자 기다렸다는 듯이 눈물이 쏟아졌다.

"아니야. 아니야. 아니야. 이건 꿈이야. 꿈……."

다리가 풀려 주저앉았다. 아니라고. 사실이 아닌데 넌 왜 울고 있는 거야. 당장 연우의 집으로 가보라고. 거기 있을 거야. 식구들 모두 잠깐 다른 곳에 있었을 거야. 운 좋게 집 밖에 나와 외식을 하거나, 마침 연우가 와서 여행을 갔거나, 그랬을 거야.

어서 집으로 가보자고 머리는 재촉하는데 발걸음이 떨어지지 않았다. 바쁘게 오가는 소방관들과 경찰들이 진하의 눈앞에서 어지럽게 움직였다.

"사망자 시신 전부 회수했습니다!"

안에서 소리치는 소방관의 말에 사람들이 우르르 쫓아갔다.

"너무 타버려서 신원 확인이 어려운데요."

저들끼리 대화하는 말이 진하의 귓가에 맴돌았다. 알아볼 수 없게 타버린 시체는 누구인지도 분간할 수 없었다. 단지 크기가 크고 작은 걸로 봐서 이중엔 어린아이들도 포함되어 있다는 것뿐이었다.

"아아, 아악!"

가슴을 찢는 통증에 심장 부위를 주먹으로 두드리던 진하가 구역질을 하며 옆으로 쓰러졌다.

눈을 떴을 땐 병원이었다. 호화스러운 병실 환경으로 보아 주신 역시 소식을 알았고, 사람들은 쓰러져 있던 진하가 누구인지 파악했나 보다. 자신은 다시 주신의 곁으로 오게 되었나 보다. 그렇게 큰소리치고 나갔는데 결국엔 어머니의 품으로 들어오게 되었나 보다. 미성년자의 신원은 보호자의 울타리 안에 있으니까, 아무리 날고 기어도 진하는 아직 미성년자 따위일 뿐이었다. 몸을 일으키는데 문이 열리고 주신이 들어왔다.

"깼구나."

"제가 얼마나 누워 있었어요?"

"꼬박 이틀 동안 의식을 잃었다."

머리를 울리는 통증에 진하는 이마를 움켜쥐었다.

"연우는 찾았어요?"

진하의 물음에 주신은 어두운 얼굴로 다가왔다.

"난 정말 연우가 그렇게 될 줄은 몰랐다. 유학 가서 네 눈앞에서 사라져 버리길 기도했지만 이렇게 죽는 건 원하지 않았다."

진하는 다시금 가슴을 쑤시는 통증에 숨을 거칠게 쉬었다.

"안 좋은 게냐."

주신이 다급한 목소리로 진하의 어깨에 손을 댔다. 그러자 진하가 거칠게 쳐 냈다.

"제 몸에 손대지 마세요."

거친 숨이 제대로 쉬어지지 않았다. 정신이 정지된 것처럼 멍했다.

"신원 확인도 못하지 않았습니까. 연우가 아닐 수도 있습니다. 전 그렇게 믿을 겁니다. 연우는 살아 있어요."

"확인했다. 신원 확인. 연우도 있더구나."

주신의 낮은 목소리에 진하는 날카로운 얼음 조각이 살갗으로 파고드는 아픔을 느꼈다.

"진하야."

"이상해요. 갑자기 불이라니. 누군가 방화를 했을 가능성이 있습니다."

"방금 공식 발표 듣고 오는 길이다. 전기 누전에 의한 화재라고 하더구나. 방화라는 네 말은 너무 비약된 것이다."

주신의 말을 들으며 진하는 가슴을 짓누르는 돌덩이와 함께 송곳으로 찌르는 통증에 가슴을 두드렸다. 눈물도 나지 않았다. 그저 이 상황이 도무지 현실같이 느껴지지 않았다. 이건 현실이 아니었다.

"이렇게 되어 정말 안타깝다. 그들의 장례는 최대한 정성 들여 치를 생각이야. 이건 내 도리이기도 하니까."

"어머니……."

"너도 다시 돌아와. 이제 그만 그들을 놔줄 때가 된 것뿐이야. 그렇게 생각하렴. 그게 마음이 편할 거다."

주신이 어깨를 다독이고 밖으로 나가자 진하의 눈에서 눈물이 쏟아졌다. 이게 뭐야. 이런 게 어디 있어. 왜 자꾸 나에게만 이런 일이 생겨. 왜 사랑하는 사람들은 하나같이 내 곁을 떠나는 거야.

왜 사라지는 거야. 왜…… 죽는 거야.

진하는 실신과 깨어나기를 반복했다. 깨어 있는 시간이 무색하게 다시 혼절하고 말았다. 그러는 사이 행복 보육원 발인과 납골당 안치가 끝나 있었다. 가서 눈으로 봐야 하는 것도 고통이지만 진하는 그 생각조차 할 수 없을 만큼 정신적으로 황폐해져 갔다. 의식을 차릴 수 없었다.

진하가 다시 정신을 차렸을 땐 이미 한 달이 지나 있었다. 후계자가 병실에 누워 있는 것만으로도 회사 주식은 요동쳤고 주주들의 불안과 업계의 위기론이 불거졌다. 겨우 눈을 뜬 진하의 눈앞에 정 기사가 보였다.

"도련님, 정신이 드십니까?"

진하는 눈을 살짝 감았다 떴다. 정 기사는 다행이란 미소를 짓고 곧 표정을 굳혔다.

"기운 차리세요. 무너지시면 안 됩니다."

"눈뜨자마자 보는 사람이 기사님이네요……."

참 허무하다. 정 기사는 진하의 마음을 읽고 입을 다물었다. 최고의 위치에 있는 사람이면 뭐 하나. 따뜻한 손길, 정감 가는 말 한마디 없는 메마른 자리일 뿐인데.

"가고 싶은 곳이 있습니다."

"말씀만 하세요. 어디든 가겠습니다."

진하는 연우의 빌라 안으로 들어왔다. 연우의 향기가 아직도 집 안 곳곳에 남아 있었다.

유학을 가기로 했던 날이 이미 한 달이 지나 있었다. 그들은 추모원에 안치되었고, 그사이 세상은 또 아무 일 없다는 듯이 흘러 갔다. 정확히 몇 명인지, 누가 누구인지 아는 것 자체가 고통이라 아예 관심을 두지 않았다. 연우가 그곳에 있다는 걸 눈으로 보게 된다면 정말 정신이 뒤집어질 것만 같았다.

어딘가에 있을 거라고 생각하는 편이 차라리 나았다. 내가 꼴도 보기 싫어서 멀리멀리 사라졌다고 생각하는 편이 차라리 괜찮았 다. 이 세상에 없다는 것보다 숨쉬기가 편했다.

연우가 가까이서 속삭이는 것 같았다. 옆에 앉아 재잘재잘 귓가 를 울리며 장난치는 연우의 목소리가 들렸다. 진하는 소파에 고개 를 숙이고 앉아 얼굴을 손에 묻었다.

연우야, 너 어디 있니. 대답 좀 해줘. 연우야. 어서 와서 날 좀 구원해 줘. 날 좀 살려줘. 주르륵 흐르는 눈물이 톡톡 떨어져 바닥 을 적셨다.

"너 없으면 나 이제 어떻게 살아. 어떻게…… 삶을 살아."

창문으로 햇살이 밝아올 때까지 움직임 없이 앉아 있던 진하가 손을 내렸다.

사라졌다.

연우가 사라져 버렸다.

내가 있는 곳에서 영원히…… 사라져 버렸다.

제2장 **너는 분명**

지난 회상에 젖어 있던 진하는 거의 뜬눈으로 밤을 새우고 일어났다. 제대로 잠을 이룬 적이 거의 없었다. 극심한 불면증에 시달려서 차라리 그 시간에 일을 하는 것이 나을 정도였다. 이대로 두면 두통이 일 것 같아서 약을 챙겨 먹은 진하는 집을 나섰다.

회사로 출근하자 책상엔 김 전무의 결재 서류가 다소곳이 놓여 있었다. 하지만 결재 서류가 눈에 들어오지 않았다. 어젯밤 받은 충격에 밤새 정신을 가다듬을 수 없었다. 여자의 입에서 직접 아니라는 말을 들었는데 진하는 시간이 지나면 지날수록 감정이 흐트러졌다. 선 채로 책상을 주먹으로 툭툭 내려치던 진하가 인터폰으로 정 기사를 불렀다.

"기사님, 행복 보육원 사람들이 안치되어 있는 곳을 아십니까?"

진하의 부름에 급히 올라온 정 기사에게 진하가 뜻밖의 말을 꺼냈다. 정 기사가 놀란 눈으로 바라봤다. 그 사건 이후 한 번도 보육원을 언급한 적이 없는 진하였는데 추모원까지 물어보다니, 그는 걱정이 되었다.

"무슨 일 있으십니까?"

"아시죠, 기사님은."

"네. 알다마다요."

정 기사의 말에 진하는 약하게 고개를 끄덕이더니 결심을 굳힌 듯 입을 열었다.

"지금 그곳에 가야겠습니다."

"지금 말입니까?"

진하의 날카로운 눈을 보며 정 기사는 더는 묻지 않고 고개를 끄덕였다. 차 안에서 진하는 괜한 일을 했다는 생각과 함께 벌렁거리는 심장 소리에 미간을 찌푸렸다. 봐서 어쩔 건데. 아니, 넌 왜 이제야 찾아온 건데. 여태 뭐 하다 이제야 염치없이 발걸음을 하는 건데.

추모원 앞에 서자 진하는 차에서 내리며 정 기사에게 말했다.

"저 혼자 가겠습니다."

정 기사에게 들은 대로 건물 안으로 들어와 구역을 찾았다. 한 걸음 가다 머뭇거리고, 다시 한 걸음 가다 돌아서기를 반복한 진하가 숨을 크게 들이쉬고 다가갔다. 여러 사람의 영정 사진이 놓인, 한눈에 보아도 알 수 있는 행복 보육원 사람들의 사진이 차례대로 놓여 있었다.

제일 먼저 눈에 띈 건 원장님과 사모님, 그 옆으로 꽃도 피지 못하고 죽은 어린아이들이 있었다. 그리고 그 줄의 가장 끝에 진하가 끝내 보기를 망설였던 연우가 예쁜 모습으로 들어 있었다. 세상 누구보다도 환한 미소를 지은 곱디고운 연우가 거기 그렇게 있었다.

연우야. 날 보러 잠시 왔던 거니. 이렇게 마음까지 황폐해져 버린 날 위로하기 위해 다가와 준 거니. 미안하다. 이제야 찾아온 내가 정말 미안하다. 널 도저히 볼 수가 없었어. 널 내 눈으로 볼 엄두가 나지 않아서 그렇게 지워 버렸어. 미안하다. 그런데 네가…… 정말 그립다.

진하는 유리에 손을 대지도 못하고 흐느껴 울었다. 한두 방울 흐르던 눈물은 얼굴을 흠뻑 적셔 내려왔다.

진하가 차에 타자 정 기사는 룸 미러로 그를 살폈다.

"괜찮으십니까?"

"네. 괜찮습니다."

진하는 다시 평소처럼 무표정한 얼굴로 돌아왔다.

"그동안 자주 찾아오셨습니까?"

"네. 저라도 찾아뵈어야 할 것 같아서 매년 기일마다 찾아왔었습니다."

진하는 정 기사의 뒤통수를 보더니 깃털보다 가벼운 미소를 입가에 살짝 띠었다가 지웠다.

"저 대신 그렇게 해주셔서 감사합니다. 기사님 볼 면목이 없습니다."

"도련님 심정 이해하니까 그만하십시오. 이제라도 조금씩 발걸음하면 되지 않겠습니까."

이 황폐한 세상에 정 기사마저 없었다면 어찌 되었을지 진하는 새삼 그가 고마웠다.

"고맙습니다. 오랫동안 제 곁에 계셔주십시오. 제겐 아버지 이상의 분이십니다."

"무슨 그런 말씀을. 전 항상 이대로 있을 테니까 힘들면 언제든 말씀하십시오."

차가 출발하고 창밖으로 시선을 돌린 진하는 멀어져 가는 추모원을 아프게 바라보다가 눈을 감았다.

퇴근 시간이 한참 지나서 비서들도 모두 퇴근시킨 진하가 서류를 보다가 동작을 멈추었다. 낮에 그렇게 눈물로 확인했음에도 진하의 심장이 나아지질 않았다. 제멋대로 움직이는 심장이 진하의 업무를 계속해서 방해했다. 집중이 되지 않아 오랜 시간 끌었는데 아직까지 끝을 맺지 못하고 있었다. 만년필을 책상에 톡톡 두드리던 진하가 곧 겉옷을 걸치고 나갔다. 정 기사까지 모두 돌려보낸 터라 진하는 개인 차량을 이용하였다.

프랑스 음식점, 아무르(Amour) 앞에 서자 주차요원이 꾸벅 인사를 하며 다가왔다. 막상 음식점 앞에선 이게 웬 미친 짓인가 하는 생각이 들었다. 뭘 어쩌려고. 그 여잘 봐서 뭘 어쩌겠다고.

하지만 그게 누구일지라도 연우를 꼭 닮은 여자를 한 번은 더 만나보고 싶었다. 아니면 정말 환영을 본 것인지 눈으로 확인하고 싶었다. 안으로 들어오자 진하를 알아본 지배인이 잰걸음으로 걸어왔다.

"부사장님 오셨어요."

"네."

진하의 성격은 알 만한 사람은 전부 알고 있었다. 감정을 드러내는 법이 없고 누구에게도 항상 똑같이 차갑게 대한다고 했다. 지배인이 본 진하도 다르지 않았다. 하지만 지금 진하는 평소 알고 있던 사람이 맞나 싶을 정도로 정돈되지 않은 눈빛을 하고 있었다.

"궁금한 게 있어서 왔습니다."

"말씀하세요."

"어제 여기서 노래 부른 여자 말입니다. 여기서 일하는 겁니까?"

"아, 선미 씨요? 선미 씨는 아르바이트생입니다. 화, 수, 목 두 곡씩 노래 부르고 있습니다."

진하는 지배인의 말에 작게 고개를 끄덕였다.

"목소리가 좋아서 좀 더 오래 쓰고 싶은데 워낙 아르바이트를 많이 하는 사람이라 붙잡기가 쉽지 않습니다."

"그렇군요."

지배인은 진하가 무슨 생각을 하고 있는지 몰라 시선을 이리저리 옮겼다.

"더 궁금하신 점이라도……."

"지금 있습니까?"

"네. 안에……. 선미 씨! 잠깐 이리로 와요."

지배인은 홀을 지나가는 선미를 다급히 불렀다. 선미는 지배인이 부르는 소리에 다가오다가 진하를 보고 잠시 멈칫했다. 그러나 이내 웃으며 허리를 숙였다.

"부르셨어요?"

"여기 부사장님께서 선미 씨에게 궁금한 점이 있는 것 같아서 잠시 오라고 했습니다."

"아……."

선미는 지배인에게 웃어 보이고 진하를 바라보았다. 지배인은 자리를 피해주었다. 정말 많이 닮았다. 진하의 흔들리는 눈빛을 본 선미가 살짝 미소 지었다.

"무슨 할 말이 있으신지……."

선미의 입에서 나온 목소리에 진하는 울렁대는 심장을 애써 감추었다.

"어제 제가 실수한 부분도 있고 놀라게 한 것 같아서 사과하러 왔습니다."

선미는 진하의 말에 입꼬리가 살짝 올라갔다. 웃는 모습이 이렇게 똑같을 수가 있나.

"괜찮아요. 그럴 수도 있죠 뭐. 전 아무렇지 않으니 신경 쓰지 마세요."

"아르바이트 언제 끝납니까?"

진하의 물음에 선미는 그를 올려다보았다. 의도를 빨리 말하라는 뜻이었다.

"제대로 사과하고 싶습니다. 끝나고 잠깐 시간 내주시죠. 요 앞에 커피숍이 있더군요. 거기서 기다리고 있겠습니다."

"그러지 않으셔도 되는데요."

"제가 그러고 싶습니다. 기다리겠습니다."

진하는 할 말만 던져 놓고 돌아섰다. 막무가내임은 알지만 이렇게라도 여자와 대화를 나누고 싶었다. 그냥 잠깐이라도 얼굴을 마주하고 싶었다. 허상이라고 해도, 꿈이라면 그 꿈을 깨고 싶지 않을 만큼 간절함이 밀려왔다.

선미는 정확히 30분 뒤에 진하의 앞에 앉았다. 기다리는 시간은 30분이었는데 이 시간이 간만에 설렘을 몰고 왔다. 정말 아득히 먼 옛날 기억의 한 자락쯤에 머물렀던 설렘이란 낯선 기운이 30분 내내 진하를 휘감았다.

"아르바이트 끝나고 바로 온 거니까 늦은 거 아니에요."

선미는 밝은 목소리로 진하를 보았다. 여자의 맑은 눈망울을 보자 저절로 마음이 깨끗해지는 것 같았다. 더러운 오물에 뒤덮인 자신을 손으로 정성스럽게 씻어주는 그런 눈동자였다.

진하는 말을 꺼내지 못하고 저도 모르게 선미를 바라보고 있었다. 어젠 너무 놀라서 미처 발견하지 못했는데 이 여자는 짧은 커트 머리를 갈색으로 염색하였다. 머리칼은 기다란 목 위로 짧게 올라갔고 여자가 움직일 때마다 찰랑거리며 움직였다. 그것도 잘 어울렸다. 긴 생머리만 하던 연우가 만약 커트 머리를 했어도 이렇게 잘 어울렸을 것이다.

"저 바쁜 사람인데. 아르바이트 또 가야 하거든요."

2차로 들리는 목소리에 진하는 일부러 아득해진 정신을 깨웠다.

"밤늦게 또 아르바이트를 합니까?"

"네. 고등학생들 과외도 뛰거든요. 애들 학교 야자랑 학원 강의 끝나면 지금밖에 시간이 없어요."

"이거 말고 또 무슨 아르바이트합니까?"

"평일엔 학교 가야 해서 이 거 두 개 하고 주말에는 동생들이랑 장사해요."

"학교 다닙니까?"

"네. 제가 공부를 좀 늦게 시작했거든요. 이제야 하고 싶은 거하게 되네요."

선미는 부끄러운 듯 쑥스럽게 웃었다.

"전공이 뭡니까?"

"성악이요."

진하는 점점 숨쉬기가 힘들어질 만큼 심장이 아파와 고개를 돌렸다. 너는 분명 연우인데, 연우가 아니라고 한다.

"제가 누군가를 많이 닮았나 봐요."

진하가 계속 말을 못하고 있자 선미가 다정하게 물었다. 진하가 다시 시선을 맞추자 선미는 밝게 웃었다. 눈매가 내려간다.

"그렇게 혼란스러우신 것 보면 제가 정말 비슷하게 생겼나 봐요."

진하는 살짝 고개를 끄덕였다.

"많이 닮았습니다. 모든 것이. 전부……."

"그렇구나."

"어제 제가 한 행동은 잊어주길 바랍니다. 순간적으로 감정을 조절하지 못해서 실례를 했습니다."

"괜찮다니까요. 무슨 커다란 잘못을 한 것도 아닌데 손목 한번 잡혔다고 이렇게 계속 사과 받아서 제가 다 민망해요."

한결같이 밝고 상쾌한 여자의 목소리는 진하의 심장에 작은 울림을 주었다.

"아, 저 가봐야 해요. 먼저 가볼게요. 잠깐이지만 재밌었어요.

그리고······."

선미는 시계를 보고 일어서며 진하를 내려다보았다.

"사과 잘 받았습니다."

선미는 눈웃음을 지으며 고개를 꾸벅 숙이고 뒤를 돌았다. 진하도 뒤늦게 따라 일어섰다.

"이봐요."

진하의 목소리에 선미가 뒤를 돌아보았다.

"앞으로도 찾아오게 될 것 같습니다. 선······ 미 씨 보러."

선미는 잠시 진하의 얼굴을 보더니 고개를 끄덕였다.

"그러세요. 언제든."

선미가 사라진 곳을 멍하니 바라보던 진하가 의자에 주저앉다시피 앉았다. 이렇게 온몸으로 너라고 말하는데 네가 아니라니. 전부 너지만 전부 아닌 사람이라니. 혼란스러운 마음속에서도 한 가지만은 또렷해졌다. 이대로 끝을 맺고 싶지는 않다. 네가 누군지 알아야겠다. 연우든, 선미든 너를 알고 싶다.

회장 취임식은 성대하게 치러졌다. 주신은 이 행사를 위해 오래전부터 준비해 온 만큼 각계 인사들과 언론, 취재진, 고위층에 보도 자료를 배포하고 홍보하였다. 유서그룹의 적통이자 자격을 갖춘 이는 오직 자신의 아들, 유진하라는 것을 대한민국 꼬마들도 알도록 대대적으로 뿌렸다. 취임식에 앞서 진하의 앞으로 온 화려한 화환들이 로비, 연회장 할 것 없이 빽빽하게 들어섰다.

사람들의 축하 박수를 받으며 들어오던 진하는 병풍처럼 늘어선 사람들과 화환들을 눈으로 훑었다. 네이비블루 슈트에 버건디

넥타이, 같은 계열의 행커치프, 깔끔하게 올린 머리는 사람들을 압도하였고 탄성을 자아냈다. 옆에 있던 주신이 먼저 단상 위에 섰다.

"친애하는 여러분, 오늘 이렇게 유진하 차기 회장의 취임식에 와주셔서 대단히 감사합니다. 그동안 저를 지지하시고 응원해 주셨던 분들, 이제는 유진하 회장을 변함없이 아껴주시리라 믿습니다. 저는 오늘부로 회장 자리에서 물러나 회사의 경영을 전부 유진하 회장에게 넘겨줄 것입니다."

연회장 안에 있는 사람들의 박수 소리에 주신이 물러나고 진하가 단상 앞에 섰다. 진하는 주변을 고루 둘러보았다.

"화환이 너무 화려해서 주인공이 누구인지 모를 정도입니다."

첫말이 화환이라니. 사람들은 진하의 성격을 어렴풋이 알고 있는지라 마른침을 삼켰다. 취재진들은 치열한 사진 경쟁을 펼쳤다.

"오늘 이후로 모든 행사에 화환은 일체 받지 않겠습니다. 굳이 자신을 알리고 싶으시다면 제가 알려 드리는 계좌들로 입금 바랍니다."

진하가 말을 할 때마다 주신의 미간이 점점 찌푸려졌다.

"제 나이가 고작 서른다섯이라서 그게 불만인 분들도 계실 것입니다. 전 선대 회장이신 유재명 회장님과 이주신 회장님의 자식이기 때문에 당연한 금수저라고 생각하실 것입니다. 변명은 하지 않겠습니다. 소위 말하는 금수저가 맞습니다. 하지만 금수저로서의 품위와 권위 역시 지켜 나갈 것입니다. 앞서 말씀드렸던 계좌들은 제가 후원하고 있는 보육원들의 통장입니다. 제게 뭔가를 잘 보이고 싶으신 분들은 그곳을 이용하시면 되겠습니다. 그리고 제가 뭘 잘할 수 있는지 답을 듣기 바라는 분들에게는 기꺼이 실력으로 보여 드리겠습니다. 다른 어떤 말도 필요하지 않습니다. 유서그룹에 몸담고 있는 사람들이 부끄러워지지 않도록 이끌어 나가겠습니다."

연회장에 박수 소리가 흘러넘쳤다. 진하는 잠시 마이크에서 멀어졌다 다시 가깝게 대었다.

"지금 이 순간에도 칼을 갈며 도약하길 원하는 누군가에게 고합니다. 천성과 근본은 함부로 바꿀 수 없는 것입니다. 그럼에도 불구하고 저에게 도전하신다면 기꺼이 받아주겠습니다. 자신의 처지와 상황을 파악하길 바라지만 만족하지 못한다면 직접 부딪쳐 깨닫게 해주겠습니다."

진하의 목소리는 힘과 권위가 동시에 느껴지며 함부로 덤비지 말라는 무언의 압박을 심어주었다. 그리고 진하의 말에 화환은 썰물처럼 연회장을 빠져나갔다. 수많은 사람들과 악수를 나누며 다니던 진하가 연화그룹 회장을 맞이하게 되었다. 옆에 민서를 대동한 송 회장은 시종일관 껄껄 웃으며 대놓고 사위 대하는 행세를 했다.

"이제 회장 취임도 끝났으니 우리 민서와 약혼 일정이 남아 있겠군요. 기대하고 있습니다. 두 집안의 결합을."

진하는 송 회장이 내민 손을 잡으며 살짝 고개를 숙였다.

"세상 모든 일이 마음먹은 대로 되지는 않는 것 같습니다. 길지 않은 생을 살아왔지만 뜻대로 된 적이 있었나 싶습니다."

단정한 진하의 말에는 뼈가 있어 듣는 사람을 불편하게 하였다. 송 회장은 물러나지 않았다.

"그렇지요. 마음먹은 대로 되지 않는 것이 이 세상입니다. 그걸 유 회장이 일찍 깨달았다니 먼저 살아온 선배로서 다행이라 생각합니다."

보이지 않는 뼈가 날아다니는 말에 진하는 살짝 입꼬리를 올렸다.

"알아주셔서 감사합니다."

오전에 보여준 나름의 파격적인 회장 취임식은 곧바로 언론에 대서특필 되었고 유서그룹 젊은 회장의 패기와 열정을 실었다. 노블리스 오블리주를 실천하는 유진하 회장의 앞날이 기대된다는 내용이 대다수였다.

진하의 회장실은 그의 성격을 보여주듯 매우 단조롭고 깔끔함 그 자체였다. 화려한 구조나 인테리어는 찾아볼 수 없었다. 진하는 한 면이 전부 유리로 된 창밖을 바라보며 오전에 송 회장과의 대화를 회상했다. 절대로 포기하거나 물러날 생각이 없어 보이는 송 회장의 야욕에 그나마 있던 연민도 떨어져 나갔다.

우선 주신의 사람부터 평가할 계획이다. 진하는 어머니의 측근들에 둘러싸여 일할 생각이 눈곱만큼도 없었다. 지금까지는 어머니의 꼭두각시 노릇을 했지만 앞으로는 다르다. 회장이 되는 순간 모든 권한은 저에게 넘어온 것이다. 이젠 16년 전 힘없던 미성년자 유진하가 아니다. 이제야말로 힘을 갖게 되었다. 누구도 어찌할 수 없는 힘.

진하는 비서실 번호를 눌렀다.

―네 회장님.

"이주신 회장님과 함께했던 임원들 명단을 전부 제출하고, 내일 전체 회의 일정 잡아줘요."

―네 알겠습니다.

조금씩 진행하자. 유진하의 사람으로.

손목시계를 보자 7시가 넘어 있었다. 진하는 명단을 전부 보고 난 뒤 재킷을 걸쳤다. 밖에서 대기하고 있던 정 기사는 진하가 나오자 문을 열어주었다.

"집으로 바로 모실까요?"

"아니요."

"네. 알겠습니다."

어디로 가자고 하지도 않았지만 정 기사는 알아서 목적지로 향했다.

"비서들 수행을 받지 않는 회장님은 도련님뿐이신 것 같습니다."

퇴근할 때 혼자 나오는 진하가 정 기사는 어색하면서도 독특했고 진하답다고 생각했다.

"집에 갈 때까지 주렁주렁 달고 싶지는 않습니다."

"네. 회장님 회사 이후의 일정은 제가 전부 커버하면 되니까 저도 좋습니다."

이윽고 차가 멈춘 곳은 아무르(Amour)였다. 그동안 선미가 아르바이트를 하는 날마다 저도 모르게 이곳으로 와서 목소리를 들었다. 슈베르트의 아베마리아. 언제 들어도 좋았던 연우의 아베마리아가 생각나서 이제 그만 와야지, 반성을 하지만 자신도 모르게 발걸음을 하게 되었다.

오늘도 구석진 테이블에 앉아 선미의 목소리를 들었다. 회장 취임식이라고 잔뜩 들떠 있는 바깥세상과는 다르게 진하는 상념에 갇힌 듯 목소리에 취해 있었다. 어느새 두 곡을 부르고 난 선미가 오늘도 여전히 멀찍이 앉아 있는 진하에게 살짝 고개를 숙였다. 선미는 진하에게서 눈을 거두고 일어섰다. 지배인에게 들은 말로는 자신이 노래를 부를 때에만 와서 듣는다고 했다.

커피숍에서 만난 이후 그는 선미에게 개별적으로 말을 걸지는 않았다. 하지만 말을 걸고 싶어한다는 것을 선미도 느꼈다. 선미는 피아노에서 일어서 진하에게 다가왔다. 그녀가 다가오자 진하는 턱을 괴던 손을 내리고 등을 곧게 폈다.

"안녕하세요. 오늘도 오셨네요."

선미가 밝은 목소리로 인사했다. 진하는 가볍게 고개를 숙이며 답례를 했다. 잠시 진하의 앞에 서서 머뭇거리던 선미는 어색하게 웃으며 다시 허리를 숙였다.

"그럼 전 이만."

몸을 돌려 가려는 그녀의 손목을 진하가 다급히 잡았다. 선미는 자신의 손목을 잡은 진하의 얼굴을 바라보았다.

"시간 괜찮으면 잠깐 앉았다 가요."

선미는 한동안 진하를 빤히 바라보다가 눈웃음을 지었다.

"전 알바생이라 시간 엄수가 생명이지만 특별히 시간 낼게요."

그리고 진하의 앞에 앉았다.

"지배인님한테 들었어요. 매번 제 노래 들으러 오신 것 같은데. 맞죠?"

진하는 가볍게 고개를 끄덕였다.

"목소리가 참 좋군요."

선미의 볼이 살짝 붉어졌다.

"고맙습니다. 칭찬받았으니 더 열심히 불러야겠네요."

그녀의 얼굴을 계속해서 바라보는 진하를 보며 선미는 작게 웃음을 터트렸다.

"제가 그렇게 예뻐요?"

맹랑했다. 하지만 반가웠다. 이 느낌이 낯설지 않았다.

"네. 예쁩니다."

다른 말이 나올 거라 생각했는데 순순히 인정하자 선미는 도리어 당황한 표정을 지었다.

"눈, 코, 입 어느 것 하나 예쁘지 않는 곳이 없습니다."

선미의 시선이 테이블로 내려갔다.

"실례인 줄 알면서 계속 이렇게 보게 됩니다. 이해해 주세요. 그쪽이 워낙…… 똑같아놔서. 마음 같아선 지금 당장 확인해 보고 싶은 것이 있지만 그러면 정말 미친놈이 될 것 같아 참고 있습니다."

갈수록 가관인 진하의 말에 선미의 입이 살짝 벌어졌다. 하지만 이내 싱긋 웃었다.

"그건 참아주세요. 뭔지는 모르겠지만 그쪽 입에서 미친놈이 된다는 말이 나왔다면 정말 그럴 거란 생각이 드네요."

"집이 어딥니까?"

"네?"

뜬금없이 물어보는 말에 선미가 되물었다.

"사는 곳."

"대방동이요."

"조금 멀군요. 과외 하는 곳은?"

"과외 하는 곳은 여기서 가까워요. 대치동."

"다행입니다."

"네?"

또 되물었다.

"아르바이트 끝난 것 아닙니까? 과외 하는 곳까지 데려다주겠습니다."

"아니요, 괜찮아요."

선미가 당황하여 손을 내저었다. 진하는 깔끔히 무시하고 자리에서 일어섰다.

"갑시다."

"이봐요."

진하가 걸어가다 뒤를 돌았다. 선미는 망설이다 조심스럽게 입을 열었다.

"혹시 제게 관심 있으세요?"

그럴 리가 있냐며 시선을 피하는 선미가 진하의 눈에 들어왔다.

"네. 관심 있습니다."

한 치의 흔들림도 없는 단호한 목소리에 선미의 눈이 커졌다. 눈망울이 흔들린다.

"몰랐습니까? 그쪽이 노래 부를 때에만 찾아와서 듣는데 단지 목소리가 좋아서 온 줄 알았습니까? 나 한가한 놈 아닙니다."

선미는 두근거리는 심장 소리를 들킬까 봐 일부러 활짝 웃었다. 이 사람과 얼마나 대화했다고 심장이 뛰는지 선미는 스스로에게 당혹스러운 마음이 들었다.

"그랬구나. 하하."

선미는 숨을 내쉬고 진하를 올려다보았다.

"하지만 전 모르는 사람 차를 타고 싶지는 않습니다. 말씀만 감사히 받을게요."

선미는 선을 그으려 하고 있다. 진하는 다급해진 마음에 저도 모르게 선미의 손목을 잡았다.

"유서그룹 유진하. 인터넷 쳐 보면 신원은 확인되실 겁니다. 정 불안하면 지금 확인시켜 주겠습니다."

"아, 아뇨. 됐어요."

정말로 핸드폰을 꺼내 확인시켜 줄 기세인 진하를 만류하며 선미는 살짝 고개를 끄덕였다.

"그럼 잠깐 기다리세요. 가방 가져올게요."

선미를 잡은 손목을 놓자 그녀는 빠르게 걸어갔다. 진하는 그녀가 가고 나자 참았던 숨을 몰아쉬었다. 감정이 넘쳐서 일을 벌였다. 하지만 전혀 후회되지 않았다. 오히려 이 지나친 감정이 고마웠다. 낯선 여자에게 드는 이 감정이 당연하게 느껴졌다. 로비에서 기다리는데 선미가 종종걸음으로 다가왔다.

"금방 왔죠?"

참 잘 웃는다. 천성이 밝은 사람이다. 진하의 차에 오자 대기하고 있던 정 기사가 선미를 보며 눈이 휘둥그레졌다.

"연우 아가씨?"

운전하는 사람도 자신에게 '연우'라고 부르자 선미는 쓴웃음이 나왔다.

"안녕하세요. 진선미입니다."

아, 진선미였구나. 어울린다. 진선미. 진하는 선미의 이름을 머릿속에 되뇌었다. 정 기사는 얼떨떨한 표정으로 허리를 숙였다. 대치동으로 가는 차 안에서 옆에 앉은 선미는 악보를 꺼내 들어 작은 소리로 허밍을 했다.

"성악 과외입니까?"

진하의 말에 선미는 고개를 돌려 웃었다.

"네. 제가 누굴 가르치고 할 실력은 안 되지만 교수님께서 좋게 봐주셔서 과외 자리가 들어왔어요."

"그렇게 열심히 돈을 버는 이유가 뭡니까?"

선미는 그의 물음에 이해가 가지 않는다는 눈으로 진하를 바라보았다.

"돈을 벌어야만 하는 이유를 묻는 건가요? 그야 학비 마련 때문이죠. 성악 전공하려면 학비가 만만치 않아요. 그리고……."

선미는 잠시 생각하더니 살짝 미소 지었다. 창밖을 보며 중얼거렸다.

"우리 동생들 맛있는 것 사주려면 돈 많이 벌어야 해요. 아! 저여기 내려주세요."

차가 대로변에 서자 선미는 진하를 돌아보며 살짝 고개를 숙였다.

"오늘 데려다주셔서 감사합니다. 하지만 오늘만이에요."

진하는 선미의 맑은 눈을 바라봤다. 다시 그의 심장이 뛰기 시작했다.

"제가 싫습니까?"

"네? 아니요! 그런 문제가 아니라……."

선미가 화들짝 놀라 손사래를 쳤다.

"그럼 남자친구 있습니까?"

"아니요. 그런 게 아니라."

선미는 계속해서 같은 동작을 반복했다.

"싫은 것도 아니고, 남자친구도 없다면 문제 될 것 없습니다."

진하의 막무가내에 선미는 손을 내리고 눈을 똑바로 바라봤다. 한동안 진하의 눈을 보던 선미가 시선을 거두지 않은 채 입을 열었다.

"참 무례하시네요. 왜 제 생각은 물어보지 않으세요? 싫은 게 아니고 남자친구 없으면 무조건 그쪽 만나야 하는 건가요?"

한 대 맞은 듯 진하는 신선한 충격에 눈썹을 꿈틀거렸다. 자신의 말에 반기를 드는 사람을 실로 오랜만에 만났기 때문이다.

"바빠서 만날 수 없어요. 그쪽 이름도 몰라서 만날 수 없고요, 모르는 사람은 만날 수 없어요. 저랑 닮았다고 하면서 만날 때마다 그 여자분을 생각하는 남자랑은 만날 수 없다고요. 아시겠어요?"

선미는 허리를 숙여 인사를 하고 문을 열고 나갔다. 얼음처럼 굳었던 진하의 귀에 정 기사의 목소리가 들렸다.

"보통 분이 아니시네요."

진하는 멀어져 가는 선미를 이대로 보내면 안 될 것 같아서 문을 벌컥 열고 나갔다. 뛰어가 그녀의 손을 잡았다.

"진선미 씨!"

손을 잡힌 선미가 진하를 돌아봤다. 그녀의 눈망울은 진하를 꾸짖고 있었다.

"미안합니다."

선미의 앞에 선 진하는 그녀의 손을 소중히 내려놨다. 그를 올려다보는 선미의 눈빛이 단정했다.

"아까 잠깐 알려 드렸는데 제 이름은 유진하입니다. 진선미 씨 말이 옳아요. 잘 알지도 못하는 사람을 무턱대고 만나는 건 이치에 맞지 않습니다."

진하의 입가에 살짝 미소가 걸쳐졌다.

"저도 지금 이치에 맞지 않는 짓을 하고 있는 겁니다. 그럼에도 불구하고 그쪽을…… 선미 씨를 더 알고 싶습니다. 더 가까워지고 싶어요. 이게 제 본심입니다."

부드럽게 울리는 진하의 목소리에 선미는 가방을 잡은 손을 꽉 쥐었다. 심장이 콩닥 뛰더니 이내 빠르게 뛰었다. 왜 날 만나고 싶을까. 내가 누군가와 닮아서? 목구멍까지 치솟는 의문이지만 밖으로 소리 낼 수가 없었다.

"저 이렇게 여자한테 집착하는 사람 아닙니다. 그건 알아줬으면 좋겠습니다."

선미의 입에서 아무런 말이 없자 진하는 점점 애가 탔다.

"그러니까 내 말은……."

"네. 잘 알겠어요……. 유진하 씨."

선미는 살짝 미소 지었다. 한참 만에 선미의 입에서 목소리가 흘러나왔다.

"저 정말 가봐야 해요. 아, 잠시만요."

선미는 가방에서 포스트잇과 펜을 꺼내 뭔가를 써 내려갔다. 그리고 진하에게 내밀었다.

"제 핸드폰 번호예요. 아무 때나는 안 되고 오후 4시에서 6시 사이, 밤 11시 이후에는 괜찮아요."

선미는 나풀나풀 나비처럼 뛰어갔다. 진하의 손에 번호가 적힌 종이가 놓여 있었다. 진하의 눈빛이 또다시 흔들렸다. 글씨체.

차로 돌아온 진하는 아직도 놀라서 멍하니 서 있는 정 기사에게 다급히 말했다.

"내일 이 사람 가족 관계, 등본 뭐든 좋으니 알아봐 주세요. 진 선미 씨."

정 기사는 진하를 보며 고개를 끄덕였다. 진하의 얼굴 표정도 자신과 별반 다를 게 없어 정 기사는 꼭 알아봐야겠다는 생각이 들었다. 유재명 회장님 시절에 했던 비서 역할을 다시 하게 된 것 같아 정 기사도 눈빛이 빛났다.

"가능한 빨리 알아보겠습니다."

진하는 시트에 몸을 기대며 선미가 앉아 있던 자리를 손으로 쓸 었다. 보고 싶다. 방금 헤어졌는데 벌써 보고 싶다. 이 익숙하지만 낯선 여자가. 연우지만 연우가 아닌 여자가.

제3장 그 남자, 그 여자

늦은 과외를 끝내고 지하철 막차에 몸을 실은 선미는 지친 몸을 등받이에 기대며 눈을 감았다. 잠시 뒤에 감았던 눈을 서서히 떴다. 오늘 그녀가 만난 사람. 유진하.

막무가내로 사람을 휘어잡더니 갑자기 사과를 한다. 무례하기 이를 데 없고, 따지고 보면 기가 막힌 행동인데 그게 낯설지가 않았다. 갑자기 든 생각에 선미는 호주머니에 있던 핸드폰을 꺼내 검색을 했다. 유진하 유서그룹. 검색 결과로 뜬 내용을 읽던 선미의 눈이 점점 커졌다. 다른 사람인가 했는데 사진 속 유진하 회장이 오늘 그녀가 봤던 남자와 똑 닮아 있었다.

"회장님이었구나."

나지막이 읊조리던 선미는 문득 나이가 궁금해서 또다시 이름을 검색했다. 35살. 자신보다 2살 많았다. 서른다섯에 벌써 회장.

멋지다. 다른 세계에 사는 사람 같다. 선미는 다시 눈을 감았다. 도대체 어떤 여자였기에 그 남자가 그렇게 못 잊을까. 비슷한 여자라도 만나고 싶을 만큼.

"선미 누나!"

지하철에서 내려 입구를 올라오자 기다리고 있던 앳된 남자 셋이 일제히 선미를 불렀다. 그곳을 보던 선미의 입가가 환해졌다.

"나와 있었어?"

"너무 늦었잖아. 아무리 못생겼어도 밤엔 잘 안 보이니까."

짓궂은 남자의 말에 선미가 멀대같이 키가 큰 그들의 어깨에 양팔을 걸쳐 매달렸다.

"이 녀석들! 못생긴 여자가 힘도 세단 얘긴 못 들었니? 한주먹거리도 안 된다 니들."

"에게, 겨우 요런 손목으로 우릴 어떻게 제압하나."

이번엔 오른편에 있던 남자가 선미의 손목을 들더니 혀를 끌끌 찼다.

"제압하나 안 하나 볼래?"

선미가 남자의 머리를 잡고 헤드락을 걸자 남자는 캑캑거리며 손을 들었다.

"인정, 인정! 못생긴 여자가 힘도 무지 세!"

"고렇지."

선미는 그제야 팔을 풀며 그들의 양팔에 팔짱을 끼었다. 오른쪽의 남자는 사실 전혀 아프지 않았지만 일방적으로 선미에게 맞춰주었다. 그들에게 선미는 엄마, 천사, 누나, 제일 소중한 사람이었기 때문이다.

"누나가 간만에 떡볶이 만들어줄까?"

"진짜? 얼른 가자!"

그들은 순식간에 선미를 들쳐 업고 집으로 뛰어갔다. 2시가 다 돼서 만든 떡볶이를 남 셋은 걸신들린 사람처럼 순식간에 먹어치웠다. 선미는 그들을 황당한 눈으로 보며 젓가락만 빨았다. 어쩜, 먹어보라는 말 한마디를 안 하니.

"누나 떡볶이 정말 맛있어!"

입술에 떡볶이 국물을 묻혀가며 먹는 선기, 접시에 코를 박고 먹는 선재, 맵다며 물을 들이붓는 선구. 니들 23살 맞니.

선미는 먹기를 포기하고 젓가락을 내려놓았다. 그때 현관문이 열리더니 키가 큰 남자가 성큼 들어왔다.

"어? 선우 형!"

남자 셋은 그 자리에 붙박이 한 채로 남자를 불렀다. 그러더니 일제히 일어서서 허리를 90도로 숙였다. 누가 시키지도 않았는데 이들은 선우를 보면 항상 이렇게 인사했다.

"오셨습니까."

그러더니 다시 앉아서 먹기 시작했다. 선미보다 2살 많은 선우지만 그들에게 선우는 아버지 같은 존재였다. 때로는 군기 잡는 형, 가끔은 장난도 치는 삼촌 같은 존재였다.

"오빠."

선미가 대신 일어서서 현관 앞으로 왔다. 큰 키에 우람한 풍채를 가진 남자가 들어오자 집 안이 꽉 들어차는 것 같았다.

"오랜만에 휴가라서 왔다. 잘 지냈냐?"

선우는 선미의 찰랑거리는 커트 머리를 흐트러뜨렸다. 선우는 현재 서울지방경찰청 강력계 형사로 거의 매일 청에서 살곤 했다. 형사가 제 체질에 맞는지 그는 정말 열심히 일했다. 남동생들이 '선우 형은 경찰 안 됐으면 뭐 하고 살았을까' 라고 할 정도로 그는 자기 일에 프라이드가 강했다. 선미는 밝은 얼굴로 맞이했다.

"어서 와. 밖에 춥지? 떡볶이……."

라며 상을 보던 선미는 건더기 하나 남기지 않고 먹어치운 그릇을 보며 다시 고개를 돌렸다.

"국물이라도 먹을래? 하하."

"됐다. 오다가 선배랑 국밥 먹고 오는 길이야."

"응."

"야! 니들은 나이가 몇 개인데 아직도 집 안을 폭탄으로 만들어 놓는 거냐! 죽고 싶어!"

선우의 입에서 죽고 싶어, 라는 말이 나오자 남자 셋은 순식간에 일어나서 방으로 들어가 버렸다. 정말로 죽을지도 몰랐기 때문이다.

"그럼 쉬어."

선미는 상으로 가 동생들이 먹었던 그릇을 싱크대로 가져갔다. 방으로 갔던 선우가 어느 틈에 샤워를 했는지 수건으로 머리를 말리며 부엌으로 걸어왔다. 설거지를 하던 선미가 뒤를 돌았다.

"마실 거 좀 줄까?"

"됐어. 내가 먹을게."

선미는 다시 고개를 돌려 설거지에 열중했다. 갈색빛을 받은 짧은 커트 머리가 선미의 작은 얼굴을 반 이상 가렸다. 그 아래로 기다랗고 뽀얀 목덜미가 모습을 드러냈다. 검정 카디건과 추리닝을 입은 선미의 가녀린 몸매가 선우의 눈에 들어왔다. 오랜만에 보는 얼굴이 보고 싶어서 이름을 부르려던 찰나 선미가 중요한 생각이 떠올랐는지 선우에게로 고개를 돌리며 웃었다.

"나 있지, 오늘 대박 사건 있었다?"

선우는 급히 시선을 돌리고 냉장고 문을 열었다.

"뭔데?"

"오빠, 유서그룹 알지?"

선미의 말에 선우는 물컵을 떨어뜨렸다. 그 바람에 컵이 산산조각이 났다. 하지만 바닥에 컵이 깨진 것도 모르는지 선우는 굳은 얼굴로 선미를 바라봤다.

"뭐라고?"

"오빠! 괜찮아?"

선미가 급히 다가오자 선우는 그제야 바닥을 보았다.

"오지 마. 내가 치울게."

선미는 오던 걸음을 멈추고 선우의 흔들리는 눈을 바라보았다.

"왜 그래."

"어? 아니. 그래서 유서그룹이 뭐."

선우는 고개를 내려 유리 조각을 주웠다.

"그 회사 회장님 만났다고."

그의 손은 더욱 떨렸다.

"그냥 둬. 내가 치울게."

선미는 유리에 베일 것 같아 도저히 안 되겠는지 다가왔다. 선우는 손을 치우고 방 안에 남자들을 불렀다.

"야, 너희들 잠깐 나와라!"

선우의 말에 선기, 선재, 선구는 빠른 동작으로 나와 나란히 섰다.

"네, 부르셨습니까."

"이 깨진 유리 조각 좀 치워라."

그리고는 선미 손을 붙들고 밖으로 나갔다. 갑작스런 그의 행동에 선미는 어리둥절한 표정으로 끌려 나갔다. 얇은 카디건만 입은 탓에 문을 열고 나오자마자 바깥바람이 살갗을 파고들었다.

"으, 추워. 들어가서 얘기하자."

선미가 양팔을 접으며 몸을 웅크리자 선우는 입던 조끼를 벗어 선미에게 덮어주었다. 2층 좁은 계단에 선 선미는 난간에 기대앉은 그를 걱정스런 눈으로 바라보았다.

"오빠 왜 그래 아까부터. 괜찮아?"

"응. 잠깐 혼란스러워서."

"뭐가?"

"응?"

"뭐가 혼란스러운데."

선미는 가끔 집요할 때가 있어 얼버무리는 말은 꼭 짚고 넘어가는 버릇이 있었다.

"그냥. 오늘 청에서 일 보던 게 갑자기 떠올랐거든. 요즘 은행털이범 잡느라 신경이 곤두서 있었어. 별거 아냐."

선미는 아무것도 아니라는 선우의 말에 어깨를 으쓱하며 시선을 돌렸다. 빽빽하게 들어선 다세대 주택들이 담장을 이웃하며 들어서 있었다. 간혹 개 짖는 소리가 들리기도 했다.

"아까 하던 얘기 계속해 봐. 유서그룹 회장을 만나서."

"아— 회장인 줄도 몰랐어. 그냥 이름하고 회사만 알려줘서 쳐 봤는데 회장이더라고."

진하에게 들었던 고백 비스무리한 건 말하지 않았다.

"아르바이트하는 프랑스 음식점에서 만났거든. 날 다른 사람이 랑 헷갈려 하더라고."

선미의 목소리는 신이 난 것처럼 들떠 있었다.

"회장 이름도 알아?"

"응. 과외 하는 곳까지 데려다주겠다는데 믿을 수가 있어야지. 워낙 멀쩡한 얼굴로 살인도 저지르는 세상이잖아. 모르는 사람이 라 싫다고 하니까 알려주더라."

"이름이 뭔데?"

"유진하."

선미의 입에서 나오는 또렷한 음성에 선우는 눈을 살짝 감았다 떴다.

"진선미. 지금부터 내가 하는 얘기 잘 들어."

선우의 말에 선미는 들떠 있는 눈빛을 그에게로 돌렸다.

"너 그 남자 계속 만날 거야? 회장이란 사람."

선미도 계속 고민하던 걸 선우가 묻자 대답을 하지 못하고 머뭇 거렸다.

"세상엔 급이라는 게 있어. 계급사회처럼 보이지 않는 선. 네가 재 벌 회장을 처음 봐서 호기심이 생기는 건 알겠다만 이쯤에서 접어."

"오빠."

선우는 항상 선미의 생각을 정리해 주었다. 같이 생활해 오면서 선미가 고민을 하고 걱정을 할 때마다 결론을 내주고 방향을 제시해 주었다. 이번에도 분명 그럴 것이다. 그가 하는 말은 항상 옳았다. 그의 말을 듣는 게 맞는 것이다. 하지만…… 선우는 선미의 흔들리는 눈을 보며 심장이 쿵쿵 뛰는 걸 느꼈다.

"그냥 지금처럼, 성도 다른 우리 5남매가 이렇게 아웅다웅 모여 사는 걸 최고로 생각하자. 우리의 세상에 다른 사람은 끼우지 말자. 더군다나 유서그룹 회장? 워낙 네가 그런 사람들과 별 차이를 두지 않으니까 잘 모를 수도 있는데 그들은 우리랑 달라. 재벌이야. 그러니까 더는 그 남자 만나지 마. 만나봤자 피곤한 일만 생길 거야."

"그럴까?"

"재벌이란 집단이 원래 그래. 겉으로는 우아한 것 같지만 피 터지는 머리싸움 속에서 강자만이 살아남는 곳이야. 물론 내 말이 너무 멀리까지 갔다만 난 네가 그 남자랑 만나지 않았으면 한다. 누구랑 닮았다고 하는 것도 왠지 쇼하는 것 같고."

선미는 말을 못하고 시선을 내렸다. 그렇게 보이지는 않았는데. 쇼하는 걸로 보이지는 않았어. 선우가 대답을 강요하여 선미는 작게 고개를 끄덕였다. 하지만 벌써 전화번호도 건넸는걸.

모두 잠든 새벽, 선우는 좁은 거실에 앉아 병째로 소주를 마셨다. 방 2개. 크기는 비슷하지만 모두의 동의하에 선미는 혼자 방을 썼고, 나머지 남자들이 한 방에서 옹기종기 붙어 생활하였다. 아등바등 살아온 세월이다. 지금의 평화로움을 위해 힘들게 고생했던 지난날이 떠오르자 선우는 주먹을 꽉 쥐었다. 오버를 하면서까지 만나지 말라고 강요했다. 이렇게 하지 않으면 선미가 정말로 유진하를 만날 것 같아서. 그를 사랑하게 될 것 같아서.

소중하게 지켜온 사랑이다. 선우에게 선미는 세상 전부였다. 그녀에게 최고로 멋진 남자가 되려고 갖은 고생하며 노력하였다. 그런데 이제 와서 선미를 그렇게 쉽게 놓칠 수는 없다. 절대, 뺏기지 않을 것이다. 누구에게도 선미를 주지 않을 것이다. 절대로.

오전에 간부급 전체 회의에서 진하는 나이 먹은 임원들의 고리타분하고 으스대는 행동에 미간이 찌푸려졌다. 거들먹거리며 네 까짓 게 뭘 아냐는 눈빛으로 진하를 보는 임원들은 죄다 똑같은 자세로 앉아 있었다. 진하는 그들의 말을 차분히 듣다 마이크 앞으로 입을 가져갔다.

"오늘 이렇게 여러분들을 모신 건 제가 지금부터 중요한 안내를 할 것이고 그 공지사항은 내일부터 효력을 발휘할 것이란 걸 미리 알려 드리기 위해섭니다."

진하의 낮은 목소리에 임원들은 안경을 들어 올리거나 등받이에서 등을 떼어 진하를 보았다. 공지사항을 담백한 목소리로 알려 준 진하는 그들을 보며 한쪽 입꼬리를 올렸다.

"설마 자리가 다르다고 해서 선대 회장님 얼굴에 먹칠하는 분들은 없으시겠죠."

회의가 끝난 후 각자의 위치로 돌아간 자리에서 공문을 받은 임원들은 하나같이 얼굴이 붉어졌다. 인사 발령. 종이를 구긴 임원들은 서둘러 주신을 찾아가기에 바빴다.

회장실에서 내내 창밖을 보던 진하는 노크하고 들어오는 정 기사를 보며 작은 심호흡을 하였다. 숨이 저절로 가빠왔다. 정 기사는 다가와 서류 봉투를 책상 앞에 내밀었다.

"진선미 씨의 가족 관계 증명서와 등본, 현재 다니는 대학 등 기본적인 정보들입니다."

"네. 수고하셨습니다."

진하는 봉투에 시선을 둔 채로 물었다.

"제가 생각하는 대로입니까?"

"진선미 씨는 오 원장님의 따님이 아닙니다."

기대하던 말이 아니라 진하는 눈에 띄게 실망하는 표정을 지었다. 진하는 애타는 마음에 책상을 짚고 일어섰다.

"진선미가 연우랑 전혀 관련 없는 인물이라고요?"

정 기사는 고개를 숙였다. 제 잘못도 아닌데 괜스레 죄송한 마음이 들었다. 선미가 연우였으면 하는 바람은 정 기사도 마찬가지였다. 진하에게 실망감을 안겨준 것 같아 그는 숙연해졌다. 정 기사가 나간 후 한동안 서류 봉투만 무심히 바라보던 진하가 손을 가져가 봉투를 열었다. 그 안에서 종이 몇 장이 나왔다.

가족 관계. 정선우(35), 진선미(33), 박선기(24), 이선재(23), 윤선구(23).

모두 성이 다르다. 그리고 선미 이외에 전부 남자다. 동생들이라고 말했던 게 설마 이 신체 건장한 20대 남자들을 말한 건가. 진하는 어이가 없어 웃음이 나왔다. 동생이라기에 어린 꼬마 아이들로 생각했었다. 그 시절에 갇힌 진하에게 동생들은 그러한 연령이었다. 이렇게 다 큰 성인들일 줄은 몰랐다.

진선미. 고아. 18살부터 선우의 호적에 올랐다. 영인대학교 성악과 3학년. 지도교수 이선영.

박선기. 고아. 패션잡지 모델. 현재 패션쇼 업계에서 핫한 인물로 떠올랐다.

이선재. 고아. 이태원 패션 주얼리 가게 운영. 전문대 공예과 재학 중.

윤선구. 고아. 이태원 패션 주얼리 가게 운영. 인터넷 직구 사이트 운영.

정선우. 이 남자가 걸린다. 서울지방 경찰청 강력계 형사라는 이 사람.

진하는 만년필을 톡톡 두드리다 코트를 걸치고 밖으로 나갔다. 선미의 집에 가보고 싶었다. 이성보다 감정이 먼저 움직였다. 진하는 정 기사 없이 혼자서 차를 몰고 등본에 나와 있는 주소지로 향했다. 골목 입구가 작아서 그는 대로변에 차를 대고 걸어 올라갔다. 언덕길을 계속해서 올라가자 서류에서 보았던 주소가 적힌 집이 나타났다. 오후 2시의 골목은 놀이하는 아이들과 지나다니는 사람들로 북적거렸다.

진하는 바지 주머니에 손을 넣은 채로 대문을 노려보았다. 벨도 없는 칠이 벗겨진 대문, 문을 잠그는 용도로 쓰이는 것이 아니라 그저 들어가는 입구 역할을 하는 열린 문, 한참 허름한 주택을 눈으로 훑던 진하는 계속되는 고민에 발을 움직일 수가 없었다.

그냥 올라가 볼까. 아니면 전화를 걸까. 아니면 그냥 되돌아갈까. 같이 사는 동거인들에 대해 궁금한 점도 많았다. 일일이 찾아가서 대면해 볼까. 그런데 찾아가서 뭐라고 할 거야. 당신들 누구냐고 할 거야. 연우 아냐고 할 거야.

진하는 기대하던 결과가 아니라서 저절로 한숨이 나왔다. 연우는 죽었는데 또 쓸데없는 상상을 했다. 그냥 연우와 굉장히 많이 닮은 사람이 있는 것뿐이야. 도플갱어, 나와 닮은 사람이 지구에 몇 명 정도 있다고 하니까. 그 사람들 중에 연우와 닮은 사람이 공교롭게도 대한민국에 또 있었던 거야. 그렇게 생각하는 것이 정신 건강에 좋을 것 같았다.

진하는 문에서 눈을 떼고 언덕 아래로 발을 돌렸다. 몇 걸음 걸어가던 진하는 언덕 아래에서 올라오고 있는 남자를 보며 그대로 걸음을 멈추었다. 십 년이 넘었지만 어쩜 과거의 잔상은 하나도 잊을 수 없는 것인지 세월이 흘렀어도 단번에 알아볼 수 있었다. 온몸이 굳은 것처럼 멈춰 서 있는 진하의 얼굴이 일그러졌다.

아래에서 올라오던 사람도 제집 문 앞에 서 있는 진하를 보더니 멈춰 섰다. 서로의 눈빛이 허공에서 부딪쳤다. 그 눈빛 안에는 놀라움, 두려움, 배신, 원망, 반가움들이 담겨 있었다. 먼저 발을 움직인 건 아래에 서 있던 남자였다. 남자는 천천히 걸어 올라와 진하의 앞에 섰다. 아직도 잔뜩 굳은 얼굴로 그를 노려보고 있는 진하를 보던 남자가 입을 열었다.

"오랜만입니다. 유진하 회장님."

남자의 목소리에 진하는 떨리는 몸을 감추려 주먹을 움켜쥐었다.

"정…… 선호. 살아 있었어."

선우는 진하를 보고도 놀라지 않았다. 선미를 알았으니 언제든 집으로 찾아올 거라 생각했다. 그래서 문 앞에 서 있는 남자가 유진하라는 것을 단번에 알아차렸다. 선우는 한쪽 입꼬리를 올렸다. 그 이름 참 오랜만에 듣는다. 나도 쓰지 않았던 이름을 저 자식 입에서 듣게 될 줄이야. 선우가 진하를 차갑게 바라보았다.

"여기까진 어쩐 일이십니까. 한창 바쁠 회장님께서."

"네가 어떻게…… 네가…… 정선우였어."

"그래. 내가 정선우야."

"그럼 선미가……."

진하의 눈동자가 거칠게 흔들렸다. 그의 고개가 주택으로 향했다. 당장 봐야겠다. 선미를 만나 당장 확인해야겠다. 정말 다른 사람인지 아니면 일부러 자신을 모르는 척하는 건지 그녀에게 묻고 싶었다. 눈앞에 서 있는 남자보다 그녀를 더 신뢰하니까. 진하가 문 쪽으로 몸을 돌리자 선우가 소리를 높였다.

"선미에게 가봤자 아무런 말도 들을 수 없을 거야."

진하의 날카로운 눈매가 선우에게 향했다. 여유로운 선우의 태도에 진하는 화가 치밀었다.

"선미는 아무것도 모르니까."

"너 지금 무슨 말을 하는 거야."

"궁금한 게 있어서 찾아온 거 아냐? 선미를 보고 나서. 그리고 벌써 웬만한 건 알아봤을 것 같은데."

자신의 속마음을 꿰뚫고 있는 선우가 참으로 거슬렸다. 진하는 다시 몸을 돌려 선우를 주시했다.

"16년이나 지났지만 우리가 서로를 보며 웃을 만큼 긍정적인 사이는 아니었으니까 인사는 생략하자. 살아 있을 줄은 몰랐지만 그래도 살아 있어서 다행이다."

"왜. 살아 있어서 실망했어?"

진하는 비꼬는 선우를 바라보았다. 자신에 대한 원망과 분노, 미움이 고스란히 드러나서 진하는 살아 있다는 안도감도 잠시 불쾌감이 몰려왔다. 왜 이 자식과는 오랜만에 만났음에도 불구하고 이런 대화밖에 하지 못할까. 진하는 눈빛을 매섭게 바꾸고 그를 보았다.

"살아 있으니까 묻고 싶은 말은 많네. 궁금한 것도 많고. 하지만 시원스레 대답해 줄 거란 기대는 하지 않으니까 생략하지. 그런데 한 가지만 묻자."

진하는 내내 궁금하고 혼란스러웠던 것을 힘주어 꺼냈다.

"선미가 내가 알고 있는 그 사람이 맞아?"

사실 선우에게 물었지만 진하의 머릿속은 어느 정도 결론이 났다. 그게 아니면 설명이 되지 않는 부분이 너무나 많았다. 도플갱어 소리는 가벼운 농담일 뿐이었고 선미가 누구인지, 정확히는 선미가 연우일 거란 확신이 들었다. 선우는 진하의 날카롭고 거친 눈동자를 노려보았다.

"내가 말해줄 거라고 생각한 건 아니지? 생각보다 정보력이 떨어지나 봐. 난 또 행복 보육원 화재 사실까지 알아낸 줄 알았지."

행복 보육원이란 단어에 진하의 얼굴이 금세 일그러졌다. 다시는 듣고 싶지 않은 이름을 저 자식은 너무도 쉽게 내뱉을 수 있다는 것이 소름 끼치게 싫었다. 진하의 가슴 한구석을 뻥 뚫리게 만든 그 단어를 선우는 아무렇지도 않게 꺼냈다.

"입 닥쳐."

"어이쿠, 무서워라. 회장님께서 그런 말을 하시니까 오금이 저리네."

과장된 미소를 짓던 선우의 입매가 급히 내려갔다. 그리고 진하를 똑바로 보았다.

"경고하는데 다시는 내 눈앞에 나타나지 마. 우리 식구들 어느 누구에게도 얼굴 보이지 마. 그랬다가는 너 내 손에 죽을 줄 알아."

"경고는 내가 하지. 까불지 마. 선미든 연우든 내가 알아낼 거야. 네 입을 통해 듣느니 내 힘을 믿는 게 더 빠르겠어. 너야말로 방해하면 피곤해질 거야. 서울경찰청 소속 형사라고? 그럼 네가 맡은 시민을 지키는 임무나 똑바로 해."

진하는 선우를 지나쳐 언덕을 내려갔다. 선우는 내려가는 진하의 뒤통수를 죽일 듯이 노려보았다. 저 자식은 예전부터 당당했다. 내세울 건 아버지 재력이 전부인 녀석이 지나칠 정도로 여유롭고 자신감이 하늘을 찔렀다.

사람 마음은 쉽게 바뀌지 않는다. 처음부터 밥맛이었는데 16년 만에 다시 보는 유진하는 여전히 재수 없었다. 거기다 증오심까지 추가되어 그를 보기만 해도 분노가 끓어올랐다. 유진하, 유서그룹 철저히 짓밟아주겠어. 우리 부모님이 당한 만큼.

진하는 차에 타자 떨리는 몸을 시트에 기대었다. 생각지도 못한 사람을 눈앞에서 마주친 반가움도 잠시 궁금하고 의문인 점도 동시에 떠올랐다. 그리고 무엇보다 선미의 정체가 그를 미치게 만들었다. 아니, 이제는 어느 정도 확신을 했다. 이제부터는 목표를 갖고 조사를 하면 되었다.

그토록 보고 싶었던, 그리웠던 사람이 살아 있다고 생각하자 진하의 심장이 요동을 치며 뛰었다. 손끝이 계속 떨려왔다. 단전 아래 호흡이 꿈틀거렸다. 지금 그녀가 너무도 보고 싶었다. 보지 않고는 미쳐 버릴 정도로 선미를 보고 싶었다. 어서 그녀를 만나 확인하고 싶었다.

행복 보육원. 머릿속에서 잊으려고 그렇게 안간힘을 썼는데도 지워지지 않던 그 이름을 다시 꺼내야 했다. 정선호가 살아 있으니 더욱 그랬다. 모두 죽은 줄로만 알았는데 살아 있는 사람이 있었다. 그러니 연우도 그럴 수 있다. 선호는 진하에게 가시 같은 존재지만 그를 만났기 때문에 희망도 생겼다. 한참을 움직임 없이 허공만 바라보고 있던 진하는 서서히 몸을 일으켜 세웠다. 그리고 핸드폰을 꺼내 전화를 걸었다.

"정 기사님, 접니다. 예전에 아버지 비서 하시기 전에 흥신소 운영했다고 했던 것 같은데 맞습니까."

[그걸 아직까지 기억하십니까. 도련님께서 굉장히 어렸을 때인데요. 맞습니다. 그때 이재명 회장님께서 절 거두어주셔서 이렇게 사람 노릇하며 살고 있죠.]

"그렇군요. 정 기사님이 제 곁에 있어서 참 다행이란 생각이 듭니다. 이럴 때보면 신이 죽지는 않았다는 생각이 들어요."

[무슨 일이신지.]

"이제부터 은밀히 알아보셔야 할 것이 있습니다. 제가 이따 보안메일로 보내 드리는 내용을 보면 바로 삭제하시고 곧바로 시작하십시오."

[네, 회장님.]

전화를 끊은 진하는 손목시계를 보았다. 오후 2시 반. 선미가 4시 이후에 전화하라고 했는데 도저히 안 되겠다. 진하는 선미에게 전화를 걸었다. 신호는 가지만 받지를 않았다. 한 번 더 걸었지만 마찬가지였다. 진하는 잠시 핸드폰을 내려 보다가 차 시동을 켰다.

세련되게 잘빠진 차가 영인대학교 앞에 섰다. 참 오랜만에 와본

다. 예전에 연우가 레슨 받을 때 오가던 대학교였다. 그 학교에 학생으로 들어와 성악을 공부하고 있는 선미, 이게 전부 우연일까. 아니다. 난 아니라고 생각한다. 넌 분명 연우가 맞다. 넌 내가 그토록 사랑한 여자가 맞는 것이다. 그리고 너 역시 같은 곳을 맴돌고 있다. 의도적이든 아니든.

음대 앞에 차를 세운 진하는 천천히 내려 계단을 올려다봤다. 한 계단 한 계단 올라갈 때마다 심장의 속도도 더 빠르게 움직였다. 이 안 어딘가에 선미가, 연우가 있다. 그는 소리쳐 부르고 싶은 마음을 억누르고 성악과 강의실로 향했다.

기말고사 기간인지 강의실마다 필기시험 보는 학생들, 실기시험 보는 학생들이 가득했다. 성악과 강당 문 앞에 선 진하는 심호흡을 하고 조용히 문을 열었다. 안에는 10명 정도 되어 보이는 학생들이 실기시험을 보고 있었다. 오페라 자유곡 한 곡씩 부르고 서로 토론하여 평가한 것을 채점하는 방식, 이 교수만의 룰이었다.

진하는 맨끝 구석 의자에 앉아 학생들을 훑었다. 가운데 앉아 앳된 학생들과 이야기를 하는 선미가 보였다. 여전히 밝은 얼굴로 뭐가 좋은지 속삭이고 있었다. 어릴 때 모습 그대로, 재잘대고 있다.

한 명씩 무대 위로 올라가 자유곡을 불렀다. 선미의 순서가 되자 그녀는 다소 긴장된 표정으로 무대 위에 올랐다. 피아노 반주가 시작되고 선미는 모차르트 오페라 마술피리 속 '밤의 여왕' 아리아를 불렀다. 그녀의 목소리에는 사람을 끌어들이는 힘이 있었다. 사람들은 첫·소절이 시작되기도 전에 이미 스르르 눈을 감거나 상체를 앞으로 당겨 집중하였다.

절정으로 치닫는 그녀의 노래에 진하의 심장이 빠르게 뛰었다.

황폐한 그의 사막에 단비를 뿌려주는 그녀의 목소리는 다시 진하를 일으키는 힘이 되었다. 다시 숨을 쉴 수 있게 하는 산소 같았다. 노래를 부르는 선미를 바라보며 진하의 심장은 끝을 모르고 빠르게 뛰었다.

무대 위에 있는 저 사람이 연우일 거라고 생각하자 당장이라도 달려가서 끌어안고 싶은 마음이 들었다. 체면이고 뭐고, 사회적 지위는 개나 줘버릴 정도로 앞뒤 따지지 않고 올라가서 그녀를 안고 키스하고 싶은 충동에 휩싸였다. 하지만 초인적인 의지로 끊어내고 차분히 노래 부르는 그녀를 감상했다.

선미든, 연우든 상관없어. 넌 이미 나에게 한 사람일 뿐이야. 네가 다른 사람이라고 해도 상관없고 네가 역시 연우라면 더더욱 거릴 것 없어. 난 다시는 널 사라지게 하지 않아. 널 내 곁에 둘 거야. 널 반드시 찾을 거야. 날 사랑하게 만들 거야.

학생들의 자유곡이 모두 끝나고 그들은 짧은 토론 시간을 가졌다. 서로의 노래에 대한 평가를 자신의 관점에서 말해주는 것이다. 좋은 점수를 받기 위해선 무조건 상대방의 노래를 깎아야만 했다. 하지만 그들 모두 선미의 노래에는 이견 없이 A를 주었다. 이 교수는 학생들의 토론을 듣고 난 후 평가지를 걷어 수업을 마쳤다.

"언니, 정말 나이도 많으면서 어떻게 그런 목소리를 낼 수 있어요?"

어린 여학생들이 선미에게 질투 어린 말을 꺼냈다. 선미는 악보를 정리하다 여학생을 돌아보며 눈웃음을 지었다.

"다 각고의 인내와 노력으로 이루어졌느니라. 그냥 된 건 아무것도 없느니라."

"아, 뭐야!"

여학생들은 까르르 웃으며 선미를 둘러싸고 이야기를 하였다. 그들은 곧 함께 강의실 뒤편으로 걸음을 옮겼다.

"오늘 이 언니가 올 A 받았으니까 한턱 쏘마."

"콜. 어디로 갈까요, 누나?"

젊은 남자들도 선미에게 따라붙었다. 선미는 그들의 어깨에도 팔을 둘러 끼워주었다.

"등골 브레이커들아. 작작 먹어."

깔깔대며 웃고 무리 지어 나오던 그들은 문 앞에 서 있는 멋진 옷차림의 남자를 보고 걸음을 멈추었다. 그리고 동시에 어? 라는 소리를 내며 소리를 질렀다.

"저 사람 유서그룹 회장님 아니야? 맞지?"

여학생들은 호들갑을 떨며 옆 친구에게 확인 질문을 했다.

"맞아 맞아. 언론이며 인터넷에 난리가 났었지. 나도 봤어."

"나도 젊은 나이에 회장 됐다고 아빠가 말했던 거 기억난다."

"음대 건물엔 어쩐 일이지? 그것도 성악과엔……."

말을 하던 그들은 진하가 점점 다가와 그들 앞에 서자 일제히 고개를 숙여 인사했다. 누가 시킨 것도 아닌데 저절로 고개가 숙여졌다.

"잠시 진선미 씨랑 대화 좀 해도 되겠습니까."

말은 그들에게 했지만 시선은 오로지 선미에게 고정시켰다. 사람들은 한동안 둘을 바라보다가 먼저 발을 옮겼다.

"언니. 우리 먼저 나가 있을게."

완전 놀랍고 궁금하다는 얼굴로 선미를 보던 그들은 느린 걸음으로 강당을 나갔다.

"선미 언니 능력 좋다. 어떻게 유서그룹 회장님과 아는 거지?"

놀라긴 선미도 마찬가지였다. 우리 학교는 어떻게 알고 찾아온 것인지, 사람들도 많은데 이렇게 불쑥 찾아와도 되는 건지, 갑작스럽게 모습을 드러내도 되는 건지 말이다.

둘은 한동안 말없이 서로를 바라보았다. 시간이 멈춘 것처럼 두 사람은 말이 없었다. 강당은 고요했고 소리도 없었지만 서로의 심장 소리는 쿵쿵대며 뛰었다. 결국 먼저 입을 연 것은 선미였다. 아무래도 이런 침묵은 견디기 힘들었다.

"제가 분명히 말씀드렸는데요. 4시부터 6시까지만 전화하라고요. 그런데 지금 3시 반이에요. 더군다나 전화도 아니고 직접 찾아오는 건 좀 그러네요."

진하는 여전히 말없이 선미의 얼굴을 뚫어지게 바라보았다. 그의 눈빛에 선미는 따지려던 목소리가 쏙 들어가 버렸다. 그리고 그의 뜨거운 눈빛에 시선을 돌렸다.

"저희 학교는 어떻게 알고 오셨어요?"

"……."

"뒷조사도 하고 그러세요?"

"……."

"그런데요. 핸드폰 번호 지워주셨으면 좋겠어요. 아무래도 그날은 저도 제정신이 아니었던 것 같아요."

"……."

"인터넷 찾아봤어요. 유서그룹 회장님."

선미는 자신이 말해놓고도 헛웃음이 나오는지 시선을 들어 그를 올려다보았다.

"유서그룹 회장님께서 잘 모르는 여자의 핸드폰 번호를 갖고 있는 건 싫어요. 그쪽은 뭔가 다른 세계 사람 같아요. 그 세계의 분이 이 세계로 와서 평범한 사람 흉내를 내는 것도 이상하고요."

"……"

"그리고 무엇보다도 마음속에 생각하시는 그분과 절 헷갈려 하며 보는 것도 싫어요. 그러니 이제 더는 찾아오지 않으셨으면 좋겠어요."

선미의 목소리가 진하의 심장에 내려와 박혔다. 당장이라도 끌어안고 싶은 눈앞의 여자를 두고 더 이상 무슨 말을 해야 할까. 자신을 보며 아무렇지 않은 얼굴로 말하는 여자를 어떻게 봐야 할까. 연우면서 연우가 아니라고 하는 여자를 어떻게 달래야 할까.

"진선미 씨."

드디어 진하의 입에서 목소리가 나왔다. 영영 못 들을 것처럼 굳게 닫혔던 입매에서 부드러운 목소리가 나오자 선미의 심장이 미친 듯이 뛰었다.

"우린 계속 만나게 될 겁니다."

진하의 입에서 낮은 목소리가 나왔다.

"당신은 내가 어떤 사람인지, 무얼 하는 사람인지 중요하게 생각하지 않아요. 그렇죠?"

속마음을 꿰뚫은 것처럼 선미의 생각을 읽어낸 진하가 놀라워서 그녀의 눈동자가 커졌다. 진하의 입에 작은 호선이 그어졌다. 처음 본다. 이 남자의 웃는 모습. 선미는 아까보다 더 힘차게 뛰는 심장에 곤혹스러워졌다. 이놈의 심장이 눈치도 없이 제멋대로 움직인다. 이 남자만 보면 심장이 정신을 놓고 뛰어버린다.

"당신도 나와 같은 생각이라면 우린 계속 만나야 합니다."

만나고 싶습니다, 도 아니고 만나야 한다니. 꼭 해야 되는 일처럼 말한다.

"싫어요."

"천천히 다가가겠습니다. 당신이 내게 마음을 열도록 천천히…… 시작할 겁니다."

"유진하 씨."

"오늘도 바쁜 몸을 이끌고 선미 씨 보러 왔습니다. 지금도 바쁜 사람이지만 당신 얼굴 보고 가면 더 힘내서 일할 것 같아서 보러 왔습니다. 그리고 난 전화보다 행동이 앞설 것 같습니다. 앞으로도 가끔, 어쩌면 자주 이렇게 불쑥불쑥 찾아올지도 모릅니다."

"전 분명……."

"미친놈이라고 해도 좋습니다. 무시해도 봐주겠습니다. 여태 날 무시한 사람은 아무도 없었지만 선미 씨가 무시하는 건 넘어가 드리겠습니다. 마음대로 욕해도 괜찮으니 찾아오는 건 막지 마십시오."

오지 말라고, 더는 전화하지 말라고 거절하는데도 진하는 막무가내였다. 그리고 선미가 말할 틈도 주지 않고 몸을 돌려 걸어갔다. 오늘은 여기까지 하자. 저렇게 커다란 눈망울이 곧 울 것같이 흔들리는데 더는 못하겠다. 조금씩 다가가면 돼. 그러니까 밀치지만 말아줘.

멀어져 가는 진하의 등을 보며 선미는 뛰고 있는 심장을 손으로 지그시 눌렀다. 정말 언제 봤다고 이렇게 심장이 제멋대로 움직이는지 선미는 제 심장을 주먹으로 툭툭 두드렸다. 평생 남자에게 심장이 두근거렸던 적이 없는데 저 막무가내 회장님에게 무턱대고 심장이 뛰었다. 참 이상하다, 저 남자. 그리고 참 이상하다, 내 심장.

진하는 이선영이라고 적혀 있는 교수 연구실 문을 두드렸다. 재실이라는 표시에 다시 한 번 노크를 하였다. 안에 있던 조교가 나오며 누구냐는 눈빛을 했다.

"이선영 교수님 찾아왔습니다. 유진하라고 전해주십시오."

조교가 안으로 들어간 뒤 얼마 지나지 않아 이 교수가 급히 걸어나왔다. 그리고 진하를 보자 더욱 놀란 얼굴을 했다.

"회장님이 되셨다는 소식은 들었습니다."

이 교수는 차를 건네며 미소 지었다.

"워낙 언론에서 크게 떠들어서 모르는 사람이 없을 정도입니다."

"네."

진하는 가벼운 미소를 지었다. 차를 한 모금 머금은 진하가 잔을 내려놓으며 이 교수를 바라보았다.

"성악과의 진선미 씨를 레스토랑에서 우연히 보았습니다."

"아…… 선미."

이 교수는 고개를 끄덕이며 옅은 미소를 지었다.

"교수님도 아시겠지만 그 사람이 연우를 떠올리게 합니다."

"저도 처음엔 정말 깜짝 놀랐습니다. 연우는 죽었는데 너무 똑같은 사람을 봐서 귀신에 홀린 줄 알았습니다."

"모두 그렇군요. 저만 연우를 그리워하는 줄 알았는데 이 교수님도 연우를 생각하고 있었네요."

"어떻게 잊을 수 있겠어요. 그 똑똑하고 어여쁜 아이를. 그때 일찍 유학 갔더라면 지금쯤 정말로 한국을 대표하는 유명한 소프라노로 섰을지도 모르는데 참 안타까워요."

진하는 이 교수를 물끄러미 바라보았다. 이 교수는 연우를 진심으로 사랑한 사람이란 생각이 들었다. 지금 이 사람에게 선미에 대해 더 자세히 말할 수는 없지만 그래도 이렇게 선미를 지지해 주는 사람이 있다는 것이 마음 놓였다.

"오늘 제가 찾아온 건 교수님께 부탁을 하고 싶어서입니다."

"말씀하세요."

"진선미 씨를 비밀리에 후원하고 싶습니다. 분명 그 사람에게 말한다면 거절할 게 뻔하니까 교수님께 부탁하는 겁니다. 금액은 얼마가 들어가든 지원하겠으니 선미 씨의 날개가 꺾이지 않도록 교수님께서 잘 키워주십시오. 이 부탁을 하려고 합니다."

"회장님께서 그런 부탁하지 않아도 이미 선미 스스로가 빛을 발하고 있습니다. 여기저기서 선미에게 러브콜을 보내오고 있거든요. 지금 제가 계획하고 있는 것은 일단 한국 필하모닉 신년 연주회에 소프라노로 협연을 하도록 하는 것이에요."

"그래도 한 가지는 확실하게 하는 것이 좋겠죠. 청탁이나 지원 때문에 실력도 없는 사람을 올리는 건 아니라고 생각합니다."

이 교수가 소리를 내어 웃었다.

"저 그렇게 기회주의자 아닙니다. 실력이 없으면 아무리 억만금을 준다고 해도 끼워주지 않습니다. 선미가 실력이 되니까 지원하는 거죠."

"그렇다면 마음 놓고 교수님께 부탁하겠습니다. 선미 씨 잘 키워주십시오."

"선미가 복이 많네요. 이렇게 무한한 관심을 주시는 분도 계시고. 연우에게 고마워해야겠네요."

진하는 말없이 미소를 지으며 일어섰다. 인사를 한 진하가 나가자 이 교수는 옅은 숨을 길게 내쉬었다. 아주 오랜만에 봤는데 아직도 연우를 잊지 못하고 가슴앓이를 하는 진하가 안쓰러웠다.

늦은 밤, 영인대학교에서 회사로 돌아와 업무를 마무리하고 퇴근한 진하의 집 앞에 낯익은 검정 세단이 서 있었다. 어머니 오셨군. 비밀번호를 바꿔야겠다.

오늘 보았던 사람들이 머릿속에서 채 정리하지도 못했는데 힘겨운 상대를 만나야 하자 진하의 미간이 찌푸려졌다.

진하는 세단 옆에 서서 꾸벅 인사하는 운전기사를 그대로 지나쳐 집 안으로 들어왔다. 따로 나와 산 지 10년이 넘었다. 이곳은 진하가 직접 회사에 들어와 일을 하면서 장만한 제 소유의 집이었다. 편하게 주상복합에서 사는 것을 고려하다가도 사람들이 모여 사는 것이 질색인 그는 서울 교외에 집을 지었다.

대문을 열고 들어와 소나무들이 멋들어지게 자태를 뽐내고 있는 작은 정원을 지나 현관 안으로 들어갔다. 단층으로 된 저택 안은 진하의 성격처럼 깔끔함 그 자체였다. 거실에서 커다란 창을 보며 깜깜한 정원 나무들을 보던 주신이 현관 소리에 몸을 돌렸다.

"늦었구나."

"어쩐 일이십니까. 연락도 없이."

한결같은 아들의 목소리에 주신은 시선을 거둬 소파로 걸어왔다.

"할 말이 있어서 왔다. 집엔 오질 않으니 내가 널 보러 올 수밖에."

소파에 앉은 주신은 목석처럼 서 있는 진하를 향해 눈짓을 했다. 그런다고 말을 들을 아들이 아니지만.

"회사 임원들을 전부 다른 곳으로 발령시켰더구나."

그 얘기를 할 거라 예상해서인지 진하의 표정엔 변화가 없었다.

"왜 그런 결정을 내린 거냐."

"별다른 이유 없습니다."

진하는 걸음을 옮겨 주신의 맞은편에 앉았다.

"워낙 뛰어나신 분들이니 제가 어떤 자리를 줘도 다 훌륭히 해낼 거라고 생각합니다. 그렇지 않습니까?"

비꼬는 말인 걸 모를 리 없는 주신은 손에 힘을 주었다.

"그들이 충분한 자질을 보여준다면 2년 뒤에는 다시 원래대로 배정할 예정입니다. 그러니 염려하실 일 없습니다."

감정이 없는 진하의 눈빛에 주신은 얼굴에 노기를 띠었다.

"그 사람들을 등져서 네가 덕 볼 순 없다. 다 네 편인 사람들인데 그 사람들을 내치면 어쩌자는 거냐."

진하는 주신의 말에 한쪽 입꼬리를 올렸다. 얼굴 근육은 전혀 움직이지 않은 채 입술 끝만 비틀어진 모습에는 차가운 냉기가 흘렀다.

"네게 모든 걸 넘겼으니 더 왈가왈부하지는 않겠다. 하지만 내가 힘이 없어서 네게 회장 자리를 준 건 아니다. 네가 회사 경영을 제대로 해내지 못한다면 아무리 아들이라도 내칠 수 있음을 명심해라."

핸드백을 잡으려는 주신을 보던 진하는 더욱 비웃는 미소를 지었다.

"이 아들을 위해 눈엣가시를 쳐낼 때는 언제고 이젠 아들이라도 내치겠다는 의지를 보이십니까. 그냥 솔직해지세요. 절 위해서가 아니라 어머니 본인을 위해서였다고."

주신이 흥분을 하여 일어섰다.

"네가 그렇게 날 믿지 못하니까 내가 이러는 거 아니냐. 다 네 앞에 갖다 바쳤는데 넌 그걸 그대로 주워 먹지도 못하니 내가……."

"그딴 썩어버린 전리품 따위 필요 없습니다!"

진하가 16년 만에 처음으로 목소리를 높였다. 그래서 주신이 놀란 눈으로 바라보았다.

"잊으신 것 같아서 재차 말씀드리는데 유서그룹 회장은 이제 접니다. 그렇게 만든 건 어머니고요. 그러니 이젠 제 의견에 따라주셔야겠습니다. 이렇게 회사 문제로 제게 이의를 제기하는 것도 오늘까지만 넘어가겠습니다. 앞으로 제가 하는 일에 대해 더 이상 월권은 용납 못합니다."

진하가 주신의 눈을 똑바로 보았다.

"아무리 어머니라도."

진하는 분노로 얼굴이 붉어진 주신을 보며 얕은 한숨을 내쉬었다.

"16년 전 작은아버지가 회장 자리를 넘볼 때 그 자리를 유지하기 위해서 주식을 끌어모은 걸 알고 있습니다."

주신의 눈이 커졌다.

"그래요. 유서그룹을 지키기 위해서, 아버지의 아들인 제게 잘 넘겨주기 위해서 형제간의 싸움도 마다하지 않는 피의 희생을 치렀다는 어머니의 심정을 아예 모르는 건 아닙니다."

"진하야."

"하지만 그때의 일로 임원들과 주주들의 요구를 끊지 못하고 계속 들어주니까 같은 악순환의 연속인 겁니다. 유서그룹의 앞날에 어머니가 설 자리는 이제 더는 없습니다. 그러니 제 결정에 대해 이해해 주십시오. 가세요."

서 있는 주신보다 진하가 먼저 일어서 방으로 걸어갔다. 그러다 생각이 난 듯 다시 뒤를 돌았다.

"아, 약혼은 하지 않습니다. 어머니의 마지막 결정인데 약혼이라도 해드려야지 생각했었는데 더 이상 그럴 필요를 못 느끼겠습니다. 회장이 되니까 무서울 것이 없더라고요."

방문을 열고 들어가 버린 진하를 노려보던 주신은 부들부들 떨리는 손을 꽉 쥐었다. 내가 널 위해 어떻게 살아왔는데. 내 전부인 널 키우기 위해 내가 얼마나 갖은 수모를 견뎌야 했는데. 넌 내게 그러면 안 된다. 넌 내게 그러면 안 돼.

샤워를 마친 진하가 주방에서 잔에 양주를 따른 다음 주신이 서 있었던 커다란 창 앞으로 가 섰다. 오늘 하루 겪었던 일들이 숨소리와 함께 섞여 나왔다. 살아 있었던 선호, 그리고 연우를 똑 닮은 선미, 이거나 진짜 연우, 행복 보육원 화재의 의문점과 허점. 분명 정선호는 알고 있다. 모든 것을 알고 있고 심지어 보육원 화재의 목격자일지도 모른다. 어딘가에서 불타고 있는 보육원을 바라보고 있었을지도 모른다.

고르던 숨소리는 하아, 진하의 숨에서 길게 흘러나왔다. 자신은 16년 동안 한 번도 보육원 화재에 대해서 의문을 갖지 않았다. 몸과 정신이 제대로 갖춰지지 않은 것도 있었고 생각하고 싶지도 않을 만큼 고통이었기 때문에 회피했다. 모든 사건에서 회피했다.

하지만 이젠 그 무엇 하나 회피하지 않고 마주할 것이다. 그럴 필요가 생겼다. 내 손으로, 내 힘으로 모두 알아내고 또 지킬 것이다. 그래서 상처받는 이가 생긴다고 해도, 설령 그게 나 자신이라고 해도 밝힐 것이다.

소파에 앉아 핸드폰을 들던 그는 잠시 생각하다 문자를 보냈다.

「주말인데 내일 뭐 합니까?」

그리고 뒤늦게 시계를 보았다. 새벽 2시. 자고 있으려나. 바로 답문이 오지 않자 진하는 아쉬운 마음에 폰을 내려놓았다. 그때 진동이 울렸다.

「내일은 장사해서 시간 없어요.」

왔다. 그녀에게 문자가 왔다. 진하는 괜히 설레는 마음으로 다시 답장을 썼다. 성인이 되고 이렇게 떨리기는 처음이다.

「안 잤습니까?」

「네. 잠이 안 오네요.」

왜 잠이 오지 않는 걸까. 무슨 일로, 무슨 고민으로 잠을 못 이루는 걸까. 갖은 생각이 다 튀어나왔다. 그녀가 생각하는 모든 것을 공유하고 싶었다. 그 마음속으로 들어가 함께 자리 잡아 앉고 싶었다.

「어디서 장사합니까?」

한동안 답문이 없던 선미에게서 문자가 왔다. 당돌한 문자.

「맞혀보세요.」

「내가 맞히면 어떻게 할 거예요?」

「네? 어떻게 하다뇨. 맞히면 축하해 드릴게요.」

「틀렸습니다. 맞히면 데이트할 겁니다.」

「네?」

참 자주 당황해한다. 그 반응이 재밌기도 해서 진하의 입꼬리가 살짝 올라갔다. 그가 웃고 있었다.

「난 그렇게 알고 이만 자러 갑니다.」

「이봐요. 유진하 씨」

음성 지원이 되는 것 같은 그녀의 문자를 깔끔히 무시하고 방 안 침대에 누웠다. 참으로 오랜만에 잠을 푹 잘 수 있을 것 같다.

토요일 오후, 선미는 선재, 선구와 같이 가게 문을 열었다.

Love High.

오후 4시부터 영업하는 액세서리 가게는 선재와 선구 소유의 가게였다. 주중엔 둘이서 영업을 하고 주말엔 선미도 함께하였다. 영업시간은 오후 4시부터 밤 11시까지로 한정되어 있기에 더욱 많은 사람들이 밀집하여 몰려들었다.

경리단길의 구석진 골목에 들어선 가게인데도 입소문을 타고 오는 사람들이 많았다. 그들 대부분은 이 가게의 젊은 남자 주인, 선재와 선구를 보러 오는 여자 손님들이었다. 한 번 온 사람들은 다시 들르게 되고 단골까지 만드는 남자들의 노하우.

"어서 오세요— 아영 씨, 오랜만이네요. 머리띠 사러 왔구나."

키 크고 잘생긴 젊은 남자 둘이 서글서글하게 손님들의 취향과 요구까지 맞춰주니 당연히 문전성시를 이룰 수밖에 없었다. 한 번 가게에 온 손님 이름은 꼭 기억해서 다음번에 불러주는 것도 선재, 선구의 노하우였다.

도예과를 다녀서 직접 도자기를 굽는 선재는 액세서리 가게 한

쪽에 도자기 편집실도 마련해 놓고 작품으로 전시하기도 하였다. 호응이 좋은 도자기는 팔기도 했다.

해외 상품을 직수입하여 파는 선구는 다양한 나라의 이국적인 액세서리를 받아서 팔았다. 장사 수완이 좋아 직접 해외 거래처까지 따고 연계하여 판매를 하고, 이 가게에 오는 손님들의 취향을 고려해 직구 품목을 가게에서 대신 사들여 팔기도 했다. 최근에는 인터넷 쇼핑몰을 운영하면서 사업을 확장해 나가고 있었다.

"소희 씨. 오늘 의상에는 이 목걸이가 잘 어울립니다."

"남자친구분과 같이 오셨군요. 그렇다면 이 커플 모자 추천합니다."

북적대는 가게 안에서 손님들을 응대하고 있던 선미는 동생들을 보며 저절로 미소가 지어졌다. 키 작던 꼬마 녀석들이 어느새 이렇게 커서 자신보다 머리 하나가 더 있으니 세월이 참 무상하였다. 부모 없이 모인 다섯 식구가 서로에게 의지하며 살아온 세월, 다른 사람들은 이들이 듬직한 남자로 보이겠지만 자신에겐 아직도 귀여운 아이들로 보였다. 어린 동생 셋이 하나같이 밝고 긍정적으로 자라주어 선미는 기운이 솟았다. 그래서 가게로 들어오는 남자 손님을 보고 선미가 힘차게 외쳤다.

"어서 오세요!"

"오랜만입니다."

"재준 씨, 간만에 오셨네요."

선미는 환하게 웃으며 남자에게 다가갔다.

"오늘은 뭐 사러 오셨을까. ……여자친구랑 싸웠다고요? 그렇다면 이런 방법은 어떠세요……."

선미가 남자 손님과 심도 있는 대화를 나눌 때 가게 안으로 들어오는 키 큰 남자를 보며 선구가 우렁차게 외쳤다.

"어서 오세요!"

남자는 주변을 둘러보다 선미에게로 시선이 가자 그대로 서서 바라보았다. 호기심이 생긴 선구가 다가갔다.

"우리 잘생긴 손님은 무슨 일로 오셨습니까?"

남자는 선구를 힐끔 보더니 다시 선미를 보았다. 굉장히 차가운 남자의 행동에도 선구는 더욱 사근사근 웃으며 말을 걸었다.

"우리 선미 누나가 좀 예쁘긴 합니다만 지금은 다른 손님과 대화 중이니 오늘은 아쉬운 대로 저랑……."

"저 사람 저렇게 다른 남자들과 잘 웃고 그럽니까?"

남자의 황당한 말에 선구는 선미에게로 시선을 옮겼다. 남자 손님과 심오한 대화라도 나누는지 웃었다 진지했다, 놀랐다 비장했다 갖가지 표정을 지었다. 선구의 입가에 미소가 지어졌다.

"오, 손님. 질투하시는군요. 뭐 이해는 합니다. 선미 누나랑 대화해 보려고 오는 남자 손님들이 손님 이외에도 엄청나거든요."

"무슨 말을 하기에 저렇게……."

"저희 가게만의 특별한 매력 포인트라고 할 수 있죠. 저흰 손님들의 상황과 요구에 맞춰 1대1 맞춤 서비스를 해드립니다. 선미 누나는 남자 손님 전문으로 남자들의 고민과 데이트 상황에 대한 부분을 액세서리로 결정해 줍니다. 지금까지 백발백중 모두 성공하고 있기 때문에 고객 신뢰도는 매우 높습니다. 우리 손님도 선미 누나에게 상담받으러 오셨습니까?"

남자는 선구의 입에서 자꾸만 '선미 누나'란 말이 나오자 고개를 돌려 그를 보았다.

"동생?"

참 싸가지 없는 태도인데도 선구는 생글생글 웃었다.

"네. 제가 저 사랑스런 누나의 동생입니다. 뭐 부탁하실 거라도."

남자는 다시 선구를 위아래로 쭉 훑더니 선미를 보았다.

"이게 어떻게 동생이야. 남자지."

혼잣말로 중얼거리던 남자는 손님과 대화가 끝난 선미를 보자 성큼성큼 다가갔다. 그가 오는 걸 본 선미의 눈도 그의 발걸음 속도만큼 점점 커졌다.

"저한테도 괜찮은 아이템 하나 추천해 주십시오."

선미는 당황한 눈을 감추지 못하고 그를 멍하니 바라보았다. 어떻게 찾아왔니. 당신 스토커야. 뒷조사하니. 이런 말하지 못한 말들이 눈빛 속에 고스란히 드러났다.

"누나 아는 사람이야? 아까부터 누나만 엄청 쳐다봤는데."

선구가 뒤에서 다가와 아는 척을 했다. 선미가 당황한 모습을 본 선구는 더욱 눈을 빛내며 둘을 번갈아 보았다. 어느새 선재도 다가왔다.

"왜, 무슨 일이야?"

"우리 누나를 좋아하는 사람이 또 생겼어."

선구의 말에 선재가 남자를 쳐다봄과 동시에 선미의 얼굴이 붉어졌다. 또? 진하의 눈썹이 꿈틀거렸다. 그 말인즉슨 선미를 좋아하는 사람이 한둘이 아니라는 말이냐.

"이야, 누나 정말 능력자. 아는 사람이야? 허우대 멀쩡하니 괜찮은 것 같은데 한번 만나봐."

"만나긴 뭘 만나! 그냥 손님이잖아! 너흰 얼른 다른 손님들한테나 가. 어! 손님 온다."

눈에 띄게 당황하는 선미가 입구를 바라보며 소리치자 둘은 잽싸게 멀어졌다.

"여긴 정말 어떻게 오셨어요?"

"맞춰보라고 했잖습니까."

진하는 능글맞은 얼굴로 태연히 어깨를 으쓱거렸다.

"그렇다고 정말로……."

"맞췄으니 지금부터 나랑 데이트합시다."

"네?"

참 잘 놀란다. 원래 이렇게 잘 놀랐었나. 하긴 이해는 간다. 잘 알지도 못하는 남자가 계속해서 찾아오고, 대놓고 들이대는데 괜찮은 게 이상한 거겠지. 선미는 억울한 표정을 짓다가 저도 한 말이 있어서 이내 한숨을 내쉬고 고개를 끄덕였다.

"잠깐만 기다리세요."

선미는 선재, 선구에게 다가가 오늘 일찍 가야겠다고 말했다. 그들의 부담스럽게 반짝이는 눈빛에 선미는 등짝 스매싱으로 답을 주었다.

"장사나 똑바로 해."

선미는 진하를 끌고 빠르게 걸음을 옮겼다. 가게를 나올 때 동생들의 소리가 귀를 흔들긴 했지만.

"누나! 파이팅!"

격하게 좋아하는 동생들의 모습이 선미는 마냥 어색했다. 아직 누굴 만나고 좋아할 여력이 없는데도 동생들은 변함없이 그녀의 연애를 궁금해했고, 관심을 보이는 남자만 나타나면 지금처럼 열렬히 환영하였다. 니들은 이 사람이 어떤 사람인지는 알고나 응원하는 거니. 뭐 아직 어린 나이들이니까 누구인지가 중요하지는 않겠지만.

"앞으로 일하는 가게로는 찾아오지 마세요. 동생들 보기도 그렇고."

"동생들은 좋아하는 모양새입니다."

"걔들이야 내가 여직 남자친구 한 번…… 아, 아니에요."

선미가 급히 말을 얼버무리자 나란히 걷던 진하가 그녀의 얼굴을 힐끔 보다 살짝 웃었다.

"모르는 남자들에게 그렇게 생글생글 웃어줬으면서 나한테는 시베리아 바람처럼 냉랭하게 대했었군요."

"에? 제가 언제 또 그렇게 생글생글 웃었다고. 지금 질투하시는 거예요?"

"네. 질투합니다."

지나치게 솔직한 진하의 대답에 선미의 눈망울이 오갈 데 없이 흔들렸다. 심장은 또 왜 뛰고 난리란 말인가.

"그래도 오셨으니 대접할게요. 너무 비싼 건 안 돼요."

"아— 나 사주려는 겁니까?"

진하의 입꼬리가 올라가는 걸 본 선미는 그의 얼굴을 정면으로 바라보았다.

"유진하 씨 이렇게 웃는 사람이었구나. 이런 멋진 웃음을 지녔으면서 왜 안 웃으세요. 자주자주 웃어요."

그녀의 말에 그의 입꼬리가 서서히 내려갔다.

"나 웃게 해줄 겁니까?"

웃게 해줄 거냐고. 그걸 왜 내게 묻나. 내가 뭐 웃음 제조기야. 선미는 무표정한 얼굴보다는 웃는 모습이 보고 싶어 격하게 고개를 끄덕였다.

"까짓것 웃게 하는 게 뭐 어렵다고. 그래요. 웃게 해줄게요."

선미는 기분 좋게 소리치며 진하의 팔을 잡고 끌었다.

"으, 일단은 추우니까 어디 들어가서 밥부터 먹어요. 오늘 아무것도 못 먹어서 배가 무척 고프네요."

추위에 약한 선미가 양팔을 교차하여 비비자 길을 걷던 진하가 자신의 코트를 벗어 덮어주었다.

"왜 이렇게 얇게 입고 다닙니까. 따뜻하게 입고 다녀요."

어깨 위로 걸쳐지는 진하의 코트가 선미의 작은 어깨를 폭 감쌌다. 어깨가 참 넓구나. 선미는 제 어깨를 덮고 있는 코트를 보다가 그의 옷으로 시선을 옮겼다. 매번 슈트 입은 모습만 봐서 캐주얼이 이렇게 잘 어울릴 줄은 몰랐다.

슈트를 입었을 때에는 지적이고 날카롭단 생각이 주였는데, 다크 블루 셔츠에 블랙 니트, 블랙 진을 입은 그의 캐주얼 차림도 사람을 샤프하게 만들었다. 섹시하면서도 부드러운 느낌이었다. 그런데 그게 잘 어울렸다. 그의 옷차림이 제 나이를 찾은 듯 밝고 멋졌다. 코트 안으로 은은하게 퍼지는 라임 향기에 기분이 좋아진 선미가 코트를 펼쳤다.

"유진하 씨도 추우면서 멋진 척 안 해도 돼요. 같이 덮어요."

선미가 코트를 넓게 펴서 진하의 어깨 위에도 덮어주었다. 자신보다 한참 큰 남자의 어깨에 코트를 걸치느라 선미의 뒤꿈치가 들렸다. 한 코트 안에 들어가려니 두 사람의 몸이 밀착되어 부딪혔다. 그래서 진하는 한 팔을 선미의 어깨에 두르고 당겨서 걸었다. 갑자기 그의 옆구리에 얼굴이 닿은 선미는 어색한 걸음으로 따라가며, 갈 곳을 정하지 못하고 허우적대던 오른손을 그의 허리에 대어 옷을 움켜잡았다. 그녀의 손길이 닿는 걸 느꼈지만 진하는 내색하지 않고 그대로 걸어갔다.

"비싼 옷이 좋긴 좋네요."

진하가 고개를 내려 바라보자 선미도 올려다보며 빙그레 웃었다.

"정말 따뜻해요."

"옷이 따뜻한 게 아니라 내가 따뜻해서 그런 겁니다."

선미는 저런 말을 아무렇지도 않게 하는 진하가 얄미웠지만 싫지는 않았다. 그의 잘난 척이 잘 어울렸고, 따뜻한 사람이라는 말이 기분 좋았다. 그를 이해하는 데 도움이 되었다.

참 이상하다. 언제부터 남자들을 이해하고 살았다고 만난 지 얼마 되지도 않은 남자를 이해하고 싶어지는지. 단지 이 남자가 부담스러울 정도로 잘생기고 능력이 좋아서는 아니다. 잘생긴 걸로 따지자면 우리 집 남자들도 빠지지 않았으니 평소 미남들만 보고 살아온 선미의 눈에 웬만한 얼굴은 들어오지 않았다. 물론 이 남자가 우리 집 미남들을 상회할 정도로 잘생기긴 했지만 절대 외모 때문은 아니다.

그럼 혹시 능력? 회장님이라는 직함을 듣고 자신도 미처 몰랐던 속물근성이 나타난 걸까. 하지만 이 역시 아니다. 그동안 자신에게 관심을 보인 남자들도 의사, 변호사, 교수, 사업가 등 다양한 전문직 직종 사람들이었다. 그런데 그들을 보며 떨리진 않았다. 그럼 도대체 왜 자신은 이 남자를 만나고 있는 걸까.

거절하지 못해서 억지로 만나냐고? 그것도 아니다. 싫으면 싫다고 말하면 그뿐이다. 싫으면서 억지로 만나고 그럴 여유와 이유가 없다. 선미는 자신의 앞에 앉아 주문한 음식이 나온 걸 지켜보는 남자를 보며 고개를 살짝 저었다. 모르겠다. 선우 오빠는 만나지 말라고 했지만 나쁜 사람 같지는 않다. 마음이 가는 대로 하고 싶다. 아직은 자신도 잘 모르겠는, 이 정체불명의 감정을 그대로 놔두고 싶다.

"내가 사준다니까 참 고집 셉니다. 예전처럼."

진하의 말에 선미는 그가 또 다른 사람을 착각하고 있다고 생각해 활짝 웃었다.

"그분도 고집이 셌나 봐요. 뭐 이렇게 생긴 사람들은 다 그런가 보죠."

선미는 종업원이 가져온 지미추리 치킨 타코, 김치 까르니따즈 프라이즈와 망고 새우 퀘사디아를 보며 행복한 표정을 지었다. 그리고 손으로도 먹고 포크로도 찍어 먹으며 쉴 새 없이 입속으로 가져갔다. 그녀가 먹는 모습을 신기한 눈으로 바라보던 진하가 빙그레 웃었다.

"이걸 다 어떻게 먹나 했는데 눈앞에서 보여주니 신기합니다."

"애여. 다 머먹을 줄 아라어여?"

선미는 입안에 있는 음식을 오물오물 씹더니 꿀꺽 삼키고 물을 마셨다.

"이 정도는 기본인데. 보기보다 위가 작으시네요."

"내 위가 작은 것보단 선미 씨 위가 거대한 것 같습니다."

"맞아요. 저 대식가예요."

선미는 눈웃음을 지으며 포크를 움직였다. 그녀가 먹는 모습을 바라보기만 해도 진하는 배가 불렀다. 이렇게 자신의 앞에서 생생한 모습으로, 환영이 아닌 살아 숨 쉬는 그녀를 보고 또 지켜보았다. 서른세 살이 된 네 모습은 이렇구나. 상상 속에서 너는 어떻게 컸을지 늘 궁금했는데 이렇게 예쁘게 컸구나. 네가 정말 연우라면, 아니, 진짜 연우니까 가능한 거야. 이 모습은 연우가 아니라면 절대로 나올 수 없는 얼굴이거든.

봉긋한 이마 아래에 초승달 눈썹, 기다란 속눈썹을 내리깐 그 안에는 커다란 눈망울이 담겨 있다. 곧게 뻗은 콧날 아래로 붉디붉은 입술, 짧은 커트 머리로 인해 훤히 드러나는 기다랗고 뽀얀 목선, 미인이다. 네가 이렇게 미인이었나. 응, 하긴 넌 정말 예뻤어. 어렸을 때도 아름다웠어. 그런데 지금은 정말 여자가 되었어. 당연한 거지만 지금 내 앞에 있는 넌 달콤한 여인의 향기를 내고 있어. 그래서 설레. 그래서 네가 미치도록 그리워. 그래서 난 널 다시 사랑할 수밖에 없어.

"완전 비매너네. 그렇게 빤히 쳐다보고 있는 거 실례예요."

선미는 진하의 시선을 일찌감치 알고 있었지만 모른 척했다. 그런데 계속해서 바라보니 먹는 게 부자연스러워지는 건 어쩔 수 없었다. 그의 눈을 보지 않고 여전히 바쁘게 포크를 움직이면서도 다 알고 있다는 표정을 지었다.

"먹는 모습도 참 예쁩니다."

선미는 이제 막 입속으로 들어가려는 포크를 쥐고, 눈만 동그랗게 뜨며 진하를 보았다. 먹으라는 건가. 먹지 말라는 건가. 잠시 음식을 앞에 두고 고민하던 선미는 빠르게 입속으로 음식을 넣었다. 예쁘다잖아. 그럼 됐지.

"그거 아세요? 유진하 씨는 보기랑 다르게 굉장히 느끼해요."

얼추 먹었는지 연거푸 물을 마시던 선미가 물티슈로 손을 닦으며 말했다.

"난생처음 들어보는 말입니다. 느끼?"

"그러시겠죠. 어느 누가 회장님한테 느끼하다는 말을 하겠어요. 그렇지만 그쪽 굉장히……."

선미는 물티슈에 닿았던 시선을 올려 그를 보았다.

"능글맞고 끈적거려요."

한쪽 입꼬리를 올린 선미가 계산서를 집어 들며 일어섰다.

"저 혼자 먹은 것 같아서 이차도 제가 쏠게요."

등을 보이며 걸어가는 선미를 그저 바라볼 수밖에 없었다. 종알종알 입술을 움직이며 말하는 선미가 너무 예뻐서, 자신을 보며 눈치 보기 바쁜 사람들과 다르게 유일하게 하고 싶은 말을 대놓고 하는 그녀가 너무 반가워서, 느끼하다고 일침을 날리는 그녀가 너무 설레서 목소리가 나오지 못했다. 그녀의 목소리를 듣는 게 더 좋았다. 내가 하는 한마디 말보다 그녀에게서 쏟아져 나오는 열 마디 말이 더 좋았다.

이차도 쏜다는 선미를 끌어당기며 진하는 평소 가던 의상실로 향했다.

"그렇게 얇게 입고 다니는 거 더는 못 보겠습니다."

진하를 알아본 점원들이 바쁘게 오갔다.

"회장님, 오신다는 기별을 못 받아서 컨택하신 옷은 아직 들어오지 않았습니다. 내일 중으로 들이겠습니다."

평소 진하의 차가운 행동에 직원들은 허리를 90도로 숙이고 있었다.

"괜찮습니다. 오늘은 내 옷이 아니라 여기 이 여자분 옷 좀 보겠습니다."

진하의 말에 모두의 시선이 그를 향했다. 놀란 건 점원들만이 아니었다. 아까부터 놀란 얼굴을 한 선미를 보고 그는 입가에 미소를 지었다. 유진하 회장이 웃었다!

사람들은 무슨 일인가 싶은 얼굴로 여자 옷을 내오려고 자리를 벗어났다.

"저 이런 비싼 곳에서 옷 살 돈 없는데요."

선미의 나지막한 말에 진하는 주변의 옷을 눈으로 훑으며 걸음을 옮겼다.

"갚아요."

"네?"

진하는 선미의 눈을 빤히 보았다. 분명 그냥 사준다고 하면 절대 받지 않을 여자다. 저가 알고 있는 연우는 그랬다. 공짜를 무진장 싫어하는 여자였다. 황당한 얼굴로 서 있는 선미를 보며 말했다.

"오늘 산 옷은 선미 씨가 돈 벌어서 갚으면 됩니다."

"그럼 그냥 나가요. 동대문 가면 여기보다 싸고 좋은 옷 많아요."

"그럼 내가 사주면 입을 겁니까?"

나가려고 등을 돌리던 선미가 뒤를 돌았다.

"분명 내가 사주면 절대 싫다고 할 거니까 갚으라고 한 겁니다. 동대문 가면 싸고 좋은 옷 많을지도 모르겠으나 한 벌쯤은 가볍고 따뜻한 코트도 필요합니다. 무엇보다……."

진하는 말을 하며 곧장 나가려는 태세로 서 있는 선미의 손을 끌어와 소파에 앉혔다.

"내가 아는 여자가 추위에 떠는 모습은 절대 보고 싶지 않습니다."

"그래도 여긴 너무……."

비싸잖아요! 이 말은 차마 밖으로 나오지 못했다. 선미는 말도 안 되는 소리를 말이 되는 것처럼 하고 있는 진하에게 반박하려다 다양한 외투를 들고 들어오는 점원들을 보며 입을 다물었다. 그들은 한눈에 보아도 화려하고 예쁜 코트를 내놓았다. 진하는 옷들을 무심히 보다 몇 벌을 꺼내 선미의 앞에 대었다.

"어떤 게 가장 마음에 듭니까?"

진하를 흘겨보던 선미는 한숨을 내쉬고 눈앞의 옷들을 보았다.

"가장 싼 걸로 살게요. 여기서 가장 싼 옷 보여주세요."

선미는 직원에게 눈을 돌려 싼 옷을 달라고 손짓했다. 싼 옷이라. 여기가 어떤 곳인지 알고는 왔는가 싶어 직원들은 그녀를 보며 주춤했다. 그래도 개중 가장 싼 옷이라며 실장이 검정색 코트 한 벌을 가져왔다.

"백팔십오만 원입니다."

대충 예상은 했지만 생각보다 훨씬 높은 가격에 선미는 머릿속이 어지러웠다. 그 가격이면 선미가 아는 곳에서 살 수 있는 코트만 몇 벌이 되었다. 선미는 눈앞의 옷을 만져 보았다. 촉감은 기가 막히게 좋았다. 비싼 옷이 확실히 다르긴 달랐다. 말없이 코트 깃만 만지고 있는 선미를 보고 진하는 주변 직원들을 물러나도록 손짓했다. 직원들은 또다시 썰물 빠지듯 사라졌다.

"저……."

선미는 한참 만에 입을 열었다.

"할부 되죠? 무이자 12개월로요."

그녀의 말에 진하의 입가가 떨리며 웃음소리가 터져 나왔다. 왜 웃니, 란 표정으로 서 있는 선미를 보고 진하는 더욱 크게 웃었다. 그래, 웃어라 웃어. 12개월 할부로 옷 사는 여자는 처음이겠으니 웃고 싶으면 마음껏 웃어라.

선미는 코트 버튼을 열어 입어보았다. 얇아서 정말 따뜻할까 잠시나마 의심했던 생각을 말끔히 지웠다. 가벼우면서 꽉 찬 보온감과 함께 핏을 살리는 코트 라인에 선미는 저절로 미소가 지어졌다. 내 인생에 이런 옷 하나쯤은 괜찮은 거지? 얼떨결에 따라와 그마저도 할부로 긁어야 하는 옷이지만 솔직히 기분은 좋았다. 거울 앞에 보이는 자신의 모습이 평소와 달라 보였기 때문에 더 그런 것 같다.

다시 돌아온 직원에게 입고 가겠다며 택도 떼어달라고 했다. 진하가 내민 카드를 가만히 보던 선미는 코트 깃을 꼭 움켜쥐었다. 정말 사는 세계가 다른 사람이다. 어쩜 선우 오빠는 이런 것도 고려해서 만나지 말라고 했을지도 모른다. 그와 계속 만난다면 가랑이가 찢어질 수도 있다. 의상실을 나오며 선미는 진하를 돌아보았다.

"돈은 꼭 갚을게요. 12개월로 나눠서 입금시킬 거니까 계좌번호 불러주세요."

핸드폰을 열어 받아 적으려는 모양새를 본 진하는 그녀의 손을 잡아끌어 차에 태웠다. 선미를 조수석에 앉힌 그는 운전석으로 돌아왔다.

"나중에 핸드폰으로 찍어주세요."

"그럽시다."

진하가 빤히 바라보자 선미도 그를 힐끔 돌아보았다.

"왜요. 또 예뻐서 보는 거예요?"

"안전벨트 매라고 본 겁니다."

단정한 그의 목소리에 선미는 얼굴이 급격히 붉어지며 벨트에 손을 가져갔다. 주책이다 정말. 아, 부끄러워.

"이차는 내 차에서 합시다."

"네?"

선미가 놀란 눈을 급히 들어 그를 보았다. 빤히 보는 진하의 의중을 파악하기 힘들어 선미의 눈동자가 급격히 흔들렸다. 이차를 차에서 하자니. 그거 무슨 말일까. 혹시 내가 생각하고 있는 그런 요상한 짓은 아니겠지. 그런데 혹시 맞으면 어떡해. 어떡하긴 뭘 어떡해. 뺨을 때리고 얼른 나와야지. 선미의 생각을 읽었는지 진하의 입매가 올라갔다.

"내 지위를 생각해서 이차는 내 차에서 하자는 건데 뭐 잘못됐습니까?"

"네? 유진하 씨 지위요?"

아, 회장님 지위? 그런데 그게 뭐. 지위를 이용해서 뭘 어쩌려는 수작이라면 제대로 잘못 본 거야. 나 그런 여자 아니거든. 선미가 의심의 눈빛으로 진하를 보자 진하는 나오려는 웃음을 참고 그녀에게 다가갔다. 선미의 눈이 더욱 커졌다.

"왜 다가오고 그래요!"

코앞까지 온 진하를 보며 선미가 소리쳤다. 얼굴이 붉어져 씩씩대면서도 그를 뿌리치지 못하고 있다.

"무슨 생각합니까?"

장난 섞인 목소리에 선미가 눈을 들어 그를 보았다. 진하는 헤드 데크의 버튼을 눌렀다. 잔잔한 음악이 흘러나왔다.

"나 이렇게 미친 사람처럼 선미 씨 쫓아다녀도 나름 회장입니다. 복잡하고 사람 많은 곳에 가면 남들 이목도 신경 쓰이니 여기서 대화하자는 건데 뭐 잘못되었습니까?"

"아……."

선미는 귀 끝까지 빨개진 얼굴로 끄덕였다.

"우선 주차하기 쉬운 곳으로."

차를 출발시킨 진하를 힐끔 보며 선미는 창밖으로 얼굴을 돌려 찡그렸다. 멀리도 갔다. 어쩌다 생각이 이리 멀리 갔는지 요상한 생각을 한 자신을 꾸짖었다. 아무렴 차에 타면 이상한 짓을 한다고 누가 그러던. 왜 자신도 생각이 그런 쪽으로 흐른 건지는 모르겠지만 아무튼 실수했다. 그를 이상한 사람으로 몰아가고 변태 취급할 뻔했다.

차 안에 흘러나오는 음악은 모차르트와 슈베르트의 모음곡이었다. 두 사람의 귀를 맴도는 여인의 목소리가 은은하게 퍼졌다.

"제가 좋아하는 슈베르트 아베마리아예요."

방금 나오는 곡을 들으며 선미는 창가로 시선을 돌렸다. 작은 소리로 허밍을 하며 곡에 심취한 그녀를 진하의 시선이 따라갔다.

"유진하 씨도 좋아하세요?"

"네. 나도 좋아합니다."

"그거 아세요? 원래 이 곡은 영국 시인 월터 스콧의 서사시, 호수의 여인 가운데 6번째 시, 엘렌의 노래예요."

물론 알고 있다. 어릴 적에 연우에게 들어서 알고 있었다.

"호수의 바위 위에서 아버지의 죄를 용서해 달라고 빌었다는데…… 무슨 죄였을까요? 대체 아버지가 무슨 죄를 지었기에 소녀가 그렇게 간구하며 기도하였을까요."

선미의 목소리는 조용한 가운데 부드럽지만 쓸쓸하게 흘러나왔다. 차 안은 아베마리아 속 여인의 목소리로 가득 채워졌다. 소녀는 어떻게 살아 있었을까. 그 긴 세월 동안 어떻게 지냈을까. 자신을 정말로 잊어버린 걸까. 당장이라도 그녀의 어깨를 잡고 묻고 싶었지만 진하는 주저했다. 연우가 정말로 저를 잊어버렸으면 어떡하지, 연우의 입에서 충격적인 소리가 나오면 어쩌지, 이런 두려움이 진하의 입을 막아버렸다. 열심히 움직인 차는 어느덧 한적한 공원에 섰다.

"여긴 어디예요?"

"아까 이태원에서 보니까 남산 가는 길목에 차 댈 곳이 있는 것 같아서 왔습니다."

선미는 아직도 흘러나오는 노랫소리를 들으며 미소를 머금었다.

"성악과는 어떻게 들어갔습니까?"

음악을 뚫고 나오는 그의 음성에 선미의 시선이 돌아갔다.

"원래부터 가고 싶었는데 어릴 때는 사는 게 바빠서 꿈도 꾸지 못했어요. 유진하 씨는 잘 모르겠지만 우리 가족은 모두 성이 다른 남남이에요. 하지만 정말 형제자매처럼 끈끈한 정을 유지하고 있죠. 그런 데에는 다 오빠와 제가 헌신하며 살았던 것도 있어요. 특히 제 오빠는 우리 가족들 먹여 살리며 공부까지 하느라 잠도 제대로 못 잤어요."

"그렇습니까?"

선미는 고개를 끄덕이며 웃었다.

"저도 20대 때에는 작은 사무실에서 경리로 일하기도 하고 일 끝나면 또 알바하면서 바쁘게 살았어요. 그런데 어느 날 티비에서 조수미 씨가 공연한 걸 보여주는데 막 눈물이 나는 거예요."

선미는 그때 일을 회상하는지 얼굴이 붉어지며 부끄러운 미소를 지었다.

"그땐 왜 그랬는지 모르겠는데 그냥 노래 부르는 그분이 참 부러웠어요. 그 모습을 본 오빠가 너도 해보라고, 지금 해도 괜찮다고 용기를 주어서 검정고시 보고 수능 치고, 그렇게 대학 들어왔어요."

"참 열심히 살았군요."

선미는 고개를 끄덕이며 웃었다.

"어쩌다 성이 다른 남매가 살게 되었습니까?"

"글쎄요. 저도 잘 모르겠어요. 사실 제가 어렸을 때 기억을 모조리 잃어버려서 생각이 안 나요."

진하의 강렬한 눈빛이 부담스러워 선미는 의도적으로 눈을 피했다.

"그냥 오빠에게 들은 바로는 우리는 원래 고아원에서 함께 자랐었는데 어느 날 화재가 나면서 제가 연기를 마셨대요. 고아원에서 살아남은 건 우리 다섯이고……. 그래서 저에겐 이 사람들이 누구보다 소중해요."

그녀의 담담한 목소리에 진하는 심장이 아파와 핸들에 고개를 묻었다. 이렇게 고통스럽게 살아온 널 모르고 난 나대로 절망의 늪에 빠져 허우적대고 있었구나. 날 잊은 게 아니라 기억을 생각 아래로 꽁꽁 감춰둔 것이었어. 네가 누군지도 모르는 채로 오랜 세월을 아프게 살아왔던 거야. 정작 힘들었던 건 너였는데 난 뭐가 힘들어서 그렇게 회피했던 걸까. 왜 어머니 말만 듣고 널 찾아보려고 하지도 않았을까. 네가 기억이 돌아온다면 날 용서할 수 있을까. 나도 내가 용서가 되지 않는데 넌 얼마나 내가 미울까. 널 찾지 않은 날 얼마나 증오할까.

"어? 저기 자판기 있다. 제가 음료수라도 뽑아올게요."

차 문을 열고 나간 선미를 본 진하는 잠시도 멀어지는 그녀를 보기 싫어 곧장 따라나갔다. 자판기 앞에 서서 동전을 넣던 선미는 옆으로 다가온 그를 보며 미소를 지었다.

"왜요? 마시고 싶은 거라도 있으세요?"

"그냥…… 선미 씨가 좋습니다."

그녀의 눈이 동그랗게 커졌다.

"진하 씨는 그런 말을 참 아무렇지도 않게 하네요."

선미는 그의 진지한 얼굴에 살짝 미소 지었다. 그에게 몸을 돌리고 올려다보았다.

"궁금한 게 있는데요. 제가 좋은 거예요. 그 여자분을 못 잊어서 그런 거예요?"

"글쎄요. 둘 다."

"에이, 그게 뭐야. 전혀 진실성이 없잖아. 당신 말은 진실하지 않은 걸로 알겠습니다."

"춥지 않으면 좀 걸읍시다."

진하는 선미의 손을 끌어 앞장섰다. 남산 자락을 따라 언덕길을 천천히 걸으며 진하는 그녀의 손을 더욱 힘주어 잡았다. 그가 잡은 손을 내려다보던 선미는 문득 '왜 나는 잡힌 손을 빼지 않는가' 라는 의문이 들었다.

"그 여자분은 어떤 사람이었어요?"

선미가 궁금한 얼굴을 하자 진하는 그녀를 빤히 바라보며 시선을 떼지 않았다. 이런 질문에는 뭐라고 대답해야 할까. 눈앞에 널 두고 뭐라고 해야 할까. 진하는 선미를 잡은 손에 힘을 주었다. 끌어안고 싶다. 품에 안고 널 느끼고 싶다. 네 얼굴을 만지고 싶다. 진하의 입에서 옅은 숨이 새어 나왔다.

"예쁘고 아름답고, 아베마리아를 좋아하고, 나를 좋아하는 사람이었습니다."

"지금은 왜 만나지 않는 거예요?"

"떠났습니다. 멀리."

멀리란 건 어딜 말하는 걸까. 단순히 물리적인 거리. 아니면 시공간을 초월한 어떤 곳. 어쨌든 지금은 만나지 못하고 있으니 나를 보러 오는 거겠지. 그의 눈동자에 비친 사람이 정녕 나일까. 내 모습을 한 그 사람일까. 그럼 난 왜 닮았다는 사람을 좋아하는 건데도 저 사람을 내치지 못하는 걸까. 선미의 눈동자가 흔들렸다.

"하지만 곧 만날 것 같습니다."

"네?"

"떠난 줄 알았는데 아니었습니다. 가까운 곳에 있었습니다. 그걸 이제야 알았어요."

그럼 이젠 더 이상 나를 만날 필요가 없다는 말인가. 선미는 홀가분한 마음이 들면서 왠지 모르게 섭섭해졌다.

"그럼 조만간 만나겠네요."

"그럴지도 모르고 영원히 못 만날 수도 있습니다."

"어렵네요. 보고 싶으면 만나면 되지 왜 주저하는 거예요?"

진하는 걸음을 멈추고 추워서 빨개진 선미의 얼굴을 양손으로 잡았다.

"내 앞에 있는 여자가 워낙 매력적이라서 지금 당장 만나지 않아도 괜찮습니다."

선미는 모르겠는 소리만 하는 진하에게 살짝 미소를 지었다.

"그럼 손 내려줘요."

선미는 제 얼굴에 놓여 있는 진하의 양손을 잡아 내리며 눈을 살짝 흘겼다.

"회장님들은 다 이렇게 안하무인이고 제멋대로예요? 여자의 얼굴을 이렇게 막 잡다니. 실례라고요!"

그래. 이런 말이 그리웠다. 진하에게 제 생각을 숨김없이 말했던 소녀의 모습이 떠올랐다. 선미의 입에서 나오는 모든 말들은 반가움 그 자체였다.

"그리고 말이에요. 계속 '합니다' 체로 말할 거예요?"

"내 말이 이상합니까?"

"지금도."

선미는 웃음소리를 흘리며 진하를 올려다보았다.

"절 만날 때에는 그렇게 경어체로 말하지 않아도 돼요. 따지고 보면 두 살밖에 차이 안 나는데 그렇게 격식 따지는 것 조금 부담스러워요."

"선미 씨."

"그냥 편하게 말해도 된다고요. 정 뭐하면 말 놓으셔도 되고요."

"선미야."

놓으랬다고 진짜 놓네. 선미는 성의 없이 고개를 끄덕였다.

"이렇게 말이야?"

"네네."

진하의 입꼬리가 또다시 올라갔다.

"넌 정말 그대로구나. 내가 어떤 사람이든 넌 그냥 날 그대로 봐줘. 그래서 참 좋아."

또 착각한다. 하지만 지금은 그대로 있어주자. 오죽 닮았으면 딴사람을 앞에 놓고 헷갈려 할까. 진하는 시선을 돌린 채 입술이 토라진 것 같은 선미를 끌어안았다. 강인한 힘에 끌려온 선미의 작은 몸이 그의 품 안에 쏙 담겼다. 당황한 선미가 가슴을 밀치려고 했지만 그럴 때마다 더욱 힘껏 끌어안았다.

"나랑 연애하자."

"유진하 씨."

"당신도 결국엔 날 사랑하게 될 거야. 그러니까 힘 빼지 마."

진하는 한참 동안 밀치다가 잠잠해진 선미를 살며시 놓았다. 선미는 그를 무섭게 노려보고 있었다. 미안해. 그런데 난 이 모습도 그저 사랑스럽게만 보여. 하나도 무섭지가 않다고. 이렇게 네 감정을 있는 그대로 보여줘도 괜찮아. 화내도 되고 토라져도 되고, 울어도 되고, 웃어도 되고, 소리쳐도 되고, 마음대로 해도 되니까 내 옆에만 있어줘.

진하가 활짝 웃으며 그녀의 이마에 가볍게 입술을 대었다. 따듯한 입술이 이마에 와 닿자 선미의 온몸에도 전율이 흘렀다. 겨우 이마에 살짝 닿은 것뿐인데 감전이 된 것처럼 찌르르 떨려왔다.

"오늘은 여기까지만. 조금씩 다가가느라 힘들다. 그러니까 너도 날 이해해 줘야 해."

선미는 말도 못하고 입만 뻥긋거렸다. 말을 이렇게 잘 놓는 사람이 그동안 근질거려서 어떻게 참았대. 이렇게 저돌적이며 안하무인인 남자는 난생처음이다. 정강이를 걷어차 줘야 하는데 발이 움직이질 않는다.

"유진하 씨 당신 참, 나쁜 남자예요."

선미가 겨우 내뱉는 말에도 그는 싱긋 웃으며 선미의 손을 끌었다.

"그것도 좋네."

"다녀왔습니다."

"어, 선미 누나 왔다!"

거실에 모여 앉아 이야기를 하던 남자 셋이 선미를 보더니 쪼르르 다가왔다. 에구, 요 강아지들. 선미는 선구의 엉덩이를 톡톡 두드려 주었다.

"장사 잘 끝냈어?"

"당연하지. 그런데 아까 그 남자랑 데이트는 잘했어?"

선구의 말에 남자 둘도 누구냐며 목소리를 높였다. 선미는 얼굴이 굳어지는 선우를 보며 괜히 당황스러운 마음이 들었다.

"데이트는 무슨. 그냥 잠깐 얼굴 본 거야."

"그게 데이트지! 누군데! 생긴 것 보니 장난 아니던데."

선재와 선구는 호들갑을 떨며 선미의 꽁무니를 쫓아다녔다.

"아, 별거 아니라니까. 나를 다른 사람이랑 헷갈려 하니까 불쌍해서 잠깐 만나주는 거야."

"헷갈려? 누나랑?"

남자 셋의 얼굴 표정이 미묘하게 변했다. 선미는 그들의 표정 변화가 이상했지만 가벼이 넘겼다.

"몰라. 날 되— 게 많이 닮은 사람인가 본데 그 남자가 잊지를 못하고 그리워해서 그 마음이 너무 안됐더라고. 그래서 잠깐 보는 거야."

"누나랑 닮은 사람이라고?"

"그렇다니까. 왜?"

선미는 일그러지는 그들의 표정이 이상하여 되물었다. 선우의 목소리가 그들을 뚫고 들어왔다.

"야 너희들, 늦게 들어온 사람 붙들고 뭐 하는 거냐. 선미 너도 얼른 씻고."

"응."

선미가 방으로 들어가려는데 선기가 급히 불렀다.

"아 맞다! 누나 다음 주부터 방학이지?"

"응."

"나 다음 주 부산에서 열리는 이용신 디자이너 W/S 컬렉션에서 메인 모델 됐어. 보러 오라고."

"우와, 진짜?"

선미의 눈이 커지며 금세 아래로 휘었다.

"꼭 갈게. 언젠데?"

"다음 주 수요일. 꼭 와. 누나는 매번 내가 제대로 모델 일 하는지 의심했잖아. 이번 기회에 내가 얼마나 잘나가는지 한번 보라고."

으스대는 선기를 대견한 눈으로 본 선미는 엄지를 척 들어 올렸다. 멋져, 란 말을 하지 않아도 선기는 알아들었다. 키가 185를 훌쩍 넘는 선기는 외모뿐 아니라 몸매 비율도 좋아 길거리에서 모델로 캐스팅되었다. 이젠 다들 선미보다 훌쩍 커버린 그들이 사회에서 제 밥벌이를 하는 것 같아 괜히 콧잔등이 시큰거렸다. 지나온 세월이 무의미하진 않구나.

"이거 초대장이야. 아무나 오는 곳 아닌 거 알지? 같이 오고 싶은 사람 있으면 데리고 와."

선기가 초대장을 두 장 내밀었다. 같이 갈 사람? 누굴 데려가. 진경이는 조교하느라 바쁘고, 영은이는 남친이랑 놀러 간다고 했는데. 그 와중에 머릿속에 들어오는 남자의 인영이 생각나자 선미는 급히 고개를 저었다.

욕실에서 샤워를 마친 선미는 찰랑거리는 짧은 머리를 드라이어로 말렸다. 드라이어를 끝낸 선미는 목욕가운을 벗고 나체로 서서 거울을 보며 자신의 쇄골 부분을 문질렀다. 쇄골 위에 보이는 하트 모양의 붉은 반점이 눈에 들어왔다. 참 엉뚱한 부위에 희한한 점이다. 아주 어릴 때부터 있었던 것 같은데 나이가 들면서 반점이 조금씩 커졌다.

말린 머리를 손으로 흐트러뜨렸다. 한 번도 길었던 적이 없던 짧은 머리카락이다. 머리에 무언가를 할 생각을 하지 못하고 살아왔다. 바쁜 삶을 사는데 기다란 머리카락은 불편하고 힘들었기 때문에 목을 덮기도 전에 쳐냈다. 그래서 앨범을 보면 죄다 커트 머리밖엔 없었다. 좀 길러볼까.

딩동. 핸드폰 문자 소리에 선미는 깜짝 놀라 두 뺨을 손으로 가볍게 두드리고 옷을 입었다. 방으로 들어온 선미가 화장대 앞에 앉아서 로션을 바르며 폰을 집는데 선우가 노크를 하고 들어왔다.

"오빠 오늘까지 휴가라고 그랬나?"

"그래."

선우는 들어와 선미의 옆에 앉았다.

"유진하 회장 만났냐?"

직설적으로 묻는 그에게 괜히 뜨끔한 마음이 들어 시선을 맞추지 못했다. 딱 죄짓는 기분이다.

"응. 잠깐 봤어."

"아까 그 옷은 뭐냐. 처음 보는 옷이던데."

"아…… 하나 샀어. 너무 춥더라고."

선우는 계속 시선을 회피하며 로션을 바르는 선미를 물끄러미 바라보았다.

"만나지 말라고 했잖아."

나직한 그의 음성에 선미는 고개를 돌려보았다.

"오빠."

"만나지 마. 선미야. 그 남자…… 만나지 마."

이렇게 애원하면서까지 선미에게 만나지 말라면 당연히 그래야 한다. 그의 말은 언제나 절대적이었다. 그가 이렇게까지 말하는 데는 다 이유가 있으니까. 선미는 몸을 돌려 앉아 그를 똑바로 보았다.

"나도 알아. 오빠가 염려하는 게 뭔지. 그런데 그 사람 좀 안쓰러워 보여. 뭘 어쩌겠다는 게 아니라 그 사람 마음이 조금 편해진다면, 나로 인해 괜찮은 거라면 좋은 거잖아."

"그걸 왜 꼭 네가 해줘야 하는데! 마음 편해지는 방법이 그거 하나라든?"

선우는 저도 모르게 목소리를 높였다. 아, 흥분해서 소릴 질렀다. 그래도 선미는 놀라지 않고 그를 차분히 바라보았다.

"평소엔 사람들에게 친절한 오빠가 유독 그 사람에게는 냉대하네. 왜 그럴까."

단정한 선미의 목소리에 선우는 눈을 질끈 감았다. 냉철해지는 그녀를 보며 선우는 불편한 숨을 들이쉬었다. 이대로 선미를 놔둬서는 안 될 것 같다. 단순히 만나지 말라는 말로 묶어두기엔 이미 늦었다. 선우는 진하에 대한 분노가 더욱 커졌다. 접근하지 말라고 분명히 경고했는데 무시하는 그가 미치도록 싫었다.

"너 돌아오는 월요일에 시간 있어?"

"월요일? 방학이니까 뭐 알바 빼고는."

"그럼 그날 저녁 7시에 시간 비워둬."

"무슨 일 있어?"

"밥 먹자. 00호텔 레스토랑에서."

"거기 너무 비싸지 않아?"

"내가 사주고 싶어서 그래. 꼭 나오는 거다."

간곡히 당부하는 선우를 보며 선미는 눈웃음을 지었다. 그리고 고개를 끄덕였다.

"꼭 갈게."

제4장 확신 그리고 망설임

주말을 지낸 월요일 낮, 선미는 음대 건물을 나와 계단을 내려오며 방금 들은 이야기가 생시인지 볼을 꼬집어보았다. 아프다. 그럼 꿈은 아닌 것 같은데. 생시인 것 같은데. 그렇다면 모든 게 사실이란 소린데. 그렇다면 내가 꿈에 그리던 협연을 할 수 있다는 소린데. 선미는 미친 듯이 뛰는 심장을 지그시 누르며 벅차오르는 감동을 숨기느라 표정이 시시각각으로 변했다.

"이번 한국 오케스트라 신년 연주회에서 네가 협연 공연을 하면 좋겠구나."

이 교수의 말에 선미는 눈이 휘둥그레졌다. 한국 필하모닉이라면 대한민국 제일의 교향악단이었다. 그리고 매년 소프라노와의 정기 협연 기회를 가지는데 그 대상도 화려한 경력의 소유자들이 대부분이었다.

"제가요?"

"거기 단장이 내게 연락해 왔어. 이번 연주회는 파릇한 신인으로 세우고 싶은데 괜찮은 사람 있으면 추천해 달라고. 그래서 내가 널 추천했다."

놀란 얼굴을 하고 있는 선미를 보자 이 교수는 다정하게 웃으며 그녀의 어깨를 다독였다.

"예전부터 널 그런 무대에 올리고 싶었다. 한국 오케스트라라면 널 알리기에 충분하지."

"그런데 왜 절……."

믿어지지 않는다는 목소리로 묻는 선미를 물끄러미 바라보았다.

"우리 과에서 네 성적이 제일 우수하니까 추천한 거지 다른 이유가 있을까."

"교수님……."

"그렇게 감동 먹을 필요 없어. 나도 기회를 줘본 것뿐이니까. 네실력이 그냥 학교에서만 먹히는 교내용인지 제대로 먹히는 대외용인지 확인하고 싶을 뿐이야. 여기서 못하면 넌 그대로 수직 하락할 수도 있단 말이다."

"저 열심히 할게요! 진짜 진짜 열심히 할게요!"

선미는 허리를 깊이 숙이며 소리를 질렀다.

"고맙습니다. 교수님, 정말 고맙습니다. 제게 기회를 주셔서 정말 감사합니다. 저 정말 잘할 거예요."

공연까지는 한 달도 남지 않았기 때문에 거의 매일 강행군 연습을 한다고 했다. 오늘 선우가 7시에 꼭 보자고 했는데. 계단을 내려오며 선우의 번호를 찾기 위해 핸드폰을 뒤적이던 선미는 문자 메시지에 지워지지 않은 숫자 1표시를 보고 눌렀다. 지난 토요일에 왔던 문자를 아직도 못 보고 있었다.

「잘 들어갔니? 오늘 산 옷은 내 첫 선물이니까 부담 갖지 말고 입어. 선물에 명분을 두자면 내가 받은 선물에 대한 보답으로 치자. 잘 자고. 또 보자.」

내가 받은 선물? 내가 무슨 선물을 줬지? 이렇게 얼렁뚱땅 넘어가려고 그러나. 선미는 그럴 줄 알았다며 답장을 눌렀는데 전화가 울렸다. 귀신이다.

"여보세요."

[그래도 답장 한 통은 줄 줄 알았는데 역시 보통은 아니야.]

"아, 미안해요. 문자를 지금 봤어요."

한동안 진하에게서 말이 없었다.

"진짠데. 그리고 옷값은 꼭 보낼 테니까 계좌번호 빨리 보내요."

[그냥 받아요. 한 벌 정도는 받아도 돼.]

"제가 왜 그래야 해요?"

[내가 주고 싶은 여자니까. 이게 이유라면 이유야.]

"참 막무가내시다."

선미는 발끝을 땅에 톡톡 두드리다 고개를 들었다.

"뭐 주는 방법이야 다양하니까 계좌번호 부르기 싫음 말아요. 난 나대로 방법을 강구해 볼 테니까."

선미의 말이 마음에 드는지 진하가 낮게 웃었다.

[그러세요.]

"저 지금 전화할 곳이 있는데 바쁜 것 아니면 나중에 통화하죠. 오후 4시부터 6시 사이에 전화하라고 했는데 또 어겼어요. 지금 2시예요."

그리고 먼저 끊어버렸다. 자신도 모르게 입꼬리가 올라간 선미는 선우에게 전화를 걸었다. 그러나 그는 받지 않았다.

알다가도 모르는 게 인생이라고 했다. 우리 앞에 휘몰아치는 많은 일들을 모두 예상할 수 있으면 얼마나 좋으랴. 하지만 알지 못하니까 인생이고 그래서 더욱 아름다운 것일지도 모른다.

서른 줄에 들어서 성악을 공부한 자신은 큰 계획보다는 좋아하는 노래를 마음껏 부르고 싶어 대학에 들어왔다. 이렇게 나이를 먹고 큰 공연에 선다는 건 그저 아득한 꿈이라고만 생각했는데 자신에게도 이런 일이 생길 수 있는 것이다. 그래서 아직 인생이 끝나지 않았다는 것, 또는 아직 꿈을 접기엔 많은 시간이 남아 있다는 것을 의미할지도 모르겠다. 그래서 눈앞에 다가온 기회의 신을 놓치지 않기 위해 선미는 주먹을 꼭 쥐었다.

오케스트라 단원들과 인사를 나눈 선미는 매일 연습실에 나와 연습을 하고, 공연 두 주 전부터는 단원들과 협연 연습을 해야 했다. 오케스트라에서 정한 곡 한 곡, 자유곡 한 곡. 선미는 생각할 것도 없이 자유곡으로 슈베르트의 아베마리아를 정했다. 지정곡은 로치니 오페라 〈세빌리아의 이발사〉 중 '방금 들린 그대 음성'이었다.

연습실에서 이전부터 차근히 준비해 온 단원들과 인사를 나눈 선미는 이 모든 게 꿈만 같은지 평소의 사근사근한 모습을 단원들에게도 보였다. 그래서 그들도 금세 마음을 열고 선미를 끌어주었다. 지휘자 주진환은 맛보기로 노래한 선미의 목소리를 극찬하며 기대감을 높였다. 선미는 처음 단원들을 대면한 날이라 좀 더 있고 싶었지만 꼭 나오라고 했던 선우가 생각나서 아쉬운 발걸음을 옮겼다.

00호텔 로비로 들어와서 안으로 걸음을 옮기는데 오른편에서 걸어오는 남자를 보고 선미는 발을 멈췄다. 서로 놀라기는 마찬가지였다. 굳어 있던 남자가 먼저 걸음을 옮겼다.

"이런 곳에서 보다니, 굉장히 의외네."

참 그렇다. 말을 놓으라고 했지만 정작 적응이 되지 않는 건 본인이다. 선미는 무슨 말을 해야 할지 몰라서 눈만 좌우로 굴렸다.

"그러는 유진하 씨도 뭐, 의외라기보단 갑작스럽네요."

"난 만날 사람이 있어서 왔어. 중요한 얘길 할 거라."

"중요한 얘길 호텔서……."

말을 하던 선미는 이내 입을 다물었다. 자신도 호텔에 들어와 놓고 무슨 소리야. 고개를 좌우로 저으며 선미는 눈을 들었다.

"그럼 볼일 보세요."

"어디서 만나?"

"00레스토랑이라던데."

"같은 곳이군."

본의 아니게, 정말 자력이 아닌 힘으로 둘은 같은 음식점 안으로 들어왔다. 이런 우연도 있나. 선미는 낯선 장소에서 만난 남자를 어떻게 대해야 할지 몰라 식은땀이 흘렀다. 이런 곳은 평생 와보지도 않았는데 괜히 제집 드나들 듯 하는 여자가 된 기분이었다.

동시에 들어온 그들을 직원이 친절한 미소로 안내했다.

"어서 오십시오. 아, 유진하 회장님! 안에서 기다리십니다."

인사하다 말고 직원은 진하의 얼굴을 보더니 급히 안쪽으로 데려갔다. 선미의 눈은 그가 단독 룸으로 들어가는 것까지 보고 시선을 거둬들였다.

"어떻게 오셨습니까?"

"음, 예약했다고 했는데…… 이름이 정선우요."

직원은 안내판을 보더니 미소를 지으며 안으로 안내했다. 직원을 따라가며 선미는 레스토랑 인테리어에 감탄했다. 바깥 정경이 보이는 통유리로 된 창가와 고급스러운 실내장식이 선미의 시선을 사로잡았다.

"이쪽 테이블입니다."

"아, 네."

선우는 아직 오지 않았나 보다. 선미는 의자를 빼고 앉아 어두워진 창가를 바라보았다. 의식하지 않으려고 하는데 시선이 자꾸만 저 안쪽 룸으로 들어간 남자에게로 움직였다. 정신을 다시 붙들어 매고 물을 벌컥벌컥 마셨다.

「10분 뒤 도착. 미안.」

선우에게서 온 문자를 보며 다시 주변을 의미 없이 돌아보았다.

"왔어요?"

진하는 앞에 앉은 여자를 보고 맞은편 의자에 앉았다.

"그렇지 않아도 할 말이 있었는데 먼저 연락을 주어 고맙습니다."

"어, 그래요? 그럼 우리 텔레파시가 통했나 보다."

밝게 웃는 민서를 무표정으로 보던 진하는 입을 열었다.

"요점만 말하겠습니다. 약혼은 없었던 일로 합니다."

민서의 입꼬리가 서서히 내려갔다. 한 번은 그런 말이 나올 거라 생각했지만 생각보다 훨씬 빨리 나온 말에 그녀는 살짝 헛웃음이 나왔다.

"왜요?"

왜요라, 진하는 민서의 얼굴을 가만히 보았다. 예쁜 여자인 건알겠지만 그 이상 어떤 것도 아니었다. 그저 예쁜 여자라는 것이다였다.

"사랑하는 여자가 있습니다. 그 여자에게 충실하려고 이러는겁니다. 그동안 약혼이 오고 갔던 건 아마 어머니가 제 여자관계를 잘 모르시고 잡은 것 같습니다."

"유진하 씨 의외로 순진하시네요."

태연한 민서의 표정에서 진하는 주신의 얼굴을 보는 것 같은 느낌이 들었다.

"애인 만드세요. 상관없어요."

진하의 시선이 자신을 향하는데 아무런 감정이 느껴지지 않는다. 여자로서 남자에게 매력을 끌지 못하는 건 굉장히 치욕적이지만 지금 그런 것을 따질 때가 아니었다.

"회장님들 애인 한 명쯤 있는 건 다반사예요. 전 그런 걸로 속좁게 물고 늘어지는 여자 아니니 언제든 만나고 싶으면 만나요."

"송민서 씨."

"어차피 진하 씨도 제 집안 힘이 필요하잖아요. 전 그 힘을 줄수 있고요. 사랑…… 애초부터 진하 씨에게 사랑을 갈구하고 싶은 마음도 없었어요. 그러니 사랑은 진하 씨가 하고 싶은 사람하고 하고, 결혼은 저랑 하면 돼요."

참 말을 쉽게 한다는 말을 선미에게 들었던 적이 있다. 굉장한 말을 아무렇지도 않게 한다고. 그런데 지금 눈앞에 앉아 있는 여자를 보니 선미도 적잖이 당황했겠구나, 하는 생각이 들었다. 진하는 민서를 빤히 보다 깃털보다 가벼운 미소를 띠었다.

"송민서 씨의 배려에 눈물이 날 정도입니다. 하지만 됐어요."

언제 웃었는지 진하는 싹 웃음기를 거둬갔다.

"난 내 안사람 자리를 송민서 씨에게 주고 싶은 마음이 없는 겁니다. 내 아내는 내가 정합니다."

민서는 그가 있지도 않은 여자를 있다고 거짓말하는 거란 생각이 들었다. 그저 자신을 내치기 위한 술수. 그래서 계속 태연할 수 있었다.

"누군지 궁금하네요. 그 사랑하는 여자분. 유서그룹 회장님을 꽉 묶어두고 놓질 않으니 부럽기도 하고."

"이 말 하려고 보자고 했습니다. 수요일에 예정된 약혼식은 연화 쪽에서 취소했으면 좋겠습니다. 그게 모양새가 좋지 않겠습니까."

민서는 테이블 아래 놓인 주먹을 꽉 쥐었다.

"아, 물론 이런 말을 했으니 이제 연화그룹과는 연을 끊게 되는 건가요."

"……."

"상관없어요. 모두 끊어내려고 이러는 것이니 그것도 좋습니다. 누구의 도움으로 회사를 꾸려 나가는 케케묵은 노인들이나 하는 방식은 이제 제 회사에서 완전히 지울 것입니다. 집안 간의 형식적인 결합 없이 제 힘으로 키우겠습니다."

진하는 자리에서 일어서 살짝 고개를 숙였다.

"약혼은 예정대로 수요일에 진행할 거예요."

걸음을 떼려는 순간 민서가 급히 일어섰다. 진하가 돌아보자 민서는 기죽지 않으려 더 화려하게 미소 지었다.

"이 약혼은 진하 씨의 의지와 상관없단 걸 알게 될 거예요. 집안 간의 만남이에요. 전 예정대로 진행하겠습니다."

진하 자신도 재벌이라는 타이틀에 묶여 있지만 정말 이쪽 사람들의 사고방식은 왜 이 정도밖에 되지 않는지 답답해졌다. 집안 간의 만남. 정략결혼. 세력을 위한 결합. 그런 것들이 진저리 날 정도로 소름 끼쳤다.

"참 안타깝군요. 그래도 방금 전까지는 송민서 씨를 인간으로서 괜찮게 보았는데 그쪽도 그저 그런 부류여서 참 실망입니다."

진하는 민서를 정면으로 보았다. 눈동자엔 어떠한 감정도 들어 있지 않았다. 그게 민서를 애끓게 만들었다.

"전 예전부터 이날을 기다려 왔어요. 왜냐면…… 당신을, 진하 씨를 사랑하니까요."

진하는 민서의 말에 낮은 한숨을 내쉬었다. 그리고 그녀를 빤히 보았다.

"알고 있습니다. 민서 씨가 예전부터 제게 관심을 갖고 있었다는 건 알고 있어요. 그렇기에 더욱 약혼하지 않으려고 하는 겁니다. 계속 이렇게 헛된 희망을 심어주는 건 민서 씨를 더 힘들게 하는 거라고 생각하니까요."

"전 그렇지 않아요! 진하 씨가 절 사랑하지 않아도 된다고요. 그냥 전 당신 옆자리에만 있겠다고요!"

"송민서 씨."

"이렇게 갑자기 제 마음을 표현할 생각은 없었어요. 그런데 안 되겠어요. 당신은 절 그저 집안 간의 결합을 목표로 하는 여자로 보잖아요. 제 마음은 그런 게 아닌데……."

"그것 또한 굉장히 이기적인 생각입니다. 상대방은 전혀 마음이 없는데 일방적인 마음으로 결합을 꿈꾸는 것 또한 헛된 야망입니다."

"하……."

민서의 시선이 아래로 떨어졌다.

"생각을 바꾸지 않으니 더는 민서 씨와 대화할 필요가 없군요. 그럼 그렇게 하십시오."

진하는 그대로 룸을 나갔다. 민서는 부르르 떨리는 몸을 천천히 의자에 앉혔다. 이대로 물러나지 않아. 당신 갖기 위해서 이날까지 살아왔어. 당신에겐 아무 의미 없는 것일지 모르겠지만 내겐 인생이 달린 문제야. 껍데기뿐인 남자여도 상관없어. 최종적으로 내가 가지면 되니까. 그러면 그만이야.

룸에서 나온 진하는 급히 시선을 좌우로 돌리며 살폈다. 그러다 창가 쪽에 고정시켰다. 선미는 등을 보이고 앉아 있는 남자와 무슨 이야기를 하는지 밝게 웃으며 대화를 하고 있었다. 모든 걸 제자리로 돌릴 거야. 죄가 있다면 받을 것이고 벌을 줘야 한다면 줄 거야. 널 위해서라면 난 모든 걸 감당할 수 있어.

진하는 선미가 앉아 있는 테이블 쪽으로 천천히 발을 옮겼다.

말을 하고 있던 그녀의 눈동자가 커졌다. 시선이 허공에서 마주치자 그녀의 눈은 더욱 동그래졌다. 진하는 선미에게서 눈을 떼지 않은 채 걷다가 테이블이 가까워지자 집게손가락 끝으로 테이블을 톡 치고 걸어갔다. 톡, 손가락이 테이블에 닿아 소리가 나자 선미의 심장도 쿵 내려갔다.

"왜 그래?"

앞에 앉아 있던 선우가 굳어 있는 선미를 보며 시선을 옮겼다. 옆을 지나가는 남자의 뒤통수를 보며 선우는 고개를 갸웃하다 이내 선미를 돌아보았다. 그녀는 무슨 생각을 하는지 테이블에 시선을 고정한 채 멍하니 있었다.

"선미야."

선우의 목소리에 선미가 다급히 고개를 들었다.

"응?"

선미의 입가가 다시 환하게 올라갔다. 어서 말하라는 눈. 선우는 용기를 내어 입을 열었다.

"우리가 같이 살아온 시간도 참 오래되었어. 그렇지?"

"응. 오빠가 노력해서 이렇게 오랜 시간을 같이 지낸 것 같아."

"남남인 우리가 이렇게 오랫동안 같이 살아온 건 우리 식구들이 모두 친남매처럼 우애 좋게 지내왔기 때문이라고 생각해."

"당연히 알지. 두말하면 입 아프지."

"그리고 난 가장이라는 생각 때문에 더욱더 우리 가족을 챙겼어."

"그래. 그것도 알아."

"넌 날 어떻게 생각해?"

너무 뜬금없는 말에 선미는 응? 되물었다.

"가족으로서, 오빠로서 말고."

선우는 선미의 눈동자를 정면으로 응시했다.

"남자로서."

말이 끝남과 동시에 선미의 눈동자도 커졌다.

"무슨 말이야?"

선우는 호주머니를 머뭇거리다 작은 상자를 꺼냈다. 그리고 뚜껑을 열어 선미의 앞 테이블에 놓았다. 상자 안에는 반짝이는 예쁜 반지가 들어 있었다.

"우리 결혼하자."

선미는 너무 놀라 입을 손으로 가렸다. 항상 고맙고 소중한 우리 오빠였지만 남자로 생각해 본 적은 단 한 번도 없었다. 어쩌면 그랬기 때문에 이 오랜 시간 동안 남매로 지내올 수 있었을지도 모른다.

"난⋯⋯."

"오래전부터 널 아껴왔어. 네 기억이 없어지기 전 아주 오랜 옛날부터 널 사랑했어."

"오빠⋯⋯."

선미의 목소리가 떨렸다. 선우는 그녀의 손을 잡았다. 시선을 맞추지 못하는 선미의 눈을 집요하게 바라보았다.

"긴 시간 동안 남매로 지내왔지만 난 우리 사이의 정도 무시하지 못한다고 생각해. 우리 다섯 식구 이대로 행복하게 지내는 게 내 소원이야."

"⋯⋯."

"그리고 널 내 아내로 맞이해서 평생 함께하는 것이 내 바람이고."

"오빠, 난 오빨 남자로 생각해 본 적이 없어."

선미의 목소리가 마침내 흘러나왔다. 미안할 상황은 아닌데 선미는 괜히 미안한 마음이 들었다. 선우에게 너무 미안한 마음이 들었다. 그의 눈빛도 흔들렸다. 하지만 이내 웃었다.

"알아. 넌 날 친오빠로 생각해 온 것. 그러니까 지금부터 날 다시 생각해 줘. 정선우에 대해. 날 남자로 봤으면 해."

환하게 웃는 선우가 잘생겼지만 부담스러웠다. 오빠였던 사람이 하루아침에 남자로 봐달라고 하는데 혼란스럽지 않을 여자가 어디 있겠는가. 그녀는 제 손을 꼭 잡은 투박한 손을 내려다보았다. 지금 이 상황이 무슨 상황이야. 그러니까 선우란, 옆에서 내내 오빠로 지낸 사람이 갑자기 결혼하자며 청혼하고 있는 상황이란 거야. 너무 당황스럽고 황당하기까지 한 지금 상황은 그가 이제 네 오빠 하지 않고 남자하겠다는 그런 상황이란 거야. 선미의 눈에 반지가 들어왔다.

"갑자기 왜 그런 말을 하는 거야?"

"응?"

"여태 아무런 내색도 안 하더니 갑자기 왜 그런 말을 꺼내는 거야."

선우는 단정한 선미의 눈길에 테이블 아래 놓인 주먹을 꽉 쥐었다.

"이젠 너도 나도 나이가 꽉 찼고, 난 이제 가정을 꾸리고 싶어. 일하면서 가장 서러울 때가 언젠 줄 알아? 와이프 있는 선배들이 집에서 따뜻한 밥에 사랑 듬뿍 받고 출근한 모습을 볼 때야. 나도 너와 그런 생활을 하고 싶어. 그게 너라면 난 정말 행복할 것 같아."

"오빠."

"이렇게 투박하게 청혼해서 미안하다. 낯간지러운 거 내 스타일이 아니라 지금도 좀 오글거려. 하지만 네가 내 마음을 받아준다면 다른 날 정식으로 프러포즈할게."

선미는 입을 다문 채 쑥스럽게 웃는 그를 물끄러미 보았다. 분명 그와 결혼하면 지금처럼 편안하고 안정된 생활을 할 수 있다. 가족처럼, 때론 남매처럼, 때론 연인처럼 지낼 수 있을 것이다. 우애 좋은 부부로 평생 늙을 수도 있다. 그러기엔 더없이 좋은 남자였다. 선미는 의자에서 일어서 그를 흔들리는 눈으로 보았다.

"생각할 시간을 줘 오빠. 너무 갑작스러워."

"그래."

"오늘 저녁은 아무래도 무리일 것 같아. 나 먼저 갈게."

"선미야!"

자리를 벗어나는 선미를 보며 선우가 다급히 불렀지만 그녀는 그대로 레스토랑을 나가 버렸다. 선우는 다시 자리에 앉아서 비어 있는 앞자리를 보았다. 갑작스럽겠지. 그래, 갑작스러운 것 안다. 하지만 이제 더는 그대로 놔둘 수가 없다. 이젠 싫어. 예전에도 널 옆에 두지 못하고 떠나보냈는데 이제 또 그렇게 하는 건 죽어도 싫어. 이젠 내 여자야. 아니, 오랫동안 내 여자였어. 그러니 다른 사람에겐 절대로 주지 않을 거야.

다음 날, 늦은 과외를 마친 선미가 학생 집을 나서며 깜깜한 밤 하늘을 올려다보았다. 행복한 일과 고민스러운 일, 설렘과 두려움이 교차하며 선미의 정신을 흔들었다. 어제 레스토랑을 박차고 나와 곧장 집으로 온 선미는 집 안을 서성이며 숨을 연신 내쉬었다. 그는 철야 근무를 해서 들어오지 않았다. 난 그렇게 그 자리를 박차고 나가 버려야 했을까. 그 밤에 일하러 가야 할 선우를 위해 밥 한 끼 먹고 오는 게 뭐 힘들다고 그렇게 나와 버렸을까.

물론 당황했던 게 컸지만 그래도 지내온 세월이 얼만데 그 정도로 매몰차게 굴었나 싶다. 그건 그거고 소중한 오빠임에는 틀림없는데. 그런데 그 자리에서 밥을 먹었다간 체할 것이 뻔했다. 생각지도 못한 사람에게서 청혼을 받았는데 정상적인 생각을 하는 것이 이상한 일이었다.

차가운 입김이 추운 공기를 휘감아 멀어졌다. 갑자기 선미 옆에 서는 키 큰 인영으로 인해 깜짝 놀란 그녀의 고개가 돌아갔다. 진하가 싱긋 웃더니 선미의 손을 잡고 왔던 길로 되돌아갔다.

"유진하 씨."

커다란 눈망울이 동그랗게 변하며 진하를 올려다보았다.

"여긴 어떻게 왔어요? 정말 스토커예요?"

"나 바쁜 사람이라니까. 스토커할 시간 없어."

"그럼 뭐예요. 도대체 어떻게……."

"오늘 과외 하는 날이라고 했잖아. 끝날 때부터 기다렸지. 그런데 계속 따라오는데도 모르더라?"

내가 오늘 과외 한다는 말을 했던가. 선미는 고개를 갸웃하며 따라 걸었다.

"무슨 일이기에 그렇게 다 죽은 얼굴을 하고 있어."

진하는 선미의 의중을 너무도 쉽게 파악했다. 선미는 혼란스러운 미소를 지었다.

"어제 일에 대해 해명해야지."

어제 일? 무슨 말인지를 몰라 한참 생각하던 선미는 아, 하며 다시 그를 보았다.

"저만요?"

"난 약혼녀 될 사람에게 없었던 일로 하잔 말을 하려고 만났지."

너무 쉽게 말하자 선미는 맥이 풀렸다.

"약혼하기로 한 상대에게 약혼하지 말자고 했다고요?"

"응."

"왜요?"

"사랑하는 여자가 있으니까."

그가 말함과 동시에 선미의 눈이 살짝 커졌지만 이내 고개를 돌렸다.

"그런데 다른 사람과 할 이유가 없지."

진하는 대로변에 서 있는 차로 와 조수석 문을 열었다.

"타요. 데려다줄게."

선미를 반강제적으로 구겨 넣은 후 운전석으로 왔다.

"당신은. 당신은 어제 왜 거기 갔던 거야."

운전을 하며 선미를 힐끔 보는 그의 시선이 부담스러워 그녀는 창가로 고개를 돌렸다. 사실 자신의 마음을 모르는 것이 아니었다. 아마 이 사람을 만나기 전이었다면 선우의 고백에 고민을 하다가 승낙을 했을지도 모른다. 마침 친절하고 든든한 그에게 의지했을 수 있다. 하지만 이 사람을 만난 지금, 보름도 되지 않은 이 짧은 시간이 그녀의 마음을 어지럽게 했다. 당신은 그것도 모르지. 내가 지금 당신 때문에 얼마나 혼란스러운지.

"그냥 오빠랑 밥 먹었어요."

"오빠? 아, 그 성이 다르다고 했던 오빠?"

선미는 대답 없이 고개만 끄덕였다.

"오빠랑 그런 곳에서 자주 식사하나 봐? 거기 굉장히 비싼 곳인데."

선미는 자기도 모르게 눈이 커져서 고개가 옆으로 돌아갔다. 그와 정면으로 눈이 마주쳤다. 선미는 급히 눈을 돌렸다. 진하는 그녀의 눈빛에 담긴 메시지가 궁금했지만 넘어가 주기로 했다. 차 안은 클래식 음악이 조용히 흘러나왔다.

"결혼이 뭐라고 생각하세요?"

갑작스럽게 나온 선미의 말에 진하는 그녀를 돌아보았다. 참 뜬금없다고 생각하려나. 우리가 그런 얘기 할 사이냐고. 갑자기 웬 결혼. 자신이 생각해도 참 황당하다.

"쉬운 질문은 아니네."

"네. 굉장히 어려운 질문이죠. 결혼은 내가 사랑하는 사람과 하는 게 옳다고 생각하세요, 아님 날 사랑해 주는 사람과 해도 괜찮다고 생각하세요?"

여기서 멈춰야 하는데 오늘따라 선미 자신도 계속 말이 나왔다. 혼란스러운 마음을 터놓고 싶기도 했다. 왜 이 사람과 터놓고 싶은지는 모르겠지만 어쩌면 제삼자기에 더 객관적으로 말해줄 수 있으니까.

"기왕이면 사랑하는 사람하고 하는 게 좋지. 평생 살 건데 사랑마저 없으면 어떻게 살아."

진하는 더 말할 필요도 없다는 듯이 강한 어조로 말했다.

"의외로 로맨티시스트시네요."

"의외? 날 대체 어떻게 본 거야."

"뭐 알아서 생각하세요."

선미의 웃음소리가 작게 들렸다.

"형편없다는 뜻이군."

"어? 그런 건 아니었는데. 그냥 연애, 사랑 이런 거 하고는 거리가 먼 사람 같아 보였어요."

"그렇다면 잘 봤어. 난 그런 것과는 거리가 멀어. 난 단지 내가 원하는 대로 할 뿐이야. 그게 다른 사람 눈에 연애 고자로 보여도 상관없다고."

참 저런 말을 아무렇지도 않게 한다.

"저도 그렇게 생각해요."

선미는 다시 창가로 시선을 돌렸다. 빠르게 지나가는 바깥 풍경을 넋 놓고 바라보았다.

"결론은 사랑이 먼저라는 거예요."

"뭐?"

혼잣말로 중얼거려 진하는 잘 알아듣지 못했다. 선미는 진하를 향해 눈웃음을 지으며 팔을 쭉 뻗었다.

"고맙습니다. 데려다줘서. 직접 운전하는 회장님은 처음 봐요. 티비에서 보면 다들 기사 대동하던데."

"그러니까 복 받은 줄 알라고. 직접 운전해 주는 회장님 차를 타고 있으니까."

"네네. 성은이 망극하옵니다."

선미의 얼굴이 환하게 빛났다. 이 사람과 있으면 마음이 편해진다. 몇 번 보지도 않았는데 오래 알고 지낸 것처럼 친근하다.

"어, 다 왔네요. 저 앞에 내려주세요."

골목으로 들어가는 길 앞으로 선미가 손가락을 뻗었다.

"덕분에 편하게 왔어요."

선미가 웃으며 돌아보았다. 진하는 핸들에 몸을 기댄 채 그녀에게로 고개를 돌려 지그시 바라보았다. 선미의 눈썹이 살짝 올라갔다. 뭐 말할 게 남았냐는 얼굴.

"오늘 내 생일이야."

밑도 끝도 없는 그의 말에 선미의 눈이 커졌다.

"정말요?"

"응."

"그랬구나. 그럼 진작 말하죠. 선물이라도 준비하는 건데."

진하는 약간 서글픈 얼굴로 몸을 일으켰다.

"받고 싶은 선물이 있긴 해."

"그래요? 뭔데요?"

"선물 줄 거야?"

"받고 싶다는데 줘야죠."

선미의 말이 끝남과 동시에 진하의 얼굴이 그녀에게로 다가왔다. 순식간에 다가온 얼굴은 그녀의 입술에 닿았다. 커다랗게 변한 그녀의 눈동자를 보며 한 손을 그녀의 머리카락 사이에 넣어

당겼다. 빠져나올 수 없게 꽁꽁 묶어두듯이 그녀를 품 안에 가둬 버렸다. 맞닿은 따뜻한 입술 사이에서 얕은 숨이 새어 나왔다. 잠시 머물려고 했으나 진하는 본능에 따라 좀 더 안으로 밀고 들어왔다. 따뜻하고 붉은 입술을 점령한 자가 수줍어하는 돌기를 찾고자 바쁘게 움직였다.

촉촉한 꽃잎을 한 번 더 머금은 진하는 머리카락에서 손을 거두었다. 하지만 멀어지지 않았다. 숨결이 닿는 밀접한 거리에서 그녀의 눈을 보는 진하의 눈빛이 까맣게 변했다.

"때릴 거야?"

조금 허스키한 그의 목소리에 선미는 더는 커질 수 없을 것 같았던 눈을 질끈 감았다. 당장 정강이를 걷어차라고! 그의 뺨을 휘어 갈기라고! 욕설을 퍼붓고 나오라고! 그런데 왜 아무런 말도 못하고 있냐고!

"선미야."

그를 보지 못하고 눈을 꼭 감은 선미를 향해 진하가 부드러운 목소리로 계속 불렀다.

"선미야."

"……."

"나 좀 봐."

진하가 그녀의 얼굴을 양손으로 잡아당겼다. 급하게 떠진 선미의 눈동자에 쪽 입을 맞췄다.

"유진하 씨!"

그는 아랑곳 않고 그녀의 코에도 입을 맞췄다. 그리고 볼에, 이마에, 귓불에도 사랑을 남겼다. 당황한 채로 눈만 똥그랗게 뜬 선미가 예뻐서 이대로 보내고 싶지가 않았다.

"널 남자들만 득실거리는 곳에 보내고 싶지 않아."

갈수록 가관이다.

"이봐요, 유진하 씨! 후…… 생일이라서, 생일이니까 봐주는 거예요. 상대방을 전혀 생각하지 않는 이런…… 못된 짓도, 그쪽이 만족했다면 그걸로 선물한 셈 칠게요. 후…….."

진하의 입꼬리가 올라갔다.

"그런데 한 번만 더 이러면 다신 그쪽 안 봐요. 아시겠어요?"

진하는 뭐가 좋은지 그저 웃으며 고개를 끄덕였다.

"이게 뭐야. 내 첫 키스를. 허락 없이."

선미는 울상인 얼굴로 차에서 내릴 채비를 했다. 그때 진하가 손을 잡아 멈추게 했다.

"기다려."

진하는 차에서 내려 조수석으로 와 문을 열어주었다. 빤히 바라보고 있는 선미에게 손을 내밀었다.

"늦었으니까 집 앞까지 데려다줄게."

"됐어요. 금방이에요."

"데려다줄 거야."

진하는 선미의 손을 잡아끌었다. 완전 막무가내. 이런 막무가내도 없다. 진하는 손을 놓지 않은 채 얼굴에 웃음기를 머금고 길을 걸었다. 아니, 얼마 전에 봤던 그 남자 맞아? 어쩜 같은 사람인데 이렇게 다를 수가 있지. 예전엔 웃는 얼굴 한번 보는 게 소원이었는데 이렇게 웃는 얼굴을 자주 보게 될 줄이야.

아직도 정신이 온전히 돌아오지 않은 선미의 손을 끌며 진하 역시 정돈되지 않은 얼굴을 숨기느라 애를 썼다.

"고백할 게 있어."

진하는 선미가 집 앞 대문에 서자 그녀를 돌아보며 미소 지었다. 그를 올려다보는 선미에게 허리를 숙여 시선을 맞추었다. 눈높이가 같아지자 그녀의 얼굴이 급격히 붉어졌다. 또? 선미는 급히 손으로 입을 막았다. 진하의 입매가 진하게 올라갔다. 사랑스럽다. 사랑스러워 미치겠다.

"바보야. 내가 그렇게 허술한 놈으로 보였어? 이런 곳에선 안해."

선미는 더욱 빨개진 얼굴로 그대로 굳어버렸다.

"오늘 내 생일 아니다. 내 생일은 6월이야. 그럼 간다. 잘 자."

그렇게 언덕을 빠르게 내려가 버린 진하의 말을 알아채기까지는 시간이 조금 걸렸다. 그리고 정신을 차렸을 땐 이미 사라지고 난 뒤였다.

"야아!"

동네 사람들 시끄러울까 봐 얼른 들어왔지만 씩씩거리는 마음을 누르지 못해 선미의 얼굴이 계속 붉어졌다. 선물은 무슨 선물! 애초부터 그런 부탁을 들어주는 게 아니었는데 왜 그런 말을 해가지고는! 확실해. 뭐가 쓰인 게 분명해. 그게 아니고선 저런 남자에게 휘둘릴 리가 없어! 문을 쾅 열고 들어와 씩씩대는 선미가 이상해 남자 둘은 부엌에서 라면을 끓이다 급히 나왔다.

"왜 그래, 누나?"

"이 나쁜 놈!"

계속 씩씩대던 선미가 소리를 빽 지르고 방으로 들어가 버렸다.

우리에게 하는 소리냐며 서로를 바라보는 동생들은 곧 어깨를 으쓱하고 끓어 넘치는 라면을 사수하기 위해 부엌으로 달려갔다.

샤워를 한 선미가 스탠드 불에 의지해 로션을 발랐다. 어두운 조명 아래에 비친 자신의 모습을 보다가 문득 입술에 눈길이 갔다. 자신도 모르게 입술 끝을 만졌다. 아직도 살짝 부푼 그녀의 입술이 붉게 빛나 있었다.

"이씨, 내 입술……. 으잉, 내 첫 키스."

선미는 울상을 한 채로 이부자리에 벌러덩 누웠다. 아직도 생생한 느낌에 선미의 발끝이 간질거렸다. 왜 뿌리치지를 못했을까. 날 얼마나 쉬운 여자로 봤을까. 뭐에 정신 팔려 그대로 가만히 있기만 했을까. 핸드폰을 들어 꾹꾹 문자를 쓰던 선미의 손이 멈칫했다.

「이게 뭐 하는 짓이에요! 어떻게 한마디 말도 없…….」

문자는 써서 뭐 해. 이제 와서 화를 내면 뭐 할 거냐고. 이미 지나간 일인데. 선미는 다시 핸드폰을 내리고 팔을 이마에 대었다. 쿵, 쿵, 쿵……. 심장이 뛰었다. 방 안을 가득 차고 금방이라도 튀어나갈 것 같아 한 손을 심장 위에 얹었다.

사실은 부드러웠다. 키스란 것이 이런 것이란 걸 몸소 느꼈다. 온몸이 녹아내리는 것 같은 아찔한 기분. 낯선 이의 입술이 닿았을 때는 온몸을 휘감은 전율에 전신이 떨려왔다. 옆으로 돌아누운 선미는 눈을 감았다. 혼란스러움만 더욱 커졌다. 선우와의 관계를 결론짓지도 못했는데 어디서 굴러먹다 들어온 남자가 생각 주머니 한가운데로 훅 치고 앉았다. 그리고는 방 주인이라면서 나가지도 않는다. 선우와의 문제를 먼저 생각해야 하는데 진하의 얼굴이 눈앞을 아른거려 다른 생각을 할 수가 없었다.

"정말 위험한 남자인 건 맞는 것 같아."

나지막이 읊조리는데 문자메시지가 왔다. 선미는 문자메시지 버튼을 천천히 눌렀다.

「너무 반가웠어, 생일 선물을 받아서. 내 생일은 16년 전부터 그대로 멈춰 있거든. 그러니 어떤 날이든 상관없어. 너와 함께 있으면 그날이 내 생일이야.」

참 느끼한 말을 편하게도 한다. 선미는 그의 문자를 보며 자기도 모르는 사이 입매가 올라갔다.

「내일 뭐 해?」

또다시 문자가 왔다. 한결같이 안하무인이다. 제멋대로 회장님.

「부산 가요. 동생 쇼 보러.」

「쇼?」

「패션쇼. 동생이 모델이거든요.」

「참 멋진 동생들을 뒀네.」

「맞아요. 누구랑은 다르게 참 내 말을 잘 듣는 애들이에요.」

「그러게. 그 누구는 왜 그렇게 말을 안 듣는 거래?」

「아쉬울 게 없겠죠. 누가 제동 걸기를 했나. 하고 싶은 대로만 하고 살았을 테니까요.」

선미는 분한 마음에 감정을 실어 문자를 보냈다. 그에게서는 한동안 답문이 없었다.

「난 자요.」

「하고 싶은 대로만 하고 살지 않았어. 원하는 대로 했다면 지금 이러고 있지 않았을 거야.」

그의 문자는 담백했지만 왠지 많은 의미를 담고 있는 것 같았다. 실수한 건가?

「원하는 걸 얻기가 이렇게 힘이 든다.」

선미의 심장이 찡 하고 아파왔다. 그래도 막무가내 회장님이 어울렸다. 이런 마음보단.

「이제부터 얻으면 되죠. 회장님이잖아요. 원하면 세상을 다 가질 수 있고, 버리면 모든 걸 다 잃게 되겠죠.」

선미는 또박또박 문자를 써 내려갔다.

「저에게 하는 만큼만 힘을 내서 사람들을 대하면 못할 것도 없을 것 같은데요? 그런 저돌적인 성격이라면.」

자기도 모르게 웃음소리가 쿡쿡 새어 나왔다.

「사람은 다 각자의 달란트를 가지고 태어났어요. 그 달란트를 누군가는 차근차근 피우고, 또 어떤 이는 땅속에 묻어 밟아버려 싹이 솟아오르지도 못하게 해요. 유진하 씨 본인에게 있는 달란트를 꽃피우세요. 그러면 원하는 걸 얻게 되실 거예요.」

갑자기 그에게서 전화가 왔다. 엥, 전화는 좀 그런데. 밤이라 감성적이 되었는지 자신도 모르게 문자에 이런저런 말을 써서 괜히 민망했다.

"네."

[나 내일 무지 바빠.]

바쁘시겠죠. 선미는 속으로만 말하며 고개를 끄덕였다.

[오전에 회의가 꽉 잡혀 있고 오후엔 약혼식이라는 예약이 잡혀 있어.]

약혼녀한테 약혼하지 않겠다고 했다는 그 약혼식? 선미의 눈썹이 꿈틀거렸다. 그새 다시 하기로 한 건가.

[당신은 내가 어떻게 했으면 좋겠어? 진선미 선생님은 이 학생이 어떻게 꽃을 피웠으면 좋겠어.]

전화선을 타고 흘러오는 그의 목소리는 굉장히 단조롭고 담담했다. 목소리가 굉장히 좋구나. 감정을 실지 않은 그의 음성이 생각보다 부드러웠다.

"유진하 씨 마음 가는 대로 하세요. 그게 제 대답이에요. 음……혹자는 다른 답을 줄 수도 있어요. '세상을 네 마음대로만 하고 어찌 살겠냐. 넌 특히나 한 회사의 오너인데. 생각 좀 해라' 이렇게. 하지만 전 그렇게 생각해요. 마음대로만 하려고 회사를 운영하는건 아닐 거 아니에요. 다 회사를 위한 선택일 텐데, 어떤 것이든 유진하 씨가 선택한 것이라면 그게 회사를 위한 최선 아닐까요?"

[넌 참…….]

"말도 참 예쁘게 하죠?"

선미는 쿡쿡 웃음소리를 흘렸다.

"결론은! 회장님 하고 싶은 대로 하시라고요."

[그래. 답을 줘서 고마워. 명쾌한 답이었어.]

"그렇죠."

선미는 계속 잔잔한 웃음소리를 내보냈다. 그게 진하의 귓가에 간지럽게 파고들었다.

[내일 부산까진 어떻게 가?]

"그냥 KTX 타고 가려고요."

[혼자?]

"음, 그럴 것 같은데요? 동생들은 저보다 먼저 갈 것 같아요. 전 오전에 일 좀 보고 갈 거라서."

[그래. 좋은 밤.]

전화는 끊겼다. 이럴 때보면 참 일방적이야. 먼저 전화를 끊어버리다니. 있는 집 자식들이란. 선미는 핸드폰을 끄고 눈을 감았다. 눈을 감자마자 잠에 빠진 선미의 입가에 미소가 감돌았다. 오른손이 심장을 꼬옥 눌렀다. 좋은 밤 되어요. 그대도.

오전에 학교 과사에 들러 연주회 보고관련 서류를 작성한 선미는 늦지 않게 서울역으로 향했다. 어릴 땐 가장 말을 듣지 않던 게 선기였다. 키만 멀대같이 커서 대체 뭐가 되려나 했는데 잘나가는 모델이 되었다. 이런 거 보면 사람의 앞날은 아무도 예측할 수 없는 것 같다. 그 어리던 꼬마들이 이젠 여심을 울리고 다니는 남자가 되어 선미는 그저 뿌듯했다.

선우와는 레스토랑 이후로 서로 연락을 미루고 있었다. 누구라도 먼저 말을 하게 되면 상처를 받을 것 같은 느낌에 선뜻 전화를 하지 못하고 있었다. 그걸 알면서도 선우는 자신에게 청혼을 한 것이다. 왜, 도대체 무엇 때문에. 단순히 결혼하고 싶어서는 아니라는 것이 선미가 생각한 결론이었다. 그가 이렇게 갑작스러운 느낌을 주면서까지 고백을 한 데에는 무언가 다급한 부분이 있을 것이었다.

그게 뭘까. 그는 왜 여태 아무런 말도 하지 않다가 청혼을 한 것일까. 물론 선우와 오랫동안 생활하면서 가끔 오빠가 아닌 눈빛으로 바라보는 것 같은 느낌이 든 적도 있었다. 하지만 곧 망상이라며 제 스스로 부정하였고 그 애절한 눈빛도 동생에 대한 사랑으로 생각하였다. 지나고 보니 선우는 나름대로 자신에게 표현한 것이었다. 말로 표현하지 않았을 뿐 그는 항상 자신을 여자로 봐오고 있었던 것이다.

선미는 창가 쪽 자리에 앉아 시선을 창밖으로 두며 정말 오랜만에 타는 기차에 대한 설렘을 만끽하였다. 날씨도 좋아서 햇빛이 창틀로 내리쬐었다.

겨울이다. 나뭇가지들은 앙상하게 메말랐지만 이 가지가 생명을 품으려고 준비를 하기 위해 잠시 때를 기다리는 거라는 걸 알고 난 뒤 선미는 기다림을 선물받았다. 이렇게 기다리면 봄은 반드시 오니까. 찬란히 빛날 봄을 위한 기다림의 미학을 그녀는 이제 서른쯤이 되어 어렴풋이 느끼고 있었다.

옆자리에 앉은 사람은 나이가 지긋한 노신사였다. 서로 눈인사를 나눈 뒤 선미는 눈을 감았다. 가는 동안 잠이나 자야겠다. 이어폰을 끼고 노래를 들으며 눈을 감고 있으려니 기차가 서서히 움직였다. 그리고 선미도 스르륵 잠이 들었다.

얼마나 잤는지 고개가 옆 사람의 어깨 위에 얌전히 놓여 있다는 걸 안 선미는 급히 눈을 떠 고개를 들었다. 머리가 무거웠을 텐데 그래도 힘들다는 내색 없이 버텨주셨나 싶어 선미는 어색한 미소를 지으며 옆으로 시선을 옮겼다.

이보다 더 커질 수 있으랴. 선미의 눈동자가 급격히 커졌다. 아니, 이게 뭐야. 옆자리에 있던 노신사는 어디 갔어. 꿈이야? 이게 뭐지. 왜 이 사람이 옆에. 선미는 급히 시선을 앞으로 옮기고 꿈인지 생시인지 파악했다. 손을 올려 볼을 살짝 꼬집었다.

"아야."

아픈데. 아프다고. 그럼 꿈이 아니잖아. 선미의 고개가 다시 옆으로 돌아갔다.

"혹시…… 우리가 같은 꿈을 꾸고 있는 건가요?"

"그럴지도."

헉, 말도 한다. 선미는 눈을 비비고 손을 들어 그의 얼굴에 갖다 대었다.

"언제 탔어요?"

"처음부터."

"처음? 제 옆에 앉았던 사람은 당신 아니었는데."

"아, 그분은 내 자리랑 바꿨어. 흔쾌히 바꿔주시더라고."

진하게 웃는 입매가 선미의 눈에 들어왔다. 뭐라고 말을 해야 하는데 말이 나오지 않았다. 그러니까 지금 이 사람이 바쁜 수요일에 회의랑 약혼식 있다고 하던 걸 내팽개치고 여기 있다는 거란 말이다. 선미의 심장이 급격히 뛰었다. 정말 예측할 수 없는 사람이다. 생각과 예상을 뛰어넘는 그의 행동에 그녀는 적응되지 않는 심장을 그대로 노출시킬 수밖에 없었다.

그건 그렇고 회장님이 KTX. 괜찮으려나? 슈트가 아닌 캐주얼 차림에 모자를 쓴 그는 다른 사람이라고 생각해도 좋을 정도로 달라 보였다. 이 모습은 굉장히 자유분방하고 매력적인 청년 같았다.

"그런 옷도 있었어요?"

"모자는 잘 안 써서 하나 샀고, 이런 옷은 뭐. 난 이런 옷 입으면 안 돼? 청바지, 니트 좋아해. 셔츠랑 정장 바지만 입진 않는다고."

"불편하진 않으세요?"

"불편해."

"거기 통로니까 이쪽으로 자리 옮길래요? 괜히 사람들 신경 쓰이면……."

"괜찮아."

진하는 선미의 머리를 잡아 다시 그의 어깨 위로 당겼다.

"더 자."

눈동자만 치켜들어 그를 올려다보았다. 어떻게 여길 온 걸까. 자신의 일거수일투족을 꿰뚫고, 마치 어디로 향할지 전부 예상하며 움직인다. 회사 일은 어떻게 된 걸까.

"마음 가는 대로 한 거예요?"

"당연하지. 선생님이 명쾌한 답을 줘서 생각할 것도 없었어."

"그럼……."

"응?"

"난리가 났겠네요. 지금쯤."

선미는 손목시계를 보았다. 오후 4시. 아직 도착 시간까지 2시간 정도 남았다. 진하는 선미의 귀에 꽂혀 있는 이어폰 왼쪽을 빼서 자신의 귀에 꽂았다.

"뭐 들어? 같이 듣자."

클래식 음악이 들려왔다. 진하도 그녀의 머리에 제 머리를 기대고 눈을 감았다.

"오전에 바쁘게 움직이느라 힘들다. 자자."

"근데 정말 약혼식 안 가도 되는 거예요?"

"가지 말라며."

"네? 제가 언제 그랬어요."

"마음 가는 대로 하라는 게 그런 뜻 아냐?"

"아니죠! 그건, 유진하 씨가 약혼이 필요하다고 생각하면 하는 거죠!"

"바보잖아. 사랑하는 여자가 있다고 했는데 내가 약혼을 하겠어? 알면서. 내가 사랑하는 여자가 누군지 알면서. 그러니까 마음 가는 대로 하라는 건 가지 말라는 거지."

잘난 사람은 말도 잘하나? 반박할 수가 없다. 아니, 반박해야 하는데 반박하고 싶지 않다. 그가 말한 대로 정말 그 생각을 하지 않은 것은 아니니까 말이다. 어쩌면 자신은 굉장히 여우고, 영악한 게 아닐까. 욕심 많은 여자가 아닐까. 선미는 아무 말도 못하고 눈을 감았다. 진하의 손이 그녀의 손 위로 올라와 감싸듯이 잡았다.

"괜찮아. 걱정 안 해도 돼. 감정에 치우쳐 일을 내팽개치고 오진 않았으니까. 다 알아서 처리하고 온 거야. 내가 아무리 당신에겐 감정적으로 대한다고 하지만 이젠 어린 유진하 아니야. 공과 사는 구분해."

또 그 여자와 헷갈려 한다. 하지만 선미는 고개를 끄덕였다. 그래, 알아서 잘했겠지. 멋진 사람이잖아. 똑똑하고 강한 사람이잖아. 회의든 약혼이든 그가 알아서 잘했을 거야. 선미는 바로 옆에 머리를 기대고 앉아 있는 남자의 향기에 눈을 스르륵 감았다. 심장은 눈치 없이 뛰고 있지만 그 느낌이 싫지 않았다. 약혼하지 않고 저에게 와준 그가 솔직히 좋았다.

부산 벡스코 컨벤션 홀에서 진행한 패션쇼는 사람들로 인산인해를 이뤘다. 이런 광경을 난생처음 보는 선미는 얼떨떨한 걸음으로 안으로 들어갔다. 옆에 있는 남자가 자신보다 훨씬 편안해 보였다. 원래 이런 일이 일상인 사람 같았다.

안내요원에게 티켓을 보여주니 그는 선미와 진하를 VIP석으로 데려갔다. 호오, 선기 이 녀석. 출세했네. 굉장히 유명한 디자이너인지 곳곳에 눈에 익은 연예인들도 보였다.

"이용신 디자이너 밑에서 모델 하는 건가, 네 동생?"

"아, 자세한 건 몰라요. 프리랜서에 더 가까운 것 같은데 이번에 이용신 디자이너에게 뽑힌 것 같아요."

"유명한 사람인데 네 동생 실력이 좋은가 보군."

"그래요? 그렇게 유명한 사람이에요?"

선미는 눈을 크게 뜨고 활짝 웃었다. 양손을 맞잡은 채 선기가 언제 나오나 눈을 빛내며 앉아 있는 그녀를 보자 진하의 입가에도 미소가 걸쳤다. 다른 남자를 생각하며 그런 눈빛을 하는 게 정말 마음에 안 든다. 하지만 너무 반가워서 눈물이 난다. 남 일을 제 일처럼 좋아했던 그녀가 변하지 않고 그대로 있어줘서 감사할 뿐이다. 이렇게 여전히 아름다운 모습으로 있어줘서 괴로운 마음이 아주 조금은 사라진 기분이었다.

"선미 누나!"

선미를 부르는 소리에 진하의 고개가 돌아갔다. 선재와 선구가 다가왔다.

"언제 왔어?"

"우린 한참 전에 왔지. 너무 빨리 와서 바닷가에서 놀다 왔어."

"어? 가게에서 봤던 그 형님이다. 맞지?"

선구가 밝은 목소리로 진하를 알아보고 선미에게 눈을 빛냈다.

"어? 그러네. 형님, 안녕하세요."

선재도 따라 인사했다. 진하가 일어서 그들에게 손을 내밀었다. 참, 키 큰 남자들 사이에 있으려니 더 작아 보인다. 선미는 의자에 털썩 앉았다.

"예전에 봤을 때랑 달라 보이네요. 이렇게 입으시니 스타일이 확 살아납니다. 지금 무대 위에 오르셔도 되겠어요."

"아니야. 난 슈트 입었던 그때가 더 좋았어. 완전 간지나 보이더라."

"그런가? 옷발이 사시니 뭘 입어도. 그런데 여기 오신 건 누나가 같이 가자고 해서?"

"누나 보면 그럴 사람이 아니야. 아마 저 형님이 따라온 걸 거야."

지들끼리 조잘조잘 떠드는 것이 마치 여자들 수다 떠는 것 같았다.

"니들 좀 조용히 할래? 교양 없이 너무 목소리가 큰 것 아니니."

선미가 작게 말하자 그들은 선미 옆으로 쪼르르 앉았다. 그 모습에 진하는 웃음이 나왔다. 정말이지 사랑하지 않을 수가 없다. 이러니 내가 널 어찌 사랑하지 않겠니. 진하는 선미 옆에 앉으며 동생들에게 타박하는 선미를 물끄러미 보았다. 빛이 난다. 넌 항상 이렇게 빛이 난다. 시간이 지나 다른 모습으로 있어도, 꽁꽁 숨기고 있어도 드러나는 영롱한 빛이다.

쇼가 시작되자 늘씬하고 쭉쭉 뻗은 모델들이 런웨이를 사뿐사뿐 걸어 다녔다. 무대 위에 선기는 평소의 모습을 완전히 벗어던진 표정으로 나왔다. 몸이 좋아서 그런지 옷발이 살았다.

"멋지다. 선기."

자신도 모르게 작게 읊조리는 선미의 목소리에 진하의 눈이 돌아갔다. 그는 다리를 꼬고 팔짱을 낀 채 무표정으로 무대 위를 바라봤다. 몇 벌을 더 갈아입고 나온 선기가 나올 때마다 선미는 박수를 치며 좋아했다. 마지막 디자이너와 함께 나오는 영광이 선기에게 있었다. 디자이너는 선기와 옆의 여자 모델과 함께 나와 인사를 했다.

"휘리릭! 멋지다, 선기 형!"

"선기 짱!"

팬클럽 납셨네. 진하는 선미를 못마땅하게 바라보았다. 쇼가 끝나고 잠시 시간을 내서 나온 선기는 오자마자 선미를 찾았다.

"어땠어. 누나 봤어?"

"응, 응. 최고더라! 멋지다, 짜식!"

선미는 선기의 엉덩이를 톡톡 두드리며 좋아했다. 아니, 어딜 만져. 다 큰 남자 엉덩이를 왜 두드려. 진하의 눈이 빛났다.

"난 뒤풀이 때문에 따로 움직여야 하니까 먼저들 올라가."

"그래. 우리 생각하지 말고 편안히 해. 아무튼 잘 봤어. 우리 선기 정말 장하다."

눈웃음을 지으며 격양된 톤으로 선기를 보낸 선미가 진하를 돌아보다 흠칫 놀랐다. 그의 표정이 꼭 시베리아 한랭전선 그 자체였다. 왜 또 표정이 저래. 뭔 일 있나.

"누나. 이제 뭐 할 거야?"

"글쎄다. 슬슬 올라가야지. 너흰?"

"우리 배고파."

대놓고 진하를 바라보는 남자 둘로 인해 선미는 식은땀이 흘렀다. 지금 이 남자가 누구 밥 사주고 할 얼굴 표정이더냐.

"갑시다. 뭐 먹고 싶어요?"

진하의 입에서 나온 말에 남자 둘은 좋다고 앞장섰다. 잠깐 둘의 눈이 마주쳤다. 진하는 무표정한 얼굴로 걸어갔다. 괜찮으려나. 뭐, 괜찮겠지. 선미도 그의 뒤를 따라갔다.

남자 둘은 심하게도 진하를 벗겨먹었다. 횟집에서 회를 왕창 시키더니 나와서는 또 조개구이가 먹고 싶다며 조개구이 집으로 향했다. 그리고 또 나와서는 술 사달라며 술집으로 갔다. 한눈에 봐도 좋아 보이는 술집 안에 앉아 선미는 좌불안석인 사람처럼 진하의 눈치를 보았다. 아무리 돈이 많다고 해도 잘 알지도 못하는 남자들이 마구잡이로 행동하는데 좋을 리가 없다. 진하가 무슨 생각을 하는지 표정에 드러나지 않아 더 알아채기 힘들었다. 저 무표정이 오늘따라 왜 분간하기 힘들어질까.

술집까지 오는 동안 남자 셋은 친해졌다. 워낙 선재, 선구가 붙임성이 좋은 것도 있었지만 진하도 그들을 동생처럼 대하며 받아주었다.

"난 형님 참 마음에 듭니다. 우리 누나랑 연애하세요."

"이선재. 뚫린 입이라고 함부로 말하지 마라."

"왜. 누나도 이제 남자 좀 만나. 우리 때문에 고생 그만해도 된다고. 선우 형도 마찬가지고."

"맞아. 형님, 우리 누나 살림 굉장히 잘해요. 데려가시면 맛있는 것 많이 얻어먹고 사실 거예요."

"윤선구! 뭔 소릴 하는 거야!"

선미는 다급히 선구의 입을 막고 어색하게 웃었다.

"아 맞다! 근데 형님 우리 누나 만나는 게 누구랑 닮아서라고 했던 것 같은데, 누구예요?"

선구의 정공법에 진하는 물끄러미 그를 마주 보았다.

"잘못 봤어. 닮았던 게 아니더라고."

진하의 입에서 나온 말에 선미도 시선을 돌려 그를 보았다. 진하는 알 수 없는 미소를 짓고는 고개를 살짝 끄덕였다.

"응, 닮지 않았어."

"그런 거죠? 난 또— 누나랑 닮은 사람을 헷갈려 한다고 들어서……."

진하는 술김이라지만 선구가 하는 말의 의미를 정확히 간파하였다. 그들은 알고 있다. 선미가 누구인지, 어떤 이름이었는지 모든 걸 알고 있다.

"그런데 형님 참 낯이 익어요. 어디서 많이 본 것 같고."

"그렇지. 윤선구 너도 나랑 같은 생각했네? 형님 어디서 많이 봤다고 생각했어요."

선미는 점점 한숨이 몰려왔다. 이 남자의 정체를 슬슬 밝혀야 하는가.

"많이 봤겠지. 요즘 티비며 인터넷에 자주 올라오니까."

"응? 형님 연예인이었어요? 외모 보면 그럴 것 같기도 하지만."

"아니. 연예인은 아니고."

진하는 앞에 놓인 술잔을 들어 입에 넣었다. 그리고 그들을 보며 입꼬리를 올렸다.

"유서그룹 유진하야."

"음, 그렇구나. 유서그룹, 유서, 유…… 서?"

두 남자의 시선이 일제히 진하에게로 쏠렸다. 눈동자가 흔들렸다.

"유서그룹이라고요? 지금 젊은 오너라고 언론에서 떠들고 있는 그 유진하요?"

"그래."

두 남자는 놀라고 혼란스러운 얼굴로 선미와 진하를 번갈아 보았다. 유서그룹 회장님이라서 놀란 것도 있었지만 사실 이들이 놀란 것은 다른 이유 때문이었다. 선미는 동생들의 표정이 심상치 않다는 것을 느끼고 괜히 민망한 기분이 들었다. 니들이 보기에도 이 사람과 난 안 되는 사이인가 보다. 저리도 놀라는 얼굴을 하는 것 보면. 하긴 재벌 회장님이 평범한 여자랑 만난다는 기사는 한 번도 보질 못했으니까. 선미는 어쩐지 씁쓸한 기분에 시선을 아래로 향했다.

진하는 저를 보고 있는 남자 둘의 시선을 주시했다. 흔들리는 눈빛은 단지 저가 유서그룹 회장이라서가 아니었다. 이들은 진하가 누구인지 알고 있다. 어린 시절 행복 보육원을 오가던 자신을 기억하고 있다. 진하는 전부 사망했다는 언론 보도와 주신의 말이 거짓이었다는 것을 다시 한 번 느꼈다.

"에이, 니들이 그렇게 놀라니까 내가 다 민망하잖아. 그러니까 만나라니 데려가라느니 그런 소리 하지 마."

선미는 조용해진 분위기에 활짝 웃으며 목소리를 높였다.

"회장님. 애들이 한 말은 마음에 새기지 마세요."

"왜. 난 마음에 들고 좋은데."

진하는 선미를 보며 입꼬리를 올렸다. 턱을 괴며 그녀를 보았다. 이 남자들 사이에서 선미만 아무것도 모르고 있었다. 그렇게 16년 동안 선미는 자신이 누군지도 모른 채 기억을 가라앉혔다. 그녀 빼고는 전부 다 알고 있는 그녀의 과거를 선미만 모르고 있었다.

한동안 굳은 듯 앉아 있던 선구가 다시 헤헤 웃으며 술을 들이켰다.

"얘 술 너무 많이 마셨나 보다. 이제 일어나자."

선미가 선구를 잡아 일으키려 하자 선구는 선미 손을 잡아 내려놓고 빙그레 웃었다.

"나 하나도 안 취했어. 우리 잠깐 화장실 좀."

선구는 선재를 잡아끌더니 밖으로 나갔다. 그들이 사라진 곳을 보던 선미는 진하에게로 슬쩍 고개를 돌렸다.

"미안해요. 우리 동생들이 좀…… 많이 해맑아요. 이해하세요."

"괜찮아. 재밌는 동생들이야."

그럼 기분이 괜찮은 건가? 그의 표정을 보면 여전히 무표정이라 뭐가 진심인지 모르겠다. 한동안 정적이 휘감고 지나갔다. 한참이 지나도 남자 둘이 오지 않자 선미는 자리에서 일어섰다.

"어디서 자고 있나. 잠깐 나갔다 올게요."

"내가 가볼 테니까 여기 있어."

진하는 자리에서 일어서 밖으로 나갔다. 그때 선미의 폰으로 문자가 왔다.

「누나. 우리 먼저 서울 올라갈게. 형님이랑 좋은 시간 보내. 우리가 봤을 때 누나에게 마음이 있는 게 확실해. 회장님이면 어때. 누나를 좋아하는데. 아깐 너무 놀라서 제대로 말을 못했지만 우린 그 사람이랑 누나가

잘됐으면 좋겠어. 우리도 참 바보야. 여태 그 사람을 못 알아보고 있었다니. 티비에 그렇게 나왔는데도 말이야. 아무튼 우린 열렬히 환영하니까 잘해봐.」

잘하긴 뭘 잘해. 선미는 한숨을 푹 쉬고 일어섰다.

"접니다."

[어디냐.]

"지방입니다."

[네가 생각이 있는 거냐. 약혼식을 이렇게 엉망으로 만들어놓고 어디라고?]

"전에 말씀드렸습니다. 약혼 같은 거 안 한다고."

[네가 어리다는 게 뭔지 아냐. 바로 이런 걸 두고 하는 말이다. 하고 싶은 것만 하려고 하는 것. 이런 마음으로는 절대 그 자리 오래 유지할 수 없을 게다.]

"걱정해 주셔서 감사합니다. 하지만 제가 알아서 하겠습니다. 그러니까 걱정은 그만큼만 하십시오."

[연화그룹 송 회장님이 너그럽게 넘어가 주셨다. 아직 기회 있으니까 놓치지 말거라.]

"끊겠습니다."

진하는 일방적으로 전화를 끊었다. 오전에 빠듯하게 회의를 끝낸 후 곧장 연화그룹의 송 회장을 만났다. 약혼은 없던 것으로 하겠다고. 그런데도 일방적으로 진행한다면 저도 생각을 달리하겠다고.

분노한 송 회장에게 당당할 수 있는 건 진하가 가지고 있는 패가 있기 때문이었다. 미국에서 근무하면서 오랜 시간 관찰한 결과 연화그룹이 하고 있는 해외 수주 플랜트 사업과 오일 사업이 심각한 자금난에 시달린다는 것이었다. 국내에서는 해외 공사와 에너지를 독점하고 있는 연화그룹에 대한 평가가 호의적이었지만 실상 놓고 보면 곪을 대로 곪은 상태였다.

송 회장 입장에서는 유서그룹이랑 손을 잡고 사업을 안정화시키는 것이 가장 큰 이득이었다. 동시에 국내의 정유 업계와 건설 분야에 유서그룹의 힘을 보탤 수 있었다. 유서그룹 입장에서도 현재 반도체, 자동차, 금융 분야를 넘어 정유와 건설에도 영향력을 끼칠 수 있는 이득이 있었다.

하지만 진하는 그런 힘을 원하지 않았다. 더군다나 곪아 터질 것 같은 회사와 사돈을 맺고 싶은 생각은 추호도 없었다. 연우가 없었다 하더라도 이 약혼은 애초부터 할 생각이 없었다. 송 회장도 자신의 회사 상황을 누구보다 잘 알고 있기에 일방적인 진하의 처사에 분노하지만 접을 수밖에 없는 것이었다. 일단 오늘 약혼식은 사정에 의해 취소하지만 다른 날 다시 진행하자며 그렇게 한발 물러났다. 다음은 무슨. 다음이란 없다. 그렇게 당신 뜻대로 하도록 가만있지는 않아.

"전화 통화 다 끝났어요?"

뒤에서 들리는 청량한 목소리에 진하의 머릿속이 시원해졌다. 뒤를 돌아보자 선미가 난감한 듯 서 있었다.

"그럼 우리도 올라가요. 동생들은…… 먼저 갔대요."

선미의 말에 진하의 입꼬리가 올라갔다. 선미를 속인 것만 아니면 참 마음에 드는 동생들이다.

"그럼 좀 걷자."

깜깜해서 아무것도 보이지 않는 해운대 바닷물을 보며 선미는 팔을 뻗었다.

"우와, 바다 진짜 오랜만이다."

그러다 휭 부는 바람에 급히 팔을 오므렸다. 한쪽 눈을 찡그리며 웃었다.

"추워서 허세 부리긴 글렀네요."

몸을 웅크리고 있는 선미를 보던 진하가 다가가 뒤에서 안았다. 코트를 펼쳐 감싸며 그녀를 품 안 가득 가뒀다. 놀라서 몸을 빼려고 하는 선미를 더욱 꼭 안았다.

"따뜻하잖아. 잠깐 이러고 있어. 추우니까."

선미는 별다른 반항을 하지 않고 움직이던 동작을 멈췄다. 정말 따뜻하긴 했다. 이런 백허그는 연인끼리만 하는 건데 사귀는 사이도 아니면서 스킨십이 이렇게 자연스러워도 되나. 선미는 그의 품 안에서 혼란스러움에 얼굴이 굳어졌다. 이 사람과 이렇게 붙어 있어도 되는 건지 자신도 의문이었다. 그냥 잠깐만. 잠깐만이야. 따뜻하니까 잠깐만 있을래.

두 사람은 그대로 서서 바닷바람을 맞이하였다. 칼바람이 불어도 괜찮았다. 서로의 체온을 맞대고 있으니 어떤 바람이라도 맞설 수 있었다.

"아직도 당신은 어릴 때 생각이 나지 않아?"

한동안 바다만 바라보던 선미는 귓가에 부드러운 음성이 들리자 온몸에 전율이 흘러 주먹을 꽉 쥐었다. 목소리가 섹시해서 몸이 녹아내릴 것 같았다. 그래서 고개를 끄덕이는 것으로 대신했다. 목소리가 나온다면 감정을 걷잡을 수 없을 것 같다.

"어서 당신 기억이 돌아왔으면 좋겠어. 어릴 때 당신이 사랑하던 모든 것을 느꼈으면."

"왜요?"

"응?"

"제 기억이 돌아오는 거랑 유진하 씨랑 무슨 상관인데요?"

"글쎄……. 꼭 나를 떠나서 어린 시절의 기억을 간직하고 있는 건 굉장한 재산이니까. 자신이 살아온 과거가 아무리 부끄러운 것일지라도 그건 그대로 그 사람의 역사이니까. 기억하지 못해 끊겨버린 것보다는 훨씬 낫지."

진하는 선미의 정수리에 턱을 대고 눈을 감았다. 하지만 무엇보다도 어서 네가 날 알아봤으면 좋겠어. 화를 내고 소리치고 울어도 다 받아줄 수 있으니까 진하 오빠, 이렇게 불러줬으면 소원이 없겠다.

"기억이 없어도 괜찮아요. 전 지금도 충분히 행복하니까."

기억이 없단 건 어떤 걸까. 자신이 살아온 과거의 삶이 반 토막이 났는데 무섭지 않을까. 품에서 나와 그를 돌아보는 선미의 눈은 당당했다.

"어릴 때 기억이 행복했을지 그렇지 않았을지는 모르는 거잖아요. 고통스러운 과거였다면 차라리 모르는 게 낫지 않을까요? 뭐, 부모님이 버린 고아인데 그 기억이 행복하진 않았을 것 같아요."

"그렇지 않아."

다급히 나온 진하의 말에 선미가 눈을 들었다.

"그렇지 않았을 거야. 당신 부모님은 정말 훌륭한 분들이셨을 거야. 난 장담할 수 있어. 네 부모님은 세상에 다시없을 좋은 분들이야. 널 보면 느낄 수 있어."

"그럼 왜…… 날 버렸을까요……."

선미의 입가가 잔잔히 부서졌다. 기다리기라도 한 듯 눈물 한 자락이 알아채기도 전에 볼을 타고 흘러내렸다. 눈물을 흘리고 있었다는 건 진하의 손이 다가와 닦아주었을 때 알았다.

"울어도 돼. 슬프면 울고 화가 나면 소리 질러. 숨기지 마. 적어도 내 앞에선 그래도 돼. 동생들이 볼까 봐 눈물을 참지 않아도 된다고."

그 말이 듣고 싶었던 걸까. 사실은 부모님이 너무 보고 싶어서였을까. 서른셋 인생을 살아오며 괜찮아, 지금도 행복해, 버텨야 해, 이런 생각으로 이 악물고 지내온 자신을 잘 알지도 못하는 남자가 알아줘서일까. 선미의 눈물이 봇물 터지듯 흘러내렸다. 멈추어지지가 않았다. 울음소리는 나지 않는데 눈물은 주르륵 흘렀다. 진하는 고개를 숙이고 우는 선미를 당겨 품 안에 안았다. 그리고 등을 토닥토닥 두드려 주었다.

기억하지 못하는 그녀의 과거를 속 시원히 말해주고 싶지만 그건 그녀에 대한 예의가 아니었다. 그리고 함께 살아온 네 명의 남자들에 대한 배려도 아니었다. 그들이 긴 시간 동안 숨기고 있었다면, 그게 아무리 잘못 생각한 일이라도 우선 존중해 주어야 하니까. 지금은 어쨌든 연우에게는 그들이 더 먼저일 테니까. 갑자기 나타난 나보다는 그 남자들을 신뢰하고 있을 테니까. 내 욕심만으로 결정할 수 있는 일은 아니기에.

울어서 눈이 부은 선미는 계속 진하의 눈을 피했다.

"왜 자꾸 보는 거예요."

"괜찮다니까. 봐봐."

"싫어요. 보지 마요. 창피해."

자꾸만 시선을 돌리는 그녀가 안 되겠는지 진하가 양손으로 잡아 자신의 앞으로 가져갔다. 커다랗고 촉촉한 눈동자가 뭐가 어떻다고. 진하는 그녀의 눈에 입을 맞췄다.

"아 정말!"

선미가 그의 손을 떼려는데 찹쌀떡처럼 달라붙어 떨어지지 않았다.

"예뻐. 넌 울어도 예뻐. 그러니까 내 눈 피하지 마."

그러니까 저런 말을 아무렇지도 않게 한단 말이다. 붉어진 얼굴을 씩씩대는 그녀를 물끄러미 보던 진하는 붉은 입술에 살짝 입 맞춘 뒤 풀어주는 것으로 아쉬움을 달랬다. 허락 없이 하면 가만 안 있겠다고 했으니까. 봐줬다.

"그나저나 우리 어떻게 서울 올라가죠?"

꺼이꺼이 우느라 시간을 보냈더니 막차 시간이 지나 있었다. 뭔 상관이냐는 그의 표정에 선미는 얕은 숨을 내쉬었다.

"당신이나 나나 내일 할 일이 있는 사람들 아니에요?"

"일단 잘 곳이나 찾고 대화를 이어나가자고."

진하는 선미의 손을 끌어 앞장섰다. 기차가 끊겨 고맙다. 코레일에 감사 전화라도 넣고 싶은 심정이다. 그가 이끌고 간 곳은 바닷가에서 가까운 파크 하얏트 호텔이라는 로고가 써진 커다란 건물이었다. 로비 앞에서 선미는 우뚝 멈춰 섰다.

"왜 여길 오는 거예요?"

"왜냐니. 자려고 오는 거지."

"방은…… 두 개 잡을 거죠?"

"하나 잡을 거야."

진하의 말에 선미의 낯빛은 더욱 어두워졌다. 웃음이 터지려는 걸 꾹꾹 참으며 진하는 시선을 돌려 손을 끌었다. 억지로 끌려오는 것처럼 협조적이지 않은 그녀의 동작에 진하는 그녀를 번쩍 안아 들고 걸어갔다.

"꺄악! 이게 뭐 하는 짓이에요! 얼른 내려줘요!"

"싫어. 이렇게 안 하면 넌 오늘 계속 로비에서 한 걸음도 움직이지 않을 거잖아."

정말 귀신이다. 선미는 입을 다물고 씩씩거렸다. 아무리 그래도 한 방에서 자는 건 좀 아니잖아! 당신은 어떨지 몰라도 난 아직 그렇다고! '아직'이 뭐야. 당신이랑 내가 무슨 사이인데 한 방을 잡아. 대체 날 어떻게 봤기에 그런 행동을 마음대로 하냐고.

말은 하지 않았지만 진하는 선미가 하는 생각을 느낄 수 있었다. 프런트데스크 앞에서 카드를 내밀자 직원들은 알아서 그들을 안내하였다.

"체크인 같은 거 안 해요?"

"했어. 방금."

호텔엔 와본 적이 없지만 그래도 체크인을 하려면 방 번호 받고 카드 같은 거 받고 그러는 거 아닌가. 방금 진하는 그저 카드 한 장 내밀었을 뿐이다. 아 맞다. 회장님이시지.

객실까지 올라오는 동안 그는 한 번도 선미를 내려놓지 않았다.

"이제 도망 안 칠 테니까 좀 내려줘요."

"믿을 수 없어."

"무겁단 말이에요."

"천만에."

진하는 씨익 웃더니 더욱 바짝 당겨 안았다.

"깃털보다 가볍다."

아악, 내가 닭이 되어 깃털보다 가볍게 날아가겠소. 선미는 이 느끼한 남자를 보다가 고개를 돌렸다. 총지배인이 직접 나와 안내하는 진풍경을 목격한 선미는 룸에 들어갈 때까지 사람들의 시선을 온몸에 받아야 했다.

문을 닫자 그제야 진하는 선미를 내려놓았다. 그리고 먼저 안으로 들어왔다. 안고 오느라 힘들었는지 진하는 코트를 벗어 소파에 놓고 커튼을 확 밀쳤다. 정면으로 보이는 해변이 한눈에 들어왔다. 선미는 겨우 정신을 차리고 한 걸음 한 걸음 안으로 발을 들였다. 그리고 넓이가 가늠이 안 되는 룸 크기에 눈이 휘둥그레졌다. 좋긴 좋다. 돈이 좋긴 좋구나. 이런 곳은 평생 한 번 오지도 못할 곳인데 이 사람은 제집 드나들 듯 자연스럽구나. 바깥 야경을 보고 있는 진하의 옆에 와 서자 선미의 눈이 다시 커졌다.

"우와, 예쁘다."

진하는 유리에 손을 대며 입을 벌린 선미를 향해 돌아섰다. 그의 시선이 느껴지자 선미는 다시 굳어져서 그를 힐끔 보았다. 제발 아무 일도 없길 바라지만 혹시라도 아무 일이 생기면 어쩌지. 이따 분위기가 요상해질라 치면 잽싸게 로비로 내려가야겠다. 아니, 근데 왜 난 분위기를 신경 쓰고 있는 거지. 무슨 일이 생길 거라고 확신하는 나는 도대체 뭐지. 이 이상한 심정은 도대체 뭐야.

선미는 온갖 생각에 사로잡혀 야경을 보고 있음에도 눈에 들어오지 않았다. 그리고 대놓고 바라보는 진하의 시선에 선미는 동작이 영 자유롭지 못했다. 보다 못한 진하가 빙그레 웃었다.

"안 건드려. 남자는 여자가 옆에 있으면 무조건 덮치는 줄로 아는데 굉장히 잘못된 상식이야. 난 여자 동의 없는 성관계는 절대 사양이야. 재미도 없고 왜 하는지 모르겠어."

선미의 얼굴은 점점 더 붉어졌다.

"그러니까 벌벌 떨며 날 마치 치한 보듯 보지 말아줬으면 해."

선미는 가까스로 고개를 끄덕였다.

"룸 크기 봤지? 저쪽 방 안에 있는 침대는 당신 혼자 다 써. 난 여기 소파에서 자도 충분하니까."

"어, 아니에요. 회장님이 침대에서 주무셔야죠."

작은 목소리로 할 말은 다 한다.

"좋아. 그럼 내가 침대에서 잘 거니까 당신이 여기서 자."

그리고 진하는 안쪽으로 들어갔다. 그가 들어가자 선미는 소파에 주르륵 주저앉았다. 이게 말로만 듣던 스위트룸인가 보다. 룸 안에 개별 공간이 있고 소파만 해도 세 사람은 누울 정도로 컸다. 이게 지금 잘하는 짓인가. 사귀지도 않는 남자를 따라 호텔 방에 들어오다니. 애초에 그와 함께 쇼를 본 것 자체가 맞지 않는 일이었다.

대체 우린 무슨 사이일까. 그가 자신을 좋아하는 건 알겠다. 그게 자신이든 못 잊는 그 사람이든. 그럼 나는. 나는 뭐 하고 있는 거야. 자신도 그를 좋아한다. 이젠 알 것 같다. 이 혼란스럽고 어딘지 붕 뜬 것 같은 이 감정을 더 이상 모른 체하고 싶지는 않았다.

하지만 그저 감정일 뿐이었다. 유서그룹 회장이랑 만나는 건 비현실적임을 스스로도 알고 있었다. 선우가 말하지 않아도, 동생들이 그렇게 놀라지 않았어도 잘 알고 있다. 그러니 이제 보지 말자고 해야 하는 게 맞을지도 모르겠다. 더 이상은 그를 흔들지 말아야 할 것 같다. 제 감정도 빨리 정리해야 한다.

룸 안으로 들어오는 야경 빛은 끝내줬다. 혼자 멍하니 불빛을 보고 있으려니 슬슬 졸음이 밀려왔다. 씻고 자야 하는데. 잠깐만 쉬었다 하자. 선미는 옆으로 누워 웅크린 채 잠이 들었다.

다시 눈을 떴을 땐 날이 밝아 있었다. 그리고 피곤했는지 한 번도 깨지 않았단 사실을 알았다. 씻지도 않고 자버렸네. 선미는 눈을 돌리다 옆자리에 엎드려 자고 있는 진하를 보며 벌떡 일어났다.

이게 뭐야. 왜 이 사람이 여기 있어. 여긴 어디야. 침대잖아. 내가 왜 침대에 있지. 난 어제 분명 소파에서 잤는데. 몽유병 있나? 아냐, 그럴 리가 없어. 이건 필시…….

표정이 시시각각 변하던 선미가 그를 다시 내려 보고는 자신도 모르게 꺄악 소리를 질렀다. 그가 눈을 뜨고 자신을 보고 있었다. 너무 놀라 그대로 얼음처럼 굳어버린 선미를 빤히 바라보았다. 누가 이기나 해보자는 건지 그는 시선을 돌리지 않았다.

"이러면 치한이라고 생각할 수밖에 없어요."

선미의 입에서 겨우 목소리가 나왔다.

"치한?"

"전 분명 소파에서 잔다고 했는데 왜 옮겨놓았어요."

"옮겨놓긴 누가. 자기가 제 발로 걸어왔으면서."

참 변화무쌍하게 움직이는 눈동자다. 휘둥그레진 눈동자는 곧 그를 흘겼다.

"그럴 리가 없어요."

"그럴 리가 없겠지."

울 것만 같은 눈망울을 한 선미를 보며 진하는 그녀의 어깨를 당겨 눕혔다. 그리고 팔과 다리로 눌러 밀치는 그녀를 움직이지 못하게 막았다.

"더 자. 우리 10분만 더 자고 일어나자."

눈을 감은 채 낮은 목소리로 말을 하는 진하의 허스키하고 야릇한 음성이 또다시 선미의 귓가에 울렸다. 자신도 모르게 눈을 감았다. 귓가에 들리는 목소리가 선미의 심장을 자꾸만 요동치게 만들었다. 그래서 눈을 뜰 수가 없었다. 차라리 잠을 더…….

하지만 이미 저만치 달아나 버린 잠은 다시 오지 않았다. 그래서 괜히 손목시계 소리도 크게 들리는 것 같고, 남자의 숨소리는 더 거대하게 들리는 것 같았다.

힘들어하면서도 10분 동안 견디는 선미가 귀여워 진하의 입꼬리가 올라갔다. 어찌 탐하고 싶지 않을까. 이렇게 사랑스러운 여자, 전부인 여자가 옆에 있는데 보기만 해야 하는 게 얼마나 고통스러운지 그녀는 모른다. 소파에서 잠이 들어버린 선미를 곁에 앉아 한참 동안 들여다보았다. 작은 얼굴 안에 눈, 코, 입. 그리고 투명하게 맑은 피부, 뽀얗고 기다란 목선, 가냘픈 어깨. 모든 걸 눈에 넣으며 오래도록 바라보았다.

선미가 깰까 봐 조심해서 안아 들고 침대에 눕혔다. 깊은 잠이 들었는지 선미는 눈 한 번 뜨지 않고 쌕쌕거리며 잘도 잤다. 아까 그렇게 벌벌 떨며 걱정하던 여자 맞나. 남자가 같은 공간에 있는데 잠이 올 수가 있냐고. 이렇게 신체 건장한 남자가 울부짖는 것도 모르고 말이다. 옆에 누인 선미를 날이 새는 줄도 모르고 바라보고 또 바라봤다. 보고 있어도 보고 싶은, 사랑이라는 말로는 부족한 내 여인.

룸서비스까지 시킨 진하는 느긋했다. 주는 거니 먹긴 하지만 선미는 그가 왜 이렇게 여유롭나 의문이 들었다. 출근 시간은 한참 지났는데 기차 타고 빠듯하게 가더라도 오후가 지날 텐데 이래도 되나 싶었다. 자신도 오후에 노래 연습해야 하는데 걱정이 되었다.

하지만 다 이유가 있었다. 진하는 김해 공항으로 가더니 김포까지 단숨에 비행기로 날아왔다. 김포에는 정 기사가 미리 나와서 대기하고 있었다. 모든 일이 일사천리로 진행되며 부산에서 서울을 오전 10시 전에 올 수 있었다.

그 옆에서 선미는 자신과 삶의 방식이 완전히 다른 진하를 보며 더욱 괴리감이 들었다. 평상시 대화할 때는 잘 모르겠는데 이렇게 일상적인 생활 양식을 보면 그와 자신은 굉장한 차이가 있었다. 그의 차에서 진하는 선미를 향해 돌아보았다.

"어디로 가면 돼?"

"00연습실로 가야 돼요."

"방학에도 연습해?"

"저…… 이번에 한국 필하모닉 신년 연주회에 소프라노로 협연하게 되었어요."

그녀의 볼이 살짝 붉어졌다. 민망하다. 어쩌다 보니 그에게 가장 먼저 알리게 된 셈이다.

"그래?"

선미가 살짝 고개를 끄덕이자 진하는 세상에서 가장 진한 미소를 지었다. 그 미소는 정말이지 웬만한 철의 여인도 녹일 만큼 강력했다.

"열심히 해야겠네."

"네. 저 정말 열심히 할 거예요. 기대하세요."

"기대해."

"그리고…… 저 연습 열심히 해야 하니까 자꾸 나타나지 않았으면 좋겠어요."

"그건 안 돼. 들어줄 수 없어."

"그렇게 했으면 좋겠어요. 어차피 우리 서로 바빠서 제대로 보기 힘들잖아요."

"핑계야. 그건 핑계."

진하는 엷은 숨을 내쉬다가 빙그레 웃었다.

"하지만 연습해야 하기 때문이라면 그건 이해해 주겠어. 공연이 가장 중요하니까. 그렇지?"

친절하고 의외로 쿨한 진하의 대답에 선미는 어쩐지 아쉬운 마음이 솟아오르려고 했지만 꾹꾹 눌러 담으며 열심히 고개를 끄덕였다. 두근대는 마음은 이렇게 담아두자. 밖으로 드러내지 말고 물 흐르듯 흘려보내자. 이게 맞는 답이다. 선미는 그의 차에서 내려 꽁무니를 보이며 가는 차를 물끄러미 바라봤다. 호텔에서 있었던 짧은 시간이 그녀의 기억 속에 오래도록 머물렀다.

집에서 옷을 갈아입고 회사로 들어온 진하는 어제 회의에서 계열사들의 단합 문제를 보고받았다. 유진성 유서전기 부회장이 결국 칼을 갈기로 결심하였나 보다. 분명 취임식 때 경고를 주었지만 그게 먹힐 인간이 아닌 것이다. 회장실에서 서류를 보던 진하는 똑똑 노크 소리에 고개를 들었다.

"회장님, 유서전기 부회장님 오셨습니다."

제 발로 여길 왔다? 진하는 고개를 끄덕이고 일어섰다. 곧이어 풍채가 좋고 호상인 남자가 껄껄 웃으며 들어왔다.

"아이고, 유 회장님. 잘 지냈습니까?"

"어서 오십시오."

진하가 손을 내밀자 진성은 그의 손을 꽉 맞잡았다.

"연락도 없이 여기까지 친히 발걸음을 하시고, 감사합니다."

"덜 바쁜 사람이 움직이는 게 당연한 거지. 우리 유진하 회장님 얼굴 본 지도 오래됐고 해서 왔습니다."

진하는 무표정한 얼굴로 소파로 가 앉았다.

"듣자니 어제 약혼식은 취소가 되었다던데."

무슨 말을 할지 대략 감이 와서 진하는 한쪽 입꼬리를 올렸다.

"약혼은 안 합니다. 정략결혼이 제 흥미에 맞지 않아서."

"무슨 소리야. 정략결혼을 꼭 나쁘다고 할 필요 있나. 결혼했다고 해서 여자를 못 만나는 것도 아닌데 뭘."

들어서 알고 있다. 진성은 결혼 후에도 여자들이 끊이질 않아 부인이 속앓이를 한다고 하였다. 여성 편력이 심해 정부도 오래가지 못하고 계속 바뀐다고. 그런데도 부인이 이혼을 못하는 건 여자의 집안이 진성에게 묶여 있기 때문이었다. 유서전기의 실질적인 협력 업체인 강산화학이 진성과 사돈을 맺어 업계에서 치고 올라갔기에 그 자리를 놓고 싶지 않은 것이다.

진성과 대화하면 오래 하지 않았는데도 피로감이 몰려온다. 진하는 양손을 관자놀이에 대고 지그시 눌렀다.

"유진하 회장님."

목소리를 내리깔은 진성의 말에 진하가 눈을 맞추었다.

"취임식 연설은 잘 들었습니다. 저격성 멘트라 더욱 귀에 쏙쏙 박히더이다."

"그랬습니까?"

"어떻게 깨닫게 해주겠다는 건지 기대가 아주 큽니다."

"기대를 해주신다니 기대에 부응해야겠습니다."

"그전에……."

진성은 소파에서 일어서며 진하를 내려다보았다.

"회장직을 오래도록 유지할 수 있는지가 관건일 것 같은데. 결국엔 다 자리 아니겠습니까. 유 회장님이 그런 연설을 할 수 있는 것도 결국엔 다 회장이란 지위 때문에 가능한 겁니다. 그런데 그 회장을 할 수 없다면 모든 게 다 도루묵인 셈이지요."

진성은 야비한 웃음을 지었다. 진하도 소파에서 일어서며 그를 보았다. 다른 이에게는 철저히 감정을 나타내지 않으니 진성은 진하가 무슨 생각을 하는지 파악하기가 쉽지 않았다. 진성은 진하의 표정에서 의중을 파악하기가 힘들어 미간이 찌푸려졌다.

어릴 때부터 진하는 만만한 상대가 아니었다. 자신보다 8살이나 어린 동생이었지만 함부로 할 수 없는 무언가가 있었다. 그게 항상 마음에 들지 않았는데 지금도 풍기는 아우라는 쉽게 범접하기 힘들었다. 더군다나 표정이 드러나지 않은 항상 무표정한 상태인 진하를 보면 차갑다를 넘어서 무섭다는 인상까지 받았다.

"회장이라서 가능하니까 회장일 때 확실히 보여주려고 합니다.

이럴 때 덕 좀 보라고 직권남용이란 말이 생겨났나 봅니다."

목소리마저 단정한 진하에게서 어떠한 꼬투리도 잡을 수가 없어 진성은 그대로 몸을 돌려 나갔다. 한껏 비웃고 겁을 주려고 찾아왔건만 꿈적도 하지 않는 진하에게 도리어 자신만 기분이 나빠져서 돌아가는 꼴이 되었다. 그렇게 날뛸 수 있을 때 실컷 날뛰어. 널 반드시 끌어내리고 말 거니까. 진성이 나가자 진하는 몸을 홱 돌려 인터폰을 눌렀다.

─네 회장님.

"총무실 김영환 실장 들여보내요."

─네 알겠습니다.

김 실장은 진하의 부름이 있고 5분도 되지 않아 회장실을 노크했다. 김 실장이 들어와 꾸벅 인사하자 진하는 고개를 살짝 끄덕여 답례했다.

"지시한 것은 잘되고 있습니까?"

"네. 회장님께서 알아보라고 하신 것을 조사한 결과 예상하신 대로입니다."

진하는 책상에 기대서서 팔짱을 꼈다. 한동안 생각에 잠긴 진하는 다시 김 실장을 보았다.

"유서전기와 뜻을 같이하는 주주들의 사업체로 넓혀갑니다. 영진텔레콤 전 회장, 화신그룹 주 회장을 가장 먼저 알아봐야 합니다."

"네, 회장님. 그런데…… 이주신 회장님과 함께했던 주주들이 유서전기에 힘을 실어주고 있다는 정보를 받았습니다. 아무래도 인사 발령 건에 대한 반발인 것 같습니다."

"그래서요?"

"그 사람들도 함께 조사해야 하는 건지 의문이 들어서요. 이주신 회장님 사람들이라 제가 나서는 게 맞는지 판단이 서지 않습니다."

진하는 김 실장이 마음에 들었다. 진하보다 2살 많지만 오랜 회사 경험으로 실무에 있어서는 따라올 자가 없었다. 그리고 회장 앞이라도 자신의 의견을 당당히 말할 수 있는 배짱도 마음에 들었다.

"김 실장님은 어떻게 하고 싶습니까?"

"네?"

"내 어머니인 선대 회장님의 사람들을 조사하는 것에 대해 어떤 생각인지 물어본 것입니다."

"음, 제 짧은 소견으로는 일에 있어 구분을 두어서는 안 된다고 생각합니다."

"그럼 왜 물어봤습니까. 진행하면 되지."

"전 총책임자가 아닙니다. 회장님이 어떤 의중이신지 모르는 상태에서는 제 개인적인 생각으로 결단을 내릴 수 없습니다."

"하하."

김 실장의 눈이 급히 커지며 진하를 보았다. 유진하 회장이 웃었다. 그것도 육성으로! 진하의 웃음소리를 듣는 게 생시인지 구분이 안 되어 김 실장은 그저 멍하니 바라보았다. 남자가 보아도 멋진 미소다. 한참 웃던 진하가 성큼성큼 걸어와 김 실장 앞에 섰다. 자신보다 키가 큰 회장이기에 김 실장은 살짝 올려다보았다. 진하는 어느새 웃음기를 거두었다. 오늘부로 해고인가.

"지금부터 하는 일은 김 실장님의 생각대로 움직입니다. 다시 말해 내 허락이 필요하지 않다는 말입니다."

"네?"

"일에 있어 공과 사를 구분하는 태도 마음에 듭니다. 내 어머니라도 문제가 있다면 파내는 게 옳다고 생각하는 사람입니다. 그러니까 김 실장님은 우리가 하는 일에 대해 여지를 주지 마십시오. 내게 문제가 있다면 나 역시도 조사 대상이 되어야 합니다."

진하는 손을 내밀었다. 김 실장은 얼떨결에 진하의 손을 맞잡았다.

"난 앞으로 회사를 누군가의 힘의 덕이 아닌 공개 경쟁 체제로 이끌 겁니다. 후계자란 지위가 정해지지 않은, 전문 경영인을 세우는 것도 고려하는 무한 경쟁으로 바꿀 겁니다. 그러기 위해 지금의 고여 있는 썩은 물들을 퍼내고 있는 겁니다."

"네에."

"김 실장님이 나와 같은 생각이라면 우린 앞으로 해야 할 일이 아주 많을 것 같습니다."

회장실을 나온 김 실장은 아직도 얼떨떨한 정신을 깨우려 고개를 세게 저었다. 그리고 닫힌 문을 돌아보았다. 한때 젊은 후계자가 뭘 할 수 있겠냐는 의심을 한 적이 있었다. 고작 부모의 힘으로 올라온 그 자리에서 뭘 얼마나 보여주겠다고 센 척하나 의구심이 들었다.

그런데 이 젊은 회장은 말이 아닌 행동으로 실천하려고 하고 있다. 닫혀 있지 않은 깨어 있는 생각으로 회사를 일으키려고 한다. 다시 고개를 돌려 걸어가는 김 실장의 입가에 미소가 지어졌다. 회사 다닐 맛 나겠어. 앞으로가 더 재밌을 것 같아. 저 젊은 회장 밑에서라면.

제5장 **혼란스러운 마음**

　아무르(Amour) 아르바이트를 끝내고 과외를 마친 선미가 지하철 막차에 몸을 실었다. 방학이지만 학기 중보다 더 바쁜 나날을 보내 피로감은 배로 몰려왔다. 하지만 선미는 요즘 어느 때보다도 행복했다. 협연 연습을 하며 지적을 당하고, 혼날 때도 있지만 그마저도 고마웠다. 의자 등받이에 기대 눈을 감은 선미의 머릿속으로 오늘 하루의 일이 지나갔다.

　아무르에서 홀을 걷다 자신을 부르는 팀이 있다기에 갔는데 그곳에서 민서를 보았다. 처음엔 송민서가 누군지도 몰랐는데 유진하 약혼녀라고 하는 말에 아아, 고개를 끄덕였다. 민서는 같이 온 사람들과 대화를 나누다 선미의 목소리를 듣고는 얼굴을 보고 싶어 요청했다고 한다.

　"여기 자주 오는데 다른 사람들 노래 듣다 그쪽 노래 들으면 꿩장히 다르다는 걸 느껴요. 목소리가 참 좋네요."

민서의 말에 선미는 눈웃음을 지었다.

"감사합니다. 더 열심히 불러야겠네요."

"이름이 뭐예요?"

"진선미입니다."

"진선미래."

같이 온 사람들은 선미의 이름에 히죽거리며 웃었다. 민서는 긴 머리를 한쪽으로 넘기며 싱긋 웃었다.

"혹시 행사도 뛰어요? 연말 행사에 부르고 싶어서요."

"아니요. 행사는 뛰지 않습니다."

선미는 친절하게 웃으며 답했다.

"그래요? 아쉽네요."

민서는 친구들을 보며 말을 이었다.

"이번에 우리 아버지 송년 행사에 부르려고 했거든."

"민서야. 그런 중요한 자리에 아무나 부르려고?"

"얘. 앞에 계신데 그런 말은 좀 조심해."

민서 옆의 여자는 선미를 힐끔 보고 손으로 입을 가렸다. 하지만 전혀 미안하지 않은 얼굴이었다.

"그럼 말씀 나누세요. 전 이만."

다시 고개를 숙이며 인사한 선미는 몸을 돌렸다.

"진선미 씨, 내가 기억할게요. 또 봐요."

민서의 말에 선미는 그녀의 얼굴을 보았다. 진하의 약혼녀가 될 지도 모르는 여자. 머리끝부터 발끝까지 부와 미로 치장한 민서를 보며 선미는 부드럽게 미소를 지었다. 살짝 고개를 숙이고 멀어져

가는 선미를 보는 민서의 눈이 빛났다.

"뭔데? 저 여자가 유명해?"

"아니."

"민서 네가 여자한테 관심을 보일 때가 다 있었나?"

"글쎄. 관심인지 뭔지…… 한번 보려고."

민서는 선미가 시선에서 사라질 때까지 눈을 거두지 않았다. 진하에게 만나는 여자가 있다는 말이 들렸다. 오늘 기사에 진하가 동성애자라고 나온 건 처음부터 믿지 않았다. 민서는 동성애자보단 여자가 있다는 쪽에 더 무게감을 실었다. 하지만 정말로 만나는 여자가 있는 건지는 의문이었다. 일전에 레스토랑에서 그에게 들었던 사랑하는 여자가 정말로 존재했던 것인지 민서는 마음이 급해졌다.

그래서 뒷조사를 하고 수소문한 결과 그가 어떤 여자와 의상실에도 오고 부산 파크 하얏트 호텔에서도 머물렀다는 정보를 얻었다. 그 여자의 인상착의에 대해 듣다 보니 아무르에서 노래를 하는 진선미가 딱 떠올랐다. 왜 민서 자신도 그 여자가 떠올랐는지는 모르겠지만 키 165㎝ 정도에 갈색 커트 머리, 예쁘게 생긴 여자란 말에 당연하게도 선미가 떠올랐다.

그래서 더욱 확인하고 싶어졌다. 저 여자가 정말로 진하가 만나는 여자인지, 아님 그냥 헛소문이었던 건지. 만약 만나고 있는 여자라면 얘기가 달라지니까. 그렇다면 저 여자를 그대로 놔두면 안 되니까.

지하철 안, 감았던 눈을 뜬 선미는 핸드폰을 열어 포털 사이트를 검색했다. 우연히 메인 화면을 보던 선미의 눈이 커졌다.

—유서그룹 유진하 회장, 동성애자 의혹, 주가 하락.

자신이 알고 있는 그 유진하 말인가. 동성애자라니. 누가 이런 말도 안 되는 소문을 낸 건지 선미는 헛웃음이 나왔다.

부산에서 하룻밤을 보낸 뒤 2주째 그와는 연락을 하지 않고 있었다. 선미의 말을 철썩같이 지키는 건지 그는 문자 한 통도 없었다. 뭐라도 보낼까 문자메시지를 누르다가 이제껏 아무 연락도 없었는데 동성애자 기사를 보고서 문자 보내는 것도 웃긴 노릇이라 선미는 다시 핸드폰을 닫았다.

이제 제자리를 찾아가는 거겠지. 진하는 진하의 세상에서, 자신은 자신의 세상에서 그렇게 서로 모르던 사람으로 돌아가는 거다. 아무르에도 이젠 오지 않았다. 더 이상 자신의 목소리를 들으려고 찾아오지 않았다. 선미는 진하가 그사이 아득히 멀어진 것 같아 아쉬운 마음이 튀어나오려는 걸 꾹꾹 누르고 봉했다.

"선미야."

지하철역에 내려 올라오자 선우가 마중 나와 있었다. 선미는 그를 보고 당황한 마음이 컸지만 내색하지 않으려 활짝 웃었다. 그래도 소중한 내 오빠니까. 오래도록 자신을 보살펴 준 사람이니까.

"오빠 오늘 비번이야?"

"그래. 지금 오는 길이냐?"

"응."

둘은 나란히 길을 걸었다. 그새 추운지 선미의 코끝이 빨개졌다.

"넌 진짜 추위를 잘 타는 것 같아."

"그런가? 오늘 좀 춥긴 하네."

몸을 웅크리는 선미를 보던 선우가 입고 있던 파카를 벗어 덮어 주었다.

"됐어! 오빠도 추운데 얼른 도로 가져가."

벗으려고 하는 선미의 어깨를 꽉 눌러 앞으로 향했다.

"난 괜찮아. 근육이 많아서 바람 들어올 곳이 없다."

"그게 말이 되는 소리야?"

"뛰자."

선우는 선미의 손을 잡고 집으로 뛰었다. 그를 따라 뛰는 선미의 눈에 그의 뒤통수가 보였다. 아직 그의 청혼에 답을 하지 못한 채로 시간은 지나갔다. 결론을 내리지 못한 것보다는 말을 할 수 없는 것이 더 컸다. 누구도 상처받길 원하지 않아 선미는 답을 주지 못했다. 이런 남매의 관계마저도 깨질까 봐 그녀는 조심스러웠다.

선우는 무슨 생각일까. 수일이 지났는데 아무런 말이 없는 자신을 보면서 그는 무슨 생각을 할까. 앞서 걸어가는 그의 뒷모습이 선미의 시선을 끌었다. 그래도 언젠가는 답을 줘야 하는데, 이렇게 아무 일도 없었던 사람처럼 겉으로 허허 웃는 것은 제대로 된 해답이 아니었다.

"선재한테 들었다. 연주회 준비로 바쁘다고."

"응. 오빠도 올 수 있으면 꼭 와."

"가야지. 우리 동생 첫 번째 무대인데."

"응."

"이제 그 남자는 안 만나는 거냐?"

앞서가는 선우를 바라보던 선미가 시선을 땅으로 내렸다. 안 만난다고 해야 하나. 그냥 자연스럽게 멀어진 건 아닐까.

"응. 이젠 안 만나. 오빠 말이 맞았어. 그 사람은 사는 세계가 다른 사람이야. 날 다른 사람과 착각했지만 그뿐이야. 그 사람도 이젠 알았겠지. 내가 완전히 다른 사람이란 걸."

선우가 뒤를 돌아 선미를 보았다. 그녀는 활짝 웃었다. 그녀를 빤히 보던 선우가 선미의 머리를 흐트러뜨렸다.

"그래. 네가 그렇게 생각했다니 한시름 놓는다. 들어가자."

먼저 들어서는 선우를 보며 활짝 웃던 선미의 입매가 서서히 내려왔다. 그런데 오빠, 나 그 사람이 보고 싶어. 그냥 너무 보고 싶은 그런 건 아닌데 뭐랄까, 어느 순간 갑자기 생각이 나. 그 사람 얼굴이 아득해져서 잘 생각도 안 나. 그래서 얼굴이 보고 싶어. 그런데 이러면 안 되는 거지. 이젠 기억에서 지워야 하는 거지? 오빠가 싫어하는 그 사람 계속 생각하면 안 되는 거지.

씻고 방에 들어온 선미는 파자마로 갈아입고 이부자리에 누웠다. 핸드폰을 열던 그녀는 갑자기 벌떡 일어났다. 핸드폰을 들어서 본 선미의 눈동자가 커지며 흔들렸다. 선미는 그대로 옷을 갈아입을 생각도 하지 못한 채 점퍼를 걸쳐 입고 방을 나왔다. 모두 자는지 거실은 어두컴컴했다. 조심스럽게 현관문을 열고 나온 선미는 그대로 대문 밖으로 내려왔다.

「집 앞 골목 아래야. 잠깐 나올래? 안 잔다면 말이야.」

문자는 30분 전에 왔다. 이미 갔을지도 모른다. 선미는 저절로 마음이 급해져 골목 언덕을 뛰어 내려갔다. 그리고 차에 기대서서 발끝을 바닥에 톡톡 두드리는 남자를 보며 걸음을 멈췄다. 슈트에 검정 롱코트를 입은 그의 모습에 심장이 빠르게 뛰었다. 한 걸음 한 걸음 다가오자 그도 인기척을 느꼈는지 고개를 들었다. 그리고 차에 기댔던 몸을 일으켜 세웠다.

"오랜만이야."

그의 목소리에 선미는 손으로 입을 막았다. 거친 숨이 나오려는 걸 꼭꼭 가렸다. 뭐라도 말해야 하는데 목소리가 나오지 않았다. 그의 얼굴을 바라보았다. 이렇게 생겼었지. 맞다. 이젠 생각이 난다. 유진하의 얼굴. 잘생기고 멋진 얼굴.

"잘 지냈어?"

선미는 또다시 고개를 끄덕이는 것으로 대답을 대신했다. 시선을 내려 땅을 보고 있는 선미를 보자 진하는 애가 탔다.

"나 좀 봐봐."

그의 목소리에 마법처럼 선미의 고개가 올라갔다. 두 사람의 눈동자가 허공에서 부딪혀 흔들렸다.

"너무 늦었는데 자는 건 아닐까. 그래서 전화를 못하고 문자를 보냈거든. 이렇게 나올 줄은 사실 몰랐어."

진하가 빙그레 웃으며 뛰어오느라 벗겨지다시피 한 선미의 점퍼를 당겨 지퍼를 채웠다.

"춥다. 따뜻하게 입어. 넌 추운 거 싫어하잖아."

진하는 자신이 말하고도 잠시 멈칫했지만 다시 미소 지었다.

"얼굴 봐서 좋다. 이제 갈게. 잠깐 얼굴만 보려고 온 거야."

"유진하 씨."

겨우 목소리가 나왔다. 선미는 진하의 옷깃을 손끝으로 잡았다.

어떡해. 이 남자가 좋다. 너무 좋다. 그가 가는 게 싫다.

"벌써 가요?"

무의식적으로 나온 말에 선미 자신도 놀라 눈을 크게 떴다. 그리고 들킬까 봐 얼른 그의 시선을 피했다.

"아니…… 오랜만에 봤는데 사람이 나오자마자 간다고 하니깐……. 있죠, 나 추워요."

오래도록 선미를 바라보던 진하가 그녀의 손을 끌어 조수석에 앉혔다. 마주 보고 앉아 서로의 얼굴을 바라보는데 그의 시선이 절대 가볍진 않았다. 하지만 선미도 시선을 떼지 않았다. 눈을 똑바로 떠 바라보았다. 이렇게 생긴 사람이란 걸 머릿속에 각인시키기라도 하듯 이목구비 하나하나를 자세히 관찰하였다.

"자다 나온 거야? 옷차림이 파격적이네."

미소를 머금은 그의 말에 선미는 자신의 옷매무새를 급히 내려다보았다. 파자마 차림에 점퍼를 입은 자신의 모습이 영 마음에 들지 않았다. 아무리 급히 나왔다고 해도 남자 앞에서 이런 차림이라니.

"자려고 누웠는데 문자를 봤어요."

"다음부턴 한 시간은 기다릴 테니까 한겨울에 발목 드러내며 나오지 마. 내가 못 보겠어."

"갔을까 봐……. 유진하 씨가 말도 없이 갔을까 봐 급히 나왔어요."

진하는 조금 놀란 눈으로 바라보다 이내 선미의 머리를 당겨 품에 안았다.

"그거 굉장히 기대하게 만드는 말인데?"

그의 품이 따뜻해 선미는 저절로 눈을 감았다.

"진하 씨 품이 따뜻하네요."

"말했잖아. 나 따뜻한 사람이라고."

선미는 살짝 고개를 끄덕였다. 따뜻하다는 단어와는 거리가 멀어 보이는 사람이지만 그녀는 그의 말을 신뢰하였다. 그는 따뜻했다.

"기사 봤어요. 동성애자라면서요."

"아."

진하는 어이없는 미소를 짓더니 안았던 팔을 풀고 선미의 손을 당겨 제 심장에 얹었다.

"이런 사람이 동성애자 같아?"

그의 심장은 쿵쿵쿵 빠르게 뛰고 있었다. 당겨온 선미의 손을 놓지 않고 계속 제 가슴에 대었다.

"날 미워하는 사람이 낸 기사 같은데 뭐 너그러이 넘어가 주려고. 내가 아니면 되니까."

"그래도…… 회사 주식이 많이 떨어졌다는데."

"괜찮아. 이런 기사는 가십성이라 금방 사라지니까 걱정 안 해. 약혼이 파투 난 것을 두고 나온 추측성 기사거든. 그리고 내가 동성애자가 아닌 건 너만 알아주면 돼."

"그게 무슨 말이에요. 제가 알아서 뭘 어쩐다고. 다른 사람이 알아야죠."

"너만 알면 돼. 너만 오해하지 않으면. 그래서 이 밤중에 찾아온 것도 있어. 혹시나 오해하고 있을까 봐."

"진하 씨도 참……. 그런 오해하지 않으니까 걱정 마세요."

진하의 눈빛이 뜨거워 선미는 도저히 마주 보고 있을 자신이 없었다. 그대로 타버릴 것 같았다. 그리고 제 심장은 더욱 빠르게 뛰었다. 심장 소리가 들릴 것만 같다.

"내 마음에 있는 사람이 다른 생각을 하는 건 견딜 수 없어. 그게 어떤 생각이든, 나랑 같은 생각을 하길 원해. 조금이라도 틈이 생기는 건 싫어."

"유진하 씨."

"당신은 보름 동안 연락도 없이 지내니 어떻던가. 내가 보고 싶진 않았어? 그냥 아무런 느낌도 없었어?"

선미는 진하의 갈구하는 눈빛을 물끄러미 보았다.

"진하 씨는요?"

"나야 보고 싶어 미치는 줄 알았지. 하지만 꾹 참았어. 정말로 꾸욱. 손톱에 피멍이 맺힐 정도로 누르고 참았어."

"저도 보고 싶었어요."

선미는 시선을 살짝 내렸다. 어쩐지 부끄러워져 눈을 마주할 수 없었다.

"얼굴이 생각나지 않더라고요. 그래서 얼굴이 보고 싶었어요."

"그럼 연락하지. 얼굴만 보여달라고. 난 네 연락 오기만 기다리고 있었는데."

진하는 빙그레 웃으며 선미의 머리카락을 귀 뒤로 넘겨주었다. 그의 손길이 귓가에 닿자 또 화끈거렸다. 이거 왜 이러냐. 왜 손길이 닿기만 해도 열이 오르냐고. 선미는 자신도 모르게 입술을 깨물었다.

"입술 빨개졌다. 깨물지 마."

진하가 선미의 아랫입술을 손으로 눌러 핏기를 뺐다.

"키스하고 싶어지잖아."

선미는 급히 입술을 손으로 가리며 방어하였다. 그 모습이 귀여우면서도 야속해 진하는 그녀의 볼을 살짝 잡아당겼다.

"연습은 잘돼가?"

"네."

"열심히 해서 꼭 멋진 모습 보여줘."

"그럴 거예요."

겨우 눈을 들어 그의 얼굴을 보았다. 그런데 이상하게 진하의 얼굴색이 좋지 못했다. 선미는 그의 얼굴을 바라보면서 안색을 살폈다.

"어디 아파요?"

"아니. 왜?"

"아픈 사람 같아서."

진하는 빙그레 웃으며 선미의 볼을 쓸었다. 그리고 그녀의 손을 꼭 잡았다. 하얗고 가느다란 손가락을 훑으며 진하는 무슨 생각을 하는지 한참이나 생각에 잠겼다. 선미는 그저 그의 얼굴을 보며 나올 말을 기다렸다.

"예전에 남산에서 슈베르트 아베마리아에 대해서 얘기했던 것 생각나?"

"소녀의 기도요?"

"그래. 아버지의 죄를 대신해서 빌었다는 이야기."

"당연히 알죠. 그런데 그게 왜요?"

"만약 소녀의 아버지가 너한테 차마 용서받지 못할 죄를 지었는데 소녀가 기도를 해. 용서해 달라고. 아니, 용서를 바란다기보다는 자신에게 대신 벌을 달라고. 그렇다면 넌 그 소녀를 용서해 줄 수 있어?"

선미는 잔잔한 그의 목소리에 귀를 기울였다. 갑작스러운 이야기지만 그녀는 진지하게 들어주었다. 그를 바라보던 선미가 살짝 미소를 지었다.

"전 소녀를 그렇게 기도하게 만든 아버지를 미워할 거예요. 아버지가 얼마나 부모 노릇을 못했으면 자식이 대신 죄를 빌어요."

"……."

"소녀를 미워하고 싶지 않아요. 소녀는 아무런 죄도 짓지 않았잖아요. 너무 불쌍해요."

"아니지. 그런 아버지 밑에서 태어난 게 죄야. 선택할 수 없는 일이었다고 해도 그런 아버지와 같이 살아온 게 잘못이야."

"진하 씨는 그 소녀를 용서할 수 없어요?"

진하는 선미를 빤히 바라보았다. 차마 씻지 못할 짓을 저지른 아버지를 용서할 수 있냐고 묻는가. 아니면 그 딸인 소녀를 용서하라는 건가. 둘 다. 나는 그 둘 다 용서하지 못할 거야. 죄를 저지른 아버지와 함께 그런 아버지를 묵인한 소녀 역시 용서할 수 없어. 하지만 아버지 대신 자신에게 벌을 주라고 기도하는 거라면 그건 들어줄 수 있을 것 같아. 소녀가 대신 벌을 받길 원한다면 그 기도는 들어주시겠지. 지금의 나처럼.

진하의 눈동자가 흔들렸다. 선미는 잡은 손에 힘을 주었다. 그가 아파하고 있다. 무슨 이유 때문인지는 모르겠지만 고통을 받고 있다.

"무슨 일이에요."

"아무것도."

그는 미소를 짓고 있지만 울고 있었다. 겉으로 드러나지 않을 뿐 그는 숨죽여 눈물을 흘리고 있었다. 유난히 갈피를 잡지 못하는 그의 표정에 선미는 심장이 사르르 아파왔다. 그의 슬픈 얼굴이 가슴 아팠다. 깨달았다. 심장이 이렇듯 뛰고, 얼굴이 보고 싶은 것, 그의 괴로움이 제 일처럼 속상한 이유, 그건 그를 사랑하기 때문이다. 아무르(Amour)에서 처음 본 그때부터 약하게 뛰던 심장의 출처는 바로 그 때문이었다. 첫눈에 반한 건지는 모르겠지만 그가 좋았기 때문에 여태 이 말도 안 되는 만남을 유지하고 있는 것이었다. 말도 안 되는 감정을 접으려고 했지만 이렇게 그를 다시 보자마자 불쑥 튀어나오고 말았다. 도저히 마음을 숨길 수 없을 만큼 그에 대한 감정이 커져 버렸다.

"진하 씨, 내가 한번 안아줘도 돼요?"

선미는 그의 대답을 듣기도 전에 진하의 목에 팔을 두르고 안았다. 마치 어미가 아기를 안는 것처럼 그의 몸을 품 안에 감싸며 등을 토닥여 주었다. 그는 그대로 얼음처럼 머물러 있었다. 움직임 없이 선미의 손길을 느끼며 눈을 감았다.

"슬퍼하지 말아요. 당신이 슬픈 것 싫어요."

"미안. 나도 이러려고 온 게 아닌데."

"진하 씨의 고통을 전부 알아줄 순 없겠지만 힘들 땐 언제든지 말해요. 잘 들어줄게요. 내가 성모 마리아는 아니기 때문에 대신 간구할 수는 없지만 위로는 해줄 수 있어요."

"고맙네. 위로해 줄 생각을 다 하고."

"몰랐나 본데 나 상담 전문이에요. 사람들이 그렇게 저랑 대화 좀 하고 싶어서 안달을 낸다니까요."

"앞으로도 종종 찾아올게."

"언제든 환영입니다."

선미의 활기찬 목소리가 진하의 심장을 울렸다. 널 어쩌면 좋을까. 모든 사실을 알게 되었을 때 아무것도 모르고 지내온 세월을 얼마나 원망할까. 날 얼마나 증오할까. 스스로를 얼마나 미워할까. 진하는 그녀에게 너무 미안해서, 사실을 알고 충격을 받을 그녀가 너무 안타까워서 숨이 멎을 듯 먹먹해졌다. 진하의 복잡한 표정에 선미는 부드러운 미소를 지었다. 이렇게 아름다운 미소를 가진 여자를 울릴지도 모른다는 생각에 명치끝이 아렸다.

혼자 올라가겠다고 했는데도 진하는 한사코 따라왔다. 잠깐 사이에 나쁜 놈이 채가면 어쩌냐면서, 그녀의 손을 꼭 잡고 언덕을 올랐다.

"나 이제 매일 전화한다."

선미는 두근거리는 심장 소리 때문에 고개만 살짝 끄덕였다.

"보름 정도 참아보려고 했는데 도저히 안 되겠어. 아주 잠시 널 잊어볼까도 생각했는데 택도 없는 생각이더라고. 널 잊는다는 것 자체가 어불성설이었어."

"당연하죠. 제가 그렇게 쉽게 잊힐 외모는 아니잖아요."

"맞아. 정말 눈을 감는 순간까지 생각나더라."

"어머! 그 정도일 줄은 몰랐네요. 상사병은 안 걸리셨어요?"

"상사병보다 더 무서운 참을병이라고 들어는 봤니? 참느라 죽는 줄 알았다."

뭘 참는다는 말일까. 선미는 남자의 말뜻을 알 것도 같아 일부러 대답하지 않았다. 하지만 어쩐지 얼굴이 붉어지는 것이 자꾸만 요상한 생각을 하게 만들었다. 선미의 집 앞에서 진하는 그녀를 내려다보며 얼굴에 묻은 머리카락을 떼어주었다.

"키스해도 되나?"

반응이 금방 온다. 선미의 얼굴이 급격히 붉어지며 얼굴을 이리저리 돌렸다. 지나다니는 사람은 없었다. 주위를 살피는 그녀의 모습이 진하가 보기에 참 예뻤다.

"싫다는 말은 안 하네."

억울한 표정으로 그를 올려다보던 선미는 살짝 고개를 끄덕였다. 그의 손이 선미의 얼굴을 감쌌다. 그리고 허리를 끌어당겨 붉은 입술에 제 입술을 내렸다. 따뜻한 감촉이 서로의 몸을 녹여주었다. 그녀의 입술에 머물렀던 그의 입술이 더욱 깊이 파고들었다. 물컹한 혀가 선미의 입안을 휘저으며 맞물렸다. 먹어버릴 것처럼 강렬하게 잡아당기던 그는 스르륵 입술을 떼었다.

선미의 거친 숨소리가 붉어진 얼굴과 함께 쏟아졌다. 그는 다시 그녀를 취했다. 선미는 그의 온기를 느끼며 옷자락을 움켜잡은 채 입술을 받아들였다. 온몸을 짜릿하게 만드는 전율이 그녀의 발가락 끝까지 힘을 주게 만들었다. 서로의 눈동자는 별빛처럼 빛났고 누구라고 할 것도 없이 다시 입술이 찾아왔다. 오래도록 키스를 하던 진하가 서서히 선미의 얼굴에서 손을 내렸다.

"이대로 가다간 길 위에서 끝을 볼지도 모르겠다. 그만할게."

"허술한 놈 아니라고 하더니, 길 위에서 본능을 따랐네요."

"괜찮아. 아무도 없으니까."

진하의 웃음소리가 낮게 들렸다. 선미는 여전히 붉어진 얼굴로 그를 바라보았다. 그녀의 눈동자가 촉촉하게 빛나고 있었다.

"사랑해. 선미야."

진하는 갈 곳을 잃고 방황하는 선미의 눈을 다정하게 바라보며 빙그레 웃었다. 내 여인. 내 영혼. 사랑한다.

"늦게까지 붙잡았다. 얼른 들어가. 잘 자고."

진하는 그녀에게서 등을 돌려 언덕을 내려갔다. 선미는 오래도록 그가 보이지 않을 때까지 바라보았다.

샤워를 하고 나온 진하는 잔에 양주를 꺼내 따르고 얼음을 넣어 창가로 와 섰다. 혼란스러운 마음으로 선미를 찾아갔고 고통을 받았고 두려웠고 절망했지만 그녀를 보며 마음을 다잡았다. 원래 생각했던 대로 그녀를 위해서라면 제 고통쯤은 사뿐히 무시해 줄 수 있었다. 그게 선미를 사랑하는 제가 감당해야 할 몫이었다. 지난 보름 동안의 잔상이 그의 눈앞에서 스쳐 지나갔다.

진하는 부산에서 올라온 뒤 곧바로 선구, 선재를 불렀다. 정 기사가 손수 그들을 데려와서 회장 전용 엘리베이터에 태웠다. 그들은 진하가 부를 것을 알고 있었는지 차분한 얼굴로 그를 보았다. 선재와 선구는 회장실에서 마주한 진하를 보자 그가 정말로 유서그룹 회장임이 실감났다. 그들은 앉으라는 진하의 말에 소파로 가서 나란히 앉았다.

"내가 왜 부른지는 알고 있지?"

"네."

"말해봐. 어떻게 된 일인지. 너희 모두 보육원 화재에서 살아난 것이 맞아?"

그들은 잠시 주저하다가 고개를 끄덕였다. 그러더니 진하에게로 시선을 돌렸다.

"정선호는 그날 일에 대해 아무런 말도 해주지 않아서 니들을 부른 거야. 나도 이젠 알아야겠다. 선미를, 아니, 연우가 왜 그렇게 된 건지, 그때 도대체 무슨 일이 있었던 건지 들어야겠어."

"저희도 자세한 건 몰라요. 선우 형이 불이 난 집에서 정신을 잃은 저희와 선미 누나를 꺼내온 것 빼고는. 불이 어떻게 난 건지 나머지 사람들이 어떻게 됐는지는 나중에 뉴스를 통해서 알게 됐어요."

"선미 누나는 처음부터 정신을 잃은 상태였어요. 그리고 깨어났을 때는 아무것도 기억하지 못했고요. 자신이 누구인지, 이름이 무엇인지, 부모가 누구인지 전혀 몰랐어요."

"왜 선미에게 사실을 말해주지 않았지?"

사실 제일 궁금한 말이었다. 화재 사건이야 진하가 다른 방법으로 알아보고 있으니 이들에게 묻지 않아도 되었다. 이들에게 묻고 싶은 것은 단 한 가지였다. 왜 연우를 속였는지.

"선우 형이 그러자고 했어요. 보육원이 불타 없어진 것을 알게 되면 얼마나 슬프겠냐고, 부모님이 그렇게 돌아가셨다는 것을 알리고 싶지 않다고 했어요. 저희도 동의했고요."

"형…… 아니, 회장님, 누나에게 사실을 말해주지 않은 건 분명 잘못한 일이지만 저흰 한 번도 후회한 적 없어요. 지금도 마찬가지고요. 누나는 지금 충분히 행복해요. 과거의 끔찍했던 사건을 떠올리지 않아도 되고, 하고 싶은 일 하면서 잘살고 있어요."

"누가 그래. 선미가 행복하다고. 그냥 니들이 그렇게 믿고 싶은 거 아냐? 니들 포함 정선우까지 선미를 막연하게 가두고 싶었던 것 아니냐고. 기억하지 못하는 여자를 보면서 내심 뿌듯했나. 아무것도 모르니까 행복할 것이라고."

"아뇨. 그건 정말 아닙니다."

"너희는 선미에게 못할 짓을 했어. 선미는 부모가 자신을 버린 줄로 알고 살고 있어. 니들을 거둬주셨던 원장님과 사모님을 세상에 둘도 없는 나쁜 사람으로 만들었다고."

진하의 말에 선재와 선구의 눈빛이 흔들렸다. 정말 그 생각은 하지 못했던 것 같다. 항상 밝은 선미를 봤기 때문에 누나가 그런 생각을 하고 있으리라고는 상상도 못했다. 그들의 고개가 아래로 숙여졌다.

"그런데 내가 정선우를 찾아가서 따지지 못하는 건, 니들에게 화를 내지 못하는 건 나는 그 세월 동안 아무것도 하지 않았는데 너희는 선미에게 아낌없이 사랑을 줬기 때문이야."

그들의 고개가 다시 들어졌다. 진하는 굳어 있던 표정을 푸르고 이마를 쓸어 올렸다.

"사실 내가 가장 나쁜 놈이지. 너희를 죽은 사람으로 생각하고 찾지도 않았으니까."

"그건 어쩔 수 없는 일이었죠. 세상 사람 모두 저희가 죽은 줄로만 알았으니까요."

"너희는 추모원에 가봤어?"

"아뇨."

선재가 고개를 저었다.

"저희도 차마 발길을 할 수 없어 한 번도 가지 않았어요. 누나도 속였는데 저희끼리만 추모원에 가는 건 정말 못할 짓이었으니까요. 그냥 선우 형만 가끔씩 찾아갔던 것 같아요."

진하는 가슴이 답답해져서 소파에서 일어서 창가로 왔다. 이들도 그저 선우가 하자는 대로 했을 뿐이다. 어린 나이였던 이들은 선우를 절대적으로 따를 수밖에 없었다. 이들을 잘못했다고 할 수도 없는 일이었다.

"누나가 만나고 있는 사람이 진…… 아니, 회장님이라는 게 참 다행이에요."

진하의 고개가 돌아갔다. 선재와 선구도 서서 그를 보았다. 더 이상 어린 꼬마가 아닌 키가 저만큼 커버린 다 큰 어른들이었다.

"누나 정말 고생하면서 저희를 키웠어요. 선우 형도 말할 것 없지만 선미 누나는 정말 저희 사춘기까지 신경 쓰면서 부모 없는 고아라는 말 듣지 않게 하려고 엄청 노력했어요."

"그런 누나를 아껴주는 사람이 회장님이라서 참 마음이 놓입니다. 그리고 그 사람이 저희가 알고 있었던 그 유진하여서 더욱 좋고요."

그들은 활짝 웃으며 고개를 숙였다. 정말 미워할 수가 없는 애들이구나. 이러니 선미가 예뻐할 수밖에. 진하는 잠시 그들을 보며 행복 보육원의 풍경이 떠올랐다. 한결같이 선한 사람들을 보니 저절로 마음이 편해졌다.

"니들 허락 받아가면서 만날 생각 없다."

"어, 아직 잘 모르시는 것 같은데 저희 동의 없으면 누나 만나지 못합니다. 저희가 결사반대할 거거든요."

그들은 빙그레 웃으며 다시 한 번 고개를 숙여 인사했다.

"선미 누나 잘 부탁합니다."

"오늘 날 만난 건 선우랑 선미에게 비밀로 했으면 한다."

"무덤까지 가져가야죠."

선재, 선구는 입술에 손가락을 대며 눈을 찡긋했다. 그들이 회장실을 나가고 혼자 남은 진하는 선미가 그리웠지만 연습에 방해된다는 말에 억지로 핸드폰을 내려놓았다.

정 기사에게 극비에 알아보라고 했던 내용은 생각보다 빨리 진하에게 알려졌다. 오후 업무를 보고 있는데 정 기사가 올라와 봉투를 내밀었다.

"회장님, 현재까지 지시한 것을 알아본 내용입니다."

진하는 서류 봉투 안 내용에 불안한 마음이 들어 정 기사를 보았다.

"특이사항 있습니까?"

"회장님께서 짐작하신 것처럼 과거 행복 보육원 화재는 단순 전기 누전에 의한 화재가 아닌 것이 확실합니다."

"그럼 정말로 방화라는 말입니까?"

"네. 그 해의 자료를 찾으면서 알게 된 점은 경찰의 공식 발표가 국과수 결과 전에 났다는 것입니다. 누군가의 압력이 들어갔을 가능성이 큽니다."

"압력?"

"그리고 보육원 식구들의 신원도 제대로 확인하지 않고 성급하게 발인과 안치를 진행한 것 같습니다. 마치 무언가를 덮으려고 한 것처럼 말이죠."

그건 맞는 말이다. 추모원에 있는 연우의 사진을 보면 알 수 있다. 이렇게 버젓이 살아 있는데 영정사진이 있는 우스운 상황. 그때 주신은 연우도 있다고, 확인했다고 했다. 어머니 본인도 모르고 있었으면서. 연우가 살았는지 죽었는지도 모르고 있었으면서. 아니, 당연히 죽었다고 생각했겠지. 살아 있을 거라고 생각하고 싶지 않았겠지. 그렇게 해서라도 내가 마음을 다잡는다면 거짓말이라도 해서 알리고 싶었겠지.

진하는 주먹을 세게 그러쥐었다.

"회장님은 의식을 잃고 헤매던 때라 잘 모르실 수도 있는데 그 당시 유서그룹 내에서 이주신 회장님과 유건명 유서전기 부회장님 간의 기 싸움이 상당했습니다. 아마 두 사람의 싸움이 보육원에로 불똥이 튄 게 아닌가란 생각이 듭니다. 오인수 원장님의 주식 5퍼센트."

"알고 있습니다."

진하는 말을 하다 말고 가슴이 답답해져 일어서 창가로 갔다. 오인수 원장님의 주식은 그렇게 주신에게로 갔다. 행복 보육원이 없어졌으니 유재명 회장의 제1상속자로서의 권리는 당연히 살아 있는 배우자에게 있었다. 그리고 그 주식은 지금 진하에게 있다.

"그리고 회장님께서 은밀히 부탁하신 분께 들은 바로 한 가지 더 알게 된 것은 방화를 직접 주도한 사람이 지금 신진회 회장 조영만이라고 합니다. 확실하진 않지만 행복 보육원 근방에서 CCTV에 찍힌 것을 복원한 결과 그렇게 나왔답니다."

진하의 잘생긴 미간이 구겨졌다. 한 집안으로도 모자라서 조폭의 손을 빌려 일을 진행했다니. 그 배후가 누구인지 생각하는 것 자체가 숨쉬기 힘들 정도로 갑갑했다. 머릿속에서 자연스럽게 지목하는 사람은 단 한 명이었다.

"그럼 정말로 어머니가……."

진하는 마음이 무거웠다. 행복 보육원 화재에 제 집안이 연관되어 있고 그 중심이 제 어머니란 말은 정말이지 치명적이고 괴로운 일이었다. 제발 다른 사람이 그랬기를 바라지만 정황상 주신이 그랬다고 해도 전혀 이상하지 않을 말이었다.

그는 심장을 죄어오는 고통에 자리에 앉아 있지 못하고 회장실을 서성였다. 그러니까 지금, 연우의 부모님과 아이들을 그렇게 만든 것이 제 집안이고 그 아들은 그것도 모른 채로 16년을 살아왔다는 말이다. 주신을 지나치게 믿은 것이다. 그래도 아들이 사랑하는 여자의 집인데 이 정도로 무서운 일을 저지를 사람이라고는 생각하지 못했다. 연우의 원수는 바로 자신이었다. 그녀를 그리 힘들게 만든 사람은 바로 그 집안의 아들인 유진이었다.

"확실하진 않습니다. 이주신 회장님께서 했다는 증거는 어디에도 없습니다."

"달리 누가 있겠습니까. 행복 보육원을 평소에도 경멸하던 분인데. 하, 웃긴 게 뭔지 아십니까? 어머니가 했을 수도 있다는 사실이 전혀 놀랍거나 뜻밖이지 않다는 겁니다. 그런 끔찍한 일을 저지른 사람이 어머니일 수도 있다는 걸 인정하는 내 스스로가 참 싫습니다. 내 어머니가…… 내가 사랑했던 사람들을 아무렇지도 않게 해칠 수 있는 사람이라는 게 힘들어요. 독하고 무섭고, 잔인한 사람이 내 어머니라는 게 견딜 수가 없어요."

"회장님, 확실한 건 아무것도 없습니다. 좀 더 알아보고 있으니 너무 자책하지 마십시오. 그 잘못이 회장님께 있는 건 아니지 않습니까."

정 기사가 나가고 나서도 진하는 황폐해진 마음을 누르지 못해 미친 사람처럼 회장실을 서성였다. 내게 책임이 없나. 그런 상황으로 몰고 간 내 책임은 정말 아무것도 없나. 인정하기 싫지만 사실은 그 책임에서 자유로울 수 없다는 걸 알기 때문에 더욱 괴로웠다.

선미의 얼굴이 미치도록 보고 싶은데도 찾아가지 못하는 건 차마 그녀의 얼굴을 볼 수 없는 죄인이기 때문에, 짐승보다 못한 짓을 저지른 사람의 자식이기 때문에, 감히 그녀를 만질 수 없는 원수이기 때문이었다. 이 모든 걸 선미가 알게 된다면 대체 자신을 어떻게 볼까. 그녀의 원망 어린 눈빛을 생각하기만 해도 심장에 통증이 생겨 숨을 쉬기가 힘들어졌다.

하지만 보고 싶다. 그녀가 너무나 보고 싶었다. 사랑이란 말로는 부족한 여자가 머릿속에서 떠나지 않고 눌러앉았다. 그 여자는 진하의 심장을 요동치게 만들고, 아프게 만들고, 다시 찾아올 수밖에 없음을 깨닫게 만들었다. 결국 불빛을 보고 달려드는 불나방처럼 심장이 아플 걸 알면서도 그녀에게로 갈 수밖에 없었다.

그렇게 갈팡질팡하는 마음으로 보름을 보낸 그는 오늘 자신이 동성애자라는 기사가 터져 더욱 힘든 하루를 버텨냈다. 진성에게서 흘러나온 기사라는 건 보지 않고도 알 수 있었다. 익명의 제보자라는 말에 그는 헛웃음이 터졌다. 솔직해도 좋은데, 그냥 툭 까놓고 그 자리 갖고 싶다고 도전하는 것이 차라리 나은데 이렇게 치사한 방법으로 사람의 신경을 뒤흔드니 진하의 심기가 좋을 리 없었다. 그냥 넘기려고 해도 도저히 그냥 있을 수가 없다. 이젠 제대로 본보기를 보여줘야 할 때가 온 것이다.

하루 종일 동성애 기사로 시끄러운 회사에서 차분히 업무를 진행하던 진하는 퇴근하면서 자신도 모르게 연우의 집 앞으로 와버렸다. 이미 자정이 훌쩍 넘은 시각에 회사에서 나와 차를 몰고 가다 보니 도착한 곳은 그녀의 집이었다. 그리고 홀리듯 문자를 보냈다. 다른 생각은 떠오르지 않았다. 보름 만에 본 선미는 여전히 아름다웠고 진하를 떨리게 만들었다. 이토록 한 여자에게 마음을 쏟는 자신을 돌아보며 진하는 결심했다. 모든 것을 제자리로 돌릴 것이라고, 고통받는 건 제가 할 테니 부디 이 죄인의 아들의 기도를 들어달라고.

선미의 입술을 오랫동안 머금으면서 그 숨결을 느낄 수 있는 것에 감사를 드렸다. 살아서 제 곁에 모습을 드러낸 그녀를 다시 볼 수 있게 해준 것 자체에 감사를 드렸다.

제6장 드러나는 진실

컴퓨터에서 자료를 출력한 선우는 미간을 찌푸렸다.

―유서그룹과 연계된 조폭 신진회. 16년 전 대부업계로 발을 들이고 어느 순간 괄목할 만한 성장을 보여 업계 1위로 올라갔다. 그렇게 성장할 수 있었던 것은 유서그룹의 자금이 들어갔기 때문임. 신진회는 현재 유서그룹 외에 정재계 인사들의 뒤도 봐주고 있음. 현재 신진회 회장 조영만은 서울 지역을 총책임하고 있음. 경기도 여주 대저택에 머물고 있음.

선우는 종이를 곧장 분쇄기로 가져가 갈았다. 그의 주먹에 잔뜩 힘이 들어갔다.

"조금만 기다려라. 곧 탈탈 털어줄 테니까."

선우는 지금의 순간을 위해 경찰이 되었다. 보육원 화재 사건을 파헤치고 관련자들을 처벌하기 위해서 갖은 고생을 하며 지금의 자리에 올랐다. 선우가 조사하여 알아본 바로는 16년 전 거짓된 경찰 발표를 지시한 것은 이주신 회장이 맞았다. 청장실에서 개인 금고 비밀번호를 가까스로 푼 선우는 그 안에서 16년 전 행복 보육원 화재 사건에 대한 각종 자료들을 보았다. 유서그룹이 국과수 부검 전에 서둘러 발표하도록 모종의 거래가 오고 간 것들이었다. 이 자료가 밝혀지면 경찰 조직뿐만 아니라 거대한 유서그룹도 무사하진 못할 것이었다. 당장 언론사를 찾아가려던 선우는 그 안에서 작은 사진을 발견하였다.

행복 보육원 화재 당시 주변 CCTV 화면에 찍힌 얼굴. 밤중이고 화질이 좋지 않아 또렷이 보이지 않았다. 청장은 이전부터 나름대로 조사를 했나 보다. 그 얼굴을 컴퓨터로 분석한 결과 신진회 조영만으로 나왔다.

청장은 무슨 생각으로 이걸 조사하고 있었을까. 아무도 관심을 갖지 않는 행복 보육원 화재 사건을 청장이 비밀리에 조사하고 있었다. 선우는 비밀금고에 담긴 자료들을 보며 고개를 갸웃거렸다. 어쨌든 지금은 확실한 물증이 없고, 일개 형사 나부랭이의 말은 힘이 없었기에 선우는 잠시 숨을 죽이기로 했다. 대신 신진회 조영만에 대해 제대로 조사해 보기로 했다. 가뜩이나 대부업에 대한 여론의 시각이 좋지 않기 때문에 걸고넘어질 명목은 충분했다.

종이를 분쇄기에 갈아버린 선우는 제자리로 돌아왔다. 때마침 내선 전화가 울렸다. 2번. 2번은 청장실이었다. 선우는 잠시 머뭇거리다가 전화를 받았다.

"네, 청장님."

[잠깐 내 방으로 오지.]

청장은 그 말만 내뱉고 끊었다. 한동안 멍하니 수화기를 들고 있던 선우는 곧 청장실로 향했다. 문 앞에서 심호흡을 한 후 노크를 하였다. 아무리 같은 청에서 있다 해도 청장을 보는 건 극히 드물고 직접적인 대화는 거의 한 적이 없었다. 그래서 긴장되는 건 어쩔 수 없었다.

"앉게."

청장은 소파에 앉아 선우에게 손짓했다. 맞은편으로 와 앉은 선우는 청장을 마주 보았다.

"부르셨습니까."

선우를 빤히 보던 청장은 옆에 있던 서류를 집어 그의 앞에 내밀었다.

"난 곁가지 치는 걸 좋아하지 않으니 바로 본론으로 넘어가지. 정선우 경위, 몰래 내 방에서 자료를 빼갔더군."

선우의 얼굴이 급격히 굳어지자 청장은 다시 입을 열었다.

"흥미로운 사람이란 말이지, 자네. 16년도 지난 사건을 파헤치고 있으니 말이야."

"……!"

"행복 보육원 화재 사건이 궁금한가? 그래서 몰래 내 방에서 자료를 훔쳐봤나?"

청장이 무슨 생각을 하는지 얼굴 표정만으로는 알 수가 없었다. 선우는 등골이 서늘해져서 어깨를 곧게 폈다. 이왕 이렇게 된 것 궁금한 점을 물어볼 수밖에 없다.

"저야말로 궁금합니다. 청장님께서 왜 그 사건을 알아보고 계시는지요."

"난 그 사건과 관련이 있는 사람이니까."

선우의 시선이 청장을 향했다. 자신을 주시하는 청장의 눈동자는 강인하고 꺼릴 것이 없었다.

"자네는 이 사건을 왜 다시 뒤적이는 건가. 이 화재와 관련되어 있나?"

선우의 주먹에 힘이 들어갔다.

"네. 관련 있습니다. 그리고 그 화재 사건이 조작되었다는 사실도 저는 알고 있습니다. 그 화재는 전기 누전이 아니라 방화가 원인입니다."

한참 만에 선우의 입에서 나온 말에 청장은 고개를 끄덕이며 숨을 길게 내쉬었다.

"여쭤보고 싶은 게 있습니다. 왜 16년 전 경찰 발표가 온통 거짓인 겁니까. 청장님도 그 사건과 관련이 있다고 하셨으니까 말씀해 주십시오. 누구의 지시입니까. 유서그룹입니까?"

"그땐 나도 자네처럼 경위였으니까 경찰 발표에 관여할 자격이 없었어. 경찰 발표가 거짓이라고 해도 그걸 바꿀 힘이 없었지."

"그럼 뭡니까. 왜 이제 와서 그 사건을 알아보는 겁니까."

청장은 선우를 주시하며 눈을 빛냈다. 단번에 사람을 제압하는 눈빛이었다.

"내가 하는 일을 자네에게 시시콜콜 밝힐 이유는 없지. 안 그런가. 하지만 한 가지는 말해주겠네. 나 역시 16년 전에 같은 의문을 품었고 심지어 사건 현장에서 방화의 흔적도 발견했어. 자네처럼 한창 의욕에 넘치던 나도 그때의 일은 잊을 수 없는 사건이었네."

"전 이해가 되지 않습니다. 경찰 집단이 거짓으로 화재 사건을 덮을 만큼 한 기업에 묶여 있어야 하는지 의문이 듭니다. 만약 그렇다면 전 제 직업에 회의감이 들 것입니다. 힘들게 경찰대학 들어가서 경찰이 된 제 인생이 허무할지도 모릅니다."

"참 버릇이 없군."

상사에게 하면 안 되는 말 중에는 집단에 대한 모독과 신랄한 비판, 부끄러울 정도로 정직한 사실을 언급하는 것이 있다. 하지만 선우의 강인한 성격 중 하나가 이것이었다. 그런 것들을 두려워하지 않는 자신감. 당당함.

"하지만 자네를 마음에 들어하는 점이 그것이네. 강직한 성격과 의지."

"죄송합니다."

"흠, 그 당시에는 많은 이해집단이 얽혀 있었던 것 같아. 유서그룹뿐 아니라 자네가 조사하고 있는 신진회와 경찰 내부 조직. 아마도 이 많은 이해관계에서 경찰이 내릴 수 있는 결정은 자생적인 화재가 아니었을까 추측하고 있네."

"그게 말이 됩니까! 그 사고로 죄 없는 어른들과 아이들이 죽었습니다. 선량한 시민들은 억울한 죽음을 당했단 말입니다!"

선우의 눈이 붉어지며 눈물 한 줄기가 흘러내렸다. 청장은 고개를 숙여 손가락으로 이마를 쓸었다.

"제 부모님, 어린 동생들이 그렇게 허무하게 죽었단 말입니다!"

청장은 놀라지도 않고 그에게로 시선을 옮겼다. 선우는 소리도 내지 못하고 눈물을 소매로 훔쳤다. 울다니, 남자가 울다니. 죽는 날까지 절대 눈물 흘리지 않기로 맹세했건만.

"억울하면 철저히 조사해 봐. 신진회든 뭐든 제대로 다시 수사해. 이미 오랜 시간이 지났어. 그 결과를 뒤집으려면 확실한 증거가 필요하네."

"한 가지만 더 여쭙겠습니다. 그 화재 사건 이주신 회장이 지시한 게 맞습니까?"

청장은 한동안 선우를 빤히 바라보았다. 그러더니 한숨을 쉬었다.

"정황으로 보자면 이주신 회장이 가장 유력하겠지만 물증은 없네."

"그렇다면 반드시 신진회 조영만을 잡아야겠습니다. 그자를 잡으면 알게 되겠죠."

분노에 찬 선우가 자리에서 일어서자 청장도 느리게 따라 일어섰다.

"경찰의 기본 의무 중 하나는 사건을 객관적으로 봐야 한다는 거야. 감정이 들어간 순간 수사는 엉터리로 진행되거든."

"……."

"절대 악인은 없네. 다 상황에 따라 변해가는 거지. 그 변해가는 과정이 반인륜적이라면 그건 마땅히 죄를 물어야 하고 처벌을 받아야 하지. 하지만 그 일을 감정적으로 처리하지는 말게. 부탁하네. 감정으로 접근하면 일을 그르치게 되어 있어."

선우는 흔들리는 눈빛으로 청장을 보았다. 그 눈빛에는 원망, 처절함, 갈등 모든 감정이 들어 있었다.

"알겠습니다."

청장실을 나온 선우는 끓어오르는 분노와 처절함에 주먹을 꽉 움켜쥐었다. 절대 악인이 없다고? 그들은 절대 악인이야. 반인륜적인 절대 악인.

　선우는 제 책상에서 분노를 억누르다가 유서그룹 본사를 찾아갔다. 로비에서 막아선 경호원들에게 경찰 신분증을 보여주었다.

　"유진하 회장 찾아왔으니까 전해요."

　선우를 떨떠름한 표정으로 보던 그들은 곧장 비서실로 연결하였다. 그리고 잠시 뒤 그들은 고개를 끄덕이며 전화를 끊었다.

　"올라가 보십시오."

　험악한 얼굴로 올라가는 남자를 막아야 하는 건 아닌가 걱정이 들었지만 회장님이 직접 올려 보내라고 했으니 그들로선 방법이 없었다.

　회장실은 임원 전용 엘리베이터 제일 꼭대기 층이었다. 문이 열리고 나가자 제일 먼저 보이는 것은 가운데 안내데스크였다. 안내데스크에서 확인 절차를 거치면 비서실로 통하고, 그 뒤에 최종적으로 회장실로 들어갈 수 있었다.

　문이 열리자, 창밖을 보고 서 있다가 고개를 돌리는 진하가 선우의 눈에 들어왔다. 선우는 그길로 성큼성큼 걸어가 그에게 주먹을 날렸다. '퍽' 소리가 날 정도로 센 강도에 밖에 있던 비서들이 놀라서 우르르 몰려들었다.

　"회장님!"

　바닥에 주저앉은 진하가 한 손을 올리며 걸음을 멈추게 하였다.

　"다 나가 있어요."

　"하지만……."

진하는 더는 말을 않고 그들에게 손짓으로 지시했다. 그들은 어쩔 수 없는 표정으로 문을 닫고 나갔다. 그들이 나가자 일어선 진하에게 선우는 다시 주먹을 날렸다. 연거푸 주먹을 휘두르는 동안 진하는 그저 말없이 맞아주었다.

때리고 때려도 분이 풀리지 않는다. 죽도록 패도 시원찮다. 부모님과 동생들을 돌아가시게 만든 장본인이 어릴 때는 연우를 빼앗더니, 지금은 선미의 마음마저 흔들어놓고 있다. 선우는 분노가 끓어올라 주먹에 힘을 실었다. 진하의 얼굴은 붉은 피와 피멍 자국으로 말이 아니었다. 선우는 나뒹구는 진하를 다시 일으켜 주먹을 날렸다. 한참을 맞던 그가 선우의 손을 오른손으로 막았다. 그리고 일어서서 선우를 보았다. 입안에 피가 고이는 것 같아 티슈로 닦아냈다.

"네 분노를 받아줄 시간은 필요한 것 같아서 맞아줬다. 맞을 만큼 맞았다고 보는데…… 이젠 나도 좀 때려도 되지?"

말이 끝남과 동시에 진하도 선우의 얼굴을 주먹으로 한 대 내려쳤다. 반동으로 바닥에 드러누운 선우를 내려다보며 진하는 다시 입가에 흐르는 피를 닦았다.

"찾아온 용건은 보육원 화재 사건 때문인 것 같은데 주먹에는 사적인 감정이 섞인 것 같군."

진하는 청장에게 전화를 받고 선우가 찾아올 거라 짐작했다. 자신처럼 선우도 보육원 화재 사건을 조사하고 있었고 그 배후가 누군지 어느 정도 확신을 갖게 되었을 것이다. 배후를 알고도 가만있을 정선우가 아니니까 찾아와서 몇 대 때리면 맞아줄 생각도 있었다. 그런다고 죄책감이 없어지는 것은 아니지만 선우의 아픔을 모르지는 않았기 때문이다.

"네가 염치가 있는 놈이라면, 양심이 있는 놈이라면 선미를 만나면 안 되지."

선우의 목소리가 낮게 깔렸다. 그는 입가에 고인 피를 퉤 뱉어 내며 바닥에서 일어섰다. 어젯밤, 집 앞에서 선미에게 키스를 하던 진하를 목격했다. 피가 거꾸로 솟아오르는 느낌이 뭔지 그때 알았다. 접근하지 말라고 했는데 기어코 선미를 흔들어놓았다. 네가 무슨 자격으로 선미를 만나. 네 집안이 무슨 짓을 했는데 선미를 만나냐고. 선우는 진하를 죽일 듯 노려보았다.

"정선우 넌 선미 때문에 분노하는 거야, 아니면 보육원 때문에 그러는 거야. 노선 좀 분명히 해."

진하는 다시 입안에 고이는 피를 티슈로 닦아냈다.

"그래. 네 감정을 모르는 건 아니다만 난 네 행동을 인정해 주고 싶지 않아. 절대로. 네가 지난 16년 동안 했던 행동들을 정당화하지 마. 너 역시도 선미에게 염치없긴 마찬가지니까."

"멋대로 지껄이지 마."

"넌 화재가 나던 날 내게 왔어야 해. 그렇게 종적을 숨기고 칼을 갈면서 지낼 게 아니라 내게 도움을 청했어야 했다고."

"하! 도움을 청하라고? 네 뭘 믿고. 고작 연우도 지키지 못한 네가 우릴 어떻게 도울 수 있는데!"

선우는 악에 받쳐 소리를 질렀다. 진하는 차분히 선우를 주시했다.

"넌 연우의 기억이 돌아오지 않는 걸 이용하여 네 욕심을 채운 것밖에 안 돼. 16년 동안 고생하며 노력했다면 그사이 연우의 기억이 돌아오도록 네가 도와줬어야 했다고. 그런데 넌 그렇게 하지 않았지. 오히려 꽁꽁 숨기면서 연우의 기억을 봉인했어."

선우는 진하를 무섭도록 노려보았다.

"너 같은 새끼는 절대 모르겠지. 정말 두려운 게 뭔지. 연우의 기억이 돌아온다고 한들 그게 받아들이기 쉽겠냐. 넌 생각이나 했어? 부모님이 화재로 그렇게 돌아가신 걸 연우가 알게 되는 그 고통을 넌 이해할 수 있냐고!"

"물론 슬프지. 아프고 죽도록 미울 거야 내가. 내 집안이. 하지만 그렇다 해도 그걸 네가 결정한 권한은 없어. 부모님에 대한 건 연우가 받아들여야 할 몫이야. 사실 그대로 알고 있어야 한다고. 아무리 절망적인 것이라도 한참 뒤에 깨달아 억장이 무너지는 것보다 덜 고통스러우니까. 그런데 넌 연우의 부모님을 자식을 고아원에 넘긴 피도 눈물도 없는 사람들로 만들었어."

"네 집안 때문에, 너 때문에 우리가 피해를 본다는 생각은 안 하냐? 난 내 식구를 책임졌어. 넌 대체 한 게 뭔데? 이제 와 이래라저래라 간섭하지 마. 우리 가족에게 접근하지 말라고 했지. 너 자꾸 내 경고를 무시하는데……."

"네가 막는다고 나랑 연우가 멀어지진 않아. 인정해라. 그건 네 인력으로 되지 않아."

선우는 부들부들 떨리는 주먹을 꾸욱 눌렀다. 어릴 때부터 하는 말마다 재수 없더니 그는 자신에게 영원히 가까워질 수 없는 존재였다.

"절대로 용서 못 해. 제대로 조사해서 우리 부모님이 당한 그대로 갚아줄 거야. 너도, 네 집안도 절대로 용서 못 해."

그리고 선우는 문을 벌컥 열고 나가 버렸다. 선우가 나가자 밖에서 발을 동동 굴리던 비서들이 다시 회장실 안으로 들어왔다.

"회장님, 경찰에 항의할까요? 그대로 놔두면……."

"됐습니다. 나가보세요."

"그래도……. 경찰이 회장실에 와서 폭력을 행사하고 가다니요, 이건 심각한 상황입니다."

자신보다 더 분개하며 목소리를 높이는 비서들에게 진하는 가볍게 미소 지었다.

"회장님 얼굴도 치료해야 할 것 같습니다."

"괜찮으니 나가서 일들 봐요."

칼같이 자르는 진하에게 더 말을 하지 못하고 비서들은 고개를 숙인 뒤 나갔다. 계속 답답하고 죽을 것 같은 마음에 힘들었는데 차라리 이렇게 맞으니 살 것 같았다. 죄책감을 온전히 씻을 순 없겠지만 적어도 마음만은 한결 편안해졌다. 그리고 정신이 또렷해졌다. 이제 어떻게 나아가야 할지 대책이 섰다. 거울에 비친 자신의 모습이 일그러져서 애달프게 웃고 있었다. 병신. 머저리.

회사 건물을 나온 선우는 마음껏 주먹을 휘둘렀는데도 분이 풀리지 않았다. 끝까지 당당하고 자기 잘났다고 떠드는 유진하가 치가 떨리게 싫었다. 네 집안이 행복 보육원에 저지른 정황이 다 드러났는데 언제까지 고고함을 유지할 수 있는지 지켜보마.

선우는 선미가 아르바이트를 하는 프랑스 음식점 앞으로 찾아갔다. 6시. 아직 그녀가 오기 전이었다. 선우는 밖에서 무작정 서서 선미를 기다리기로 했다. 왜 여기까지 왔는지는 모르겠지만 감정이 격해져 본능에 이끌리는 대로 오다 보니 선미가 아르바이트 하는 곳이었다. 사랑하는 여자가 계속 다른 남자를 만나게 놔둘 수는 없다. 그 원수의 자식을 사랑하게 놔둘 수는 없다. 얼마나 시간이 흘렀을까. 선미가 버스에서 내려 걸어오고 있는 것을 본 선우는 성큼성큼 걸어가 그녀의 앞에 섰다.

"어? 선우 오빠."

놀란 표정을 짓던 선미가 이내 활짝 웃었다. 그래, 넌 언제나 그렇게 밝은 모습만 보여주려고 했고, 다른 사람 감정을 생각해서 자신의 감정은 마음속에 꼭꼭 숨겨놓곤 했어. 지금처럼.

"시간 있냐?"

"나? 나 지금 알바 하러 가야 하는…… 오빠! 얼굴이 왜 그래!"

어두워서 잘 보이지 않았는데 선우 입가에 피가 맺혀 있었다. 선우는 제 입술을 만지더니 선미의 손을 잡아당겼다. 가볍게 딸려오는 그녀의 몸을 와락 안았다. 아스라이 사라질까 봐 만지면 흩어질까 봐 제대로 안아보지도 못했다. 마음속으로 몇 천 번이고 삭였던 그 행동을 지금 선우는 모두 쏟아내었다.

"얼굴 좀 봐봐. 다쳤어?"

"응."

"오빠, 팔 좀 풀어봐."

"싫어."

선우는 선미의 몸을 더욱 꽉 안았다. 그의 얼굴도 걱정이 됐지만 선미는 지금 선우의 행동이 혼란스러워 몸이 굳어졌다. 선미가 가만히 있자 선우는 안았던 팔을 풀었다. 그녀의 눈동자는 차분히 그를 바라보았다. 원망하지도 않는구나. 차라리 싫다고 몸부림을 치거나 화를 냈으면 좋겠는데 넌 그마저도 해주지 않는구나.

"약부터 바르자. 추우니까 어디 들어가 있어. 연고 사가지고 갈게."

"선미야."

"응."

"선미야."

선우의 목소리가 떨렸다. 선미는 선우를 물끄러미 보다가 그의 손을 이끌었다. 연고고 뭐고 일단 그에게 따뜻한 걸 마시게 해야 했다. 몸이 차가웠다. 선미는 예전에 진하를 만났던 아무르 앞에 커피숍으로 들어갔다.

"앉아 있어."

선미는 계산대 앞으로 가서 라벤더 차를 주문했다. 컵을 들고 온 선미는 그의 앞에 내려놓으며 안색을 살폈다.

"무슨 일이야."

"선미야."

선우는 선미를 보며 눈을 빛냈다. 더 이상 주저하고 싶지 않다. 그러기엔 이미 늦었다.

"이젠 내 청혼에 대한 답을 들을 때도 됐는데."

"아……."

"더 기다려야 하니?"

그를 향하던 선미의 눈빛이 흔들렸다. 그게 선우의 심장을 더욱 아프게 했다. 그날 이후 16년을 네 곁에 있었지만 넌 결국 날 오빠 이상으로 봐주진 않았었나. 그렇게 널 사랑하고 애태우며 지켜주 었지만 네게 난 그저 좋은 오빠일 뿐이냔 말이다.

선우는 말도 못하고 고개를 떨구는 선미를 보며 씁쓸한 미소를 지었다. 아니, 씁쓸하다기보단 선미가 미웠다. 이 남자의 순정을 몰라주는 그녀가 야속했다.

"오빠 난……."

"내가 지금 유진하를 막 패주고 오는 길이야."

선미의 눈동자가 커지며 흔들렸다. 참 이런 반응은 정말이지 싫다.

"너무 싫고, 밉고, 증오해서 그랬어."

선미는 아무 말 없이 그의 얼굴을 바라보았다.

"왜 그랬는지 안 물어봐?"

선우는 그녀의 어깨에 양손을 얹고 힘주어 잡았다. 그가 잡은 힘이 센지 선미의 미간이 살짝 찌푸려졌다.

"그놈은 우리들의 원수니까."

"원…… 수?"

선미의 입에서 나온 목소리는 작았지만 또렷했다.

"넌 보육원에 화재가 나서 연기를 마시고 기억을 잃었지?"

"그래. 오빠가 그렇게 말해줬잖아."

"그 화재는 단순 화재가 아니었어. 누군가에 의한 의도적인 방화야."

선미의 눈망울이 흔들렸다.

"난 그동안 그 화재 사건에 대해 계속 조사해 왔고 유서그룹이 보육원 화재와 관련되어 있다고 생각해."

"뭐?"

흔들리는 선미의 눈을 보며 선우는 심장의 쓰라림을 주먹을 꽉 쥐는 것으로 대신했다.

"네가 기억을 못해서 화재 사건에 대한 것은 자세히 말하지 않았어. 정말 그 집안이름도 듣기 싫었는데 네 입에서 유서그룹 유진하 이름이 나오더라."

"방화란 거…… 사실이야? 그럼…… 우리 보육원 원장님이 돌아가신 게…… 그 집안 때문이야?"

선미의 목소리가 떨려왔다. 기억은 나지 않는다. 하지만 부모도 없는 우리를 키워준 보육원 원장님에 대한 감사함까지 모르는 건 아니었다. 기억을 하지 못한다고 해도 그들에 대한 고마움과 존경은 가슴 깊이 새기고 있었고, 화재 사건으로 다신 그곳에 갈 수 없다는 이야기를 들었을 때는 괜히 억장이 무너졌다.

"유진하 회장을 만나지 말라고 했던 내 말 이제 알겠어?"

"……."

"넌 그 남자를 만나선 안 돼. 그러면 안 되는 거야."

곧 울 것 같은 눈으로 이리저리 시선을 돌리던 선미가 겨우 고개를 들었다.

"오빠는 그런 얘길…… 왜 이제야 하는 거야. 그렇게 중요한 거라면 내가 그 사람에 대해 언급했던 첫날 얘기했어야지."

단정한 선미의 말에 선우는 더욱 주먹을 꽉 그러쥐었다.

"네가 이렇게 오랫동안 그 남자를 만나고 있을 줄은 몰랐지. 재벌 회장을 이렇게 겁도 없이 계속 볼 줄은 몰랐어."

"얼마나 만나고 있느냐가 중요한 게 아니라 그런 건 사실대로 말했어야 하잖아."

선미의 목소리가 더욱 떨렸다.

"더는…… 더는 없어?"

"어?"

"더는 말하지 않은 거 없냐고. 내가 더 모르는 건 없어?"

"없어. 내가 원하는 건 네가 그 남자와 거리를 두고 멀어지는 거야. 모든 면에서 그 남자는 위험해. 그러니까 더는 보지 마. 제발 부탁이다."

"그래서였어? 그래서 나한테 결혼하자고 한 거야?"

선우가 키워온 사랑을 어찌 다 말로 할 수 있을까. 기억을 못하는 선미를 보자 절망적이면서도 한편으로는 좋았던 이중적인 마음을 어떻게 설명할까. 네가 울 때마다, 네가 아플 때마다 내가 더 아프고 슬펐던 그 시절을, 네가 다칠까 봐 무거운 물건 하나 들 때에도 온 신경이 곤두섰던 나를, '선우 오빠'라며 다정한 목소리로 불러줄 때는 세상을 다 가진 것처럼 행복했던 나를 어떻게 말로 표현할까.

"내 마음은 진심이야. 예전에도, 지금도, 앞으로도. 네가 결혼해 준다는 말 한마디만 하면 난 다 멈추고 새롭게 시작할 거야. 증오도, 미움도 다 버리고 너만 바라보며 살 수 있어."

결국 선미의 눈에서 눈물이 흘러내렸다. 그의 마음은 애절하고 먹먹해서 그녀에게도 와 닿았다. 하지만 그뿐이었다. 정작 선미의 마음을 움직이지 못했다. 그래서 슬펐다. 차라리 선우에게 마음이 확 돌아서서 그와 결혼할 수 있다면 얼마나 좋을까. 왜 마음은 자기 생각대로 흘러가지를 않는 걸까.

"오빠, 미안해……. 이젠 말해야겠어. 더는…… 미룰 수 없어."

그녀의 흐느끼는 울음소리가 목소리에 섞여 가늘게 떨렸다.

"난 오빠와 결혼할 수 없어. 난 오빠를 남자가 아닌 친오빠로서 사랑해. 남녀 관계로 묶어두는 것보다도 훨씬 더 소중한, 떨어질 수 없는 그런 사람이야, 내게 오빠는."

"선미야."

"미안해. 오빠 마음을 받아주지 못해서 미안해."

"대체 왜! 그 자식 때문이야?"

선우의 목소리가 격앙되어 터져 나왔다. 선미는 고개를 거칠게 저었다.

"그 사람하고는 상관없어. 그 사람이 아니었더라도 난 같은 대답이었을 거야."

"선미야."

애원하는 선우를 보며 선미는 더는 못 견디겠는지 자리에서 일어섰다. 선우에게는 미안하지만 이제 선미는 다른 남자를 생각할 수 없었다. 원수 집안이라는 충격적인 말을 들었음에도, 선우의 마음이 절절히 흘러오고 있음에도 자신은 진하를 생각하고 있었다.

"나 알바 늦었어. 내 대답은 같아. 그러니 오빠도 마음 접었으면 해. 갈게."

선미는 먼저 커피숍을 나갔다. 가는 그녀를 붙잡지 못하고 바라만 보던 선우의 눈가에도 눈물이 고였다. 그렇게나 간절히 원하던 여자의 마음에 향기를 내리지 못하고 처참히 흘러내리는구나. 네 마음 얻기가 이리도 힘들구나. 널 갖기가 이렇게 힘들어.

제7장 **사랑, 그 이름**

선미는 노래를 부르면서도 머릿속을 괴롭히는 생각에 집중하기가 힘들었다. 무슨 정신으로 불렀는지도 모르겠다. 어느덧 노래를 마친 선미가 피아노에서 내려오는데 그녀의 앞에 지배인이 섰다.

"선미 씨, 6번 테이블에 송민서 씨가 또 보자고 부르네."

선미는 지배인에게 미소를 짓고 6번 테이블로 다가갔다. 오늘은 혼자 왔는지 민서는 테이블에 앉아 다가오는 선미를 주시했다. 그런데 그 눈빛이 어쩐지 불편했다.

"안녕하세요."

선미가 민서를 향해 인사를 하자 그녀도 가볍게 목례를 하였다.

"진선미 씨, 어제 제가 제안했던 것 다시 여쭤보려고 왔어요. 그쪽 목소리가 너무 좋아서 꼭 와주셨으면 좋겠거든요."

"전 행사는……."

"매년 10대 그룹이 돌아가면서 주최하는데 이번엔 저희 아버지가 맡게 되셨어요. 저도 위신 세워주고 싶고, 큰 행사이니만큼 실력 있는 분을 초대하고 싶어서 그래요."

부담스럽게 재차 부탁하는 민서의 말은 거절하면 되는데 선미는 그녀의 눈빛이 마음에 걸렸다. 자신을 지켜보고 있는 것 같은 시선이 궁금하게 만들었다.

"왜 그렇게 절 부르고 싶어하시는 거죠?"

"선미 씨 목소리가 좋으니까요. 좋은 목소리를 여러 사람과 함께 나누고 싶은 건 당연하잖아요."

"언제 하는 거예요?"

"12월 26일, 연말 송년의 밤 행사요. 밤 9시에 영진호텔로 잠깐 오셔서 분위기를 띄어주시면 돼요. 그냥 아르바이트 같은 개념으로 하시는 겁니다. 일회성으로는 그만한 것 구하기 쉽지 않을 거예요."

단지 그 이유 때문에 자신을 부르는 것이 아니라는 것쯤은 알아차릴 수 있었다. 선미는 고개를 끄덕였다.

"좋아요. 갈게요. 잠깐 노래 부르고 큰돈 벌 수 있으면 좋죠."

선미도 민서의 제안에 응해주기로 생각했다. 어떤 것이든 자신이 물러설 이유는 없었다. 그녀의 속내에 생각지도 못한 이유가 숨어 있다고 하더라도 선미는 충분히 대처할 수 있었다.

"제 부탁 들어줘서 고마워요."

살짝 고개를 숙이고 멀어져 가는 선미를 보는 민서의 눈빛이 차가웠다. 어제 선미를 본 뒤로 민서는 내내 불안한 마음에 잠을 이룰 수가 없었다. 정확히 확인하고 싶어졌다. 정말로 진하가 만나고 있는 여자인 건지. 만약 그렇다면 제대로 선미의 위치를 깨닫게 해줄 생각이었다. 아르바이트하면서 노래 부르는 여자는 감히 넘볼 수 없는 남자가 유진하고. 그는 곧 송민서의 약혼녀가 될 사람이라는 것을 알려줄 생각이었다.

아무르에서 나온 선미는 잠시 그대로 눈을 감고 섰다. 선우에게 들었던 충격적인 말들로 혼란스럽기도 했지만 다쳤을 진하가 걱정이 되었다. 선우의 주먹이라면 모르긴 몰라도 엄청났을 텐데 얼굴이 괜찮을까. 하지만 섣불리 전화할 수 없는 건 선우에게 들었던 말들이 정말로 사실이면 어쩌지, 하는 두려움 때문이었다.

선미는 느릿느릿 지하철역으로 향하던 걸음을 멈췄다. 크리스마스이브. 길거리는 다정한 연인들로 가득 들어찼고 곳곳에 조명으로 빛을 낸 나무들이 화려하게 빛나고 있었다. 선미의 심장이 조금씩 뛰기 시작했다. 마음속 하나의 인격체는 원수의 집안 남자를 계속 보겠다는 거냐고 질책했다. 아무리 네 부모님이 아니라고 해도 널 거둬줬던 곳에 방화를 했다는 집안인데 넌 염치도 없냐고 비난했다. 하지만 다른 인격체는 지금 이 순간에도 그가 보고 싶었다. 따지지 말고 일단 가봐. 다쳤다잖아, 넌 걱정도 안 돼? 보고 싶잖아. 얼른 가봐.

선미는 미친 듯이 뛰는 심장을 오른손으로 꾹 누르고 핸드폰을 꺼냈다. 일단 전화는 해봐야겠다. 어제 진하의 안색이 좋지 못했는데 무슨 일이 있는 건지 걱정이 되었다. 저장된 번호를 누르고 신호가 가는 소리를 들었다. 그러다 급히 종료 버튼을 눌렀다. 심장은 뛰는데 전화할 자신이 없었다. 먼저 전화하는 건 처음이었고, 또 그가 받으면 시작을 어떻게 해야 할지 힘겨웠기 때문이다. 그때 손을 울리는 진동 소리에 선미의 시선이 핸드폰으로 향하였다.

"네."

[왜 전화하다 끊었어?]

"아……."

어떡해. 그의 목소리다. 이 순간에도 목소리에 매료되다니. 선미는 자신의 감정이 걷잡을 수 없이 커져 울고 싶은 심정이었다.

"아직, 회사예요?"

[아니. 오늘은 일찍 집에 왔어. 당신은 어딘가? 아, 알바 끝날 시간인 것 같네.]

"네…… 맞아요."

아직 9시 30분밖에 안 된 시간이라 회사에 있다면 한번 찾아가 보고 싶었다. 얼굴은 괜찮은지 궁금하고 또, 보고 싶기도 했으니까. 그런데 집이라면 마음을 접어야 할지도 모르겠다.

[우리 집에 올래?]

핸드폰을 잡은 선미의 손이 다시 살짝 떨렸다. 그는 참 이상하다. 그리고 자신의 속마음을 너무 훤히 들여다보고 있는 것 같아서 두렵다. 이미 제 마음은 훤히 들여다보고 있는 것 같아서 애가 탔다.

"어딘지 몰라요."

[지금 어디야? 아직 아무르야?]

"네. 뭐…… 근처예요."

[그럼 거기서 조금만 기다려.]

진하는 무작정 전화를 끊었다. 끊어진 전화를 보던 선미는 핸드폰을 호주머니에 넣었다. 직접 데리러 오겠다는 건가. 선미는 다시금 두근거리는 심장 소리를 들으며 길가에 서서 신발 끝을 바닥에 툭툭 두드렸다. 검정색 세단이 선미가 서 있는 길가 옆으로 와 섰다. 낯익은 차다. 선미의 얼굴이 밝아지며 다가가는데 차에서 내리는 사람은 정 기사였다. 선미는 다가오는 그를 보며 고개를 숙였다.

"오래 기다리셨습니까?"

"아뇨."

"다행입니다. 연락받자마자 오긴 했는데 오래 기다리셨으면 어쩌나 해서. 타세요."

정 기사는 뒷좌석 문을 열어주었다. 얼떨결에 차에 탄 선미는 이윽고 운전석에 타는 정 기사를 보며 궁금한 눈빛을 했다. 그는 선미의 생각을 읽은 듯 빙그레 웃었다.

"회장님께서 가보라고 하셔서 왔습니다. 지금 자택에 계신데 직접 차 끌고 오기가 창피하신 것 같습니다."

"왜요?"

"음…… 그건 직접 가서 보시면 압니다."

무슨 일이기에. 운전도 못할 정도로 많이 아픈가? 선미는 걱정이 돼서 얼굴이 굳어졌다.

"별일 아닙니다. 걱정하지 마세요."

"네에."

차는 바쁘게 움직였다. 선미는 차 안에서 문득 정 기사가 저 때문에 퇴근 이후에 추가 노동을 하는 건 아닌가 걱정이 되었다.

"죄송해요. 저 때문에 제대로 쉬지도 못하시고. 전 기사님이 오실 줄은 몰랐어요. 그랬다면 오지 말라고 했을 텐데."

"하하, 괜찮습니다. 아가씨 연락이면 밤늦게라도 올 수 있습니다."

아가씨래. 저보고 아가씨래. 이 사람도 그 여자와 날 헷갈려 한다. 선미는 옷깃을 잡은 손에 힘을 주었다.

"저 닮았다는 그…… 여자분 말이에요."

정 기사는 룸 미러로 선미를 보며 말을 하라는 표정을 지었다.

"그렇게 저랑 많이 닮았나요? 얼굴만이 아니라 성격이나 뭐, 분위기라든지."

"네. 똑같습니다."

정 기사는 선미의 눈을 피하지 않고 똑바로 보았다. 선미는 그의 눈빛에서 다시 심장의 울림을 들었다. 심장 한쪽이 아파오는 것 같기도 했다. 선우에게 전해 들은 과거의 사건에는 분명 유서 그룹이 관련되어 있었다. 그리고 그는 그 집안 사람인 진하가 저와 만나는 것을 싫어했다. 단지 원수 집안이라서? 아니면 선우가 저를 좋아해서?

스스로가 기억하지 못하는 과거의 선미는 어땠을까. 혹시 선미가 아닌 다른 이름으로 살았던 것은 아닐까. 그녀는 처음으로 기억을 잃기 전의 자신을 알고 싶었다. 부모가 자신을 왜 버렸는지, 자신은 어떤 아이였는지, 혹시 연우라는 이름의 아이는 아니었는지 궁금해졌다. 선우가 제게 보육원 화재 이야기를 한 순간부터 선미는 그런 생각이 더욱 커졌다. 보육원 화재와 기억을 잃은 어린 소녀, 사실은 형제들이 알려준 사실보다 더 엄청난 일들이 숨겨져 있는 것은 아닐까.

진하가 말했던 아베마리아 이야기가 선미의 심장을 아프게 했다. 가정이 아니라 사실이라면, 만약 정말로 용서받지 못할 일을 저지른 아버지와 그 죄를 대신 빌고 있는 소녀가 진하 이야기라면 자신은 어찌해야 할까. 선미는 안개가 자욱이 낀 터널을 지나는 느낌이 들었다. 벌써부터 답답함이 몰려왔다.

"그런데 다른 건 있습니다."

선미의 고개가 들려졌다.

"지금 제 앞에 있는 선미 씨가 훨씬 더 아름답고 매력적입니다. 회장님은 어떠실지 모르겠지만 전 그렇습니다. 그러니 그렇게 힘들어하지 마십시오."

"네에."

"제가 주제넘었다면 죄송합니다."

"아, 아니에요. 감사한 말씀이세요."

선미는 그를 보며 활짝 웃었다. 그래. 직접 부딪쳐 보자. 아플 것이라고 외면하지 말고 잃어버린 기억을 마주하자. 그게 진선미 네가 이들을 위해 할 일이다.

"도착했습니다."

차는 어느덧 한적한 곳에 멈춰 섰다. 선미는 가방을 집어 들고 내렸다. 주변엔 커다란 저택 이외에는 한두 군데 집들이 있는 게 다였다. 서울이 아닌 교외 지역인 것 같았다. 정 기사는 그새 대문 가까이에 가서 비밀번호를 누르고 문을 열었다.

"들어가세요."

"감사합니다. 기사님은 안 들어가세요?"

"네. 전 집에 가봐야지요. 오늘 크리스마스이브 아닙니까. 성탄 전날은 가족과 함께."

정 기사는 한쪽 눈을 살짝 찡그린 후 고개를 숙였다. 선미도 급히 따라 고개를 숙였다.

"오늘 감사했습니다."

차가 떠날 때까지도 그 자리에 우뚝 서 있던 선미는 대문 손잡이를 잡고 고민에 휩싸였다. 어쩌다 여기까지 왔는지 모르겠다. 돌아갈 땐 어찌 가려고. 버스나 지하철도 없는 것 같은데, 직접 오지 않고 기사님을 보낸 것 보면 운전하기 힘들 정도로 아픈 것 같은데 말이다.

10분 동안 고민하던 선미는 대문을 열고 들어가 닫았다. 높다란 담장 안에 어떤 모습이 담겨져 있을지 궁금했는데 이렇게 아름다운 정원이 기다리고 있었다. 아주 크지는 않지만, 겨울이어서 나뭇가지들이 앙상했지만 그 모습이 진하를 떠올리게 할 만큼 우아하고 아름다웠다. 천천히 안으로 발걸음을 하던 선미는 단층으로 된 넓은 집 현관 앞에 섰다. 손잡이를 잡을까 말까, 잡을까 말까 수백 번 되뇌던 선미는 문이 열리자 급히 손을 뒤로 숨겼다.

문을 연 사람의 모습을 본 선미는 놀란 눈이 더욱 커지며 저도 모르게 소리를 질렀다. 그의 얼굴이 말도 아니게 부어 있었다. 볼이 상처에 긁혀 있었고 입술 끝도 부르텄다. 그나마 눈가가 멀쩡한 것이 다행이라면 다행이었다. 그는 문에 기대서 얼굴이 동그래진 선미의 얼굴을 내려다보았다.

"왔네. 진짜 왔네."

나직하게 들리는 그의 목소리가 선미의 심장에 박혀 흔들렸다.

"괜찮아요?"

선미는 손을 들어 그의 얼굴을 감쌌다. 그녀의 손길에 진하는 눈을 감았다 떴다. 그리고 부드럽게 웃으며 선미의 손을 잡아끌었다.

"괜찮아. 들어와."

그의 손에 이끌려 가면서도 얼굴 상태에 걱정이 밀려왔다. 그는 아이보리 니트에 회색 린넨 바지를 입고 있었다. 편하게 입었는데 그 모습도 멋져 보여 선미는 저절로 탄성이 새어 나오려는 걸 꾹 참고 고개를 돌렸다. 집 안은 그의 성격답게 깔끔하고 단조로웠다. 화려한 장식품 따위는 없고 커다란 거실에 넓은 소파, 탁자, 거실 전체를 둘러싼 창이 눈에 들어왔다. 그의 손에 이끌려 거실 소파에 앉은 선미는, 소파 등받이에 팔을 기대며 그녀를 보고 웃는 진하의 얼굴을 유심히 바라보았다.

"약 발랐어요?"

"아니."

"약도 안 바르고 뭐 했어요."

"네가 해줘."

"구급함 어디 있어요. 아프지도 않았어요? 정말! 사람이 몸도 안 챙기고 뭐 해요!"

선미는 속상한 마음에 목소리가 커졌다. 선미의 눈동자를 보던 진하가 그녀의 어깨를 휙 끌어당겨 품에 안았다. 그의 품에 안기자 선미의 심장도 미친 듯이 뛰었다.

진하의 체온에 그녀는 눈을 질끈 감았다. 이 떨리는 마음을 어쩐단 말이냐. 그를 향하는 이 마음을 어떻게 숨긴단 말이야. 선미는 아득해지는 정신을 부여잡고 입술을 움직였다.

"사랑해요. 진하 씨."

떨리지만 진심이 담긴 목소리에 진하는 그녀의 몸을 더욱 힘주어 안았다. 그의 몸이 떨리는 것 같아 선미도 그의 등에 손을 감아

안았다.

"어제 우리 집에 왔을 때 확실히 느꼈어요. 내가 당신을 참 많이 사랑하고 있구나. 왜 그런지는 모르겠어요. 무슨 계기로 그랬는지도 모르겠어요. 내가 외모와 재력에 넘어가는 속물인지도 모르겠고, 마음대로 밀어붙이는 당신에게 굴복당한 건지도 모르겠어요. 여전히 당신이 누군지 모르겠지만 진하 씨가 궁금해요. 보고 싶어요. 내가 없는 곳에선 어떻게 지내는지 알고 싶어요."

선미의 달콤한 목소리가 시종일관 진하의 귓가에 파고들었다. 더는 힘을 줄 수 없을 정도로 그녀를 안던 진하가 몸을 풀어 선미를 바라보았다.

"알아봐. 나에 대해 전부 알아내도 좋아. 내 전부를 알아보고 탈탈 털어도 돼."

진하가 그녀의 머리카락을 귀 뒤로 넘겼다. 그의 손길에 선미의 몸이 부르르 떨렸다. 그래, 전율이 일었다.

"이젠 참지 않아."

그 말을 끝으로 진하는 선미의 턱을 잡아당겼다. 그리고 입을 맞추기가 무섭게 다른 한 손으로 그녀의 뒤통수에 손을 넣어 움직이지 못하게 하였다. 그의 입술은 선미의 입가에서 애틋하게, 끈적이게 애무하며 파고들었다. 선미도 눈을 감고 그의 얼굴에 손을 대었다. 뜨거운 물컹거림이 맞물릴 때는 두 사람 모두에게서 소리가 새어 나왔다. 휘몰아치던 덩어리가 그녀의 안에서 나올 줄 모르고 더욱 몰아붙였다. 살짝 벌어진 입술에선 타액이 흘러내렸다. 선미의 숨소리가 거칠어져서 저절로 얼굴이 붉어졌다. 잠시 입술을 뗀 그가 그녀의 귓가에 속삭였다.

"맛있어. 미치도록. 솜사탕을 먹는 기분이야."

목소리는 어찌나 달콤한지 선미는 빠르게 뛰는 심장 소리를 그대로 노출시킬 수밖에 없었다. 진하게 웃던 그가 다시 입을 맞춰 왔다. 선미의 정신을 흔들어놓은 그는 오래도록 그녀를 탐하였다. 굶주린 사람처럼 입술을 탐하고 또 침범했다. 꽃잎을 머금던 그가 선미를 번쩍 안아 들고 걸음을 옮겼다. 갑작스러운 움직임에 선미는 그의 목을 꽉 잡았다.

"어디 가는 거예요?"

맙소사. 내 목소리. 걸걸해져서 갈라졌다. 진하는 선미를 내려다보며 걸음을 옮기는 와중에도 얼굴 이곳저곳에 입술을 내렸다.

선미가 내린 곳은 치명적이게 포근한 침대였다. 등에 닿는 아스라이 흐르는 부드러움에 그녀의 얼굴은 끝을 모르고 붉어졌다. 이 와중에 침대의 깊이가 느껴지더냐. 선미를 내려놓은 진하는 시선을 어디로 둘지 몰라 헤매는 그녀를 내려다보았다. 그의 눈동자가 짙어져서 선미는 더욱 숨 쉬기가 힘들어졌다.

"오늘 난 당신을 안으려고 해. 싫으면 지금 얘기해. 당신이 싫다면 하지 않아."

선미의 눈동자가 흔들렸다. 진하는 그녀의 얼굴을 쓸었다.

"백번도 더 기다렸어. 널 볼 때마다 힘들었지만 죽을힘을 다해 참았어. 기다리는 건 내 특기니까 잠깐쯤은 더 기다릴 수 있어."

볼을 쓸고 지나간 자리에 열꽃이 일었다. 선미는 자신도 모르는 사이 손을 들어 그의 얼굴을 잡았다.

"저…… 그러니까, 처음이에요……. 사는 게 바쁘다 보니…… 어쩌다 보니……."

얼버무리며 말을 겨우 건네는 선미가 미치도록 예뻤다. 그래도 일단 기다렸다.

"음, 그러니까…… 많이 아프다고 하던데…… 겁도 나고…… 음……."

선미는 자기가 무슨 말을 하는지도 모를 정도로 횡설수설하다가 눈을 질끈 감았다. 이건 아니잖아. 좋아하잖아. 그를 사랑하잖아. 그러면서 이런 태도는 뭐니. 자신 있게 말하라고. 네 감정을 말하란 말이야. 선미는 결심한 듯 눈을 들어 그를 똑바로 바라보았다.

"사랑해요, 진하 씨. 당신과 사랑하고 싶어요."

얼굴이 붉어졌지만 그녀의 입에서 나온 잔잔한 소리에 진하는 심장의 울렁거림을 느꼈다. 이젠 기다리지 않겠다. 넌 내 거다. 네 온몸에 내 것임을 새길 것이다.

그녀의 몸은 아름다웠다. 그녀의 향기는 사람을 중독에 빠트렸다. 길고 하얀 목덜미에 입술을 머금을 때도, 봉긋하고 실크처럼 부드러운 그녀의 가슴에 입술을 내릴 때도, 외모와는 다르게 섹시하게 내려가는 배 위에 앉을 때도, 따뜻하지만 촉촉한 미치도록 아찔한 동굴에서 쉴 때도 그녀는 아름다웠다.

하얀 허벅지를 살짝 물었을 때 그녀의 입가에서 쏟아지는 신음 소리에 진하는 애가 타면서 급해졌다. 마침내 그녀의 안에 머물렀을 때는 그 감촉에 진하도 숨을 깊이 내쉬었다. 내 사랑, 내 영혼, 내 모든 삶의 이유. 사랑한다. 사랑한다. 너를 사랑한다.

선미의 얼굴에 연신 입술을 내리면서 진하는 눈가에 고인 눈물을 닦아주었다.

"사랑해."

선미의 눈물이 주르륵 흘러내렸다. 그녀의 얼굴은 아름답게 빛났다.

"아팠구나."

부드러운 그의 목소리에 선미는 고개를 천천히 저었다. 하지만 눈물은 계속 흘러내렸다. 진하는 그녀의 젖가슴을 부드럽게 문지르며 그 둔덕에 계속해서 자잘한 키스를 남겼다.

"여기에 하트가 새겨져 있네."

진하는 선미의 쇄골을 손가락으로 문지르며 속삭였다. 선미는 부끄러운 얼굴로 고개를 끄덕였다.

"어릴 때부터 있었던 것 같아요. 점점 커지더라고요."

하트를 손가락으로 따라 문지르던 진하가 그 위에 입술을 대었다. 역시 너였어. 내가 알고 있던 그 사람이었어. 어릴 때 쇄골에 하트 모양 점이 있는 것을 보고 굉장히 신기하다 생각했었는데 이렇게 너를 알려주려고 생긴 것이었어. 오연우가 여기 살아 있음을 알려주려고 예쁘게 머물러 있었던 거야.

진하의 눈에서도 눈물이 흘러내렸다. 남자가 흘리는 눈물은 강렬했다. 많은 눈물이 아닌 겨우 눈가에 맺힌 적은 양이지만 그게 선미의 마음을 울렸다. 선미는 그의 얼굴을 당겨 입가에 키스했다.

"많이 아팠죠."

선미의 손가락이 진하의 입술을 어루만졌다.

"얼굴…… 엄청 맞았나 봐요."

"아, 괜찮아. 맞을 만해서 맞은 거니까. 보기 흉해?"

"아니요. 지금도 멋져요."

정말로 얼굴에 피멍이 들어서 부었는데도 그게 멋져 보였다. 선미는 제 감정이 중증에 도달했다는 생각이 들었다.

"얼굴만 아픈 게 아니야. 다른 곳도 다시 아파오고 있어."

그의 말에 선미의 얼굴이 또다시 붉어졌다. 이 남자가 또? 아니, 그보다 다른 곳을 그곳이라고 생각하는 제 스스로가 신기했다.

그는 야생마 같다. 그의 몸은 굶주렸던 호랑이처럼 강렬했다. 그의 향기는 거부할 수 없는 매혹의 흐름이었다. 단단하고 넓은 가슴과 매끈한 복근이 그랬고, 봉긋하고 탄력적인 엉덩이가 그랬고, 말 근육처럼 단단하고 부드러운 허벅지가 그랬다. 그의 남성이 제 안에 머무를 때는 이성이 날아갈 듯 숨쉬기가 힘들어졌고 그가 말처럼 흔들 때마다 출처를 알 수 없는 요상한 감정이 온몸과 마음을 휘감고 놓질 않았다. 이 마음을 표현할 수 있는 단어는 하나였다. 사랑해요. 사랑해요. 당신을 사랑해요.

나른함에 빠져 혼절하듯 잠이 들었던 선미가 스르륵 눈을 떴다. 창틀로 햇살이 비치는 것 보니 아침이 밝은 것 같다. 이따 연습가야 하는데……. 선미는 나른한 숨을 내쉬며 고개를 옆으로 돌렸다. 옆에서 잠이 든 진하의 얼굴이 눈에 들어왔다. 지난밤의 기억이 선미의 기억 속에 머물렀다. 자신을 사랑해 주던 그의 손길, 몸짓, 그의 사랑. 선미는 저절로 붉어진 얼굴로 미소를 지었다.

가만히 손을 들어 그의 얼굴에 대었다. 선우가 이래놨다고 했었지. 선우는 얼마나 화가 났으면 진하의 얼굴을 이 지경이 되도록 때렸을까. 보육원 화재 사건과 그 배후가 유서그룹이라는 것 때문에 극도로 분노하여 진하를 이렇게 때렸을까. 정말 유서그룹이 그런 못된 짓을 한 걸까. 대체 왜 그랬을까.

곤히 잠든 그의 얼굴을 보던 선미는 바닥에 떨어진 옷을 걸치고 일어나서 밖으로 나왔다. 한참 집 안 구석구석을 뒤지던 선미는 서재의 책장 끝에서 구급함을 발견했다. 왜 이런 걸 여기다 넣어 놨는지 모르겠다. 선미는 다시 방으로 들어와 조심스럽게 침대에 걸터앉았다. 그리고 연고를 짜서 그의 얼굴에 엷게 발랐다. 그가 깰까 봐 최대한 숨죽여 정성스럽게 드레싱을 해주었다. 구급함 상자를 닫고 다시 그의 얼굴을 감상했다.

잘생겼다. 갖고 싶다. 만지고 싶다. 다시금 정처 없이 뛰는 심장을 지그시 누르며 선미는 침대에서 일어섰다. 그가 깰 때까지 집이나 구경할 생각이었다. 넓은 거실에서 특별한 재밋거리를 느끼지 못한 선미는 다시 서재로 들어갔다.

방만큼이나 커다란 서재 한쪽 면으로 책들이 가득 들어차 있었다. 어느 나라 말인지도 모를 서적들도 있었고, 경영 전문 서적도 많았다. 흥미롭게 책장을 손가락으로 훑던 선미의 눈에 앨범이 들어왔다. 잠시 갈등을 하던 선미는 앨범을 빼서 펼쳤다. 마치 열면 안 되는 판도라의 상자처럼 그녀의 손끝이 떨렸다.

앨범 안에는 빛바랜 사진들이 가득 채워져 있었다. 진하의 곁에는 항상 여자애가 있었다. 그 여자애를 보는 선미의 눈동자가 흔들렸다. 저절로 손이 입가로 향했다. 혹시라도 나올 소리를 대비하였다. 정말 닮긴 닮았구나. 어쩜 이리도 비슷할까. 자신과 똑 닮은 여자를 보며 선미는 심장의 울림을 느꼈다. 앨범을 넘길 때마다 성장하는 그와 그녀의 모습에 가슴 한구석이 사르르 아파왔다. 진하는 모든 사진마다 기록을 남겼다. 진하가 이 소녀를 얼마나 깊이 사랑했는지 느껴졌다. 사진 속 어린 소녀의 이름은 오연우였다. 이리도 함께 지냈었구나. 참 오랜 시간을 같이 보냈었구나.

선미의 눈에서 눈물이 흘러내렸다. 자신도 모르게 쏟아지는 눈물에 당황한 그녀는 재빨리 눈물을 닦았다. 오연우, 당신은 대체 누구니. 진선미, 넌 대체 누구야. 너희를 따로 놓고 생각할 수 있을까. 이렇게 심장이 아프고 머릿속이 혼란스러운데 오연우 당신을 계속 모른 척할 수 있을까. 진선미 네가 기억하지 못하는 과거 속에는 대체 어떤 일들이 숨겨져 있었던 거니. 이리도 닮은 소녀를 넌 왜 기억하지 못하는 거야. 왜 넌 기억을 잃어버린 거니.

앨범을 덮은 선미는 빠르게 책장에 꽂았다. 그리고 도망치듯 서재를 나왔다. 겨우 문을 닫고 나서야 심장이 제자리를 찾아왔다. 앨범을 본 뒤로 선미는 제 과거가 더욱 궁금해졌다. 그리고 차라리 오연우였으면 싶었다. 정말 저가 연우라면 진하의 슬픔을 줄여줄 수 있을 것 같았다. 이 복잡한 마음이 한결 편해질 것 같았다.

정처 없이 움직이던 선미는 주방으로 들어왔다. 이곳 역시도 깔끔하고 매끈한 인테리어가 돋보였다. 정말 가치관 하나는 뚜렷하다. 냉장고 문을 열자 야채들이 잘 정돈된 채 진열되어 있었다. 이 사람이 요리를 할 리는 없고 요리를 해주는 분이 있나 보다. 밤에 찌개라도 끓일 요량으로 재료를 꺼낸 선미가 주방 이곳저곳을 뒤지며 요리를 시작하였다. 한참 정신없이 끓이고 볶는데 그녀의 복부로 감아오는 손길에 선미는 화들짝 놀라 소리를 질렀다.

"메리 크리스마스."

부드럽게 섹시한 그의 목소리에 선미는 곧장 열이 올랐다. 그녀의 귓가에 간지러운 숨을 내쉬는 그가 야속했다. 여자를 너무 잘 안다. 성감대가 어딘지를 잘 알고 있다.

"뭐 해."

"밥해요."

"우와, 드디어 진선미 씨께서 해주는 요리를 먹는 거야?"

"별거 없어요. 그냥 밥에 찌개. 어…… 이런 거 안 드세요?"

살짝 고개를 돌리는 그녀의 입술을 놓칠세라 그의 입술이 다가왔다.

"다른 거 먹고 싶어."

"안 돼요."

선미가 머리를 뒤로 뺐다.

"왜."

"지금은 밥 먹을 거예요."

"밥은 나중에 먹어도 되잖아."

"지금 먹을래요."

얼굴은 붉어져서도 꿋꿋하게 할 말을 하는 선미가 귀여워서 진하는 그녀의 몸을 홱 돌렸다. 선미는 진하의 몸을 보며 급히 고개를 돌렸다. 가운 사이로 그의 가슴이 보여 얼굴은 더욱 벌겋게 타들어갔다. 난 정녕 조선시대 여자란 말인가. 남자의 맨가슴을 봤을 뿐인데 왜 심장이 뛰는지 모르겠다. 울고 싶다. 선미가 자꾸만 고개를 옆으로 돌리자 진하는 그녀를 가볍게 들어 탁자 위에 앉혔다. 그리고 얼굴을 두 손으로 잡아 눈을 맞췄다. 그와 눈높이가 같아졌다.

"지금 먹고 싶은 게 있다니까."

"지금은 밥 먹을 거라니까요."

"내가 먹고 싶은 게 밥이야."

"무슨 그런 얼토당토 않는 소리가 있어요."

"내 마음이야. 내 마음대로 할 거야."

그는 정말 막무가내로 입을 맞췄다. 셔츠 안으로 들어오는 손길을 다급히 붙잡았지만 그런 건 소용이 없었다. 왜냐면 사실은 자신도 같은 마음이었으니까 말이다.

다시 침대에서 마주 본 그들은 서로의 이마를 맞대었다. 땀에 젖은 윤기가 서로를 미치게 만들었다. 방금 전 쾌락을 맛본 그녀의 거친 숨소리가 방 안을 가득 메웠다.

"정말 미치겠다. 그동안 어떻게 참았는지 상상이 안 가. 이렇게 맛있는 널 옆에 두고 어떻게 그 많은 시간을 참았을까. 나 참 대단해."

천연덕스러운 그의 말에 선미는 귓불이 빨개지면서도 좋은 건 어쩔 수 없는지 입가에 미소가 걸쳐졌다.

"제가 그렇게 좋아요?"

입술을 움직이는 선미의 입가에 쪽 소리가 나도록 입 맞췄다. 대답은 하지 않았지만 선미는 이미 답을 들었다. 진하는 옆에 누워서도 계속 그녀의 어깨를 어루만졌다. 옆으로 누운 선미가 그의 눈을 바라보았다.

"이젠 물을게요."

"뭐든지."

"선우 오빠랑 왜 싸웠어요?"

"싸운 거 아니야. 내가 일방적으로 맞은 거야."

"왜요?"

"그러고 싶었으니까."

"그렇게 하면 죄책감이 사라질 것 같아서요?"

본질을 꿰뚫은 그녀의 말에 진하는 가만히 선미를 바라보았다. 참 어릴 때부터도 그랬지만 그녀는 똑똑하고 눈치가 빠르다.

"들었어요."

"어디까지?"

궁금하다. 어디까지 알고 있는지. 선우가 어디까지 말했을지.

"유서그룹이 우리 보육원 화재에 관련이 있다는 것까지요."

"다른 건?"

정작 중요한 건 말하지 않았나 보네. 네 오빠란 사람이. 진하는 어깨를 어루만지던 손을 올려 그녀의 얼굴을 쓰다듬었다. 부드러운 감촉이 그의 손길에 묻어났다.

"다른 것? 더 두려운 게 남아 있나요?"

"그럴 수도 있어."

선미의 얼굴이 살짝 굳어졌다. 보육원 화재만도 사실 감당하기 어려운 것인데 그보다 더 충격적인 일이 있다는 건가. 선미는 어제부터 머릿속을 맴돌던 생각이 점점 더 커져 갔다. 서재에서 앨범을 본 뒤로는 거의 확신하고 있었다. 입을 열려는데 그가 한발 빨랐다.

"하나 묻자."

"말해요."

"우리 집안이 당신 오빠 말대로 정말로 화재와 관련되어 있다면 당신은 어떡할 거야?"

"네?"

"왜 나한테 왔어? 그 사실을 알았으면서 왜 어제 나한테 왔냐고."

"그야……."

당신이 보고 싶었으니까. 선미는 입을 다물었다. 스스로의 이중적인 모습에 답을 잃었다.

"바보야. 어떡하긴 뭘 어떡해. 증오하는 게 맞지."

담담하게 웃으며 말하는 그의 목소리가 오히려 슬프게 들리는 건 착각일까. 정말 진하도 그 화재를 인정하는 걸까. 그렇다면 정말 이 집안은 우리에게 원수란 말인가. 그걸 알면서도 자신은 여길 왔다는 거고, 그 원수 집안 자식과 사랑을 나눈 거란 소리다.

"더 생각할 것 없어. 우리 집안이 당신 입장에서 원수라면 그렇게 생각하면 돼. 다른 생각으로 당신을 힘들게 하지 마. 날 원망해도 되고, 미워해도 돼."

"그럼 때려도 돼요?"

"응."

"화내도 돼요?"

"응."

"그럼 당신은 어떡할 거예요? 우리가…… 만약 당신 말대로 원수 집안이라면 당신은 어떻게 할 거예요? 그런 사실을 알면서도 날 흔들었는데 그냥 단순히 심심해서 다가온 건 아닐 거 아니에요."

조곤조곤 작지만 단정한 목소리에 진하는 오히려 힘이 났다. 그의 입꼬리가 올라갔다.

"결론부터 말하자면 원수라는 것은 당신에게만 해당돼. 난 아니야. 그러니까 당신이 날 증오한다고 해도 난 절대 물러나지 않을 거야. 그런 각오도 없이 다가가진 않았어. 네가 날 밀쳐 내고 죽이고 싶을 정도로 싫어해도, 난 멈추지 않을 거야. 왜냐하면 그게 내 방식이니까. 난 그렇게 속죄할 거니까. 고통스럽고 힘들어도 널 내 옆에 둘 거야. 그건 네가 꼭 기억했으면 좋겠어."

그의 다정한 목소리에 선미의 심장이 또다시 널을 뛰었다. 무조건적인 그의 사랑에 가슴이 벅차올랐다. 선미는 천천히 고개를 끄덕였다.

"궁금한 게 또 있어요."

"오늘따라 질문이 많네요, 아가씨."

빙그레 웃는 진하를 물끄러미 바라보던 선미가 손에 힘을 주었다.

"아까 서재에서 잠깐 봤어요. 앨범. 그 속에 여자아이도."

선미는 드디어 마음속에 품었던 말을 꺼냈다. 진하도 예상하지 못한 말인지 눈동자가 커졌다. 그녀는 그의 눈동자에서 답을 찾길 바라는 사람처럼 하염없이 바라보았다.

"말해주세요. 저에 대해."

단정한 그녀의 목소리에 진하의 눈동자가 흔들렸다. 이 눈빛은 무엇을 의미하는 걸까. 그는 한참을 바라보다 그녀의 이마에 입을 맞췄다.

"오연우가…… 진선미예요?"

선미의 떨리는 목소리에 진하는 고개를 끄덕였다. 선미의 입에서 작은 탄식이 나왔다.

"어느 정도 예상은 했지만 정말 그 소녀가 저일 줄은……."

"선미야."

"그동안 당신은 내가 누군지 알면서 만난 거네요?"

"응."

"전 어땠어요? 당신이 기억했던 오연우 말이에요."

진하는 고개를 저었다.

"당신 기억에 관한 건 내 몫이 아니야. 처음엔 전부 말하고 싶었는데 결국 그 기억의 주인은 너인데 네가 기억하지 못한다면 소용이 없더라고. 남이 말해준 기억에는 내가 없고, 또 네가 없으니까."

"어떻게 진선미가 오연우인지 알았어요? 외모만 보고 안 거예요? 하긴…… 처음에 날 봤을 때 엄청 놀란 표정이긴 했어요."

"난 네 버릇 하나까지도 다 기억하고 있어. 네 얼굴, 목소리, 하트 점, 글씨체 모든 걸 다 알아."

"……."

"닮은 여자인지 정말 연우인지 구분도 못할 바보가 아니야."

"그러니까…… 당신은 내 모든 걸 아는데도 난 당신을 모르는 거네요?"

선미는 자조적인 미소를 지었다. 눈시울이 붉어졌다.

"어떻게 그럴 수가 있지. 혼자서 그 여자를 질투하고 미워했는데 그게 나였다니……."

선미의 눈에 눈물이 가득 고였다.

"어쩌면 그럴 수가 있어……."

눈물이 더는 담길 수 없어 뺨으로 타고 내려왔다. 고통스러워하는 선미의 벗은 몸을 당겨 안았다. 힘들어하지 마. 슬퍼하지 마.

앨범 속 소녀가 자신이라면 진하는 제 오랜 연인이었고, 저는 오래전부터 진하를 사랑해 온 것이다. 사진 속의 애틋한 그들이 사실은 지금 눈앞에서 절 바라보고 있는 남자와 자신이었다. 제발 그를 기억했으면 좋겠다. 그리하여 불행했던 과거를 알게 된다고 하더라도 진하를 알고 있었던 어린 자신을 기억하고 싶다. 부디 우리의 시간을 되찾고 싶다. 그런데 기억을 하지 못하는 자신이 참으로 원망스러웠다.

선미는 소리도 없이 눈물을 흘려보냈다. 의식하지 못하는 동안 눈물이 뺨을 적시고 흘렀다. 진하의 아픈 눈동자를 보는 건 그녀를 더욱 슬프게 했다.

"앨범을 봤는데…… 그렇게 환하게 웃으며 행복했었는데…… 난 왜 기억을 못 하는 걸까요……."

겨우 제 자신을 아는 것도 이렇게 힘겨워하는 그녀를 어찌해야 할까. 앞으로 그녀가 기억해서 감당해야 할 일들은 이보다 더 험난할 텐데 그걸 어찌 봐야 할까. 차라리 저가 대신 아팠으면 좋겠다. 그녀의 고통이 모두 제게로 왔으면 좋겠다.

"미안해요. 당신을 기억 못 해서 미안해요."

그는 선미의 머리카락을 쓸어내리며 정수리에 입을 맞추었다. 그리고 흐느끼며 우는 그녀의 어깨를 다정하게 감쌌다.

"괜찮아. 기억 못 해도 괜찮아. 내가 널 더 많이 사랑하고 아껴주면 돼. 기억 못 하는 지금의 너도 사랑하니까 어릴 때의 모습을 모른다고 해도 전혀 문제될 것 없어."

그녀의 귓가에 들리는 애절한 목소리에 선미는 그의 허리에 손을 감아 꼭 끌어안았다.

"기억하면 제일 먼저 달려올게요. 진하 씨에게 가장 먼저요."

"그래 주면 더할 나위 없이 기쁠 거야."

선미는 눈물이 멈추어지지 않아 그의 품에서 한참을 울었다.

여유로운 성탄절 오전을 보낸 그들은 진하의 차에 올라탔다. 차에 타서도 그는 선미의 손을 놓지 않고 한 손을 꼭 잡았다.

"이젠 매일 전화한다. 아무 때나 전화한다. 시간 따위 정하지 않아."

진하의 말에 선미는 살짝 웃음이 나왔다.

"전화를 끄면 되죠."

"그럼 각오해. 당신은 이제 내 여자야. 그걸 기억하라고."

내 여자. 당신 여자. 진하의 여자. 선미는 괜히 가슴이 벅차오르는 걸 느꼈다.

"선미가 편해요, 연우가 편해요?"

참 이런 질문을 그녀의 입에서 직접 듣게 될 줄이야. 진하는 너무 감격스러운 상황에 콧등이 시려왔다.

"당신이 기억을 못하면 선미고, 기억을 하면 연우야. 난 예전부터 그렇게 정했어."

진하는 말을 하며 가까이 다가와 입술에 쪽 소리가 날 정도로 입을 맞췄다.

"너 왜 이렇게 예쁘니."

"에?"

선미의 얼굴이 도리어 붉어졌다. 참 저런 말을 아무렇지도 않게 한단 말이다.

"보내기 싫다."

선미의 얼굴을 지분거리던 그의 입술이 살짝 멀어졌다. 저절로 숨이 가빠지던 그녀는 잘 익은 토마토가 되었다. 고개를 살짝 돌렸다.

애를 태운다. 남자의 가슴에 불을 지르고 아무것도 모르는 얼굴

표정으로 눈을 내리까는 그녀가 밉다.

"사랑한다. 선미야."

연습실 앞에 도착한 진하는 잡고 있던 그녀의 손을 꽉 쥐었다 풀어주었다. 사랑을 받고 있는 여자의 모습은 아름답기 마련이다. 더군다나 서로가 같은 마음이라면 그 얼굴은 더욱 빛나고 어여쁘다.

"사랑해요."

선미는 그에게 다가가 가볍게 입을 맞추고 눈웃음을 지었다.

늦은 연습을 끝내고 불 꺼진 집에 들어온 선미는 연습실에서 있었던 일에 얼굴이 발그레 붉어졌다.

한창 연습 중인데 연습실로 배달 온 도시락에 단원들 모두 환호성을 내질렀다. 받는 사람은 선미였고 보내는 이는 '당신의 남자'였다. 손발이 오그라든다면서도 도대체 누구냐며 궁금해 하는 눈빛들을 뒤로하고 선미는 카드를 보았다. 힘 있고 단정한 글씨체에 입꼬리가 올라갔다.

"선미 씨 애인인가 봐?"

"아…… 네. 제 애인이에요."

"우와, 멋진 남자친구 뒀네. 여기 음식 비싼데. 남친이 재력이 있나보네."

"그냥…… 회사 다녀요."

선미는 얼버무리며 도시락을 함께 먹었다. 그에게서는 아무런 연락이 없었지만 선미는 그의 사랑이 느껴져 숨이 차올랐다. 잔잔히 뛰는 심장 소리가 그녀의 온몸을 울렸다. 이후 연습 내내 틈만 나면 선미를 놀려대는 단원들에게 진땀이 흘렀지만 그래도 마음만은 행복했다.

집 안 불을 켠 선미는 외투를 벗고 난방 온도를 올렸다. 선재, 선구는 크리스마스 대목이라 장사 시간을 늦춘다며 늦게 들어올 거라고 했다. 선우에게서는 어제 이후 연락이 없었다. 전화를 하려고 핸드폰을 들어 올리는데 현관문을 두드리는 소리가 들렸다.

"누구세요?"

번호를 누르고 신호가 가는 소리를 들으며 현관문을 열었다. 그리고 밖에 서 있는 남자를 보며 급히 핸드폰을 껐다.

"진하 씨."

진하는 선미를 보자마자 안아 들고 안으로 들어왔다.

"누군지 밝히지도 않았는데 겁도 없이 문을 열어. 큰일 나려고."

"여긴 어쩐 일이에요."

그의 품에 안긴 선미는 복잡한 감정에 눈동자가 흔들렸다. 여긴 우리 집이라고. 아니, 혼자 사는 내 집이 아니라 동생들하고 같이 사는 집이야. 이런 델 오면 어떡해. 들키면 어쩌려고.

"들키면 밝히면 되지 뭘 걱정? 네 동생들도 그러길 원할걸?"

마음을 읽은 건지 진하는 스스럼없이 방으로 들어왔다. 그리고 방문을 잠그고 선미를 바닥에 눕혔다.

"이봐요! 갑자기 이런……."

다짜고짜 입술을 부딪쳐 오는 그의 입술에 선미의 말은 또다시 막혔다. 진한 키스가 방 안을 가득 메웠다. 가까이에서 그의 목소리가 들렸다.

"당신 대단한 여잔 건 알았지만 상상 초월이야."

"네?"

"어쩜 문자 한 통 보내질 않냐. 잘 먹었다. 고맙다. 뭐 이런 문자도 못 보내?"

"아……."

"설마 다른 남자가 보냈다고 생각하는 거야?"

진하의 진지한 눈빛에 선미는 웃음이 터졌다. 사랑스럽다. 질투하는 그가 미치도록 섹시하다.

"잘 먹었어요. 고마워요."

"하, 정말 엎드려 절 받기네."

그의 입가에 잔잔한 미소가 걸쳐졌다. 그의 아래 깔린 선미는 불안하면서도 아찔한 상황에 심장이 두근거렸다.

"너도 같은 생각이지?"

"아닌데요."

눈을 피한다. 예쁘다. 그는 그녀의 눈가에 입을 맞췄다.

"날 원하지?"

"아니라니까요."

고개를 돌린다. 죽겠다. 그는 그녀의 귓가에 숨을 불어넣었다. 그녀의 얼굴이 금세 붉어졌다.

"날 원하네?"

"이, 이건! 원래 귓불이 좀 예민해서 그래요!"

새빨개진 얼굴로 목소리를 높이는 그녀의 입술에 입을 쪽 맞췄다. 그녀의 커다란 눈동자가 그를 향했다. 다시 쪽. 그의 눈빛은 어느새 장난을 벗어던지고 진하게 변해 버렸다. 쪽.

지금 그는 기다려 주고 있다. 슬쩍 기회를 엿보는 사자처럼 먹잇감을 노리고 있는 짐승 같았다. 부끄러운 마음에 고개를 돌리는 그녀의 목덜미에 그의 숨이 내려왔다. 그리고 혀끝으로 살짝 핥아

올렸다.

"하읏."

선미는 저도 모르는 신음 소리에 입을 꾹 다물었다.

"네 동생들은 오늘 안 들어와."

"에?"

"미안해서 못 들어올걸? 그리고 날 전폭적으로 밀어주니까 제발 무슨 일이 생겼으면 할 거야."

"지금 무슨 말을 하는 거예요."

순식간에 얼굴이 붉어진 선미는 숨을 내쉬며 고개를 옆으로 돌렸다. 진하가 동생들에게 자신에 대한 이야기를 했다는 것은 듣지 않고도 알 수 있었다. 그러니까 지금 동생들은 선미의 과거에 긴장한 상태란 말이었다. 선우와 동생들을 생각하면 한숨과 함께 안타까움이 몰려왔다. 그들은 선미가 누군지 처음부터 알고 있었고 기억하지 못하는 자신을 속였다. 진선미라는 이름으로 살게 했고 진하를 숨겼다. 의도적인지 어쩌다 그랬는지는 모르겠지만 결과적으로 그들은 선미의 삶을 왜곡시킨 것이다.

하지만 선미는 그들에게 원망보다는 안쓰러움이 더 크게 밀려왔다. 기억을 잃었던 선미에게는 그들이 전부였고 또 희망이었다. 그들은 선미에게 최선을 다했고 사랑으로 지켜주었다. 정말, 지켜줬다는 말이 맞았다. 그들은 선미에게 최고의 오빠와 동생들이었다. 그러니 속였다고 해서 미움이 솟아나지는 않았다.

"그래서 난 기회를 놓치지 않으려고."

그의 손은 벌써 선미의 옷가지를 벗기고 있었다. 그녀의 작은 반항은 그를 도와주고 있었다.

"그래도 오늘 벌써 몇 번이나……."

아, 생각하니 다시 열이 오른다. 선미는 입을 다물고 그의 손길과 입술을 느꼈다.

"그게 중요해? 너랑 내가 한마음인 것이 중요하지."

목선을 타고 내려오는 그의 입술이 선미의 말랑거리는 가슴에 닿았다. 그녀는 숨을 깊게 들이쉬며 벌렁거리는 심장을 원망했다. 심장아, 제발. 그의 혀끝이 그녀의 가장 봉긋한 부분을 지분거렸다. 부드러우면서도 단단한 끝이 하늘로 솟아올랐다.

"하아."

입가에서 숨이 저절로 터져 나왔다. 한 손으로는 탐스런 가슴을 움켜쥐며 그는 가슴을 탐험하는 사람처럼 그녀의 젖가슴 위에서 한참을 노닐었다. 손길이 닿을 때마다 벗겨지는 옷과 함께 드러나는 하얀 속살이 진하의 열기를 부추겼다. 매끄럽고 부드러운 살결에 온몸이 녹아내리는 것 같았다.

"미치겠다. 너무 예뻐서."

거친 숨과 함께 허스키한 목소리에 선미는 눈을 질끈 감았다. 귓가에 들리는 그의 목소리가 정신을 나락으로 떨어뜨리는 것 같았다. 서로의 몸은 절정을 향해 갔고 그와 함께 선미의 신음 소리도 더욱 커져 갔다. 그녀의 위로 겹치듯 엎드린 그의 몸이 땀에 젖었다. 선미의 들썩이는 숨과 그의 몸이 함께 움직여 리듬을 탔다.

먼저 눈을 뜬 건 선미였다. 불편하지도 않은지 그는 잠들 때 팔베개를 해줬던 그대로 선미를 안고 있었다. 그가 깨지 않도록 조심스럽게 몸을 돌려 얼굴을 바라보았다. 선미의 입가에 저절로 미소가 걸렸다. 몸을 일으킨 선미는 그녀의 몸을 감아오는 손길에 고개를 돌렸다.

"더 자요. 이따 깨울게요."

그녀의 말에 진하는 다시 잠에 빠졌다. 그의 이마에 살짝 입을 맞춘 후 방문을 열고 나왔다. 욕실에서 샤워를 하고 부엌으로 들어오는데 선미의 핸드폰이 울렸다. 모르는 번호다.

"여보세요."

[진선미 씨?]

여자 목소리.

"누구세요?"

[저 송민서예요.]

"아, 네. 안녕하세요. 제 번호는 어떻게 아셨어요?"

[아, 아무르 사장님께 여쭤봤어요. 개인 정보 함부로 노출시켜서 미안한데 저도 급해서요.]

"네에."

[오늘 오시는 거죠?]

"네. 갈게요. 이따 9시까지 가면 된다고 하셨죠?"

[네. 오시기 불편하면 차 보내 드릴게요.]

"아, 아니에요. 두 다리 튼튼한데요 뭐. 알아서 갈게요."

[그럼 그때 봐요. 선미 씨, 고마워요.]

전화를 끊는 그녀의 뒤로 남자의 팔이 감싸왔다. 아, 정말 인기척 좀 내시라고요.

"누구야?"

"이따 아르바이트가 잡혀서요. 거기 가야 해요."

"아르바이트? 토요일은 없잖아."

"네…… 근데 며칠 전부터 계속 해달라고 요청을 한 사람이 있어서 하기로 했어요."

"그래? 어디서 하는데?"

말을 하려던 선미는 문득 떠오르는 생각에 진하를 올려다보았다. 그러고 보니 그 행사가 10대 그룹 송년 행사라고 했었는데 그렇다면 이 사람도 올 수 있었다. 선미는 그제야 그의 사회적 지위가 떠올랐다. 그와 동시에 민서가 왜 자신을 부르는 건지도 알 것 같았다.

"그 사람의 의도가 뻔히 보이는데 그대로 넘어가 줄까요, 아님 단칼에 자를까요?"

"무슨 말이야."

"분명한 건 절 너무 쉽게 봤다는 거예요."

"계속 모를 소리만 할 거야?"

선미는 진하를 올려다보며 빙그레 웃었다.

"오늘 알바 잘할 거라고요. 당신도 오늘 하루 잘 보내세요."

몸을 돌려 걸어가는 선미의 뒷모습을 진하가 빤히 바라보았다. 뭔가 있는데 말을 해주지 않는다. 진하는 궁금했지만 일단은 넘어가 주기로 했다. 하지만 괘씸하잖아.

진하는 성큼성큼 걸어가 선미의 손목을 잡아채고 방으로 향했다.

"뭐, 뭐예요."

"벌이야."

"에? 이봐요."

"이봐요? 내가 겨우 그 정도 존재야? 이름 뒀다가 뭐 할래."

"정말 유치하게 왜 이래요."

결국 방으로 들어온 진하가 선미를 벽에 가두고 가까이 다가왔다.

"몰랐어? 나 굉장히 유치해."

선미의 목을 지분거리는 진하를 보며 그녀는 옅은 한숨이 나왔다. 왠지 오늘 아침도 순탄하지는 않을 것 같다.

연습실에 들러 2~3곡 정도 곡을 선정하여 불러본 선미는 저녁이 가까워지자 다시 집에 들어왔다. 호텔에서 하는 파티에 어울리는 옷은 없지만 그래도 청바지에 티는 아닌 것 같아서 가지고 있는 옷 중 가장 괜찮은 것을 찾아보기로 했다. 그나마 붉은 계열의 원피스가 있어서 다행이었다. 검정 스타킹을 신고 화장을 곱게 했다. 평소에 화장을 진하게 하지 않아서 그렇지 솜씨가 없진 않았다. 가지고 있는 화장품을 총동원해서 찍어 바르고 나니 한결 괜찮아 보였다.

선미는 늦지 않게 가기 위해 집을 나섰다. 버스와 지하철, 다시 도보로 한참을 걷고 난 뒤 영진호텔에 도착했다. 이렇게 걸어온 사람은 저뿐일 것이다. 호텔 앞은 한눈에 보아도 고급 승용차들이 줄지어 대기하였고, 입구부터 경비를 서는 경호원들 때문에 취재진들은 한곳에 몰려 있었다. 호텔 로비에서 경호원들에게 저지당한 선미는 민서에게 전화를 걸었다. 곧 경호원들이 수신을 받고 선미를 안으로 들여보냈다.

호텔 연회장 안은 화려한 조명과 꽃들로 화사하게 빛나고 있었다. 누가 보아도 엄청 신경을 썼다는 것이 느껴질 만큼 화려했다.

선미는 입구에 서서 들어선 사람들을 보았다. 슈트에 드레스, 모두들 한껏 멋을 내고 자리를 빛내고 있었다. 진하도 이들처럼 멋들어지게 입고 오겠지. 선미는 주춤거리는 마음 때문에 주먹을 꽉 쥐었다. 민서가 밝은 얼굴로 다가왔다. 선미의 머리끝부터 발끝까지 눈으로 훑은 그녀는 입꼬리를 올렸다.

"잘 오셨어요. 오는 데 불편한 점은 없었어요?"

"네."

"조금 있으면 식 시작할 거예요. 아버지 송년사 하시고 난 뒤 적절한 시기에 노래 부르시면 돼요."

"알겠습니다."

"지금은 테이블에 놓여 있는 음식들 먹으면서 조금 기다려 주세요."

선미가 고개를 끄덕이자 민서는 확신에 찬 미소를 지었다. 겨우 이 정도 여자를 만나고 있는 거라면 자신이 훨씬 더 유리하다. 얼굴 반반한 것 빼고 내세울 것이 없는 여자라면 진하가 만나고 있는 여자라고 해서 조급할 필요가 없었다. 민서는 자신의 계획에 만족해하며 걸어갔다.

선미는 천천히 연회장을 움직이며 사람들을 둘러보았다. 화려하고 돋보이는 생활을 하는 이들은 자신을 보며 무슨 생각을 할까. 계급 체계를 떠올릴까. 진하는 어쩌다가 연우를 만나게 되었을까. 그런 초재벌이 보육원에 올 일이 뭐가 있다고. 혹시 봉사활동 같은 것을 하다가 만났을까. 어찌 되었든 어린 시절이었다고 해도 진하와 자신 사이에는 이토록 큰 갭이 놓여 있었다.

그래서 헤어졌을까. 유서그룹이 보육원 화재와 관련 있다는 말은 곧 그 집안사람들 중 누군가가 보육원을 싫어했고 그래서 끔찍한 일을 저질렀다는 소리였다. 그 중심에는 진하가 있고 자신은 보육원 화재 이후 기억을 잃은 채로 살아온 것이다. 그렇다면 진하는 왜 저를 찾지 않았을까. 그토록 사랑했던 여자가 어디 살고 있는지 궁금했을 텐데 왜 여태 몰랐다가 이제야 알게 되었을까.

그러고 보니 이상했다. 왜 선우는 보육원 원장님이 묻혀 있는 곳을 찾아가지 않는지, 왜 한 번도 자신을 데려가지 않는 건지, 자신의 이름은 왜 바뀌었는지 의문이었다. 그게 이상하다는 것을 이제야 느꼈다.

연화그룹 송 회장의 송년사가 시작되고 선미는 시선을 단상 위로 옮겼다. 송 회장의 옆에 나란히 서 있는 그의 가족들이 눈에 들어왔다. 원래대로라면 진하와 약혼을 했을 집안. 그 빵빵한 집안의 여자는 부족함이 없는 듯 보였고 눈빛에는 자신감이 가득 들어차 있었다.

아름다운 외모와 잘빠진 몸매는 보는 사람으로 하여금 시선을 떼지 못하게 했다. 저런 여인이 진하의 옆에 있는데 그는 어떻게 한 번도 흔들리지 않았을까. 어쩜 그 오랜 시간 동안 한 여자만을 생각하고 있었을까. 선미는 진하의 깊은 사랑에 괜히 콧등이 시큰거렸다.

웅성거리는 사람들 소리에 선미의 고개도 돌아갔다. 아, 선미의 입에서 작은 탄성이 흘러나왔다. 재벌들 틈에서도 유독 눈에 띄는 사람, 화려함이 극에 달한 사람들 중에서도 더욱 빛나는 존재감을 보이는 사람, 걸음걸이 하나만으로도 시선을 끄는 내 남자, 유진하가 들어왔다.

송년사가 진행되는 와중에도 사람들은 진하에게 말을 걸기 위해 그쪽으로 다가갔고 그는 금세 사람들 틈에 둘러싸였다. 선미는 자신과 진하의 거리가 평소보다 더 멀단 느낌이 들었다. 단둘이 볼 때는 몰랐는데 여러 사람들 사이에서 보니 그는 확실히 존재감이 달랐다. 가볍게 입은 슈트도 그가 입으니까 빛났고, 깔끔하게 올린 머리는 진하니까 더 멋있었다. 그러니 사람들의 입이 벌어지지 않을 수 없었다. 보기만 해도 배꼽 아래가 저릿할 만큼 그는 섹시하고 유혹적이었다.

민서는 어느 틈에 그리로 갔는지 벌써 진하의 앞에 서 있었다. 가장 화려하고 예쁜 웃음으로 진하를 맞이했다. 그 순간 진하가 같이 웃어줬다면 섭섭했을 것이다. 하지만 그는 무표정으로 살짝 고개를 숙여 응답할 뿐이었다. 선미의 입가에 옅은 미소가 지어졌다.

송년사가 끝나자 장내에는 박수 소리가 가득 찼다. 사람들은 다시 저들끼리 대화를 이어나갔다. 어두웠던 장내는 다시 밝은 조명이 켜졌다. 수행원들이 안내하여 선미는 단상 위로 올라갔다. 단상에 서니 진하가 더욱 잘 보였다. 사람들에게 둘러싸여 있어도 한눈에 그가 보였다. 그리고 그의 옆에 서 있는 민서도 눈에 들어왔다. 이젠 내 차례야. 송민서 씨, 이젠 나를 보여줄게. 내가 누군지, 내가 누구의 여자인지 잘 봐. 그리고 꼭 기억해.

시선을 넓게 보며 선미는 심호흡을 했다. 그리고 다시 진하를 내려다보았다. 그의 눈이 선미에게 향해 있었다. 귀신을 보는 듯 잔뜩 커진 눈동자가 그녀에게 고정되었다. 선미는 그를 보며 빙그레 웃었다. 놀랐던 진하도 금방 이성을 찾고 선미를 보며 미소를 지었다. 그의 시선을 받아 선미는 노래를 시작했다.

넬라 판타지아. 많은 사람들이 알고 있는 그 노래. 그렇기 때문에 더욱 엄격한 잣대가 적용되는 노래. 그녀의 목소리는 음색을 타고 연회장을 물 흐르듯 흘러갔다. 사람들의 귓가에, 어깨 위에, 머리 위로, 테이블 위에 꽂혀진 꽃들에게 내려왔다.

연달아 '강 건너 봄이 오듯' 노래를 부르고 '입맞춤' 노래를 이어 불렀다. 어느새 사람들의 시선이 전부 선미에게로 쏠렸다. 수많은 오페라, 연주회 공연을 보았지만 이런 목소리는 흔하지 않다. 어째서 이런 목소리가 숨어 있었는지 의아할 뿐이었다.

조용한 연회장 안에 그녀의 목소리는 청아하고 맑게 울려 퍼져 좌중을 휘어잡았다. 사교계에서 전혀 보지 못한 새로운 얼굴, 아름답고 맑은 목소리, 그리고 자태. 그들은 선미에게 일제히 홀렸다. 그와 동시에 민서의 미간은 점점 구겨졌다. 생각보다 더 주목을 받는 선미를 보며 민서는 애써 되찾았던 평온이 한순간에 사라졌다.

선미의 위치가 어딘지 알게 해주려고 만든 자리임과 동시에 자신의 위치를 인식시키려고 만든 자리였다. 그런데 저 여자는 목소리 하나로 사람들을 매혹시키고 자기편으로 만들었다. 이러면 의미가 없잖아. 진선미 당신은 지금 그런 목소리로 노래를 부르면 안 된다고! 민서의 손에 힘이 들어갔다.

노래가 끝나자 사람들의 우렁찬 박수 소리가 들렸다. 선미는 활짝 웃으며 고개를 숙여 인사하고 단상 아래로 내려왔다. 그리고 성큼성큼 걸어오는 진하를 보며 그 자리에 섰다. 빠른 걸음으로 다가온 진하가 그녀의 앞에 섰다. 선미는 그를 올려다보았다. 진하는 그녀를 내려다보았다. 서로의 입가에 진한 미소가 걸쳐졌다. 주변의 시선이 들어오지 않았다. 오직 서로의 모습을 오롯이 새길 뿐이었다.

"제가 오늘 초대한 분이에요. 일전에 아무르에서 노래 불렀던 진선미 씨요."

민서가 진하의 옆에 서며 말을 걸어왔다. 진하는 선미에게서 가까스로 시선을 떼어 민서에게로 돌렸다. 민서를 보는 표정은 선미를 볼 때와는 확연히 달랐다. 언제 웃었냐는 듯 그는 차가운 얼굴로 민서를 노려보았다. 일부러 선미를 불렀고, 진하가 만나는 여자가 맞는지, 사실이라면 제대로 창피를 주기 위해서 초대한 것 같은데 선미가 기대 이상의 모습을 보여주니까 당황스러웠을 것이다. 민서는 그의 날카로운 눈빛에서 가까스로 시선을 선미에게 돌렸다.

"오늘 노래 잘 불러주었어요. 역시 무리를 해서 초대한 보람이 있네요."

"감사합니다."

선미는 민서에게 웃어주며 고개를 살짝 숙였다.

"여기서 연인을 만나게 될 줄은 몰랐어요. 오히려 제가 민서 씨에게 고맙다고 해야겠네요. 노래 부르는 모습을 이 사람에게 들려줄 수 있어서요."

민서의 얼굴이 순식간에 달아오르며 붉어졌다. 진하의 얼굴에 웃음꽃이 피었다. 한마디 하려고 했는데 예쁘게도 선미가 알아서 민서의 심기를 건드려 주었다. 모르고 한 건지, 일부러 그러는 건지는 모르겠지만 아마도 후자에 가깝다는 생각이 들었다. 진하는 선미의 강단에 저절로 미소가 지어졌다.

그들 주변으로 사람들이 점점 몰려들었다. 진하가 저렇게 웃으면서 여성을 바라본 적이 있던가. 저 여자와 진하가 무슨 사이인지 궁금한 사람들은 귀를 쫑긋 세우며 그들에게 시선을 고정시켰다. 그런데 진하가 결정적인 행동을 취했다. 선미의 손을 끌어당겨 자신의 옆에 서게 만들었다. 자연스럽게 따라오는 선미의 허리에 손을 두르며 귓가에 입을 가져갔다.

"어쩌면 이렇게 깜찍한 생각을 했어. 이런 이벤트도 할 수 있는 여잔지 몰랐네."

선미의 눈이 진하에게 향했다. 그가 활짝 웃고 있다. 그 모습이 애간장을 녹일 듯 멋졌다.

"제가 좀 생각을 뛰어넘는 여자예요."

두 사람의 밀어를 보던 사람들은 궁금증에 폭발할 지경이었다. 보다 못한 몇몇 사람이 그들 가까이에 다가왔다.

"유진하 회장님. 옆에 누구세요? 처음 보는 여성분이신데."

눈빛을 빛내며 다가오는 여자들을 보며 진하는 선미를 더욱 바짝 당겼다.

"제 연인입니다."

연회장에 있는 사람들의 표정을 하나로 표현할 수 있을까. 갖가지 감정이 섞인 표정들이 그들의 얼굴에 드러났다. 하지만 곧 선미를 자세히 관찰하기 시작했다. 짧은 머리카락 덕분에 훤히 드러나는 목선, 그리고 빨강 원피스에 드러나는 가녀린 몸, 작은 얼굴 안에 꽉 들어찬 이목구비, 처음엔 관심을 두지 않아 몰랐는데 이 여자, 굉장한 미인이었다. 그래서 남자, 여자 할 것 없는 시선들이 선미에게로 쏠렸다.

"처음 봐요. 그동안 회장님께서 만나는 여자가 있다는 얘기는 못 들었거든요."

"그러게 말입니다. 이렇게 아름다운 목소리를 지니신 여성분이 옆에 계신 줄은 몰랐습니다."

"이제 보니 외모도 아름다우십니다."

선미는 활짝 웃으며 고개를 숙였다. 사람들은 선미가 누군지도 모르면서 일단 그녀를 치켜세워 주었다. 그게 진하의 위치였다. 옆에 있는 사람을 단숨에 꼭대기로 끌어올려 주는 위치에 있는 사람이 그였다.

"민서 씨 소개로 오신 줄 알았는데, 아니었나요?"

사람들이 민서에게 묻자 그녀는 잔뜩 굳은 얼굴로 선미를 노려보았다. 그리고 진하에게도 시선을 던졌다.

"진하 씨 정말 너무하네요. 오늘 행사 우리 아버지가 주최한 거예요. 이런 자리에서 꼭 그렇게 해야겠어요?"

진하의 눈동자가 차갑게 변했다.

"송민서 씨야말로 내 뒷조사를 한 겁니까. 그래서 선미에게 노래를 부탁한 겁니까."

"저는……."

"분명히 말했을 텐데요. 당신과 약혼할 일은 없다고. 그런데도 미련을 버리지 못하니 난 이렇게 내 진심을 보여줘야겠습니다."

민서는 얼굴이 굳어지며 선미에게로 시선을 돌렸다. 그의 손을 꼭 잡고 자신을 보고 있는 선미를 보자 민서는 말할 수 없는 치욕스러움과 부끄러움이 몰려와 자리를 홱 벗어났다. 선미는 등을 보이며 걸어가는 민서를 물끄러미 바라보았다. 민서가 안타까웠다. 결국엔 진하를 사랑해서 그런 건데 이 남자가 눈길 한번 주질 않으니 애가 끓었나 보다.

민서가 가고 나서도 진하와 선미는 잡은 손을 놓지 않았다. 연회장 안 사람들은 그들을 힐끔 보면서도, 더는 다가오거나 묻지 말라는 아우라를 풍기는 진하가 느껴져서 가까이 가지도 못하고 주위를 서성였다.

"노래 정말 좋았어."

"고마워요."

"집에 갈래?"

"진하 씨 더 있어야 하는 거 아니에요?"

"얼굴 비쳤으면 된 거지. 가자."

선미는 그의 손을 잡고 걷다가 앞에 서는 사람들로 인해 발걸음을 멈춰 섰다. 작은아버지인 유효명 유서기획사 회장과 함께 비서들의 호위를 받고 서 있는 주신이 소스라치게 놀란 눈으로 선미를 보고 있었다.

"인사해. 내 어머니와 작은아버지야."

진하는 주신에게서 눈을 떼지 않은 채 선미의 귀에 속삭였다. 선미는 그의 말에 고개를 깊이 숙였다.

"안녕하세요. 진선미입니다."

그녀의 이름에 주신은 굳어진 얼굴을 가까스로 펴며 입을 열었다.

"이름이 뭐라고요?"

"진선미입니다."

"그래. 그렇군요. 그런데 우리 회장님과는 어떻게 함께 있는지 물어봐도 될까요?"

날카로운 주신의 눈빛에 선미는 갑자기 심장이 아파왔다. 왜 그런지 모르겠는데 그녀의 눈빛이 마주 보기 괴로울 정도로 따갑게 느껴졌다.

"제가 만나는 사람입니다 어머니. 인사가 늦었습니다."

옆에 있는 진하가 대신 입을 열었다. 주신은 선미에게서 간신히 눈을 떼 진하를 올려다보았다. 이게 지금 무슨 짓이냐는 속뜻이 그대로 전해졌다. 그는 도리어 주신의 얼굴을 차갑게 바라보았다. 주신은 일단 그에게서 시선을 떼고 선미를 보며 미소를 지었다. 그 미소가 선미가 보기에는 가시처럼 느껴졌다.

"그래요? 어미도 모르게 여자를 만났군요. 유진하 회장."

"만남의 자유는 누구에게나 있는 것 아닌가요. 나중에 정식으로 찾아뵙겠습니다."

"우리 유진하 회장에게 이런 미인이 있는 줄은 몰랐네."

효명이 껄껄 웃으며 선미를 보다가 진하에게로 시선을 옮겼다.

"요즘은 평안하신가. 잠은 잘 자고?"

"걱정해 주시는 덕분입니다."

진하는 낯빛 하나 변하지 않은 채 늙은 남자를 보며 입을 열었다.

"어머니한테 잘해 드리라고. 유진하 회장을 지금의 자리까지 올려주신 분이잖은가."

"작은아버지께서 이렇게 제게 관심이 많은 줄은 몰랐습니다. 더 신경 쓰겠습니다."

진하는 살짝 목례를 하고 선미의 어깨를 이끌었다. 선미도 고개를 숙이고 따라갔다. 그들의 모습을 등을 돌려 바라보는 주신의 주먹에 힘이 들어갔다. 말도 안 되는 일이 눈앞에서 벌어져 식은 땀이 흐르고 소름이 돋았다. 연우를 저리도 빼다 박은 여자가 있다니, 분명 다른 여자인데 어째서 동일인처럼 느껴질까. 또다시 예전 일이 반복되는 것 같아 주신은 두통이 차오르는 것 같았다. 행복 보육원. 끝까지 발목을 잡고 놓질 않는다.

"형수님, 아드님이 꽤나 콧대가 높은 것 같습니다. 저래도 되는 건가? 조카는 어머니가 어떻게 일궈온 자린지 아나 몰라."

누가 들어도 비꼬는 말을 하는 효명의 말을 듣고 주신은 그를 돌아보았다.

"지난 일은 제게서 끝낼 일입니다. 유진하 회장은 자기만의 방식으로 회사를 이끌어갈 겁니다. 말조심하십시오."

"하하, 새겨듣지요."

주신은 한쪽 입꼬리를 올리며 대답하는 효명에게서 가까스로 시선을 돌렸다.

"이주신 회장님."

남자의 목소리에 주신은 몸을 돌려 상대를 보았다. 송 회장이 그녀의 앞에 서 있었다.

"이게 어찌 된 일입니까. 유진하 회장에게 여자가 있었습니까?"

주신은 아무런 말없이 그들을 바라보았다.

"회장님께 실망했습니다. 이렇게 일 처리하시는 분인 줄 몰랐습니다."

불쾌하다는 송 회장의 눈빛에 주신은 당당히 고개를 들었다. 그리고 옆에 서서 원망의 눈으로 바라보는 민서에게로 시선을 옮겼다.

"참…… 16년이란 세월 동안 남자의 마음 하나 잡질 못하고 이 지경까지 가게 만드는군요. 송민서 양."

"이 회장님!"

상대방 아버지가 눈앞에 버젓이 서 있는데 그런 소리를 할 수 있다니. 이건 유서그룹이니까 가능했다. 양육강식의 세계에서 강자는 언제나 힘이 있는 법이었다. 적어도 이들 세계에서 유서그룹은 신이나 마찬가지였다. 아쉬운 사람이 먼저 꼬리를 내려야 했다.

"흠흠, 그냥 결혼 전에 만나는 여자로 알면 되겠지요? 어차피 결혼은 우리 민서랑 하면 되니까 크게 신경 쓰지 않습니다."

주신은 다시 송 회장에게로 시선을 옮겼다. 진하의 짝으로 맺어 주고 싶은 사돈이었지만 이젠 정나미가 떨어졌다. 딸이란 아이는 남자 마음도 얻지 못해서 다른 여자에게 뺏기고나 있고. 이런 집 안을 진하와 이어주기에는 진하가 참으로 아까웠다.

"이후의 일정에 대해서는 추후에 논의하시지요."

주신은 차갑게 말하고 돌아섰다. 첩첩산중이다. 이번엔 그녀의 앞에 유서전기 유진성 회장이 서 있었다. 그의 아버지인 유건명 선대 회장과 함께.

"오랜만입니다, 큰어머니."

"오랜만입니다, 유진성 회장."

"작은아버지도 잘 계셨습니까?"

"잘 지냈는가. 형님도 건강하십니까."

형제간이지만 남보다 못한 사이들이기에 서로를 보는 눈빛에는 한기가 흘렀다.

"나야 정력이 넘쳐흐르지."

건명이 껄껄 웃으며 응수했다.

"건강하시죠, 큰어머니?"

진성의 목소리에 주신은 우아하게 미소를 지었다.

"물론이죠. 이 사람이 믿을 건 건강뿐이지 않겠습니까."

"조금 전 참 재밌는 일이 있었습니다. 난 우리 유진하 회장이 그런 취향인 줄 몰랐습니다. 그랬다면 진작 여자들 좀 소개시켜 주고 그랬을 텐데."

"진하가 원래 여자 보는 눈이 높습니다."

"그러게나 말입니다. 아주 미인이더군요. 그런 여자가 옆에 있으니 사리 판단이 흐려져서 이상한 행동을 하는 거겠지요. 시야가 흐려질 만도 합니다."

진성의 말에 주신은 그를 무표정하게 바라보았다. 이 모습은 어린 진하와 똑 닮았다. 무슨 생각을 하는지 모르겠는 얼굴. 진성은 살짝 입꼬리를 올리고 말을 이었다.

"전 말입니다. 그냥 쭉 유서그룹의 회장님으로 큰어머니께서 계셨다면 어땠을까 싶습니다. 그게 모두에게 이득이 아니었을까요."

주신은 차가운 미소를 지었다.

"이젠 유진하 회장이 알아서 잘하겠지요. 설마 회사가 망하도록 하겠습니까. 피라미들이 설치지만 않는다면 신경 쓸 일도 없을 것 같습니다. 그럼 먼저 가보겠습니다. 즐기다 가세요."

그리고 걸음을 옮겼다. 들으라고 하는 소리인 줄 알면서도 진성은 시뻘겋게 달아오른 얼굴로 주신을 쏘아보았다. 얼마나 대단한 자존심인지 한번 두고 보겠어. 그렇게 고개 빳빳이 들고 다닐 날도 얼마 남지 않았으니까.

차에 탄 주신은 앞자리에 앉은 비서에게 다급한 목소리로 말했다.

"당장 진선미에 대해 알아봐."

"네 알겠습니다."

주신은 창밖으로 시선을 돌리며 얼굴 표정을 굳혔다. 찜찜하다.

그 여자의 눈빛이 마음에 걸렸다. 자신을 바라보는 단정한 눈빛, 두려운 여자아이가 떠올랐다.

진하의 차에 탄 선미는 곧장 그의 어깨에 머리를 기댔다. 그도 그녀의 어깨를 잡아 품에 안았다.

"목 상태는 괜찮은 거지?"

"네. 괜찮아요."

"오늘부터 내 집에서 생활할 거야."

"네?"

선미가 고개를 들자 그는 그녀의 머리를 당겨 얼굴을 보지 못하게 했다.

"당신 연습실까지는 매일 정 기사님이 데려다줄 거고 모든 일정은 기사님이 챙겨주실 거야."

"왜 그래야 해요?"

"……노출됐으니까."

"네?"

진하는 더 말을 하지 않고 그녀의 머리를 쓰다듬었다.

"신난다. 매일 같이 있을 수 있어서."

"그렇지만 집에다 얘기도 해야 하고…… 옷도 없고, 저 정말 연습도 얼마 남지 않았는데 매일 꽤 먼 거리를 다니는 것도 좀……."

"옷은 지금 집에 들러서 챙길 거야. 그리고 너 연습하는 건 최대한 방해하지 않을 거야. 모든 일정을 네게 맞출 거니까 그렇게 알고 내 말 따라줬으면 좋겠어."

"……."

"선미야. 응?"

선미는 눈빛이 흔들리는 진하를 보다 고개를 살짝 끄덕였다.

"알았어요."

"그래. 고마워."

깊은 잠이 든 선미가 깨지 않도록 조심스럽게 일어나 거실로 나온 진하는 양주를 잔에 따라 거실 창에 섰다. 한동안 깜깜한 창밖을 보던 진하가 핸드폰을 들어 전화를 걸었다.

"기사님, 밤늦게 죄송합니다."

[아닙니다. 말씀하세요.]

"어머니 주변에 사람을 붙여주십시오. 그리고 연우 주변에도요."

[네. 알겠습니다.]

"반드시 연우를 만나려고 하실 겁니다."

[아가씨 연주회가 며칠이죠?]

"1월 4일입니다."

[회장님께서 신경 쓰실 일이 더 많아지셨습니다. 건강 챙기십시오.]

"괜찮습니다. 전 지금 최고로 행복하니까."

전화를 끊은 진하는 다시 양주를 한 모금 마셨다. 이렇게 갑작스럽게 터트릴 생각은 없었는데 괘씸한 그들 때문에 생각보다 빨리 진행되었다. 이젠 연우를 숨기지 않을 생각이다. 세상 사람들에게 공개해 수면 위로 올릴 것이다. 유진하의 여자로 그녀를 내세울 것이다. 모두에게. 모두 보도록.

제8장 **나는 연우였다**

　선미는 아침에 그의 품에서 일어나 애정을 듬뿍 받고 아침식사를 한 뒤 정 기사의 차를 타고 연습실로 가는 것으로 하루를 시작했다. 거기서 저녁 늦게까지 연습한 후 알바 하는 곳까지 또다시 정 기사가 대동하고, 과외가 끝나면 다시 차를 타고 진하의 집으로 돌아왔다. 집에 올 때는 대부분 진하와 같이 왔다. 집에 오면 진하는 또다시 밤의 대화를 나눴다. 다른 공간에서 자는 걸 허락지 않는 그는 무조건 한 침대에서, 그리고 몸을 섞고 자길 원했다. 그리고 그의 품에서 잠이 드는 게 그녀의 하루였다.

　오늘도 그녀를 유혹하려 셔츠 안으로 손을 집어넣는 진하의 손을 선미가 꽉 잡았다. 선미는 약간 원망의 눈빛으로 바라보았다.

　"진하 씨, 오늘은 안 하면 안 돼요?"

　셔츠를 올리고 그녀의 가슴을 지분거리던 진하가 고개를 들었다.

"응?"

"그게…… 하고 싶은 건 알겠는데…… 제가 좀 몸이 좋질 않아요."

선미는 시선을 피하며 작은 목소리로 속삭였다.

"그래? 갑자기?"

"당신이 매일 이렇게 괴롭히니까 그런 것 같아요. 다른 방에서 잔다는데도 그것도 안 된다고 그러고……."

울상인 그녀의 얼굴이 귀여웠지만 진하는 모르는 척 목소리를 다듬었다.

"벌써 애정이 식은 거야?"

"아니, 그게 아니라……."

선미가 억울한 눈빛으로 진하를 올려다보았다. 그가 환하게 웃고 있었다.

"바보야. 그렇게 힘들었으면서 여태 참았어? 그런 말은 언제든 해도 돼. 몸 아프면 안 되지. 어떻게 온 기회인데 몸이 아파서 망칠 수는 없잖아."

진하는 그녀의 이마에 입술을 내렸다.

"하나는 허락해 줘. 널 안고 잘 수 있게 해줘."

선미의 말간 눈동자를 보며 진하는 침대에 누워 그녀를 끌어당겨 품에 안았다.

"네 살결을 느껴야 잠을 잘 수 있단 말이야. 그러니까 다른 방에서 잔다거나 그런 생각은 절대 하지 마."

"잠을 못 자요?"

"어? 아…… 원래 내가 불면증이 있거든. 제대로 잠을 자본 건

16년 만이야. 그전엔 수면제를 먹거나 피곤에 쩔어 간신히 잠들었었어."

그의 이야기를 가만히 듣던 선미는 그의 얼굴에 손을 대었다. 참, 이 사람의 인생도 쉽진 않았구나.

"그런데 널 만나면서부터 잠이 잘 오는 거야. 그리고 네가 내 집에서 자면서부터는 정말 푹 잘 수 있어. 네 살 냄새를 맡으면서부터."

진하는 선미의 목덜미에 얼굴을 가져갔다. 간지러운 그의 입김 때문에 선미의 입가에 미소가 걸렸다.

"제가 치료제네요?"

"아니지."

진하는 그녀의 귓가에 숨을 불어넣으며 속삭였다.

"예방주사 개념이지. 아프기 전에 미리 맞는 예방주사 같은 거. 너랑 있으면 오려던 병도 사라지니까."

"푸하. 그게 뭐야."

선미의 웃음소리가 그의 귓가에 작게 울려 퍼졌다. 그는 선미를 다정하게 바라보며 미소 지었다.

"선미야. 난 요즘 매일이 행복하다. 널 이렇게 안고 잘 수 있다는 게 꿈만 같아."

사람의 감정은 어떻게 흘러가는 것일까. 불과 며칠 전에 이 사람과 이런 대화를 나누고 함께 몸을 섞으며 한 침대에 있을 걸 상상이나 했었나. 제 감정이 이렇게 커질 줄 전혀 예상하지 못했다. 그의 따뜻한 눈빛과 몸짓, 손길 하나하나에 반응하고 감동을 받고, 설레는 이 마음이 슬쩍 두려웠다. 그에게 빠져들수록 어떤 두려움도 함께 커졌다. 선우에게 들었던 말 때문만은 아니었다. 그냥 알 수 없는 무언가가 자꾸만 자신의 심장을 요동치게 했다. 미치도록 행복하고 꿈같은 지금 이 상황이 너무 아득할 때가 있었다.

"이제 정말 며칠 남지 않았네?"

그의 목소리에 선미는 눈을 감고 그의 가슴에 안겼다.

"5일 남았죠."

"당분간 알바는 쉬는 게 어때?"

"그렇지 않아도 말했어요. 다들 이해해 주시더라고요. 이젠 정말 최선을 다해야죠. 그때 영진호텔 앞에서 기자들한테 찍힌 사진 속 여자가 절 닮았다고 단원들이 어찌나 캐물어보는지 정말 힘들어요."

그와 함께 있으면 이럴 거란 걸 미리 예상했어야 하는데 감정이 앞서다 보니 그대로 얼굴을 노출시켰다. 진하가 말하던 노출됐다는 말도 이런 뜻일까. 어쨌든 조심해야겠다는 생각이 들었다. 진하는 선미가 하는 생각을 전부 알기라도 하는지 빤히 쳐다보았다. 그러다 빙그레 웃었다.

"내일은 연습 몇 시에 끝나? 올해의 마지막 날인데."

"글쎄요. 내일도 막바지 연습으로 바쁘지 않겠어요?"

"어디 잠깐 다녀올까? 우리 회사도 종무식 하고 일찍 마무리하는데."

"어디 가고 싶은데요?"

"어디든."

"좋아요. 끝나고 잠깐 바람 쐬러 갔다 와요."

진하는 선미의 머리를 살짝 흐트러뜨렸다.

"와— 신난다. 이제 자. 오늘도 열심히 사느라 힘들었을 텐데."

"응…… 졸려요."

"재워줄게."

그녀의 등을 토닥이며 정수리에 살짝 입을 맞췄다.

"잘 자."

그 말이 떨어지기 무섭게 선미는 잠에 빠졌다. 그리고 늑대는 기나긴 밤을 홀로 버텨야 했다.

조영만의 자택에서 잠복근무를 서는 선우는 동료와 며칠간이나 밤을 샜다. 낌새가 이상하다는 걸 느낀 건지 조영만은 머리카락조차 보이지 않았다.

"선배, 오늘도 허탕 치는 거 아닐까요? 벌써 며칠째예요."

"기다려라. 참는 자에게 복이 온다."

선우는 낮게 읊조렸다. 그리고 졸린 눈을 부릅뜨고 잠을 깨려고 제 뺨을 세게 두드렸다.

"하암, 같은 속옷만 삼 일째 입었더니 참 찜찜합니다."

"조금만 더 고생하자. 나쁜 놈들 소탕하고 나서 집에 가서 쉬어라."

"빨리 잡았으면 좋겠습니다. 참, 선배님은 애인 없으십니까?"

후배 성진의 말에 선우는 살짝 입꼬리를 올렸다.

"다 부질없도다. 님이라고 믿었던 사람도 님이 아닌 것이지."

"그건 또 무슨 소리입니까?"

"연애할 생각 없다고, 인마. 일이 더 좋다."

"여자 좀 소개시켜 드릴까요?"

"됐다. 좋아하는 여자 있어."

"그렇습니까? 어떤 여자입니까?"

선우는 희미한 미소를 지었다.

"예쁜 여자지. 너무 예뻐서 눈이 부셔 쳐다보기도 힘든 그런 여자."

"선배님 입에서 그런 소리가 나올 줄은 몰랐습니다."

성진은 그의 닭살스런 멘트에 놀란 얼굴로 팔뚝을 쓸어내렸다. 갑자기 선우가 차 밖으로 눈을 고정시키며 심각한 얼굴을 하였다. 따라서 시선을 옮기던 성진도 자세를 고쳐 잡고 앉았다. 조영만의 수행원 정도 되는 남자가 검정 세단에서 내려 자택 안으로 들어갔다. 며칠 만에 보는 인간이었다.

"야. 행동 개시하자. 나오면 바로 잡을 거야. 준비하고 있어."

선우는 말을 하고 차 밖으로 나갔다. 담벼락에 숨어 서서 동태를 살폈다. 날씨는 살을 엘 정도로 추웠지만 선우는 그런 걸 느낄 겨를이 없었다. 순순히 영장 청구하여 구속될 조영만이 아니었기에 이런 긴급 체포밖에는 답이 없었다.

이윽고 안에서 나오는 소리가 들리더니 대문이 열렸다. 조영만으로 보이는 남자가 두 번째로 나타나자 선우는 바로 달려들어 그의 뒤통수를 가격하였다. 조영만이 중심을 잡지 못하고 앞으로 쏠렸을 때 앞서가던 남자가 퍽 소리에 뒤를 돌아 달려왔다. 선우는 주먹을 뻗으며 달려오는 남자를 가볍게 제압하고 바로 수갑을 채웠다. 뒤따라온 성진이 조영만에게 수갑을 채웠다.

"이거 뭐야! 니들 뭐야!"

"조영만 씨, 당신을 탈세 및 횡령, 살인죄 혐의로 긴급 체포합니다."

"뭐? 횡령? 살인? 이봐! 난 지금까지 사람을 죽여본 적이 없는 사람이라고! 이렇게 영장도 없이 체포해도 되는 거야! 어!"

영만은 험악한 말로 차 안에 갈 때까지 쉬지 않고 반항하였다.

"해외 도주가 염려되어 긴급체포 하는 것입니다. 곧 영장 청구할 거니 그리 아십시오."

선우는 그 말을 끝으로 영만과 수행원을 차 안으로 밀어 넣었다.

"당신들 후회할 거야. 내가 누군지 알아!"

"신진회 조영만 회장님 아니십니까. 가시는 길까지 조용히 입 다무시길 바랍니다. 처맞기 싫으면."

조사실에 앉은 조영만은 당장 변호사를 불러달라고 하였다.

"변호사 지금 오고 있답니다. 조영만 씨는 조사해 보니 탈세가 1억 원 가까이 되더군요."

"아, 돈이 없는 걸 어떻게 내나. 나도 내고 싶다고."

번들거리는 얼굴에 야비하게 생긴 영만은 선우의 비위를 상하게 했다. 이걸로는 조영만이 꿈적도 하지 않을 것 같다. 선우는 책상에 사진 한 장을 놓았다.

"이게 뭔지 압니까?"

영만은 사진을 힐끔 들여다보더니 살짝 눈빛이 흔들렸다. 하지만 이내 껄렁껄렁한 웃음을 지었다.

"이게 뭐야. 누구야?"

"조영만 씨입니다."

"뭐? 이게 나라고? 증거 있어? 이렇게 사진 한 장만으로 사람을 끌고 와도 돼? 이거 불법 아니야?"

"불법은 아니고 편법이죠. 그리고 당신이 탈세했다는 건 여기 이렇게 증거가 빼곡하니까 절대 불법은 아닙니다. 기다리시죠. 24시간 내에 어떻게든 구속시킬 거니까."

선우의 서늘한 목소리에 영만은 입을 다물었다.

"뭐 됐고, 난 모르는 사람이니까 괜한 시간 낭비하지 말라고."

"그렇습니까? 그럼 기억나도록 사진은 앞에 놓고 나갈 테니까 충분히 생각하십시오."

선우는 사진을 책상에 놓은 채로 밖으로 나왔다. 선우가 나가자 영만은 불안한 눈으로 사진을 보았다. 사진 속 남자는 자신이 틀림없었다. 16년이나 지났지만 아직도 잊을 수 없는 사건. 대부업을 하며 악랄한 짓은 다 했다 자부했지만 16년 전 그 사건은 영만에게도 치명적이었다. 그건 기억하고 싶지 않은 악몽이었다. 그걸 저 형사가 알아챈 것 같아 영만은 미간이 찌푸려졌다. 이제 와서 다시 사건을 파헤치려는 형사. 자신을 떠보는 남자. 영만은 불안한 마음에 눈알을 이리저리 굴렸다.

화장실에 다녀오고 싶다며 경찰을 대동하여 화장실 칸막이에 들어간 영만은 핸드폰을 꺼내 번호를 눌렀다. 신호가 가더니 상대방이 받았다.

"접니다. 오랜만입니다."

영만은 소리를 더욱 죽이며 핸드폰에 입을 바짝 가져다 댔다.

"서울경찰청 형사가 16년 전 화재 사건을 파헤치고 있습니다."

상대방에서는 말이 없었다.

"이 사건이 터지면 위험한 건 제가 아닌 회장님이십니다. 저 혼자 죽지는 않을 거란 말입니다."

핸드폰을 끊고 호주머니에 넣은 영만은 한쪽 입꼬리를 올렸다. 그래, 나 혼자서는 절대 죽을 수 없지. 영만은 그 뒤로도 입을 열지 않았다. 선우가 다그치고 위협을 하는데도 꿈적도 하지 않았다. 변호사를 불러달라는 말만 계속했다. 변호사 같은 소리 하고 있네.

증거란 건 사실 없었다. 선우 자신이 증언한다고 해도 화재가 난 이후에 달려온 것이었으므로 조영만이 저질렀다는 직접적인 증거가 되지 못했다. 정확한 증거는 자백뿐이었다. 쉽게 자백하리란 생각은 하지 않았지만 영만은 생각보다 강했다.

"당신 뒤에 누구야. 다 알고 있어. 유서그룹 회장이야?"

선우의 말에 영만은 씨익 웃었다. 그러더니 선우를 빤히 바라보았다.

"이봐, 형사 양반. 날 건드리지 않는 게 좋을 거야. 건드려 봐야 좋을 게 없어. 당신만 위험하게 될 거라고."

"내 안위를 걱정해 주다니. 황송해서 어쩌나. 하지만 걱정 마. 내 몸은 내가 알아서 잘 챙길 거니까. 당신이야말로 지금 자백을 하면 형량이 훨씬 줄어들 거야. 뒤에 진짜 실체를 말해준다면."

"없다니까 그러네. 그리고 말이야. 앞으로 12시간 내에 증거 잡지 못하면 증거 불충분으로 풀려날 텐데 그 뒤에 어쩌려고 그래?"

"무슨 수를 써서라도 잡을 거니까 걱정 말라고."

"기대하지."

그 뒤로 영만은 다시 입을 다물었다. 선우는 머리를 쓸어 올리며 문을 열고 나가 쾅 닫았다. 시간이 얼마 남지 않았다. 12시간 내에 구속시켜야 했다.

오전 연습을 하고 잠시 쉬는 시간에 선미는 모르는 번호를 받아 복도로 나왔다.

"여보세요."

[나 유진하 회장 엄마예요.]

"아, 안녕하세요."

선미는 자동으로 허리가 숙여지며 인사를 했다.

[지금 당장 봤으면 하는데.]

"지금요?"

[난 두 번 말하는 거 좋아하지 않아요.]

다짜고짜 전화해서 당장 만나자고 하는 주신을 어떻게 받아들여야 할까. 선미는 두근거리는 심장 소리를 애써 감추며 다시 목소리를 가다듬었다.

"제가 지금 연습 중인데⋯⋯."

[지금 그쪽에게 유진하 회장 일보다 더 중요한 일은 없는 것 같은데. 나도 시간 끌 생각 없으니까 지금 봅시다.]

이미 저에 대한 기본적인 조사를 끝냈나 보다. 뭘 하는지도 알고 있다. 진하와 묘하게 닮은 것 같으면서 그보다 훨씬 차가운 목소리를 가졌다.

"어디서 뵐까요?"

[우리가 특정 장소에서 따로 볼 사이는 아닌 것 같으니 연습실 밖에 서 있는 검정색 차 앞으로 와요. 차 안에서 대화하죠.]

주신은 일방적으로 전화를 끊었다. 선미는 뭔가 불안한 마음이 들었지만 진하의 어머니라서 떨리는 마음도 교차했다. 건물 밖으로 나가자 정말로 고급 검정 세단이 길가에 서 있었다. 선미가 다가가자 조수석에 앉아 있던 남자가 내려서 뒷좌석 문을 열어주었다.

"타십시오."

선미는 살짝 고개를 숙이고 안에 탔다. 안에는 호텔에서 보았던 주신이 고고하게 앉아 있었다. 그리고 고개를 돌려 선미를 바라봤다.

"안녕하세요. 두 번째 뵙습니다."

주신은 말없이 선미를 뚫어지게 바라보았다. 조사한 결과 선미는 연우가 아니었다. 하지만 성악을 전공하는 것, 닮은 얼굴 등이 불안하게 다가왔다.

"유진하 회장과 무슨 사이인가요?"

예상했던 질문이라 선미는 담담히 바라보았다. 주신의 차가운 눈동자는 선미의 온몸을 얼려 버릴 정도로 소름 돋았다. 하지만 그녀는 최대한 눈을 똑바로 들었다.

"사랑하고 있습니다."

"사랑이라……. 혹시 진하와 더 큰 꿈이라도 꿀 생각인가?"

"그건 아닙니다. 전 단지 진하 씨를 사랑하기 때문에 만나는 겁니다. 미래의 일은 생각해 보지 않았어요."

"그럼 말하기가 쉽겠군요. 우리 진하와 그만 만났으면 좋겠습니다."

이것도 예상한 말이지만 심장이 아파오는 건 어쩔 수 없었다. 민서처럼 그런 재벌가 여자가 아니기 때문에 자신이 어떤 사람인지 알아보지도 않고 바로 거절하는 거였다. 선미는 주먹을 쥐며 최대한 미소를 지었다.

"진하 씨 나이가 서른다섯인 걸로 알고 있습니다. 저도 서른셋이나 나이를 먹었고요. 물론 어머니 입장에서는 어린 나이겠지만 저희 둘 다 어린 사람들 아닙니다. 충분히 생각하고 이성적으로 판단할 수 있습니다."

지지 않는다. 선미라는 여자에게서도 과거 연우와 똑같은 분위기가 흘러나왔다.

"저 그렇게 감정에 휩싸여 아무렇게나 일을 진행하는 사람 아니에요. 충분히 생각하고 고민해서 만나는 겁니다. 어머니께서 조금만 이해해 주세요. 어른의 동의 없이 어리석은 짓은 절대 하지 않을 겁니다."

"정말 못 들어주겠군."

주신의 차가운 눈빛이 선미의 심장을 가격했다.

"이렇게 생긴 여자들은 한결같이 똑같은가. 대체 뭘 믿고 그렇게 자존심이 높은지."

이렇게 생긴 여자라면 연우를 말하는 것이다. 그러니까…… 주신은 어린 자신도 알고 있다는 소리였다.

"예전의 저를 말하시는 거예요?"

선미의 단정한 목소리에 주신은 등골이 오싹해지며 굳은 얼굴로 선미를 바라보았다. 선미의 얼굴에서도 어느덧 웃음기가 사라졌다.

"너 누구야."

"연우…… 맞죠?"

주신은 소스라치게 놀라 벌어진 입을 손으로 급히 가렸다. 하지만 두려운 눈동자까지 막을 수는 없었다.

"이렇게 놀라시는 것 보니 역시 제 예상이 맞았나 봐요. 연우를 싫어하셨군요."

"너…… 너……."

"네. 맞아요. 제가 연우입니다."

"연우는 죽었어! 어디서 거짓말을! 닮았다고 아주 눈에 뵈는 게 없는가 보구나."

"그렇군요. 예전에 제가 죽었었나 보군요."

선미는 조금씩 드러나는 저의 과거에 힘이 빠졌다. 들으면 들을수록 제 과거는 힘겨웠다. 내가 죽은 사람이어서 선우는 이름을 바꾼 것이고, 한 번도 원장님 묻힌 곳에 데려가지 않았던 것이다. 도대체 저에게는 무슨 일이 있었던 걸까. 왜 죽어야만 했을까. 왜 다른 이름으로 살며 자신을 기억 속에 묻어버렸을까.

갑자기 속이 울렁거리며 머릿속이 어지러워졌다. 찡하니 쇳덩이가 관통하는 것처럼 선미의 머리를 아프도록 짓눌렀다. 선미는 숨쉬기 힘들 정도로 죄여오는 고통을 힘껏 누르며 주신을 바라보았다. 숨을 천천히 내쉬었다.

"참 신기한 일입니다. 어머니는 예전이나 지금이나 한결같이 절 싫어하시는데 전 예전이나 지금이나 한결같이 진하 씨를 사랑하고 있으니까요."

주신은 떨리는 몸을 가까스로 부여잡았다.

"당장 진하에게서 떨어져. 경고다. 네가 연우란 것도 믿을 수 없지만 연우라고 해서 달라질 건 없어. 난 네가 싫으니까 그만 만나.

또다시 사라지고 싶지 않으면."

"그래서 보육원 화재에 관여하신 건가요?"

유서그룹이 관련되어 있으니 던져 본 말인데 주신의 얼굴은 이루 말할 수 없을 정도로 일그러졌다. 귀신을 본 듯한 표정으로 선미를 노려보았다. 아무도 모르는 일이었다. 그날 일은 무덤까지 가져가야 할 사건이고 특히 진하가 알아서는 안 되었다. 그런데 이따위 여자가 뭔가 아는 것처럼 말하자 주신은 정신을 차리기 힘들었다.

"너 지금 무슨 말을 하는 거냐."

"보육원에 화재가 났는데 그게 유서그룹과 관련되어 있다는 소문, 파다하던데요."

선미는 지금 이 상황이 도리어 평온했다. 핏기가 가신 얼굴로 굳어 있는 주신을 보니까 더욱 당당해졌다. 단지 머리를 울리는 두통만 사라진다면 말이다.

"나중에 다시 이야기하겠습니다. 오늘은 어머니 상태가 좋지 못하네요."

손잡이를 잡으려던 선미는 더욱 심하게 아파오는 두통 때문에 손잡이를 놓쳤다. 주신은 선미의 얼굴이 잔뜩 일그러진 것을 눈치채지 못했다. 제 생각에 갇혀 선미를 온전히 보지 못했다.

"널 주시하고 있을 거다. 허튼짓하고 다닌다면 가만두지 않을 거야. 난 지금 눈에 뵈는 게 없거든. 네가 연우라면 더더욱 널 두고 볼 수가 없지."

선미는 머리를 울리는 통증 때문에 천천히 고개를 돌렸다. 주신은 너무 차갑고 얼음 같은 사람이었다. 머리로는 이해하려고 갖은 노력을 하지만 끝내 마음 한 자락 주기 힘든 사람이었다. 선미는 허리를 숙여 인사를 하고 문을 열었다.

세단이 빠르게 사라지는 걸 보던 선미는 주변 건물을 둘러보았다. 연습실에서 꽤 떨어진 곳이라 선미는 인도를 터벅터벅 걸어갔다. 자신을 인정하지 않는 진하의 어머니, 유서그룹, 그리고 자신의 죽음. 그동안 주저했지만 선미는 결국 이 모든 걸 알고 있는 사람에게 연락할 수밖에 없었다. 이 모든 궁금증을 알려줄 사람. 선우에게 전화를 걸었다. 청혼 거절을 한 뒤로 처음 하는 전화였다.

[그래. 선미야.]

"어디야?"

[청이지.]

"나 오빠한테 할 말 있는데."

[지금은 좀 바빠. 신진회 조영만을 잡았어. 우리 보육원에 방화를 한 범인. 곧 그 배후를 밝혀낼 거야. 그러면 다 밝혀질 거야.]

선미는 선우의 말에 급한 일이라는 목소리가 나오지 않았다. 보육원 방화의 배후. 유서그룹. 선미는 떨리는 손으로 겨우 핸드폰을 잡았다.

"해결되면 바로 연락 줘. 궁금한 게 있으니까."

[그래.]

선미는 전화를 끊고 다시 걸음을 옮겼다. 답답하다. 속이 울렁거린다. 구토가 나올 것 같은데 입 밖으로 나오는 것은 없었다. 주신의 차 안에서 느꼈던 두통이 머리 깊은 곳에서 찡하고 울렸다. 모퉁이를 도는 순간 선미는 머리를 심하게 강타하는 울림에 급히 벽을 잡았다. 그리고 파노라마처럼 휘몰아치는 기억의 흔적들이 눈앞에 잔상처럼 지나가자 급기야 바닥에 주저앉았다.

떠오르는 기억들을 마주할 때마다 선미의 얼굴은 더욱 일그러졌다. 그리고 꿈결처럼 눈물이 주르륵 흘러내렸다. 심장은 미쳐 날뛰기라도 하는 듯 자신의 두뇌까지 차올랐고, 찢어질 듯한 아픔 속에 숨이 제대로 쉬어지지 않았다. 심장을 주먹으로 두드리며 겨우 숨을 내쉬려고 했지만 어찌 된 일인지 숨이 쉬어지지 않았다. 모든 게 막힌 것처럼 그녀의 심장을 누르고 있는 것 같았다.

"하아, 아빠, 엄마……."

두 눈 가득 흘러내리는 눈물이 땅에 떨어지기도 전에 선미는 정신을 잃고 바닥에 쓰러졌다.

16년 전. 연우는 두고 온 진하의 눈빛이 마음에 걸려 아침 일찍 떠나기 위해 짐을 정돈했다. 떠나기 전까지 계속 아쉬워하고 보내기 싫어하는 진하가 웃음이 나면서도 걱정이 되었다. 이제 유학을 가면 정말 어쩌려고 저러는지. 이건 여자친구의 마음이 아니라 어미의 심정 같았다. 캐리어에 짐을 넣고 뚜껑을 닫는데 아래층에서 들리는 소리에 연우의 고개가 돌아갔다. 그 소리는 점점 커졌고 비명 소리가 들리는 동시에 연우도 의자에서 일어섰다.

문을 열고 나와 계단을 내려오는 연우의 눈앞에 낯선 남자가 칼을 들고 서 있었다. 그 남자는 키 170㎝ 정도에 눈매가 날카로운 험악한 인상이었다. 칼을 들고 서 있는 남자의 앞에 원장실에서 나온 인수와 설원이 불안한 모습으로 서 있었다. 인수의 손에는 피가 흐르고 있었다.

"당신 누구요!"

"아빠!"

연우가 계단을 내려오려고 발을 내리다가 남자가 인수에게 칼을 꽂는 걸 보고 소리를 질렀다.

"아빠!"

"연우야! 피…… 해!"

인수가 있는 힘을 다 내어 소리를 지르는 통에 연우는 발을 멈출 수밖에 없었다. 당장 달려가서 남자를 밀쳐야 하는데 발이 떨어지지 않았다. 너무 놀라고 두려운 마음에 연우의 몸이 덜덜 떨렸다. 인수가 바닥에 고꾸라지는 걸 본 설원이 남자에게 달려들었지만 남자의 칼 놀림에 낙엽 떨어지듯 바닥에 쓰러졌다. 부모에게서 흐르는 피가 연우의 눈앞에 보였다. 연우는 계단에 주저앉고 말았다.

"어, 엄마! 엄마!"

눈물이 비 오듯 쏟아지면서도 계속 아빠, 엄마를 소리쳤다.

"여…… 우야. 어…… 서 피…… 해……."

그들이 죽어가는 모습을 보며 이러지도 저러지도 못한 연우는 덜덜 떨리는 몸을 겨우 일으키려 했으나 자신에게로 다가오는 남자를 보자 심장의 고통과 함께 머릿속이 띵 울리며 몸이 축 처졌다. 움직이고 싶었으나 움직일 수가 없었다. 사지가 꽁꽁 언 것처럼 굳어버렸다. 바닥에 쓰러진 연우의 눈앞에 다가오던 남자가 멈춰 서는 게 보였다.

"여보세요? 계획에 차질이 생겼습니다. 지시하신 대로 어른만 해치우고 나가려고 했는데 이 집 딸이 보고 말았습니다. 지금 기절한 것 같습니다. 네? 뭐라고요? 그렇게까지 해야 합니까? 여기

아이들이⋯⋯. 후⋯⋯ 네. 알겠습니다."

남자는 통화를 끊더니 밖으로 뛰어나가 버렸다. 남자가 나간 문
을 흐린 눈으로 보던 연우는 정신이 혼미해지는 틈으로 눈길을 돌
려 인수와 설원을 내려다보았다.

"아⋯⋯ 빠, 엄⋯⋯ 마."

바깥에 불길이 치솟는 걸 본 연우의 눈가에 눈물이 쉴 새 없이
흘러내렸다. 그래도 아빠, 엄마랑 같이 가서 기뻐. 같이 하늘나라
가면 좋겠어. 한 가지 마음에 걸리는 게 있다면⋯⋯ 진하 오빠. 오
빠를 보지 못한 게 조금 슬프다.

울부짖으며 벌떡 일어난 연우의 눈앞에 병원 안의 사람들이 보
였다.

"어? 깨셨어요?"

낯선 남자가 연우를 보며 다급히 물었다.

"기억이 나세요? 우리 가게 앞에 쓰러져서 병원 데려왔어요."

연우는 남자의 말에도 고개를 숙이고 눈물만 흘렸다.

"간호사님! 여기 환자 깼네요!"

남자의 말에 간호사가 다가왔다.

"깨셨네요? 괜찮으세요?"

연우는 간신히 고개를 끄덕였다.

"가지고 계시는 소지품이 전혀 없어서 핸드폰을 좀 봤어요. 보
호자에게 연락했습니다."

"보⋯⋯ 호자요?"

"이름이, 유진하 씨요."

차트를 보던 간호사의 말에 연우는 흔들리는 눈빛으로 간호사를 보았다.

"언제…… 언제 연락했어요?"

"방금 전에 했어요. 곧 오겠다고 했습니다."

"그럼 전 가보겠습니다."

남자가 목례를 하자 연우도 답례를 했다.

"고맙습니다."

남자가 간 뒤로 연우는 침상에 누워 있다가 다시 일어났다. 주변에 간호사가 없는 걸 확인한 연우는 곧장 내려섰다. 머리가 핑돌았지만 개의치 않고 걸었다. 응급실 출입구 말고 다른 출입구로 나간 연우는 오는 택시를 잡아탔다.

"어디로 갈까요?"

택시기사의 말에도 한동안 멍하니 앉아 있던 연우는 연거푸 물어보는 질문에 국립도서관으로 가자고 했다. 차 안에서 연우는 눈물을 흘리며 연신 심장을 두드렸다. 두드리고 또 쳐도 나아지지 않았다. 모든 기억을 찾은 그녀의 머릿속은 터질 것 같고 죽을 것 같지만 무엇보다 보고 싶은 건 부모님이었다.

버린 줄로만 알았던 내 부모님, 그래도 어딘가에 살아 계실 거고 언젠가는 볼 수 있겠지, 하는 희망을 가졌었는데 영원히 그럴 수 없다는 것을 알았다. 그녀의 부모님은 이제 이 세상에 계시지 않았다. 그것도 한참 전에.

아무것도 기억 못한 자신은 부모님의 기일조차 챙기지 못하고 없는 사람처럼 그렇게 많은 세월을 지내왔다. 딸내미가 오기만을 기다리고 계셨을 부모님을 고아원에 버린 부모로 생각하고 외면

했다. 이런 불효자식이 이제야 부모님이 궁금해서 찾아가고 있다. 이제야…….

"어흐흑."

입 밖으로 쏟아지는 울음소리에 택시기사도 룸미러로 힐끔 보았다. 여자의 울음소리가 참 처절하리만치 슬프고 애처로웠다. 세상이 끝난 것처럼 우는 여자를 보며 택시기사는 안타까운 마음에 저절로 콧잔등이 시큰거렸다.

도서관 신문 열람실에 들어온 연우는 16년 전 6월 신문들을 꺼내 보았다. 정확히 기억하고 있는 날짜. 정확히 기억이 돌아왔다. 모든 신문에 행복 보육원 화재가 실어졌다. 전기 누전에 의한 화재라는 기사. 안타까운 사고. 시신은 OO추모원에 안치.

"전기 누전…… 안타까운…….."

기가 막히고 소름 돋는 기사에 연우는 할 말을 잃었다. 그와 함께 선우가 했던 말도 떠올랐다. 유서그룹이 주도한 방화. 그리고 낯선 남자의 통화도 떠올랐다. 어딘가로 전화했던 내용. 부모님이 살해당했다는 건 선우도 몰랐던 것 같고 자신과 그 남자만 알고 있는 일이었다. 정말로 유서그룹이면 자신은 어쩌지.

"하…… 하하…… 하하하…….."

실소에 가까운 실성이 입가에서 흘러나왔다. 아무것도 모르고 여태 평온하게 살아왔다. 이 절망적이고 끔찍한 상황이 싫어서 모든 걸 잊고 지내왔다. 끄집어내기 싫어서 기억을 닫아버렸다. 그래서 지금 이렇게 고통스럽다.

한참을 숨을 죽이고 울던 연우의 울음이 잦아들었다. 자리에서 일어서는데 진동 소리에 핸드폰을 들여다보니 진하였다. 응급실에서 사라졌으니 찾고 있을 것이다. 그의 전화를 보며 연우는 다시 심장이 찢어질 듯 아파왔다. 이 빌어먹을 운명의 장난이 연우를 더욱 힘들게 했다. 그래서 전화를 껐다. 도저히 받을 수 없었다.

00추모원에 도착한 연우는 끌리듯 부모님이 있는 안치실로 들어갔다. 추모원은 한 해의 마지막 날이라 그런지 사람도 거의 보이지 않았다. 천천히 걸음을 옮기던 연우의 눈앞에 인수와 설원의 영정 사진이 들어왔다. 다가가지도 않았는데 벌써 눈물이 흘러내렸다. 유리에 손을 대고 그들의 얼굴을 쓰다듬는 연우의 손이 심하게 흔들렸다. 몸은 덜덜 떨렸다.

"엄마…… 아빠…… 죄송해요. 이제 와서…… 정말 죄송해요."

연우는 결국 서 있지 못하고 바닥에 주저앉았다. 눈물은 얼굴을 전부 적시고 바닥으로 맺히듯 흘러내렸다.

"절 어쩌면 좋아요. 제가 어떡해야 해요. 도대체 어떻게 해야 할지 모르겠어요……."

이미 많은 양의 눈물을 흘렸는데도 눈물은 그칠 줄 모르고 계속 흘러내렸다. 이미 반쯤 정신을 잃은 연우는 쓰러지다시피 탈진을 했다. 16년 만에 부모님의 곁에 온 연우는 그곳에서 위로를 받으려고 애썼다. 저를 위로해 줄 유일한 그들 곁에서 한참을 울었다.

정신을 잃었었나 보다. 다시 눈을 떴을 땐 손목시계 바늘이 밤 10시를 넘어 있었다. 이대로 죽어버렸으면 싶었는데 눈이 떠졌다. 차가운 바닥에서 얼어 죽길 바랐는데 눈을 뜨게 되었다. 연우는 일어서서 한참 동안 부모님의 사진을 보았다. 이 불효자식을 용서해 주시는 건가요. 왜 따라가지도 못하게 하세요. 이대로 죽어도 미련이 없는데.

사진이 보이는 유리를 손가락으로 훑던 연우는 옆에 나란히 안치된 다른 아이들 사진에 시선이 갔다. 거기엔 지금 같이 살고 있는 세 명의 아이와 자신의 모습도 있었다. 어이없는 미소가 살짝 새어 나왔다.

"잘못된 게 너무 많아……. 이건 너무 잘못됐어."

나직이 읊조리던 연우는 걸음을 옮겼다.

"이젠 자주 올게요. 엄마, 아빠. 제가 꼭 지켜 드릴게요. 억울한 죽음 꼭 풀어드릴 거예요."

추모원을 나와 핸드폰을 켜니 무수한 문자와 전화들이 와 있었다. 50통에 가까운 전화는 거의 다 진하에게서였다. 그리고 간혹 선기, 선재, 선구의 전화도 있었다. 문자메시지를 살폈다. 잔뜩 걱정하는 진하의 문자를 보자 연우는 다시 심장이 아파왔다.

증오하고 미워해야 하는 남자인데 이 와중에도 그를 사랑하는 자신의 마음을 죽이고 싶었다. 똑같이 아파하고 괴로워했을 진하가 떠오르면서도 그의 어머니를 생각하면 분노가 치밀어 올랐다. 연우는 마음속에 계속 되뇌었다. 진하와 주신은 다른 사람이다. 그들을 같이 놓고 보지 말자. 그들은 별개다. 하지만 그럴수록 심장이 아파왔다.

움직임도 없이 멈춰 서 있던 연우는 급히 눈물을 훔치고 다시 핸드폰을 들었다. 진하의 번호를 눌렀다. 신호가 가는 동안 연우의 심장도 같이 움직였다. 차라리 모든 걸 쏟아붓고 원망하고, 미워한 채로 다신 보지 않았으면 좋겠다. 그 집안사람인 진하를 평생 몰랐으면. 평생 증오하고 기억에서 지워 버렸으면.

하지만 그러기엔 이미 늦었다. 진하의 아픈 마음을 모르는 것도 아니었고, 제 마음도 정확히 알고 있었다. 이 길에서 자신은 만나냐 안 만나냐의 선택보다는 현명한 방법을 택해야 했다.

[속상한 일은 다 풀렸어?]

전화를 받은 진하의 첫마디였다. 목소리가 허스키한 것이 보지 않아도 세상 모든 걱정을 짊어진 사람 얼굴을 하고 있을 것 같다. 심장이 아파와 오른손으로 지그시 눌렀다.

"회사예요?"

[응.]

"지금 회사로 갈게요."

마주치면 무슨 말을 해야 할까. 그의 얼굴을 보며 태연할 수 있을까. 모르겠다. 하지만 얼굴이 보고 싶다. 미워 죽겠으면서도 그가 보고 싶다. 이런 자신이 정말 싫다.

연우의 전화를 받고 진하는 천천히 핸드폰을 내렸다. 미행을 붙였던 사람의 말에 따르면 연우가 오늘 낮에 검정 세단을 타고 장소를 이동하는 바람에 잠깐 놓쳤다고 했다. 어머니 쪽에 감시를 붙였던 사람은 연우의 연습실로 찾아갔다고 했다. 검정 세단은 주신이었을 것이다. 결국 연우를 만나 무슨 이야기를 한 것 같은데 그 뒤 연우의 행적을 알 수가 없었다. 잠깐 놓친 것인데 진하가 다시 연락을 받은 건 병원 응급실에서였다.

예상컨대 연우는 주신에게서 어떤 충격적인 말을 듣고 쓰러졌던 게 분명하다. 그리고 전화를 꺼버린 연우는 자정에 가까운 시각에 전화를 걸어왔다. 혹시 다 알고 있는 건가. 이제 다 알아버린 걸까. 진하는 두근거리면서도 두려워져 심장이 미친 듯이 뛰었다. 연우가 오는 시간을 기다리기가 힘겨웠다.

청장에게서도 연락이 왔다. 신진회 조영만을 잡아들였는데 자백 이외에는 구속시킬 방법이 없다고 했다. 3시간 뒤면 풀려난다고 했다. 그리고 선우가 괴한들의 테러를 받아 중환자실에 입원했다고. 잠깐 청에서 나간 사이에 그렇게 됐다고, 아마 바깥에서 기다리고 있다가 의도적으로 습격한 것 같다고 했다.

진하는 가슴이 답답해져서 의자에서 일어서 창가로 갔다. 그동안 남모르게 보육원 화재 사건을 파헤치느라 고군분투했던 선우였다. 개인적인 원한도 있지만 적어도 진실을 알고자 했던 점에서는 동지라고 할 수 있다. 그런데 보육원 사건을 조사하다 다쳤다고 하니 마음이 좋지 못했다.

시간이 얼마나 지났는지는 모르겠지만 연우는 정 기사의 에스코트를 받아 회장실 안으로 들어왔다. 정 기사는 그들에게 인사를 하고 나갔다. 문이 닫히고 한동안 그들은 그 자리에서 움직임 없이 마주 보았다. 서로의 시선이 허공에서 부딪혔다. 연우가 한 걸음 움직일 때마다 진하도 창가에서 돌아서며 다가왔다. 팽팽하던 균형을 먼저 깨트린 건 진하였다. 좁혀오는 간격을 참지 못하고 성큼 다가가 연우를 끌어안았다. 잠시 놀란 얼굴을 하던 그녀는 그의 품에 조용히 안겼다.

"어디 갔다 이제 왔어."

"……."

"병원에서 내가 얼마나 놀랐는지 알아?"

진하의 애절한 목소리에 연우는 눈을 질끈 감았다. 사랑하고 원하던 남자. 어린 고등학생일 때에도 항상 그를 향하던 마음. 그를 보며 두근거리고 갈망하던 나. 세월이 지나 다른 모습으로 있는 내게 다가왔던 남자. 집착 비슷한 애착으로 내 곁을 맴돌던 남자. 내 과거에 대해 처음으로 궁금해하던 남자. 날 사랑하는 남자. 내가 사랑하는 남자. 그리고 집안의 원수.

계속 말이 없는 연우를 안으며 진하는 직감할 수 있었다. 다 알았구나. 모든 기억을 되찾았구나. 그래서 이렇게 파르르 떨리는 몸을 숨길 수가 없구나.

"오늘 놀러 가기로 한 것 못 가서 미안해요."

영원처럼 굳어버릴 것 같던 그녀의 입에서 목소리가 나왔다.

"됐어. 다음에 가면 돼."

"당신 어머니를 만났어요."

순순히 말을 꺼내는 연우를 내려다보며 진하는 그녀의 등을 쓸어내렸다.

"저보고 당신 만나지 말라고 하셨어요."

"……."

"전 당신 어머니가 싫어요."

"그래."

"죽도록 미워할 거예요."

"그래."

"평생 용서할 수 없을지도 몰라요."

"그래."

"하, 정말…… 힘들다……."

숨을 내쉬는 그녀의 음성에 진하의 심장도 덩달아 내려왔다. 아픔이 숨을 따라 전염되면서 그 공간을 에워쌌다.

"어머니께 복수하는 방법이 뭔가 생각해 봤더니……."

"뭔데?"

"당신과 계속 붙어 있는 거였어요."

진하는 안은 팔을 풀어 그녀의 얼굴을 보았다. 선미가 아니다. 다른 사람이다. 목소리, 몸짓, 감정 모든 게 비슷하면서 완전히 달랐다. 그리고 이건 진하가 그토록 원했던 그 사람이다. 지쳐 보이는 눈동자 안에 물결이 차올랐다. 자신을 올려다보는 그 눈동자가 온몸으로 말하고 있었다. 이미 자신은 선미일 수 없음을 밝혔다.

연우는 그의 얼굴을 올려다보며 살짝 미소를 지었다. 하지만 그 미소는 눈물이었다. 눈물이 미소로 탈바꿈을 하여 내려오고 있었다.

"진하 오빠……."

진하가 그토록 듣고 싶었던 말이 귓가에 들려왔다. 서서히 감정이 차오르던 진하는 곧 심장의 울림으로 인한 잔잔한 파장을 느꼈다.

"하아……."

그의 입에서 얇은 한숨이 새어 나왔다. 꿈결에서도 듣길 원했던 그 이름, 이제나저제나 기다렸던 그 목소리, 한결같은 눈동자. 진하는 와락 그녀를 안았다. 품 안에 꼭 안긴 그녀의 작은 몸이 점점 더 크게 떨려왔다. 그리고 울음소리가 새어 나왔다. 끅끅 울음을 참아보려 했지만 울음은 계속해서 터졌고 밖으로 표출되었다.

"연우야……."

그게 시작이었다. 그 말이 애써 울음을 참고 있던 연우의 몽우리를 툭 건드렸다. 왈칵 울음을 쏟아내는 연우는 아프게도 눈물을 흘렸다.

눈물은 마음을 울린다. 눈물이 슬프지 않다는 건 거짓말이다. 기쁜 눈물도 있다고 한다. 하지만 눈물은 원래 슬픈 것이다. 그리고 아프다. 타인의 눈물을 보며 아무렇지도 않은 사람은 없을 것이다. 자신과 상관없는 사람도 그럴진대 이미 자신과 깊이 연관되어 있고 삶의 큰 부분을 공유하고 있는 사람의 눈물은 거대한 폭풍우 같다.

대신 해결해 주고 싶고, 대신 울어주고 싶고, 대신 아파하고 싶지만 눈물의 상대는 그걸 해줄 수가 없어 더욱 더 안타깝기만 하다. 모든 걸 알고 있으면서도 그저 토닥여 주며 울도록 내버려 두는 게 그가 할 수 있는 전부라 서글프다. 그건 절망에 가깝다.

"왜……."

"연우야……."

"당신이어야 할까요."

울음에 섞여 흔들리는 그녀의 목소리가 진하의 심장에 파고들었다.

"모르고 지내는 편이 서로에게 더 낫지 않았을까……. 내가 당신을…… 오빠를 사랑하지 않았다면 벌어지지 않았을 일인데…… 왜 다시 오빠여야 할까……."

연우는 급기야 진하의 가슴을 주먹으로 내려쳤다. 주먹에 힘을 주어 내려치는데도 전혀 아프지 않았다. 그녀가 내려칠 때마다 진하는 죄책감에서 조금이라도 벗어날 수 있었으니까 말이다.

"미워요…… 증오해요……. 당신 정말…… 싫어요……."

"그래. 미워해. 그래도 돼. 마음껏 미워해. 그렇게 해서 네 마음이 조금이라도 풀린다면 날 죽도록 미워해."

"흐흑……."

연우는 다시 울음을 터트렸다. 왜 미워하란 말에 슬퍼하냔 말이다. 네 마음을 다해 원망하라니까 왜 그러지 못하고 울어버리니. 차라리 내게 쏟아부으라니까 왜 주저하니.

"왜 왔어요! 오빠 어머니도 해결하지 못한 사람이 무슨 자격으로 내게 왔어요!"

이제야 소리를 지른다. 그래, 소리라도 질러.

"내가 기억하지 못하면 다 해결되고 편해질 줄 알았어요? 언젠가 기억을 되찾을 내가 무섭지도 않았냐고요! 어떻게…… 그걸 알면서도 다가왔어요! 왜!"

"내 심장의 주인은 너 하나야. 심장을 움직이게 하는 게 너인데 그걸 외면하면 어떻게 되겠어. 난 죽어."

"당신 정말…… 정말, 미워요……. 내가 증오할 수도 없게 만들고…… 정말 나빠요……."

"그래. 나 굉장히 못됐어. 이제 알았어? 어릴 때부터 알았잖아. 나 못된 거."

울어도 울어도 그칠 생각이 없나 보다. 연우는 한참 동안을 울면서 결국 탈진으로 쓰러지고 말았다. 그의 품에 축 늘어진 연우를 안아 올리고 소파에 눕혔다. 얼굴에 눈물 자국들을 손수 닦아 주며 그녀를 내려다보았다.

"연우야…… 왜 네게 왔는지, 그 시작이 언젠지 따져 보는 게 의미가 있을까. 우린 아무르가 아니었어도 어딘가에서 만났을 거야."

"……."

"네가 이리도 슬픈 건 날 벗어날 수 없어서겠지. 그게 널 더 힘

들게 하겠지만 결국엔 받아들일 거야. 너와 난 서로 곁을 떠나서
는 살 수 없는 인간들이란 걸."

진하는 그 뒤로도 한참 동안 연우의 얼굴을 바라보았다. 연우의
핸드폰이 울려서 들여다보니 선구였다.

"말해."

[아, 형님. 지금 누나와 함께 계십니까?]

"그런데."

[선우 형이 중환자실에 입원했어요. 누나한테 계속 전화하고 문
자했는데 받질 않아서 무슨 일 있나 했어요.]

"네 누나는 지금 갈 수 없으니까 네가 잘 지켜봐. 혹시 검사 같
은 거 하게 되면 비용은 생각하지 말고 다 받고. 누나는 나중에 갈
거야."

[네. 알겠습니다. 누나한테 별일은 없는 거죠?]

별일이 없진 않지만 진하는 입을 다물었다.

"누가 아픈 거야?"

핸드폰을 내리는데 소파에서 울리는 목소리에 진하의 시선이
돌아갔다. 연우가 아픈 머리를 손가락으로 누르며 겨우 소리를 내
었다.

"정선우가 많이 다쳤대."

말을 할까 잠시 망설이던 진하는 사실대로 말하기로 했다. 기억
을 모두 찾았다면 더는 숨길 필요도 없었다. 연우의 눈동자가 커
졌다. 선우를 생각하면 배신감과 분노가 먼저 떠올랐지만 그래도
16년 동안이나 자신을 키워준 은혜까지 모르지 않았다. 저를 속인
것 빼고는 더할 나위 없는 오빠였다. 소파에서 몸을 일으키며 등

받이에 몸을 기댔다.

"너한테는 말하지 않았지만 그동안 그 녀석과 나는 나름대로 행복 보육원 화재 사건을 조사하고 있었어. 그러던 중에 신진회 조영만이 방화 범인이라는 것을 알았고 그 배후에 유서그룹이 관련되어 있다는 것도 알았어."

연우는 대답 없이 고개를 숙인 채 듣기만 했다. 몸이 떨렸지만 주먹을 꽉 쥐며 견뎠다. 그런데 어떻게 알았는지 진하가 연우의 손을 잡아 제게로 가져갔다.

"힘들면 그만할까?"

"아니. 계속해 줘. 우리 집 일인데 내가 모르는 건 말이 안 돼."

"그럼 견디기 힘들면 내 손 꼭 잡아."

연우는 희미하게 웃으며 고개를 끄덕였다. 진하는 신진회 조영만을 잡았는데 증거가 불충분해서 곧 풀려날 것 같고 선우는 그 패거리들에게 습격당한 것 같다는 이야기를 차분히 풀었다.

"조영만을 꼭 잡으려는 이유가 단지 범인이라서야, 아님 배후를 밝히고 싶어서야?"

예리한 질문에 진하는 잠시 말문이 막혔지만 고개를 끄덕였다.

"둘 다."

"배후에 정말로 당신 어머니가 관련되어 있다고 해도?"

"그래도."

진하는 단호했다. 연우는 한동안 그의 얼굴을 바라보다가 서서히 입을 열었다.

"선우 오빠도 모르는 사건이 하나 더 있었어. 그날 조영만은, 내가 생각하는 조영만이 맞다면 그 사람은 그날 방화만 저지르지 않았어."

"뭐?"

진하의 얼굴이 굳어졌다. 연우는 자신에게 일어났던 일을 담담하게 진하에게 털어놓았다. 그럴수록 진하의 낯빛은 점점 어두워져 갔다.

"기억을 잃었다가 되찾았더니 과거의 일이 바로 어제 일처럼 생생하게 느껴져. 어쩌면 조영만 얼굴을 정확히 기억할 수도 있어. 그럼 내가 목격자니까 증거가 될 수 있지 않아?"

진하는 연우의 어깨를 끌어당겨 안았다.

"미안하다. 정말 난 아무것도 모르고 지내왔어. 네게 이런 고통이 있는 줄도 모르고 편하게 생활했어."

그의 목소리가 떨려왔다.

"그럴 수도 있지 뭐. 오빠의 16년도 가히 평온하다 말할 순 없잖아."

"그냥 화를 내. 이해하려고 하지 말고 화라도 내란 말이야. 안 그러면 너 못 견뎌. 그 무게를 어떻게 혼자 감당하려고 그래."

"나 괜찮아. 아까는 정말 죽을 것 같았는데 오빠랑 이야기하고 나니까 뭔가 속이 뚫리는 것 같아. 그리고 우리 보육원 화재 사건에 내가 도움을 줄 수 있어서 힘이 나."

"넌 정말……."

"곧 풀려난다며. 얼른 전달해. 내가 증인과 목격자로 나설 수 있다고."

진하는 연우의 품을 놓지 않은 채 청장에게 전화를 걸었다.

"네. 접니다. 조영만 구속영장 청구해 주세요. 확실한 증거 확

보했습니다. 네. 목격자임과 동시에 증인입니다."

연우는 진하가 전화를 하는 틈에 그에게서 벗어나 창가로 왔다. 도심의 야경이 눈에 들어왔다. 제 속을 아는지 모르는지 밤은 고요하고 평온했다.

"아빠와 엄마는 잘 계시겠지? 너무 보고 싶다……."

연우의 입에서 저도 모르게 나지막한 목소리가 새어나왔다. 하늘을 올려다보는 연우는 다시 눈시울이 붉어져 고개를 돌렸다. 어느새 다가왔는지 진하의 넓은 가슴이 연우를 끌어안았다.

"잘 계셔. 난 확신해. 왜냐하면 우리 아버지도 잘 계시니까."

"확실해?"

"당연하지. 내가 거짓말하는 거 봤어?"

"그럼 다행이다. 혹시 딸 때문에 마음 편히 못 가신 건 아닌가 해서. 잘 계시다면 그걸로 만족해."

"연우야."

"부모님이 날 버린 게 아니라 사실은 끔찍이도 사랑하셨다는 게 너무 좋아. 난 사랑을 받고 자랐구나. 내 어린 시절은 전혀 슬프거나 외롭지 않았구나. 그리고 그 속엔 내가 사랑하는 사람도 함께 있었구나. 생각하니 기뻐."

눈물을 흘리면서도 활짝 웃는 연우를 품에 안았다. 그래. 이렇게 아름다운 사람이 내 여인이었지. 나보다 약한 몸과 체격을 가지고서 사실은 나보다 훨씬 강한 정신력을 가진 사람이었어. 그녀는 언제나 진하를 반성하게 하고 부끄럽게 했다. 연우는 부드럽게 웃었다.

"당신 품…… 따뜻해. 이제야 좀 쉴 수 있을 것 같아. 하루가…… 너무 길었거든."

"집으로 가기엔 곧 해 뜰 것 같고 여기서 좀 더 쉬어."

"으응…… 나 졸려……. 긴장이 풀리니까 더 그래."

"푹 자."

소파에서 잠이 든 연우의 어깨를 토닥여 주었다. 잠이 든 그녀의 얼굴을 내려다보며 진하는 별처럼 빛나는 아름다움을 보았다. 이 여자를 만난 건 제 인생 최고의 행운이고, 어두운 구덩이에서 벗어나 희망을 간직하게 해준 사람이었다. 연우가 없던 16년의 세월이 그에게 무의미했던 것을 보면 이 여자는 단순히 제가 사랑하는 이 이상으로 큰 존재임이 틀림없다. 고통스러운 과거를 현명하게 이겨내는 연우의 지혜는 진하가 계속해서 배워야 할 점이었다. 연우는 그에게 항상 배움을 주고, 삶의 지혜를 주는 사람이었다.

연우가 깊게 잠이 들자 그는 청장에게 다시 전화했다.

"오늘 제대로 쉬지도 못하고 뜬눈으로 밤새게 해서 미안합니다."

[아닙니다. 방금 조영만 구속영장 발부했습니다. 검찰에서 받아들여지면 바로 구속 기소될 겁니다.]

"네. 수고하셨습니다. 그리고…… 연우 주변에 형사들을 붙여 주십시오."

[회장님, 그건 걱정하지 마십시오. 회장님께서 말하지 않았어도 그렇게 하려고 했습니다. 증인 신변은 철저하게 보호하겠습니다.]

"그리고 벌어지는 모든 일들은 즉시 제게 알려주세요."

[네, 알겠습니다.]

제9장 Debut

공연이 하루 앞으로 다가왔다. 연우는 단원들과 마지막 총연습을 했다. 아무리 연습해도 부족한 것 같아 연우는 마음에 들지 않았다. 오히려 단원들이 그만해도 된다고, 지금 충분히 잘하고 있다고 만류해도 연우 스스로가 더 해보자고 재촉하였다. 보다 못한 단장이 연우에게 다가와 말했다.

"진선미 씨, 지금 목을 써서 내일 공연을 망치는 것보단 최대한 목을 아끼는 게 좋을 것 같다고 봅니다. 뭐가 불안한지는 모르겠지만 당신 지금 최선을 다해서 부르고 있고, 충분합니다. 그러니 걱정하지 마세요."

그의 말에 연우는 가까스로 고개를 끄덕이며 희미하게 미소를 지었다.

"오늘은 모두 일찍 들어가서 쉬고 내일 아침 아홉 시까지 모이는 걸로 합니다. 그리고 함께 이동해서 총 리허설 합니다. 모두 수고하셨습니다."

단원들이 악기들을 주섬주섬 챙겨 정리하자 연우도 의자에 앉아 꺼두었던 핸드폰을 열었다. 선기, 선재, 선구에게서 문자가 왔다.

「누나, 선우 형 깨어났어!」

다행이다. 연우는 숨을 길게 내쉬며 답장을 했다.

「잘됐다. 지금 잠깐 병원 갈게.」

연우는 짐을 챙기고 밖에서 대기하고 있는 정 기사에게 다가왔다.

"매번 저 때문에 고생 많으세요."

"그런 말씀 말라니까 그러십니다."

"말씀 놓으시라니까 정말 고집 세십니다."

연우의 말에 정 기사는 껄껄 웃었다.

"늙은이 고집 꺾기가 쉬운 일은 아니지요."

"저, 병원 가봐야 할 것 같아요. 선우 오빠가 깨어났대요."

"네. 모시겠습니다."

연우가 병실 안으로 들어서자 남자 넷의 눈동자가 일제히 그녀에게로 향했다. 진하에게 들었다. 선미가 모든 기억을 되찾았다고. 끔찍했던 과거를 너무 현명하게 대처한다고. 그러니 너희들은 선미를 보면 최대한 편안하게 해주라고.

선우가 깨어났을 때 눈앞에 제일 먼저 보인 사람은 유진하였다. 제일 증오하고 꼴 보기 싫었던 사람을 눈 뜨자 가장 먼저 보게 된 선우는 시선을 돌렸다. 진하는 그런 선우를 한참 동안 바라보다가 어깨를 툭툭 두드려 주었다.

"뭐야. 만신창이가 되니까 동정해 주는 거냐."

"설마. 네가 내 동정심을 받아줄 사람은 아니지."

선우는 여전히 고개를 돌리고 있었다.

"선미의 기억이 모두 돌아왔어."

반응은 즉각적이었다. 고집스럽게 돌아가 있던 고개가 단숨에 진하에게로 쏠렸다. 뭐, 선우의 입에서 새된 소리가 새어 나왔다.

"나라면 널 용서하지 않겠지만 연우는 어떨지 모르지. 넌 지금부터 연우에게 어떻게 사죄할 건지나 궁리해. 최대한 용서를 빌어봐. 그러면 착한 연우가 이해해 줄 수도 있으니까."

연우를 보며 진하가 했던 말들을 떠올리던 선우는 시선을 아래로 내렸다. 차마 얼굴을 볼 용기가 나지 않았다.

"누나!"

어린 남자 셋은 참지 못하고 달려와 연우를 꼭 안았다.

"누나. 미안해. 속여서 미안해. 우리가 일부러 그런 건 아니야."

"맞아. 기억하면 더 고통스러울 것 같아서 말하지 않았어. 누나가 슬픈 건 싫으니까."

"알아. 누나 괜찮아."

얼굴에 눈물이 묻어나는 남자 셋을 보며 연우는 활짝 웃었다. 내가 사랑하는 동생들인데 미워할 리 있겠니. 너희들 잘못 아니야. 누나 괜찮아. 그리고 아프지 않아. 연우는 시선을 옮겨, 병상에 누워서 고개를 창밖으로 돌리고 있는 선우를 보았다.

"나 잠깐 선우 오빠랑 할 말이 있어."

"알았어!"

남자 셋은 말 잘 듣는 어린아이들처럼 순식간에 병실을 빠져나 갔다. 병실이 조용해지자 연우는 천천히 걸어 병상 앞에 섰다. 선 우의 머리에 붕대가 칭칭 감겨 있었다. 조영만 수하들에게 맞아 머리에 피가 고였고 그 때문에 수술을 하였는데 꽤 오랜 기간 혼 수상태였다.

"괜찮아?"

잔뜩 걱정스러운 목소리에 선우의 눈가가 급기야 붉어졌다.

"미…… 안하다."

연우는 눈시울이 붉어진 선우를 보다가 얕은 한숨을 내쉬었다.

"나 좀 봐봐."

연우의 나지막한 목소리에 선우의 고개가 끌리듯 돌아갔다. 그 녀의 눈동자는 어린 시절부터 보아온, 선우가 사랑해 마지않았던 그 소녀의 것이었다. 그는 심장이 오그라드는 느낌에 주먹을 꽉 움켜쥐었다.

"기억을 찾았을 땐 오빠가 정말 미웠어. 어쩌면 그 긴 세월 동안 한 번도 진실을 말해주지 않았을까. 우리 아빠, 엄마에게 데려가 지 않았을까. 날 속였을까. 많이 속상하고 힘겨웠어. 다신 오빠 얼 굴 보지 않으려고도 했고."

선우는 연우를 보지 못하고 다시 시선을 돌렸다.

"그런데 결국엔 다 내 잘못이야. 내가 기억을 하지 못해 벌어진 일이고, 내가 조금만 더 관심을 기울였다면 진작 부모님 계신 곳 에 다녀왔을 거야. 조금만 더 삶이 여유로웠다면 과거의 날 궁금 해했을 거고 더 일찍 기억을 찾았을지도 몰라."

연우는 미소를 지었다.

"오빠 잘못이 아니야. 그 불길에서 우릴 구해준 은인인데 고맙기만 해. 정말 고마워."

"네가 그렇게 말하면 난 더 미안한 거 모르냐."

선우는 눈물이 고이자 급히 손으로 닦았다.

"내 욕심 때문이었어. 기억을 하지 못하는 널 보자 진실을 말해 줘야겠다는 생각은 멀찌감치 사라졌어. 한 번도 추모원에 데려가지 않은 것도 그 때문이야. 데려가면 다 기억할까 봐. 그래서 내 이기심에 널 꽁꽁 감춰둔 거야. 이름도 바꾸고, 모든 걸 새로 시작한 거야. 애들한테도 말했어. 죽을 때까지 비밀로 하라고. 쟤들은 불을 낸 사람이 누군지도 몰라. 그냥 내가 말하는 대로 따라 하기만 했지. 그러니까……."

"욕을 하려면 오빠한테만 하라고?"

"그래. 나만 미워하면 돼. 쟤들은 잘못 없어."

연우는 얼굴을 들지 못하는 선우를 내려 보다 그의 손을 잡았다.

"난 아무도 미워하지 않아. 그러니까 이제 그만 마음 편안히 해."

연우는 모든 걸 초월한 사람 같았다. 선우 자신은 지난날을 생각하면 모든 대상이 미웠고, 날이 서 있었는데 사건의 직접적 당사자인 그녀는 자신보다 훨씬 여유가 있었다.

"오빠도 이제는 진하 오빠를 용서해 줘. 그 사람 잘못이 아니란 걸 오빠도 알잖아."

연우는 자신의 마지막 자존심까지 내려놓으라고 한다. 유진하를 미워하기라도 해야 지난날이 허무하지 않을 것 같은데 그것마저도 허락하지 않는다.

"진하 오빠도 우리처럼 그동안 참 많이 힘들게 살아왔어. 그 집

안사람들 성격 오빠도 알잖아. 그런 날 선 대립 관계에서 기댈 곳
마저 없어진 사람이 어떻게 살아왔겠어. 우리보다 더하면 더했지
덜하진 못했을 거야."

"연우야, 아무리 그래도 유진하는 원수 집안사람이야. 넌 분하
지도 않아?"

분개하는 선우의 얼굴을 가만히 바라보던 연우가 살짝 고개를
끄덕였다.

"원수 집안이 아니라 원수 한 명이 있을 뿐이야. 그리고 그 사람
은 스스로가 죄악에서 벗어날 수 없을 거야. 이미 그 속이 지옥일
테니까. 그 집안엔 명이 아저씨도 계셨어. 그분의 도움으로 우리
보육원도 계속 아무 탈 없이 지내온 거잖아. 난 그렇게 생각해. 명
이 아저씨가 모든 죄를 대신 가져가셨구나. 나쁜 사람들의 죄를
거둬주려고 우리에게 그렇게 헌신하셨구나."

선우는 급기야 눈물이 쏟아졌다. 재명을 생각하자 자꾸만 마음
이 미어지고 눈물이 나왔다. 그리고 그분의 아들인 유진하를 더는
미워할 수도 없다는 사실에 허무함이 밀려왔다.

"나 내일 공연해."

연우가 밝게 웃으며 말을 했다.

"잘하라고 응원해 줘. 두 곡만 부르는 짧은 시간이지만 내 데뷔
무대잖아. 오빠도 같이 와서 보면 더 좋았을 텐데 아쉽다."

선우는 가까스로 고개를 끄덕였다.

"공연 잘해라. 넌 원래 떨지 않고 잘하니까 별로 걱정은 안 되지
만 최고로 멋진 모습 보여줘. 다른 사람들에게 널 알려주고 와."

"응. 그럴 거야. 기대해."

연우는 눈웃음을 지었다. 그녀의 눈가로 한줄기 눈물이 흘러내렸다.

한국 필하모닉 신년 연주회 공연. 프로그램 중 협연 부분에서 연우는 로치니 오페라 〈세빌리아의 이발사〉 중 '방금 들린 그대 음성'과 슈베르트의 '아베마리아'를 열창하였다.

새내기 소프라노의 데뷔 무대이면서 세상 사람들에게 진선미라는 이름을 알리는 순간이었다. 그녀의 청아하고 맑은 목소리는 홀 내를 가득 울리며 사람들을 감동시키기에 충분했다. '방금 들린 그대 음성'은 기교와 아름다움을 한껏 내뿜었고, 아픔을 담고 있는 '아베마리아'는 청중들의 눈물을 이끌어내는 마법을 부렸다. 그 노래는 이상하리만치 가슴이 아프고 먹먹했다.

연우의 순서가 끝나자 객석에서는 우렁찬 박수 소리가 들렸다. 감동적이면서도 아득해지는 기분에 그녀의 눈에서도 눈물이 흘러내렸다. 아빠, 엄마 보고 계시죠.

연주회가 끝나고도 사람들은 진한 여운 때문에 쉽게 자리를 뜨지 못했다. 그리고 연주자 대기실로 들어오는 남자로 인해 공연장은 또 한 번 들끓었다. 유서그룹 유진하 회장이 직접 꽃다발을 들고 찾아와 연우에게 건네자 연우는 그것을 당연하게 받고 있었다.

공연 전부터 VIP 객석에서 유진하 회장을 발견한 기자들은 이 사람이 대체 왜 여길 왔을까 하는 의문을 품었다. 평소 공연을 보러 다니는 사람이 아니고, 회사 이외에는 두문불출하던 사람인데 신년 연주회에 나타났다는 것은 예전에 연말 행사처럼 뭔가 있다는 것을 의미했다. 진하가 연우의 입술에 가볍게 입맞춤을 하는 것을 또 사람들은 경악하며 바라보았다. 그 여자였다. 영진호텔 앞에서 찍힌 사진 속에 함께 있었던 여자. 단원들이 놀라며 다가왔다.

"선미 씨! 뭐야! 그거 봐! 내가 맞다고 그랬지?"

"어쩜 이렇게 감쪽같이 속일 수 있어! 너무해!"

"선미 씨 다시 봤다! 어쩜 이런 대박 사건을 숨겼어 그래."

그들의 놀란 목소리에도 연우는 그저 빙그레 웃으며 말을 아꼈다. 그러자 진하가 연우의 어깨를 감싸며 그들을 둘러보았다.

"이 사람이 숨겼습니까. 왜 그랬어. 이제 다 알려 드려. 우리 사귄다고."

진하는 연우를 사랑이 가득한 눈으로 돌아보며 웃었다. 다른 사람들에게 한 번도 웃는 모습을 보인 적 없던 유진하가 부드럽게 웃자 사람들은 저절로 심장의 두근거림을 느꼈다.

"저 사람 저렇게 멋져도 되나요?"

누구에게 하는 말은 아니고 혼잣말로 되뇌어도 주변 사람들도 모두 같은 생각인지 고개를 끄덕였다.

"연주회 모두 끝난 것 같은데 잠시 데려가도 되겠습니까?"

진하가 말을 하자 단장은 급히 고개를 끄덕였다.

"그럼요."

"그동안 이 사람과 같이 고생하신 단원분들과 공연 관계자분들은 나중에 정식으로 초청하여 대접하겠습니다."

연우를 데려가는 그의 뒷모습을 보며 사람들은 다물어지지 않는 입을 벌리고 바라보았다. 기자들은 공연장 밖으로 나오는 그들을 쉴 새 없이 찍어댔다.

"이젠 빼도 박도 못하겠네요."

"나중에 기사 볼만할 거야."

일부러 기자들 보라는 듯 진하는 그들을 보며 미소를 짓는 여유까지 부렸다.

"이제 당신은 공식적으로도 내 여자야."

기자들을 피해 비어 있는 대기실로 들어온 진하는 그의 손에 잡혀 들어오는 연우를 번쩍 안아 빙그르 돌렸다. 어지러움에 꺄악 소리를 지르던 그녀의 입가에서 웃음소리가 나왔다.

"너 정말 너무하다. 어쩜 전화 한 통을 안 하냐."

"연습하느라고 그랬지. 바보."

연우는 눈을 새침하게 내리깔고 웃었다. 공연이 며칠 남지 않아서 선미는 진하의 집 대신 제 집에서 생활했다. 떨어져 지낸 건 겨우 4일이었는데 그는 그것도 참기 힘든가 보다.

"이러려고 떨어져 지내자고 한 거지? 나 피 말라 죽는 거 보려고."

"아니야. 피 마르면 안 돼. 내가 다시 불어넣어 줄게."

연우는 발꿈치를 들어 그의 입술에 쪽 입을 맞췄다.

"어? 다시 살아났다."

그리고 눈웃음을 짓는 연우를 멍하니 보던 진하가 그녀를 강하게 안아 입술을 부딪쳤다. 한 손을 그녀의 머리카락 사이에 넣고 한 손은 그녀의 허리를 감아 도저히 빠져나올 수 없게 만들었다. 서로가 이토록 원한다는 걸 입맞춤으로도 알 수 있었다. 이제 그 누구도 그들을 방해할 수 없었다. 입가에 숨을 내쉬는 그의 얼굴이 연우의 눈에 가득 들어왔다.

"내가 들어봤던 '아베마리아' 중 오늘이 제일 슬펐다."

연우는 그의 품에 안겨 그가 하는 말을 듣고만 있었다.

"그리고 감동이었어. 네 목소리를 다른 사람들과 함께 들을 수 있어서."

"응. 만족스런 감상평이야."

연우는 그의 허리를 꼭 껴안으며 나긋나긋한 목소리로 말을 이었다.

"당신 얼굴 봐서 좋다. 숨 쉴 수 있어서 좋아."

"당연하지."

"보디가드들 잘 따라오고 있으니까 걱정 마. 열일 하시더라고."

"들켰네."

"안 들키는 게 이상하지. 어찌나 다들 티가 나는지."

웃음소리가 섞인 연우가 그를 올려다보았다.

"나 며칠 뒤에 있을 재판에 증인으로 참석해."

진하는 계속 말하라는 눈빛이었다.

"부디 오빠는 오지 않았으면 좋겠어."

"왜?"

"당신이 슬픈 거 싫으니까."

진하는 다시 연우의 머리를 당겨 품에 안았다.

"내가 알아서 할게. 내 슬픔까지 관여하려 하다니. 이거 월권이다."

"아, 그런가?"

헤헤거리며 웃는 연우를 힘껏 안았다 놓았다.

"너도 아파하지 않았으면 좋겠다. 견디기 힘들 정도로 슬프면 꼭 연락하고."

"응. 그럴게."

둘은 서로를 마주 보고 웃었다. 다시 16년 전 그때로 돌아간 것 같았다. 보기만 해도 좋고, 웃음이 났던 그때로.

집으로 돌아온 연우는 샤워를 하고 방으로 들어와 핸드폰을 열다가 저도 모르게 으악, 소리가 나왔다. 여기저기서 문자, 전화가 와 있었다. 대부분 유서그룹 유진하 회장과의 연애를 물어보는 것이었고, 공연 기사에 대한 축하 문자도 있었다.

연우는 포털 사이트를 열었다. 대문에 제일 떡하니 있는 기사가 바로 자신의 기사였다. 그리고 도저히 떨어질 수 없는 유진하와의 관계가 기사를 도배하였다. 짧은 공연 시간 동안 사람들을 휘어잡은 소프라노계의 샛별, 숨겨진 목소리, 영혼에 울림을 주는 여인의 향기, '아베마리아'로 객석을 울린 당찬 여성. 모두 연우를 가리키는 기사들이었다.

부끄럽기도 했지만 기분이 좋은 건 어쩔 수 없었다. 입가에 미소가 걸쳐져 다른 기사를 검색했다. 진하와 같이 있는 모습이 떡하니 찍힌 사진이었다. 전에 영진호텔 앞에서 찍힌 여자와 동일 인물이라는 것, 베일에 감춰진 성악계에 숨겨진 보물이 유진하 회장의 여인이었다는 것, 그의 여인인 진선미는 누구일까 추측하는 무수히 많은 기사들.

기사들을 하나하나 검색하던 연우는 천천히 핸드폰을 닫았다. 이제 온 세상에 자신의 존재를 알리게 되었다.

제10장 **밝혀진 진실**

신진회 조영만의 구속 기소에 언론이 떠들썩했다. 대부업 1위에, 정재계 영향력이 큰 조영만이 잡히자 연일 그에 대한 기사로 채워졌다. 그리고 직접적인 구속 이유가 16년 전 보육원 화재 사건의 방화 범인이라는 것에 사람들은 16년 전 화재 사건에 다시 관심을 가졌다. 화재로 어린아이들의 생명을 앗아간 사건이 집중 조명되었고, 영만은 곧바로 검찰 송치되었다. 이미 변호사도 손쓸 도리가 없이 사건이 언론으로 퍼져 나갔다. 검찰은 과거의 사건을 다시 재조사하며 증거를 모으는 데 집중했다.

조영만의 첫 공판은 15일이라는 뉴스를 보던 주신은 리모컨을 들어 껐다. 주신은 어제 통화하던 내용을 떠올렸다.

[형수님, 어떻게든 막아보십시오. 다 형수님을 위해서 그랬던 건데 이제는 모른 척하실 겁니까.]

남자의 말에 주신은 아랫입술을 깨물었다.

"그때도 경찰 조사 막고 난 할 만큼 했습니다."

[그렇게 말씀하시면 섭섭하지요. 형수님은 이 사건에서 자유로울 수 없습니다. 경찰 조사를 거짓으로 발표하게 한 것만으로도 절대 벗어날 수 없습니다.]

"본인 걱정이나 하세요."

주신은 차갑게 내뱉고 전화를 끊어버렸다. 한참 고민을 하던 주신은 과거에 경찰청장을 지낸, 지금은 은퇴하여 유서그룹 사외이사를 맡고 있는 소일호에게 전화를 걸었다.

[오랜만입니다, 이 회장님.]

"지금 언론에서 떠드는 저 사건 얼른 마무리 지었으면 좋겠습니다. 현 경찰청장에게 강력한 의지를 보여주셨으면 해요."

[에, 그것이…… 천영길 그 친구가 워낙 올곧고 대쪽 같은 성격이라 지금으로선 가만히 있는 것이 좋을 것 같습니다.]

"하지만 과거의 사건이 밝혀지면 이사님 외에 경찰 수뇌부 모두가 위험해집니다."

일호에게선 한동안 답이 없었다.

[전 회장님께서 시키는 대로 했을 뿐입니다. 경찰이 연루되었다는 사실이 알려지면 가장 위험한 건 이 회장님이십니다.]

"소일호 씨!"

끊어진 전화를 보며 주신은 손에 힘을 주었다. 과거에는 제게 빌빌대던 사람들이 이제는 언제 그랬냐는 듯 안면 몰수하기 바빴다. 사외이사라는 자리를 누구 덕에 앉게 되었는지도 모르면서. 주신은 입술을 피가 나도록 깨물며 거실을 서성였다. 망설임 끝에

현 경찰청장에게 전화를 걸었다. 신호가 가고 상대방이 받았다.

"나 유서그룹 이주신이에요."

[안녕하십니까. 천영길입니다.]

"부탁이 있어서 전화드렸습니다. 지금 언론에서 나오고 있는 신진회 조영만 사건을 최대한……."

[회장님, 그 사건이라면 저는 드릴 말씀이 없습니다. 수사는 공정하고 원칙대로 진행할 겁니다.]

"이보세요. 그 사건이 밝혀지면 피해 보는 쪽이……."

[경찰 위신이 깎인다고 해도 잘못된 일을 바로잡는 것이 먼저 아니겠습니까.]

"후— 보육원 화재 사건을 최초에 의뢰한 사람이 누구예요? 경찰에 제보하고 조사시킨 사람 말입니다."

[전 말씀드릴 수 없습니다. 하지만 한 가지는 말씀드리고 싶습니다. 돌아가신 유재명 회장님은 굉장히 훌륭한 분이셨습니다. 제가 대학생 때, 저희 집안이 무척 가난해서 학비조차 낼 수 없었을 때인데 그분이 후원을 해줘서 제가 지금의 위치까지 오를 수 있었습니다.]

"그 양반이야 워낙……."

[그래서 유서그룹에는 항상 빚을 지고 있는 기분이 들었고 어떻게든 은혜를 갚고 싶었습니다.]

"그렇다면 더더욱 저희를 도와야죠."

[회장님, 제가 사건을 제대로 밝히는 것이 유서그룹을 도와주는 길입니다. 아들이신 유진하 회장님의 생각도 같을 겁니다. 전 과거를 깨끗하게 청산하는 길이 결국에는 유서그룹을 도와주는 길

이라 믿습니다.]

"청장님!"

[곧 조영만에 대한 재판이 진행되면 그땐 늦을지도 모릅니다. 배후가 누군지 더 조사해야겠지만 관련자를 아신다면 회장님께서 자백하라고 말씀드려 주십시오. 이미 늦었다고요.]

주신은 부들부들 떨리는 손을 내렸다. 영만을 구속 기소한 사람. 누굴까. 16년 전의 사건은 자신과 조영만, 경찰 고위 관계자, 그리고 효명이 다였다. 이들에게서 새어 나갔을 가능성은 제로였다. 그러면 대체 누구…… 설마 진하?

거실을 서성이던 주신의 손이 사시나무 떨듯 떨렸다. 그때 손을 잡지 말았어야 했다. 검은 유혹에 빠져서 세월이 지나도 그것 때문에 떳떳할 수가 없다. 주신은 답답한 마음에 거친 숨을 길게 내쉬었다.

차 안에서 연우를 만나고 난 뒤 주신은 내내 악몽을 꾸며 시달렸다. 그따위 계집애 때문에 천하의 자신이 벌벌 떠는 모습이 꼴사나웠다. 당돌하며, 꺾이지 않는 여자애. 자신의 협박에는 꿈쩍도 하지 않는 모습. 원래부터 말귀를 들어먹은 아이는 아니었는데 이렇게 다 큰 성인을 자신이 막무가내로 막기에는 한계가 있었다.

허무한 일이다. 진하를 위해 이 악물고 지켜낸 자리인데 정작 당사자는 고마운 줄 모르고 도리어 자신에게 냉정하다. 제 안위를 위한 선택이었냐고 하면 절대 그렇지 않았다. 모든 건 다 후계자 진하를 위해서였다. 그의 앞에는 더러운 걸림돌들이 사라지고 창창하게 뻗어나가는 미래만 내리게 해주고 싶었다. 그렇게 몇십 년을 살아왔다. 남편 재명의 서늘한 시선에도, 아들 진하의 차가운 얼굴에도 꿋꿋하게 버틴 건 미래를 위해서였다. 주신의 머릿속으로 16년 전의 일이 지나갔다.

주신이 있는 회장실로 방금 들어온 정보에 따르면 유서전기 유건명 회장이 사람들을 모으고 유서그룹 계열사들을 통합하고 있다고 했다. 그리고 주신에 대한 해임 건을 상정한다고 하였다. 앉은 의자를 밀치고 일어선 주신은 부들부들 떨리는 손으로 책상을 내려쳤다. 지들이 뭔데 날 끌어내려. 이 자리는 나와 아들 진하의 자리야. 니들 따위에게 줄 수 없어. 팔짱을 낀 채로 회장실을 오가던 주신은 효명이 들어오자 걸음을 멈추었다. 소파에 앉은 효명은 주신을 보고 활짝 웃었다.

"형수님, 걱정 마십시오. 제가 힘을 보태겠습니다."

평소 건명과 사이가 좋지 못한 효명은 주신에게는 든든한 아군이었다.

"그런데…… 제 힘을 보태도 조금 부족하지 않습니까."

"그렇긴 합니다. 뭐 좋은 수가 있어요?"

"왜, 그거 있잖습니까. 행복 보육원 주식."

효명의 말에 주신의 눈이 급격히 커졌다.

"하지만 그건 돌아가신 유재명 회장님의 유언이었습니다. 절대 건드리지 않기로요."

"어떻게, 절 한번 믿어보시겠습니까."

"어쩌시려고요."

"제가 다 알아서 하겠습니다. 만약 행복 보육원 주식이 형수님께 돌아온다면 제 조건은 그때 말씀드리겠습니다."

그리고 회장실을 나간 효명을 보며 주신은 혼란스러웠다. 알아서 하겠다는 그에게서 살기를 느꼈지만 그건 자신이 예민해서 그런 것이라고 치부하였다. 조건이라는 말도 마음에 걸렸지만 주신은 다른 방법을 생각할 수가 없었다.

그리고 나서 연우가 유학을 간다는 소식을 들었다. 눈엣가시가 사라져서 한결 기분이 좋아진 주신은 집을 나간 진하를 만나기로 했다. 연우가 유학 가고 나면 정신 차리고 후계자 수업 제대로 밟게 하여 키우고 싶었다. 하지만 진하는 자신을 만나주지 않았다. 어미가 사정을 하고 부탁을 하는데도 매몰찼다. 고작 어린애 하나 때문에.

그러다 사건을 듣게 되었다. 처음엔 행복 보육원 화재만 들었는데 그 화재가 방화고, 효명이 모든 것을 시킨 거란 걸 알게 되었다. 전화 통화에서 효명은 마치 전장에서 승리한 장수처럼 의기양양했다.

[형수님을 위해 손을 썼습니다. 이제 유서그룹과 회장님은 안전합니다.]

"도련님, 지금 무슨 짓을 한 건지 아세요?"

[왜 그러십니까. 그 주식은 이제 온전히 회장님 겁니다.]

"도련님!"

[곧 국과수 발표가 나옵니다. 그전에 경찰 수사 마무리 지어주십시오.]

"제가 그걸 할 거라고 생각하십니까?"

[전 할 거라고 생각합니다만. 형수님을 위해 저질렀는데 싫으시다면 어쩔 수 없지요. 형수님이 그 자리에서 내려오는 모습을 봐

야 돼서 가슴이 아플 뿐입니다.]

비열하고 야비한 인간. 주신은 입술을 깨물며 분노했지만 다른 방법이 없었다. 이대로 가만히 있다간 정말로 유서그룹 회장직에서 내려와야 할 수도 있다. 다른 생각을 할 겨를이 없었다. 그래서 효명의 손을 잡았다. 검은 유혹을 뿌리치지 못하고 따라갔다. 거짓 경찰 발표를 지시했고 효명에게는 유서그룹 계열사 유서식품을 넘겨주게 되었다.

효명은 삼형제 중 지분이 제일 적었다. 이 기회에 제 입지를 다질 수 있는 발판을 마련해야 했고 주신에게서 계열사를 받음으로 인해 제 세력을 넓혀갈 수 있었다. 발 벗고 주신을 도와준 것 같지만 사실은 제 이득을 위한 꼼수였다. 하지만 효명이 일부러 그런 것이든, 어쩔 수 없는 화재였든 행복 보육원의 주식이 주신에게로 넘어온 덕분에 주신은 주주총회에서 건명 일가를 짓밟고 올라서며 누구도 넘볼 수 없는 서열 1위가 되었다.

주신은 지난날을 회상하며 선 채로 자신의 손바닥을 내려다보았다. 더러운 오물이 묻은 것 같아 주신은 갑자기 손바닥을 옷에 닦아내기 시작했다. 손바닥이 빨개지도록 문질러도 깨끗해지지 않았다.

"난 그 상황에서 최선을 다했어. 내가 할 수 있는 최선을 다했다고."

혼잣말로 중얼거리는 주신은 실성한 사람처럼 눈빛이 흔들렸다.

"난 잘못한 것 없어. 내 잘못이 아니야."

주신은 애써 자신을 합리화하며 고개를 빳빳이 들었다.

샤워를 하고 방으로 들어온 연우는 책상에 놓인 핸드폰에 진동이 울리다가 꺼지는 것을 보았다. 핸드폰을 든 연우의 눈이 커졌다. 주신의 전화였다. 연우는 저절로 나오는 숨을 내쉬었다. 내일 재판 때문에 전화를 한 것 같다. 조영만의 검찰 송치 이후에 자신에 대한 경호가 더 심해진 걸 보면 아무래도 주변 사람들의 심리에도 큰 변화가 있는 듯했다.

물을 마시기 위해 방을 나오던 연우는 입가에 젖은 손수건을 대오는 사람들로 인해 정신이 희미해졌다. 인기척도 느끼지 못했는데 집 안으로 들어온 낯선 사람들 때문에 연우의 눈이 감겼다. 혹시나 예상했던 상황이면서도 실제로 나타난 일이라 연우의 심장이 아파왔다. 눈을 감는 순간에는 눈물이 흘러내렸다.

연우가 눈을 떴을 때는 아침이 밝아 있었다. 그리고 생각보다 좋은 공간에 편안히 누워 있다는 사실에 안도하였다. 아무것도 묶여 있지 않아 연우는 자리에서 일어났다. 언젠가 와본 듯 기억에 남은 공간. 연우는 고개를 돌려 주변을 돌아보았다.

"깼니."

목소리가 들리는 곳으로 시선을 옮겼다. 주신이 2층 계단에서 내려서고 있었다. 여긴 주신의 집, 진하의 본가였다.

"사람들이 널 험하게 다뤘더구나. 그건 미안하게 생각한다. 반항할 경우에만 그러라고 했는데 쓸데없이 힘을 썼구나."

연우를 마주 보고 앉은 주신은 저를 가만히 바라보는 연우를 차갑게 노려보았다.

"넌 예전부터 말과 행동이 달라. 도대체 원하는 게 뭐야. 세상 사람들 모두가 니들 관계를 알도록 하는 게 네 목표냐."

"아드님이 유명한 걸 어떡하겠어요. 전 아무것도 원하는 게 없고, 알리려고 하지도 않는데 진하 씨의 사회적 지위가 저를 가만 놔두지 않네요. 기자들은 그게 또 일인지라."

연우는 살며시 미소 지었다.

"재판에 가지 마라."

단도직입적으로 말하는 주신의 말에 연우는 그녀를 빤히 보았다.

"처음으로 네게 하는 부탁이다."

"그렇다는 건…… 정말로 어머니가 배후인 건가요."

단조로운 연우의 목소리에 주신은 얕은 숨을 내쉬었다.

"이제 와서 배후가 누군지 밝힌다고 한들 돌아가신 네 부모님이 돌아오는 건 아니다. 그러니 너도 이쯤에서 접어라."

"정말 어머니는…… 무서운 사람이세요. 사람들을 죽여놓고 태연할 수 있는 것도, 눈앞에 사건 피해자가 버젓이 살아 있는데도 두려워하지 않는 당당함도요. 한번이라도…… 저희 부모님께 죄송하다는 마음을 가져본 적은 없으신가요?"

연우의 목소리가 흔들렸다. 목구멍으로 물기가 차올랐다. 억눌렀던 감정이 결국엔 쏟아졌다.

"네 부모님과 아이들이 그렇게 된 건 안타깝게 생각한다. 하지만 그건 정말 사고였어."

"정말 그렇게 생각하세요?"

연우의 눈이 주신을 힘들게 했다. 모든 걸 꿰뚫어 보는 눈동자에 주신은 시선을 돌렸다.

"하아…… 전 어머니께 기회를 드리려고 했어요. 스스로 잘못을 인정하고 제게도 용서를 구하는 모습을요. 아니면 최소 저질렀던 일에 대해서는 인정하시길 원했어요. 그런데 그런 제 바람이 너무 허황된 것이었네요. 실례했습니다."

연우는 소파에서 일어서 현관으로 걸어나갔다. 문 앞에 다다랐을 때 검은 양복을 입은 남자들이 앞을 막아섰다.

"넌 여기서 재판이 끝날 때까지 나갈 수 없다. 재판이 끝나면 나가게 해주마."

주신이 천천히 일어서며 연우를 향해 섰다. 연우도 뒤돌아서 주신을 보았다.

"어머닌 정말 끝까지……."

연우는 주신을 원망의 눈으로 보다가 몸을 돌렸다.

"비켜요."

"저흰 시키는 대로 움직일 뿐입니다."

남자는 연우를 보면서도 눈 하나 깜짝하지 않았다. 저 건장한 사내들 사이를 저 혼자의 힘으로 뚫고 가는 건 절대 무리라 연우는 한걸음 물러서며 시계를 보았다. 재판까지 앞으로 2시간 남았다.

"오늘 증인으로 참석하지 못한다고 해서 끝나는 게 아니에요. 이미 이 사건은 덮을 수 없는 일이에요 어머니. 가게 해주세요. 부탁입니다."

"난 이럴 수밖에 없다."

"진하 씨가 원하는 일이 아니에요. 어머니 아들이 싫어할 거예요."

주신의 날카로운 눈매가 연우를 쏘아보았다.

"네가 감히 날 가르치려 들어? 너 따위가 뭔데 자꾸만 진하를 흔들어놓는 거냐!"

주신이 감정에 복받쳐 소리를 질렀다.

"너와 네 주변은 항상 그런 식으로 내게서 진하를 뺏어갔어. 내 말을 잘 따랐던 애가 네게 다녀오고 난 뒤부터 이상하게 변했단 말이야! 난 그래서 네 가족을 용서할 수가 없다. 절대로!"

분노에 찬 주신의 눈을 보며 연우는 그저 안타까운 마음이 들었다. 왜 이리도 사람을 미워할까. 어쩜 이렇게 아들을 아프게 하실까.

"어머니, 정말 모르시겠어요? 유진하란 사람은 사랑이 절실히 필요해요. 누구에게서도 사랑을 받지 못하니까 저희에게서라도 사랑을 갈구한 거라고요. 명이 아저씨가 돌아가신 뒤 집안 어른들 누구 하나라도 그 사람에게 사랑으로 다정한 말 한마디 나눠준 적 있으세요? 어머니는 바쁘다는 핑계로, 강하게 키워야 한다는 생각으로 그 사람을 외롭게 하셨어요."

"너 따위가! 너 따위가 하는 말 듣지 않아. 난 최선을 다해 진하를 키웠어. 내 노력이 헛되다고 생각하지 않는다."

주신은 몸을 획 돌려 걸음을 옮겼다. 연우는 안타까운 마음에 눈물이 차올랐다. 저렇게 시리도록 닫혀 버린 사람의 마음을 다독여 주는 건 처음부터 어려운 일인지도 모르겠다. 마음을 정화시키기에 주신은 이미 황폐해져 버렸다.

바닥에 털썩 주저앉아 가는 시간을 바라보기만 하던 연우는 현관 밖에서 들리는 소리에 고개를 돌렸다. 막아서는 사람들을 뚫고 나타난 사람을 보자 그녀의 눈에서 참았던 눈물이 쏟아졌다.

"연우야!"

진하가 다가와 구부려 앉았다.

"괜찮아? 다치지 않았어?"

"응. 나 괜찮아."

눈물이 그렁그렁한 얼굴로 진하를 본 연우는 눈물을 닦고 몸을 일으켜 섰다.

"재판 늦을 것 같아. 정말 가야 해."

"그래. 알았어."

진하는 연우를 일으켜 세우고 굳은 채로 서 있는 주신에게 시선을 돌렸다. 그 눈빛은 매서우리만치 차갑고 두려웠다.

"진하 네가 어떻게……."

"마지막 남은 기대마저도 어머니는 철저히 부숴 버리는군요."

"유진하! 네가 어떻게!"

"제가 모를 거라 생각했습니까? 어머니 행동은 이미 예상했습니다. 충분히 연우에게 손을 댈 수 있는 분인 걸 모르지 않는데 그냥 내버려 뒀을 거라고 생각하셨습니까?"

주신은 소스라치게 놀란 얼굴로 진하를 멍하니 바라보았다. 몸이 부들부들 떨려왔다.

"이제 더는 어머니라 부르지 않겠습니다. 이제 당신은 내 어머니가 아닙니다."

차가운 진하의 말에 주신의 몸이 얼음처럼 굳어졌다.

"유진하, 거기 서. 네가 나선다고 달라질 것 같아? 넌 결국 유서 그룹 사람이야. 할 수 있는 건 없어!"

진하는 주신의 말을 무시하고 현관으로 갔다. 둘을 막아서는 경호원들을 보자 진하가 낮게 으르렁거렸다.

"비켜. 죽고 싶지 않으면."

머뭇거리는 그들을 노려보다가 현관으로 들어오는 사람들을 본 진하는 그들에게 고개를 끄덕였다.

"법대로 이행하세요."

그리고 연우를 데리고 밖으로 나갔다. 안으로 들어온 사람들은 주신에게로 곧장 달려가 수갑을 채웠다.

"이주신 씨, 당신을 납치 및 감금 혐의로 체포합니다. 당신은 묵비권을 행사할 수 있으며 변호사를 선임할 수 있습니다."

주신은 자신의 손목에 채워지는 수갑을 보며 멍한 눈으로 그들을 보았다. 돌아올 수 없는 강을 건넌 사람은 아무리 불러도 뒤를 돌아보지 않는다. 소리치고 두드려도 결코 깨어나지 않는다. 이미 멀리 벗어난 사람을 제자리로 돌아오게 하는 건 힘들지도 모른다. 주신은 이미 돌아올 수 없는 강을 건너 버렸다.

법원으로 가는 차 안에서 진하는 계속 연우의 안색을 살폈다.

"정말 괜찮은 거지?"

"괜찮아. 그래도 너무 늦지 않게 와줘서 다행이야."

진하는 담백하게 웃는 연우의 손을 꼭 잡았다.

"예상했던 일이라 준비한 거지만 네게는 입이 열 개라도 할 말이 없다. 정말 미안해."

연우는 힘들어하는 진하를 보며 잡은 손에 힘을 주었다.

"오빠가 지켜줘서 하나도 무섭지 않았어. 그리고 어머니에게 그동안 하고 싶었던 말 마음껏 할 수 있어서 시원했어."

진하는 며칠 전부터 연우에게 신신당부했다. 혹시라도 어머니에게 전화가 오거든 피하라고. 그럴 수 없거든 내가 바로 갈 테니까 너무 걱정하지 말라고. 이제 공연도 끝났으니까 제집에서 머물자는 진하를 달래며 연우는 동생들도 있으니까 너무 걱정하지 말라고 했다.

진하도 소중하지만 오랜 시간 함께 지내온 제 가족도 너무 소중했기 때문에 기억을 찾고 사랑을 찾았다고 해서 기다렸다는 듯이 집을 나가 살기는 싫었다. 그건 연우의 가치관과도 맞지 않았다. 그래서 최대한 조심하면서 밖을 나갈 때는 꼭 다른 사람과 같이 다니라는 진하의, 협박에 가까운 각서를 받고 나서 집으로 돌아왔다. 설마 그들이 집 안까지 쳐들어와서 납치를 하리라고는 생각하지 못한 제 실수도 있었지만 큰 위험 없이 지나갈 수 있었다.

진하는 이미 주신의 행동을 파악하고 예상하여 움직였다. 형사들에게도 미리 말해놓아 연우를 데려가는 사람들을 놓치지 말고 따라가라고 했고, 최종적으로 자신에게 알려달라고 했었다.

"판결합니다."

판사가 입을 열려는데 여태 묵비권을 행사하며 침묵하던 조영만이 벌떡 일어서서 목소리를 높였다.

"시켰습니다. 난 시키는 대로만 한 거라고요! 유효명 그 사람이 내게 원장 부부를 없애달라고 지시했어요! 난 그때 돈이 절실했기 때문에 그걸 받아들일 수밖에 없었는데 갑자기 그 남자가 불까지 내라고 했어요! 난 거절했는데 증거가 남으면 나만 손해라고 말해서…… 할 수 없이 불을 질렀어요."

두려움에 찬 사람은 결국엔 실토하게 마련이다. 살인죄에 방화, 그리고 증거 인멸죄로 무기징역을 살게 될 수도 있다는 말에 겁먹은 걸까. 악랄한 짓은 다 했다는 조영만도 감옥에서 평생 썩는 건 원치 않았나 보다. 그의 말에 재판정도 혼란에 휩싸였고 사건은 일파만파 퍼져 갔다. 그리고 검찰은 즉시 효명과 주신에 대한 출국 금지 명령과 구속 기소를 내렸다.

방청석에 앉아 어지럽게 움직이는 사람들을 보던 진하와 연우가 서서히 서로를 바라보았다. 이 절망의 구렁텅이에서 부디 우리를 구해주소서. 이 소녀의 간구를 들어주소서.

수사는 전방위로 확대되었다. 과거 사건에 연루된 사람들은 모두 조사 대상이 되었고 경찰 수뇌부의 대대적인 물갈이와 함께 법정 구속도 진행되었다.

효명과 주신은 재판에서 각각 살인교사 및 은폐로 징역 10년, 증거 인멸 및 은폐로 징역 5년을 받았다. 형을 선고받은 주신은 조용히 눈을 감았다. 과거의 잔상이 머릿속에서 지나갔다. 그 끝은 이렇게 초라하기 이를 데 없었다. 도대체 어디서부터 잘못된 것일까. 왜 자신을 위해 살지 못했을까. 무엇을 바라고 그렇게 아등바등 살아왔을까. 그녀의 눈에서 눈물이 흘러내렸다.

제11장 **심장의 주인**

세상을 떠들썩하게 만든 행복 보육원 화재 사건이 서서히 마무리되면서 시간은 늦봄으로 넘어와 있었다. 그러는 동안 유서그룹은 행복 보육원 화재 사건으로 큰 타격을 받았다. 주식은 하한가를 쳤고 매출에서도 영향을 받았다. 언론은 재벌의 횡포와 함께 경찰 조직의 정경유착을 집중 포격하였다.

회장실에서 오전 업무 보고를 받은 진하는 모두 나가고 나서야 숨을 내쉬며 관자놀이를 양손으로 눌렀다. 모두 자신 앞에서는 입을 다물고 있지만 걱정하고 불안해하고 있었다. 회사 브랜드 가치가 곤두박질쳤고 사건 당사자의 아들이 회장으로 있는 것이 못마땅한 사람들도 있었다.

똑똑. 회장실 문을 두드리는 소리에 진하의 고개가 돌아갔다. 문을 열고 고개를 빼꼼 내민 연우가 진하를 보며 미소를 지었다.

"유진하 회장님, 점심 아직 안 먹었죠?"

진하는 연우를 보며 저절로 입가가 진해졌다. 연우는 다시 세상에 나왔다. 사건이 마무리되고 한동안 우울해하며 방 안에만 머물던 그녀가 힘을 내기 시작한 건 추모원 유골들을 제대로 분류하는 작업이 시작되면서부터였다.

진하는 제일 먼저 추모원 안에 사람들을 정상적으로 복원시키도록 지시하였다. 연우의 이름을 다시 살리고, 보육원 사람들을 더 좋은 곳에 모셨다. 그리고 화재가 났던 그 자리에 다시 보육원을 짓도록 했다. 그 보육원은 진하 자신이 직접 위탁하고 실질적인 주인인 연우가 주도적으로 맡도록 계획했다.

"회장실을 마음대로 들어오는 간 큰 여자네."

"나도 보고하려고 했는데 비서님들이 그냥 들어가라고 하더라고."

연우는 눈웃음을 지으며 들어왔다. 그녀의 손에는 보자기에 싸인 물건이 들어 있었다.

"짜잔! 내가 도시락 싸왔어."

진하가 웃으며 자리에서 일어서는데 인터폰이 울렸다.

"네."

—회장님, 총무실 김영환 실장이 왔습니다.

"들여보내요."

이윽고 문이 열리고 김 실장이 들어왔다. 나란히 서 있는 두 사람을 보며 인사를 한 그는 약간 머뭇거렸다.

"괜찮습니다. 말씀하세요."

"네. 유진성 회장 쪽에서 시작했습니다. 다음 주 회장 해임 건에 대한 투표를 실시한다고 주주들에게 통보하였습니다."

김 실장의 말에도 진하는 무덤덤했다.

"우리도 준비했던 걸 터트릴 시간이 왔군요."

"괜찮으십니까."

"네. 괜찮습니다."

진하는 웃으며 소파로 걸어갔다.

"김 실장님도 점심 아직 안 드셨으면 함께 먹겠습니까."

"아, 아닙니다. 그럼 분부하신 대로 진행하겠습니다."

김 실장이 나가고 소파에 앉는 진하를 연우는 물끄러미 바라보았다. 잘 모르는 자신이 들어도 지금 큰일 난 상황 같은데 그는 태평했다. 제 앞이라 그런 것 같기도 하지만.

"괜찮은 거야?"

"뭐가?"

연우가 꺼낸 삼단 찬합 속 화려한 음식들 중에서 하나를 집은 진하가 웃으며 바라봤다.

"당신 잘리는 거지."

"푸하, 그 표현 굉장히 재밌네. 잘린다. 까짓것 잘리는 것도 좋네. 이제 소프라노 오연우 씨께서 먹여살려 주면 되니까 백수도 괜찮겠다."

"농담할 기분이니?"

"나 정말 괜찮아. 다 예상한 일이야."

진하는 입안에 음식을 넣고 행복해 죽을 것 같은 표정을 지었다.

"진짜 맛있다. 나 이제 바깥 음식 안 먹을래. 매번 네가 해줘."

"이런 건 얼마든지 해줄 테니까 오빠 건강 챙겨."

"걱정 말라니까, 녀석."

진하는 연우의 머리를 흐트러뜨리며 다시 음식으로 젓가락을 가져갔다. 자신이 그랬던 것처럼 진하도 그 아픔을 덜지 않으려고 한다. 모든 걸 자신 혼자서 짊어지고 가려고 한다. 그런 진하가 참 안쓰럽다. 한참 도시락을 먹으며 여유로운 시간을 보낸 진하가 협탁 위에 놓인 탁상 달력을 집었다.

"우리 여행 가자."

"여행?"

"자동차 말고 기차 타고."

"좋아. 여행 가자."

진하는 연우의 입술에 가볍게 입을 맞추고 일어났다.

"나 이래 봬도 바쁜 사람이다. 난 일할 테니까 거기서 더 놀고 싶으면 놀다가 가."

"재미없어서 갈래. 볼거리가 하나도 없어. 완전 삭막해."

연우도 도시락을 싸고 자리에서 일어섰다. 문가로 가던 연우가 다시 몸을 돌렸다.

"잘리면 내가 먹여 살릴 테니까 너무 걱정 마."

그리고 문을 열고 나갔다. 나간 문을 바라보던 진하의 입꼬리가 살짝 올라갔다. 그래도 내가 살아가는 이유가 저기 있으니까 모든 걸 견딜 수 있다. 이런 아픔쯤은 아무것도 아니었다.

회사를 나온 연우가 간 곳은 교도소였다. 주신을 면회 신청하고 앉아 있으려니 죄수복을 입은 주신이 나왔다. 연우를 보자 그녀의 눈동자가 흔들렸다. 하지만 곧 고고하게 의자에 앉았다.

"우리가 면회할 사이는 아닌 것 같은데."

"잘 지내셨어요?"

"너 지금 놀리는 거니."

연우는 여전히 도도하며 아름다운 주신을 물끄러미 바라보았다. 그녀의 눈매는 진하와 닮아 있었다. 아름답지만 차가운 분위기도 그와 닮았다. 자신을 보다가 눈길을 돌린 주신을 보며 연우는 얕은 한숨이 나왔다.

"허락받으러 왔어요."

뜬금없는 말에 주신의 시선이 다시 돌아갔다. 할 수 없이 연우와 눈을 맞추고 보게 되었다.

"진하 씨와 결혼할 거예요. 그리고 평생 사랑하며 살 거예요."

"너 정말……."

"어머니의 허락을 받고 싶어요. 이런 건 정말로 어른들의 동의 하에 진행하고 싶거든요. 둘 다…… 어린애가 아니니까."

부드럽게 웃는 연우를 보자 주신은 심장이 답답해지며 눈물이 차올랐다. 정말이지 처음부터 마음에 들지 않더니 끝까지 사람을 비참하게 만든다.

"네가 언제부터 내 생각에 따랐니. 그냥 네 생각대로 진행해."

"그 말씀은 허락해 주신다는 거죠?"

주신은 연우를 원망의 눈빛으로 노려보았다. 눈물이 그렁한 눈동자가 끝까지 자존심을 놓지 않으려 버티고 있었다.

"저희 잘살 거예요. 어머니가 사랑하는 아들이 제일 행복하도록 그렇게 지낼 거예요."

"……."

"진하 씨 마음의 상처가 다 나으면 함께 올게요. 아직은 어머니 보기 힘들어하지만 제가 많이 노력할게요. 그러니까…… 이제 그만 마음 평안히 계세요. 원망과 분노도 내려놓으세요. 그리고 행복한 생각만 하며 지내세요."

연우는 의자에서 일어섰다.

"다음에 또 올게요."

연우는 꾸벅 인사를 하고 몸을 돌리다 멈춰 섰다.

"어머니가 주도한 게 아니어서 참 다행이에요. 제가 누군가를 평생 미워하지 않게 해주셔서 감사합니다."

연우가 문을 나가자 참았던 눈물이 비 오듯 쏟아졌다. 참으려고 이를 악물고 버텼는데 주신의 눈가에 눈물은 더 이상 버티지 못했다. 잘못을 저지른 사람조차 이해하고 용서하는 여자애. 자신을 더욱 비참하게 만드는 못된 여자애. 진하를 온전히 가지고도 태연한 여자애. 그리고 자신을 부끄럽게 만드는 여자애. 주신은 그 자리에서 오열하며 눈물을 흘렸다.

여행을 가자던 진하는 오늘 아침 갑작스럽게 문자로 용산역에서 만나자고 하였다. 목적지는 정하지 않고 남는 기차표를 사서 떠나자고 했다. 약속 시간은 1시. 연우는 일찌감치 준비를 하고 집을 나왔다. 여행을 가자는 말은 사람을 묘한 설렘과 흥분 상태로 몰고 갔다. 심장을 두근거리게 했다. 용산역 객실에서 기다리던 연우는 정 기사에게서 전화를 받았다.

[아가씨, 오늘로 예정되었던 회장님 해임 안건 주주총회가 생각

보다 오래 걸려 조금 늦으실 것 같습니다.]

"네."

[끝나면 바로 연락하시라고 하겠습니다.]

지난주에 어렴풋이 들었던 그 안건이 정말로 진행되었나 보다. 그걸 알고 진하는 일부러 여행을 가자고 문자를 보낸 것 같다. 마음이 힘겨울 그가 걱정되었다. 이제 그만 이 사람도 행복해져야 하는데. 계속 살얼음을 걷는 모습은 보고 싶지 않았다.

차라리 모든 걸 내려놓길 바라지만 그마저도 진하에게는 쉬운 일이 아니었다. 꼭 후계를 떠나서 유서그룹의 존재 이유는 자신의 할아버지, 아버지에게서 이어져 내려온 '대의'라는 명맥이기 때문에 지켜야 했다. 물론 이후에는 그 '대의'라는 것에도 차별을 둘 생각이지만 어쨌든 지금 자신이 회장으로 있는 한은 회사의 브랜드 가치와 생명력을 유지시킬 필요가 있다. 그 무거운 자리를 잘 지켜내야 회사 식구들을 보호할 수 있었다. 그걸 알기에 진하는 쉬운 결정도 내리지 못하는 것이다.

연우는 자리에 앉지를 못하고 주변을 서성였다. 오랜 시간을 기다리던 연우는 다리가 아파와 의자에 앉았다. 그 순간 용산역 입구 안으로 뛰어들어 오는 남자로 인해 다시 일어섰다. 그 남자는 연우를 발견하고 단숨에 달려와 섰다. 예전에 봤던 모자를 쓰고 청바지에 얇은 점퍼를 걸친 그의 모습이 설레었다. 모든 걸 훌훌 털어버린 것 같은 자유로운 복장에 연우의 심장이 뛰었다.

"많이 기다렸어?"

부드러운 음성에 연우는 고개를 저었다.

"일은…… 잘 해결했어?"

연우의 떨리는 음성에 진하는 그녀를 빤히 바라보았다.

오늘 오전 유서그룹 대회의실. 주주총회 안건으로 회사 주주들이 모두 회의실에 모였다. 진성은 정말로 유진하 회장 해임을 안건으로 상정하여 주주총회를 개최하였다. 명목은 유서그룹 대표 오너로 있기에 부적합한 인물이자 범죄자의 아들이라는 것이었다. 대회의실에 모인 그들은 엄숙한 분위기 속에서 앉아 있었다.

이윽고 진하가 나타나자 모두 일어섰다. 그리고 뒤이어 진성이 친한 주주들과 함께 회의장으로 들어왔다. 모두가 모인 자리에서 간단한 사회 절차에 따라 진성이 마이크에 입을 가져갔다.

"친애하는 여러분, 전 현재까지 유서그룹의 발전을 위해 노력하였습니다. 저뿐 아니라 선대 회장이신 제 아버지도 항상 대의를 생각하며 살아왔습니다. 그런 저희가 봤을 때 지금 유서그룹 회장은 그 자리가 매우 힘겹고 부족하다고 생각합니다. 한 회사의 오너가 이 모양이니 기업 이미지가 추락하고 있고, 매출과 실적에서 눈에 두드러지는 하락세를 보이고 있는 겁니다. 이 위기를 탈피하는 길은 유진하 회장의 해임밖에 없다는 생각에 안건을 상정하였습니다. 다른 주주님들의 의견이 중요합니다. 앞으로 유서그룹의 발전을 생각하신다면 신중하게 투표하시기 바랍니다."

진성은 한쪽 입꼬리를 올리며 진하를 바라보았다.

"제가 보기에 유진하 회장님에게 그 자리는 너무 벅찬 것 같습니다."

그의 말을 쭉 듣던 진하가 살짝 미소를 지었다. 그리고 천천히 마이크 앞으로 몸을 가져갔다. 그리고 현수막에 쓰인 글씨를 천천히 읽었다.

"유진하 회장 해임 안건 주주총회. 그렇군요. 다른 분들은 어떻게 생각하십니까. 아, 투표로 말씀하셔야지요? 좋습니다. 그럼 저도 투표에 앞서 한 가지 짚고 넘어가야겠습니다."

진하가 김 실장에게 살짝 눈길을 주자 김 실장은 스크린에 자료를 띄웠다. 그 자료를 보자 다수의 입에서 놀란 음성이 터져 나왔다. 주주들의 눈동자가 흔들리자 스크린을 등지고 있던 진성이 천천히 고개를 돌려 보았다. 이윽고 진성의 눈도 커졌다.

"이, 이건……."

"이 정도의 횡령이면 새로 회사를 차리고도 남을 정도인 것 같은데 여태 회사가 굴러가고 있는 것이 신기합니다."

진하의 목소리에서는 어떠한 감정도 나타나지 않았다. 그저 혼란스러운 얼굴로 자신을 바라보는 진성을 무심히 보았다.

"지금 유진하 네가 무슨 짓을 하는지 알아? 확실하지도 않은 걸 가지고 날 협박하는 거야!"

급기야 진성은 공개적인 장소임에도 불구하고 목소리를 높였다. 하지만 떨리는 손까지 어쩌지는 못했다.

"유진성 회장님, 공적인 자리입니다. 품위를 지키십시오. 그리고 협박은 신빙성 없는 말로 상대방을 제압할 때 쓰는 단어입니다. 전 협박이 아니라 팩트를 보여주는 겁니다."

진하가 다시 김 실장에게로 눈길을 주자 다음 화면이 넘어갔다. 분식회계로 법인세와 차명주식을 만들며 120억 원에 가까운 소득세를 내지 않은 자료가 고스란히 나왔다. 진하는 저가 보면서도 기가 차는 상황에, 놀라서 입이 벌어진 사람들을 차가운 눈으로 쏘아보았다.

"참…… 많이도 해먹으셨습니다. 이걸 보면 뜨끔한 분들이 한 둘이 아닐 것 같습니다."

"너, 너 따위가 감히!"

진하는 분노하는 진성을 싸늘하게 바라보며 얕은 숨을 내쉬었다.

"어째서 우리 집안은 하는 말마다 그 정도밖에 표현할 수 없는지 안타깝습니다. 적어도 형님이 우리 집안 사람이라면 부끄러운 행동은 하지 않으리라 생각했는데 도저히 이건, 봐줄 수가 없습니다."

진하는 자리에서 일어섰다. 그리고 회의실 문을 열도록 손짓을 했다. 문이 열리자 형사들이 안으로 들어왔다. 그 속엔 선우도 있었다. 그리고 진성에게 수갑을 채웠다.

"유진성 씨, 당신을 횡령 및 탈세 혐의로 체포합니다. 당신은 묵비권을 행사할 수 있으며 변호사를 선임할 수 있습니다."

수갑을 채울 때 격렬히 반항하는 진성에게 선우가 작은 소리로 속삭였다.

"유진성 회장님, 가시는 길까지 조용히 입 다무시길 바랍니다. 처맞기 싫으면."

"잠깐 기다리십시오."

진하는 끌고 가려는 형사들을 멈춰 세웠다.

"이 자리가 아니면 또 어디에선가 작당 모의를 할 분들이 계실 것 같아 확실히 말하겠습니다. 여러분들이 주주로서의 권한을 행사하시는 건 어디까지나 법적으로 아무런 문제가 없을 때에 한해서입니다. 제가 유서전기 회계 내용을 정확히 파악하고 있었다는 걸 잊지 마십시오. 또다시 이런 말도 안 되는 안건이 상정된다면 유진성 회장 다음 타깃은 누가 될지 매우 궁금해집니다."

진하는 굳은 얼굴로 그의 눈도 맞추지 못하고 고개를 회피하는 사람들을 차갑게 내려 보다 진성에게로 시선을 돌렸다.

"그리고 유진성 회장님, 오늘부로 유서전기는 전(前) 유서기획사, 유서식품과 마찬가지로 유서그룹 계열사에서 제외됩니다. 추후에 법무팀을 통해 정식으로 절차를 밟겠습니다."

진하가 나가라는 손짓을 하자 형사들은 멍한 상태의 진성을 끌고 갔다. 그들이 나간 것을 보자 주주들은 서로 흠흠거리며 눈치를 보았다. 진하는 한동안 그들을 쭉 둘러보더니 입꼬리를 올렸다.

"자, 오늘 안건에 대해서 투표를 해야겠지요."

진하는 사회자에게 투표를 진행하라고 지시하였다. 회의장 안은 조용했다. 그리고 투표 결과 모두가 만장일치로 진하의 해임에 대한 반대를 하였다. 진하는 좌중을 둘러보며 미소를 지었다.

"오늘의 투표로 더 이상 회장 해임에 대한 안건은 상정할 수 없다는 걸 아실 거라 생각합니다. 제가 회사 대표로 있는 것에 대해 한 분도 반대를 하지 않으셨으니 앞으로는 유서그룹을 더욱 열심히 일궈 나가는 데 힘쓰겠습니다."

그리고 회의장을 나갔다. 짧은 회의에서 주주들은 아무런 말도 꺼내지 못하고 진하의 기에 완전히 눌렸다. 진성이 눈앞에서 잡혀 나가는 것을 본 이유도 있지만 자신들보다 한참 어린 회장에게서 느껴지는 분위기가 회의장을 압도하였다. 주주들은 서로 더 말도 하지 않고 뿔뿔이 자리를 벗어났다.

　회장실로 온 진하는 재킷을 벗어 던지며 정 기사가 준비해 온 옷을 찾았다. 옆에 서 있는 김 실장과 정 기사는 진하의 행동만 멍하니 바라보고 있었다. 먼저 정신을 차린 김 실장이 입을 열었다.

　"회장님, 이후의 일정에 대해서는 어떻게 할까요."

　진하는 셔츠를 벗으며 김 실장에게 몸을 돌렸다.

　"나 당분간 휴가입니다. 이후 일정은 다녀와서 논의합시다. 급한 일은 전화하세요."

　"아, 네 알겠습니다."

　김 실장은 인사를 하고 나갔다. 정 기사는 바쁘게 옷을 갈아입는 진하를 보며 빙그레 웃었다.

　"그렇게 마음이 급하십니까."

　"네?"

　진하가 돌아보자 정 기사는 등에서 미처 내려지지 않은 티셔츠를 끄집어 내렸다.

　"아."

　진하는 미소를 짓고 바지를 벗었다.

　"연우 아가씨에게는 회의 때문에 늦는다고 전달했습니다. 끝나고 연락하신다고요."

　"또 무진장 걱정하고 있겠네요."

　"제가 대신 전화 넣을까요?"

　바지를 다 갈아입은 진하가 정 기사를 돌아보며 웃었다.

　"그냥 갈 겁니다. 기사님, 용산역까지만 부탁합니다. 그리고 일주일간 쉬십시오."

"하하, 저도 오랜만에 가족들과 여행이나 다녀와야겠습니다."

정 기사의 말에 진하가 정색을 하며 보았다.

"설마…… 따라온다거나 그런 건 아니시죠? 사생활 침해입니다."

정 기사는 껄껄 웃으며 고개를 끄덕였다. 용산역 안으로 들어와 주변을 둘러보던 진하는 단숨에 연우에게로 달려갔다. 자신이 오는 모습을 보고 활짝 웃는 연우가 너무나 예뻤다.

"놀러 가자."

진하는 연우의 손을 잡고 남아 있는 기차표를 샀다. 아무 데나 발길 닿는 대로 떠나자는 진하는 호남선 새마을호를 탔다. 자리에 앉자 그제야 그는 참았던 숨을 내쉬었다. 옆에서 계속 자신을 걱정스러운 눈으로 바라보는 연우의 손을 꼭 잡고 빙그레 웃었다.

"괜찮아. 다 해결됐어. 내가 누구냐."

"정말?"

"당연하지."

진하의 말에 연우는 그의 허리를 꼭 안았다. 옆자리에 앉은 늙은 부부들이 그들을 보고 있어 그는 어색하게 웃었지만 연우는 꿈적도 하지 않았다.

"이봐. 날 좋아하는 건 알겠는데 공공장소에서는 좀 자제하지 그래."

진하의 말에 연우가 눈을 흘기며 고개를 들었다.

"벌써 애정이 식은 거야?"

쪽, 진하가 기습적으로 그녀의 입술에 입을 맞췄다.

"죽을래? 지금 당장 안고 싶은 걸 참고 있는 거 안 보여?"

그의 말에 연우의 볼이 급하게 붉어졌다.

"좀 자제하지 그래."

"이걸 자제할 수 있다고 생각해?"

진하는 연우의 손을 잡아 바지춤에 가져갔다. 그리고 급기야 새빨개진 얼굴로 고개를 급히 숙인 그녀는 그의 품으로 파고들었다.

"아잉— 몰라, 몰라. 당신 야해."

예전부터 연우는 그랬다. 사람을 들었다 놨다 가지고 놀았다. 온갖 유혹은 다 해놓고 모르는 사람처럼 행동했다. 그게 너무 얄밉기도 했지만 그럴수록 더욱 그녀에게 빠져들게 된다는 걸 진하는 너무도 잘 알고 있었다. 그래서 자신은 세월이 지나도 영원히 그녀를 사랑할 수밖에 없다는 것도 잘 알았다.

빠르게 달리는 기차의 창문 밖으로 어느덧 겨울을 완전히 벗어던진 나무들이 초록 잎을 내보내고 있었다. 모두에게 시렸던 지난 겨울은 봄에게 자리를 내주며 물러났다. 벌써 우거질 기미를 보이는 연두색 나뭇잎들이 진하와 연우의 시선에 아른거렸다. 연우가 좋아하는 봄이 왔다.

그들은 긴 기차 여행의 종착지인 여수에 내렸다. 도착하니 이미 날이 어두워져 있었다. 그리고 긴 시간을 기차에 앉아 있었더니 팔다리가 저려오는 것 같았다.

"사람은 역시 편한 것에 익숙해지면 불편함을 못 견디는 것 같아."

진하는 여행도 전에 벌써 녹초가 된 것 같아 중얼거렸다. 그를 보던 연우가 눈웃음을 지었다.

"그래. 매번 기사님이 운전해 주는 차 타고 이동하니까 움직일 시간이 있나. 아무리 운동을 한다고 해도 생활 습관을 거스를 수는 없지."

"너 잘났다 그래."

진하가 연우의 목을 당겨 안아 누르자 연우의 입가도 자연스럽게 올라갔다.

"밥 먹자. 배고프다."

진하는 또 연우의 손을 끌어 근처 식당에 들어갔다. 정말로 배가 고팠던 건지 진하는 식당에 메인 요리를 이것저것 시켰다. 보다 못한 연우가 손을 들어 제지했다.

"이거 다 못 먹어. 두 개만 시켜."

"난 다 먹을 수 있어."

"당신 먹성을 내가 아는데 절대로 다 못 먹어. 내 말 들어."

진하는 약간 불만인 얼굴로 메뉴판을 봤다. 그리고 한참을 들여다보고 난 뒤 서대회 무침과 갈치조림을 시켰다.

"너 벌써부터 바가지 긁냐."

연우는 볼멘소리로 말을 하는 진하를 멍하니 바라보다가 웃음이 터졌다.

"음식 남기면 벌 받아요, 이 남자야."

"아, 선생님과 밥 먹는 것 같아."

연우는 뭐가 좋은지 계속 웃었다. 진하는 그녀를 뚱하니 바라보다 따라 웃었다. 그래, 네가 좋으면 그것도 좋다.

진하는 매운 것을 잘 먹지 못했다. 여수 갓김치는 매우 유명한데 그것도 잘 모르고, 맵다고 물만 연신 들이켰다. 그런 진하를 기가 막힌 표정으로 바라보던 연우는 갑자기 드는 생각에 눈을 빛냈다.

"우리 내기하자. 오빠가 이 그릇에 담긴 갓김치 다 먹으면 오빠가 원하는 소원 들어주고, 다 못 먹으면 내 소원 들어주기."

진하는 뜨악한 얼굴로 연우를 보았다. 한 접시에 소복이 담긴 갓김치 양이 진하가 보기엔 어마어마하게 많아 보였다.

"이건 굉장히 너한테만 유리한 내기 같은데?"

"싫으면 말아."

연우는 다시 새침하게 말을 내뱉고 밥을 먹었다. 아, 약 올라. 진하는 결국엔 연우를 이기지 못하고 입을 열었다.

"분명히 말했다. 내가 이기면 내 소원 들어주는 거라고."

"응."

연우는 다시 활짝 웃으며 대답했다. 진하는 앞에 놓인 접시를 보며 숨을 길게 내쉬었다. 맵고 짜고 다 먹긴 매우 힘들었다. 잔뜩 미간을 찌푸린 그가 결심을 했는지 김치를 집어 입에 넣고 씹었다. 매워서 얼굴이 붉어지면서도 그는 끝까지 김치를 먹었다. 마지막 남은 김치마저 입에 집어넣고 마치 전투를 하듯 씹었다. 그 모습을 보자 웃기면서도 안쓰러워 연우의 표정이 갈피를 잡지 못했다. 당신도 참 독한 사람이다. 패배를 모르는구나.

"괜찮아?"

음식점을 나와 진하는 속에 있는 음식을 다 게워내었다. 그의 등을 토닥여 주며 연우는 괜히 내기를 걸었나 후회가 되었다. 설마 그렇게 못 먹을 줄 알았냐고. 진하는 몇 번이나 물을 들이켜며 헹구어 속을 달랬다.

"그러게 못 먹을 것 같으면 그만두지 그걸 다 먹고 있어?"

연우는 미련하다며 중얼거리곤 우유를 내밀었다.

"마셔. 매울 땐 원래 우유 마시는 거야."

연우가 내민 우유를 끝까지 다 마신 진하가 겨우 숨을 내쉬었다.

"너 이리 와."

진하는 연우를 번쩍 안아 들고 걸어갔다. 그리고 한적한 구석 안에 내려놓고 벽 안에 가뒀다. 그의 눈빛을 보자 연우는 다시 마른침을 삼켰다.

"입 냄새 나."

일단 질러놓고 보는 거다.

"정말 그런지 한번 맡아볼래?"

연우의 대답을 듣기도 전에 진하는 그녀의 턱을 잡고 입을 부딪쳐 왔다. 벌을 주는 것 같으면서도 어딘가 갈구하는 것 같은 그의 혀가 연우의 입속을 헤집었다. 알싸한 갓김치의 향이 나는 것도 같았다. 하지만 그런 걸 느낄 여유가 없었다. 쉴 새 없이 휘몰아치는 그의 입술 때문에 냄새를 맡을 수가 없었다.

"하아."

떨어진 입술 사이에서 숨이 새어 나왔다.

"맛있다."

진하는 만족한 웃음을 지으며 혀끝으로 그녀의 입술을 핥았다. 잔뜩 붉어진 연우의 얼굴을 보자 그제야 진하는 팔을 풀었다.

"가자."

또 자기 마음대로 사람을 휘두른다. 이런 건 정말 예전이랑 바뀐 것이 하나도 없다. 하지만 연우의 얼굴에 미소가 도는 것도 어쩔 수 없었다.

진하와 연우는 여수 밤바다를 함께 걸었다. 밤이 되자 쌀쌀해져서 연우는 양팔을 교차하며 쓸어내렸다. 그러자 진하는 점퍼를 벗어서 함께 걸쳤다. 서로의 눈이 마주치면 빙그레 웃고 가벼운 입맞춤을 했다.

가로등 불빛을 받은 바닷물이 달의 이끌림으로 그들의 앞까지 다가와 있었다. 한동안 서서 파도가 치는 바다만 바라보고 있던 그들은 또다시 말없이 길을 걸었다. 여수 번화가로 추정되는 조금 복잡한 거리에 다다르자 많은 상점들이 슬슬 문을 닫으려고 하였다.

"이제 속은 좀 괜찮아?"

"뭐 그럭저럭. 아깐 사실 좀 힘들었다."

연우는 미소를 지으며 그를 올려다보았다.

"이제 뭐 할 거야?"

"글쎄…… 나 이렇게 아무도 대동하지 않고 혼자 여행하는 건 처음이다."

"정말?"

"응. 이젠 뭐 해야 하냐?"

"음……."

주변을 살피던 연우는 길거리에서 음식을 파는 포차를 보며 손으로 가리켰다.

"어묵 사먹자."

말을 마친 연우는 먼저 포차 앞으로 가 섰다. 기다란 꼬치에 꽂힌 어묵이 통에 담겨져 있었다.

"하나씩 빼서 먹으면 돼."

연우가 먼저 집어 입으로 가져가 한입 베어 물었다.

"뭐 넣었을 줄 알고 막 먹니. 여자가 겁도 없이."

진하가 하는 말에 연우는 그를 흘기며 남자의 입속으로 자신이 먹던 어묵을 찔러 넣었다. 갑자기 들어오는 어묵에 진하의 눈이 커졌다.

"먹어도 안 죽어. 이렇게 사람을 믿지 못해서야 원. 그리고 봐 봐. 오빠랑 나랑 같은 거 먹었으니까 이제 한 사람만 죽진 않는 거 다?"

연우의 말에 기가 막힌 표정을 짓던 진하가 문득 밝은 표정으로 앞에 놓인 어묵을 바라보았다.

"너 또 먹을 거지."

"당연하지. 한 개로 배가 차나."

연우의 말이 끝나기도 전에 진하는 어묵을 집어 입속에 베어 물었다. 그리고 연우에게 건넸다.

"절반은 네가 먹어. 모든 건 날 거치고 나서 먹는 거다?"

"뭐?"

황당한 소리를 하는 진하가 웃기면서도 심장이 몰랑몰랑 움직였다.

"갓김치도?"

"그건 네가 알아서 먹어라."

진하는 정색을 하며 시선을 앞으로 돌렸다. 그 모습이 너무 귀여워 연우의 눈매가 깊어졌다. 진하에게 현금이 없어서 돈은 연우가 계산하였다.

"사람이 현금도 들고 다니질 않니."

"현금 쓸 일이 별로 없었다고. 주로 카드를 들고 다니니까."

"잘나셨어요 그래."

이번엔 연우가 진하의 손을 이끌었다. 투덜거렸지만 왠지 그를 위해서 돈을 쓴 것 같아 기분은 좋았다. 또 마냥 거리를 걷던 연우는 갑자기 생각이 난 듯 배낭을 앞으로 돌려 안에서 긴 상자를 꺼냈다. 그리고 진하에게 건넸다. 뭐냐는 눈빛에 연우도 눈썹을 꿈틀거리며 답했다. 진하는 연우의 손을 놓고 포장지를 뜯었다. 상자 안에는 만년필이 들어 있었다. M사의 명품 만년필. 한참을 보던 진하의 손가락이 상자를 훑었다.

"진품이야?"

"응. 이번엔 이미테이션 아니니까 부끄러워하지 않아도 돼."

자랑스러워하는 연우의 목소리에 만년필을 보던 진하의 시선이 그녀에게로 향했다.

"나 이전에 네가 줬던 것 아직도 쓰는데?"

"정말? 그게 아직도 나와?"

"아끼고 아껴서 썼으니까 그렇지."

"그렇구나."

연우는 어쩐지 감동을 받아 코끝이 찡해졌다.

"그리고 한 번도 부끄러워한 적 없었어. 너한테 처음으로 받은 선물이잖아. 내가 얼마나 애지중지했는지 알아?"

다시 만년필을 보던 진하가 연우의 머리를 당겨 품에 안았다.

"고맙다. 잘 쓸게."

"응."

"우리 이제 그만 좀 쉬러 가자."

담담한 목소리로 말을 하는 진하의 이야기에 연우의 심장이 마음대로 뛰기 시작했다. 아 제발, 이렇게 다 들킬 정도로 크게 뛰어버리면 너무 당연하게 원한 것 같잖아.

"이 근처에는 잘 만한 곳이 어디 있나."

진하는 눈을 올려 매의 눈으로 숙소를 찾았다.

"찾았다."

진하는 마음에 드는지 활짝 웃으며 연우의 손을 잡아끌고 걸어갔다. 그리고 외관이 가장 마음에 드는 숙소로 들어갔다.

객실 안 소파에 오도카니 앉아 있는 연우는 방 안을 가득 메우는 것 같은 심장 소리에 이미 얼굴이 붉어지고 있었다. 왜 이럴까. 처음 하는 것도 아닌데 왜 이렇게 떨리는지 모르겠다. 오늘 하루 종일 먼지를 뒤집어쓴 것 같다며 욕실로 들어간 진하는 한참이 지났는데도 나오지 않았다. 샤워하다 쓰러진 건 아닐까 하는 별 쓸데없는 생각이 들기 시작하자 연우는 서서히 일어서 욕실로 향했다. 똑똑. 노크를 해도 안에서는 반응이 없었다. 연우는 다급한 마음에 욕실 문을 열었다.

"꺄악!"

그녀의 입에서 새된 비명 소리가 나왔다. 문을 열자마자 진하의 손이 손목을 당겨와 그의 맨가슴에 안기게 되었다. 전부 벗었으면 어디다 시선을 둬야 하나 싶었는데 다행히 바지는 입고 있어 시선은 흐트러지지 않았다.

"뭐야 정말! 노크했는데도 대답이 없어서 내가 얼마나 놀랐는지 알아?"

"왜 놀래?"

"잘못됐을까 봐!"

연우는 민망함에 소리를 버럭 질렀다. 그래서 문을 두드렸더니 이 남자는 수증기가 자욱한 욕실 안으로 끌어들였다.

"왜 그런 생각을 했어."

연우는 더 이상 말을 할 수 없었다. 그의 목소리는 전혀 농담하는 톤이 아니었다. 세상 어느 누구보다도 유혹적인 목소리였다. 그의 손이 연우의 셔츠에 다가와 목 근처의 단추를 풀었다. 한 칸씩 풀어서 내려갈 때마다 그녀의 가슴골도 함께 보였다. 연우는 부끄러운 마음이 들었지만 그를 올려다보는 시선을 돌리지는 않았다. 서로의 눈동자는 눈싸움이라도 하는 것처럼 흔들리지 않고 서로를 응시했다.

그녀의 팔에서 셔츠를 벗긴 진하는 바지에도 손을 가져가 버클을 푸르고 지퍼를 내렸다. 순식간에 속옷만 걸친 연우의 몸이 드러났다.

"너 그거 알아?"

진하의 물음에 연우는 대답 없이 눈동자로 물었다.

"네 몸 진짜 예뻐."

그의 말에 연우의 입가에서 웃음소리가 새어 나왔다. 그리고 그의 목에 팔을 둘렀다. 진하는 손을 등으로 가져가 가슴을 가리는 천을 벗기고, 엉덩이에 손을 넣어 여성을 가리는 천을 내렸다.

실오라기 하나 걸치지 않은 연우의 몸을 내려다보던 진하가 그녀를 안아 들어 침대로 가 눕혔다. 그녀의 쇄골에 새겨진 하트에 살짝 입을 맞춘 그가 느리게 입을 열었다.

"나 아직 소원 말하지 않았다."

"아…… 뭔데?"

"분명히 말하지만 이건 아니야. 알지?"

연우는 웃음이 났지만 애써 참으며 고개를 끄덕였다. 진하는 언제 장난을 쳤는지 진지한 얼굴로 그녀를 보고 있었다. 눈동자가 짙어졌다.

"결혼하자."

뜬금없으면서도 전혀 낯설지 않은 말에 연우는 그저 잔잔히 그를 바라보았다.

"이게 내 소원이야."

한참 만에 입을 연 진하는 그게 소원이라고 했다. 참 소박한 소원이다. 자신과 결혼하는 게 소원이라고 말하는 남자. 저 하나 갖는 걸 최고로 여기는 남자. 연우는 한동안 그를 올려다보다가 끌어 눕히고 그의 배 위에 올라갔다.

"내 소원은 뭔지 알아?"

"네 소원도 들어줄게. 말해봐."

"우리도 이제 결혼하자."

연우는 그의 눈동자에 입을 맞추며 꿈결처럼 차분한 음성으로 말했다. 그녀를 보며 진하게 웃던 그가 그녀의 매끄러운 등을 끌어당겨 안았다.

"그래. 결혼해 줄게."

"이젠 정말 아프지 말고 행복하기만 했으면 좋겠어. 당신과 나 둘 다."

"연우야."

그가 부르는 소리에 연우는 팔을 세우며 몸을 일으켜서 내려 보았다. 그의 손이 연우의 젖가슴을 부드럽게 쓸며 어루만졌다.

"다시 내게 와줘서 정말로 고마워. 우리 끝까지 함께하자. 네가 지겨워하면 지겹지 않게 더 노력할게."

그를 빤히 보던 연우가 눈웃음을 지었다.

"내 심장의 주인. 사랑해."

이제 더는 할 말이 없었다. 소원도 전부 말했다. 서로의 눈동자가 허공에서 부딪쳤다. 그리고 원했다. 서로의 몸에 새겨지기를. 두 사람의 몸이 마침내 닿았다.

에필로그

　스탠드 불빛에 의지한 두 사람의 숨결이 깊어졌다. 맞닿은 입술
은 끈적거리게 움직였다. 연우의 셔츠 안으로 들어온 진하의 손은
브래지어도 하지 않은 말캉한 가슴을 매만졌다. 조금 단단한 것도
같다. 연우도 손을 움직여 진하의 셔츠를 벗겨 맨살을 드러냈다.

　"이게 얼마 만이야. 몸에 사리 쌓이는 줄 알았어."

　"그럼 안 되는데. 하지만 어쩔 수 없잖아요. 얼마간은 더 혼자서
해결해야지."

　진하는 마음에 들지 않는 대답에 미간이 구겨졌다. 그러더니 그
녀의 목덜미에 입술을 대었다.

　"대신 오늘은 마음껏 할 거야. 이게 얼마 만에 주어진 기회인
데."

　연우는 그의 투정에 웃음이 나왔다. 진하의 목에 팔을 둘렀다.

"나도 기다렸네요."

열에 찬 눈동자가 서로 맞부딪치며 한참 농염한 애무를 하고 있을 때였다. 안방에서 울음소리가 들리자 진하의 눈이 급격히 차가워졌다. 그와 동시에 연우는 진하의 몸을 밀치고 소파에서 일어섰다. 소리가 나는 곳으로 가려던 연우의 팔을 잡은 진하는 험악한 얼굴로 연우를 노려보았다.

"가지 마."

"그럼 우는데 내버려 둬요?"

연우는 진하를 살짝 흘기곤 팔을 뿌리치고 방으로 들어가 버렸다. 혼자 남아서 아직 다 식지도 않은 열기를 애써 참아내는 진하는 제 머리카락을 흐트러뜨렸다. 저 녀석이 태어나고부터 제대로 섹스를 즐긴 건 손가락으로 꼽을 정도였다.

태어날 때부터 낮과 밤이 바뀐 아들 녀석은 낮에는 실컷 자다가 밤이 되면 저렇게 울부짖으며 놀아달라고 떼를 썼다. 겨우 밤낮을 제자리로 돌려놨다 싶었는데 이제는 밤중에 자다가 엄마가 옆에 없으면 또 찾느라고 울었다. 벌써 돌이 다 돼가는데 아직도 저렇게 엄마만 애타게 찾고 있다.

아, 아직 엄마를 찾을 나이긴 하지만 그럼 나는 어쩌란 말이야. 밤마다 혼자서 울부짖는 늑대는 연우가 거들떠보지도 않았다. 어쩌다 선심 써서 한번 하려고 해도 저 녀석이 도와주지를 않았다. 진하는 투덜거리며 일어서서 열을 식히려 거실을 이리저리 서성였다.

방 안으로 들어와 울고 있는 성준 옆에 누운 연우는 아기 등을 토닥여 주며 중얼거렸다.

"성준아. 모처럼 아빠, 엄마가 좋은 시간 보내고 있는데 꼭 그렇게 방해해야겠어?"

귀여운 투덜거림이었지만 연우의 입가에는 미소가 지어졌다. 밖에서 성질을 부리고 있을 진하가 떠올라 저절로 웃음이 나왔다.

진하와 연우는 두 사람만 성당에서 혼인성사를 올리고 난 뒤 곧바로 혼인신고를 하였다. 그리고 결혼한 증거로 두 사람 이름으로 된 후원금을 전국의 보육원에 기부하였다. 매년 결혼기념일이 되면 기부를 하자는 연우의 말에 진하는 따로 기부 재단을 만들어 운영하기 시작했다.

그들의 결혼식을 궁금해하고 시기하는 사람들은 정작 두 사람의 모습을 사진에서만 보았다. 진하는 업무 이외에는 어디를 가든 연우와 함께 다녔고 다정한 모습을 보여주는 것으로 기자들의 카메라에 답했다. 언론에서는 노블리스 오블리주를 실천하는 멋진 그들을 조명했고, 사람들은 유서그룹 유진하를 떠올리면 오연우란 아름다운 여자를 가진 남자로 기억했다. 유서그룹의 브랜드 가치는 다시 최고치로 올라갔고 이제는 대한민국에서 누구도 넘볼 수 없는 1등 기업이 되었다.

연우는 결혼을 하면서 진하에게 말을 높이기로 하였다. 아무래도 진하의 사회적 지위가 회장님인데 반말을 쓰는 건 스스로도 예의 없어 보여 존댓말을 사용했다. 그리고 밤마다 사랑을 나누는 사이 그들에게는 작고 귀여운 아이가 생겼다. 태어나면 무슨 이름을 지을까부터 시작해서 어떻게 키울까, 키는 얼마나 컸으면 좋겠다, 얼굴은 어떻게 생겼으면 좋겠다, 아들이었으면 좋겠다, 딸이었으면 좋겠다로 밤새 이야기꽃을 피웠다.

매일 작은 것 한 가지라도 손에 사 들고 오는 진하로 인해 아기 방은 더 들여놓을 물건도 없이 꽉꽉 찼다. 보다 못한 연우는 그 물건들 중 필요한 것만 빼고는 전부 보육시설로 보냈다. 한동안 그 것 때문에 삐쳐서 말도 안 하던 진하는 연우가, 나와 아이는 당신의 키스면 돼요, 라는 말 한마디에 사르륵 풀려 버렸다. 어쩔 수 없는 팔불출이었다.

"마, 마!"

성준은 일어나 앉으며 책을 가져왔다. 아, 버릇을 잘못 들였다. 밤엔 무조건 자는 거라고 가르쳤어야 했는데 자다가 깨면 놀아주거나 책을 읽어줬더니 이젠 당연한 듯이 일어나 앉았다. 연우는 책을 들이미는 아들을 보며 옅은 숨을 내쉬다가 일어나 앉았다.

"그럼 이거 한 번만 읽고 자는 거야."

성준은 고개를 끄덕였다. 그때 진하가 방으로 들어와 성준의 이불이 깔린 바닥에 앉더니 연우의 손에 들린 책을 가져갔다.

"안 돼. 아빠가 읽어줄 거야. 엄마는 내일 노래하느라 바쁘니까 일찍 자야 돼."

진하는 아들에게 복수를 하는 듯 한쪽 입꼬리를 올렸다. 성준은 진하에게서 책을 빼앗느라 안간힘을 썼지만 책은 꿈적도 하지 않았다.

"유성준. 한 권이라도 읽고 잘래, 아니면 지금 당장 누워서 취침할래."

진하의 낮은 목소리에 성준은 아앙 울면서 연우의 품으로 기어 들어 갔다.

"저 자식, 보통이 아니야. 일부러 저러는 거야."

연우는 진하의 심술에 헛웃음이 나와 성준을 안고 누웠다. 성준에게 팔베개를 해주며 가슴을 토닥여 주었다.

"얌전히 누워서 아빠 이야기 듣자."

성준이 고개를 끄덕였다. 진하는 연우의 말만 듣는 성준이 너무 얄미웠지만 어쩌랴, 제 아들인 것을. 진하는 책을 펼치며 나란히 누워서 자신을 보고 있는 모자를 내려다보았다. 진하의 낮고 부드러운 목소리에 성준은 인상을 쓰던 얼굴을 폈고 연우는 스르륵 잠이 들었다. 진하가 책을 다 읽자 성준은 그새 다른 책을 가져왔다.

"안 된다고 했다, 유성준. 이제 얼른 눈 감아."

진하는 책을 내려놓고 성준의 옆에 머리를 괴고 누워 강제로 눈을 감겼다. 진하를 미워하면서도 진하의 말을 잘 듣는 아이였다. 어깨를 토닥여 주던 진하는 어느새 잠이 든 성준의 이마에 입을 맞추었다.

"잠잘 땐 진짜 천사 같은데 말이야."

진하는 나란히 누워서 잠이 든 연우와 성준의 모습을 보며 빙그레 웃었다. 한참을 보던 진하도 그대로 잠이 들었다.

본격적으로 소프라노 데뷔를 한 연우는 올해 제대로 활동을 시작했다. 재작년엔 결혼과 동시에 임신을 하는 바람에 쉬었고 작년엔 육아를 하느라 바빠서 2년간의 공백기가 생겼다. 첫 활동을 어떻게 해야 하는지 고민하던 차에 이선영 교수가 합창단 솔리스트 자리를 제안하여 최근 연습에 들어갔다. 초반엔 목소리를 가다듬느라 고생을 했지만 굳었던 몸이 풀리고 나니 차츰 제자리를 찾아갔다.

연습실로 향하던 연우는 전화가 울려 받았다.

"여보세요."

[누나, 나 선구. 오늘 성준이 돌이지?]

"응. 집으로 와. 아주머니가 맛있는 음식 차려놓을 거야."

[밖에서 안 해? 결혼식까지 그러더니 아들 돌잔치도 유야무야 넘어가는 거야?]

"아니야. 스튜디오에서 가족사진은 찍기로 했어."

[됐다. 말을 말자. 그럼 이따 저녁에 집으로 갈게.]

"응. 이따 봐.

노블리스 오블리주도 좋고 다 좋은데 사회적 지위가 있으니 최소한은 해줘야 하는 거 아니냐는 사람들이 정말 많았다. 만나는 사람마다 돌잔치 언제 하냐고, 어디서 하냐고, 어떤 사람을 초대하냐고 물어봤고 그때마다 연우는 집에서 간단하게 할 거라고 했다.

연우는 진하의 사회적 지위 때문에 성준을 밖으로 노출시키기 싫었다. 가뜩이나 밖에 나가면 기자들의 사진 세례 때문에 얼굴이 드러나는데 성준을 벌써부터 그렇게 알리고 싶지는 않았다. 또, 집에서 한다고 해서 결코 간단한 행사는 아니기에 연우는 그 고집을 꺾지 않았다. 무엇보다 진하가 무조건적으로 연우의 의사를 존중해 주고 하고 싶은 대로 하라고 했기 때문에 당당할 수 있었다. 연우도 진하가 무조건 가야 한다고 하는 행사나 모임에는 빠짐없이 참석하고 자리를 빛냈으니 제가 유서그룹의 이미지를 깎아먹는다고 생각하지는 않았다.

연습실은 혼자서 노래를 부르기에 적합했고 때로는 몇몇 사람들과 함께 불러도 작지 않은 공간이었다. 한참 연습을 하고 있는데 연습실 밖 벨이 울렸다. 소포가 배달 왔다. 겉엔 받는 사람 주소만 적혀 있을 뿐 보내는 사람은 없었다. 연우는 그 자리에서 작은 상자를 뜯었다. 상자 안에는 남자아이 신발과 편지가 들어 있었다. 편지를 집어 펼쳤다.

　―아들 돌이라는 소리를 엊그제에서야 들었다. 비서한테 사오라고 했는데 맞을지는 모르겠구나. 괜히 고마워할 필요는 없다. 그런 건 취향에 맞지 않으니 생략하자.

　연우는 편지를 읽고 빙그레 웃었다. 결혼 이후 연우는 때때로 주신을 찾아가 만났다. 못마땅한 얼굴을 하면서도 주신은 빠짐없이 연우를 면회했다. 결혼했을 때, 아이를 임신했단 사실을 알았을 때, 성준을 낳았을 때, 성준이 앉기 시작했을 때, 그때마다 연우는 소식을 전했고 사진을 보냈다.
　얼음 같았던 주신은 아이를 임신했단 소리를 듣고 나서부터 차가웠던 표정을 풀었다. 그 정도의 정성이면 돌부처도 녹일 정성이긴 했다. 아직 진하는 주신의 이름을 듣는 것만으로도 힘들어하지만 연우가 주신을 찾아가고 사진을 보내는 것까지 막지는 않았다.
　저녁 시간이 되어 정 기사가 운전해 주는 차를 타고 집으로 들어온 연우는 집 안에서 들리는 왁자지껄한 소리에 저절로 미소가 지어졌다. 삼촌 셋은 돌아가면서 성준을 비행기 태우고 격하게 놀아주었다. 하루 월차를 쓴 선우는 성준을 흐뭇하게 바라보다가 연우에게로 고개를 돌렸다.
　"왔냐."

"일찍 왔네."

연우가 안으로 들어오자 성준은 제 엄마를 발견하고 기어왔다. 간신히 걸음마를 하지만 아직은 기는 게 더 빨랐다. 다가오는 성준을 안아 올린 연우는 주방 쪽에서 나오는 진하를 발견하고는 웃음이 나왔다. 앞치마를 한 그가 잔뜩 굳은 얼굴로 서 있었다. 오늘 회사를 나가지 않고 종일 성준을 본 결과물이었다.

"전 형님이 이렇게 아이를 잘 보는 줄 몰랐어요. 완전 베테랑 아빠더라니까."

"그러게 말이야. 기저귀도 척척 갈고 때 되면 밥 먹이고, 멋지십니다."

진하는 말할 힘도 없는지 대충 손으로 휘휘 저으며 연우에게 다가왔다. 앞치마 한 그의 모습이 참 잘 어울렸다.

"몇 사람 더 올 거예요. 학교 친구들하고 합창 단원들. 당신은 이제 옷 갈아입어요."

손으로 그의 등을 밀면서 연우는 웃음을 참지 못했다. 왜 이렇게 사랑스러운지 모르겠다.

흥겨운 시간을 보낸 사람들이 차츰 집으로 돌아갔다. 왁자지껄하던 집은 그제야 평온을 찾았다. 진하는 셔츠 단추를 풀며 성준을 목욕시키고 있는 연우에게 다가갔다.

"당신도 오늘 힘들었겠네."

"난 하나도 안 힘들어요. 오늘 너무 재밌었어요."

"나 너무 피곤한데 조금 누워 있을게."

"그래요. 얼른 자요."

연우는 진하를 보며 환한 미소를 지었다. 예전에 불면증을 앓았다던 진하는 이제 숙면을 취하는 남자가 되었다. 연우를 다시 만나고부터 약을 먹지 않고도 수면을 하게 되더니 이제는 베개에 머리만 닿아도 잠이 들었다.

성준에게 잠옷을 입히고 책을 읽어준 연우는 옆에 누워 재웠다. 아들도 피곤했는지 금방 잠이 들었다. 연우는 이불을 덮어주고 일어섰다. 침대 위에는 진하가 자고 있었다. 얼마나 피곤했으면 옷도 갈아입지 않고 잠들었을까. 연우는 침대 위에 걸터앉아 진하를 내려다보았다.

"오늘 고생했어요. 그런데 난 당신 그런 모습이 왜 이렇게 좋은지 모르겠어요."

연우는 진하의 머리카락을 쓸어주며 미소를 지었다. 한참 바라보던 연우도 씻고 올 생각으로 일어섰다.

"헉."

자신을 당기는 진하의 팔에 몸이 앞으로 쏠렸다. 그는 연우를 끌어안아 침대 위로 눕혔다. 순식간에 전세가 역전된 상황에 그녀의 눈동자가 커졌다. 그의 눈동자가 까맣게 빛나고 있었다.

"깼어요?"

"그렇게 쳐다보는데 잠을 잘 수 있겠어?"

"내가 어떻게 봤다고 그래요."

"유혹했잖아. 계속."

"에? 그런 적 없는데. 당신 착각이에요."

"정말?"

진하는 거친 손길로 연우의 옷을 벗겼다. 봐주지 않으려는 건지 그는 단호했다.

"서, 성준이 깨요…… 우리 나가서……."

"싫어. 깨우기 싫으면 재주껏 숨겨. 난 오늘 무조건 당신 안을 거니까."

작정했는지 그는 연우가 생각할 틈도 주지 않고 몰아쳤다. 그녀는 입가에서 흘러나오는 소리를 막으랴, 쾌락적인 감각을 느끼랴 정신을 차릴 수 없었다.

"하아…… 진하 씨……."

그의 손길과 입술에 한껏 달아오른 연우는 그의 목에 팔을 둘렀다. 땀에 젖은 어깨에 입을 맞추던 그녀는 자신도 모르게 나온 신음 소리에 화들짝 놀라 입을 막았다. 뇌쇄적인 음성이 저에게서 흘러나왔다. 오랜만에 그의 입술을 느껴서인지 닿는 곳마다 열꽃이 일었고 숨이 가빠왔다. 연우는 점점 최상의 흥분을 느끼며 그를 안은 팔에 힘을 주었다.

성준이가 깰까 봐 노심초사했지만 다행히 아들은 깨지 않고 잘 잤다. 그러는 사이 그들은 침대 위에서, 욕실에서, 다시 침대 위에서 못다 한 사랑을 나눴다. 겨우 숨을 고른 연우는 그의 품으로 들어와 팔을 둘렀다.

"오늘 성준이가 아빠 말 잘 들었어요?"

"당연하지. 내가 또 한번 하면 제대로 하는 스타일이거든."

진하는 연우의 머리카락을 쓸어주며 입꼬리를 올렸다.

"아까 앞치마 입은 모습 진짜 잘 어울렸어요. 당신이 그런 것 하리라고는 상상도 못했는데. 아무튼 아이는 많은 걸 변화시킨다니까요."

"나만 변화시킨 게 아니라 너도 변화시켰어."

"응?"

"사랑에 솔직해졌잖아. 얼굴이 좀 두꺼워진 것 같기도 하고."

"에이, 난 늘 사랑에 솔직했어요."

연우는 제게 팔베개를 해준 진하에게서 몸을 일으켜 그의 위에 앉았다.

"내가 얼마나 사랑에 적극적인지 알려줄까요?"

깨면 어쩌려고 그러냐면서 좀 전에 당황하던 사람이 맞는지 연우의 눈동자가 촉촉하게 빛났다. 진하는 그런 연우에게 또다시 반했다. 사실 그녀가 어떤 모습으로 있든지 사랑할 수밖에 없었다.

"얼마든지."

제 심장의 주인이니까.

— THE END —